ullstein

Das Buch

Hamburg, im März 1931. Kriminalkommissar Alfred Weber ist inzwischen bei der Politischen Polizei und hat ganz andere Sorgen, als sich um die Todesfälle der Hochbahn zu kümmern: Mitten in der Polizeizentrale ist ein Mordanschlag verübt worden. Der Täter ein Nazi, das Opfer Webers Vorgesetzter. Die Lage ist angespannt, rechte Kreise bemühen sich um Zugang zur Macht.

Im Zuge seiner Ermittlungen stößt Alfred Weber auf einen Zusammenhang mit den Todesfällen in der Hamburger Hochbahn. Offenbar ist die Unterwelt von St. Pauli mit den Nationalsozialisten eine gefährliche Allianz eingegangen. Weber ermittelt nun auf eigene Faust und gerät selbst ins Visier der Mörder …

Ausgehend von zwei wahren Mordfällen im März 1931 erzählt Robert Brack von den sozialen Konflikten und der gesellschaftlichen Stimmung in Hamburg Anfang der Dreißigerjahre und den sich verschärfenden Machtkämpfen innerhalb der Polizeibehörde.

Der Autor

Robert Brack, geboren 1959, lebt seit 1981 in Hamburg. Er arbeitet als Übersetzer und freier Schriftsteller. Für seine historischen und politischen Kriminalromane wurde er mit mehreren Preisen ausgezeichnet. Mehr unter: www.gangsterbuero.de

Von Robert Brack sind in unserem Hause bereits erschienen:

Die Toten von St. Pauli

Die Morde von St. Pauli

Robert Brack

Der Kommissar von St. Pauli

Kriminalroman

Ullstein

Besuchen Sie uns im Internet:
www.ullstein-buchverlage.de

MIX
Papier aus verantwortungsvollen Quellen
FSC® C083411

Originalausgabe im Ullstein Taschenbuch
1. Auflage September 2018

Umschlaggestaltung: zero-media.net, München
Titelabbildung: plainpicture / © Thomas Grimm;
© FinePic®, München (Hintergrund)
Gesetzt aus der Quadraat Pro powered by pepyrus.com
Druck und Bindearbeiten: CPI books GmbH, Leck
ISBN 978-3-548-29042-3

»In gewaltiger Anspannung legt sich der gleißende Leib der Hochbahnschienen über Hamburgs Straßen und Wasser, drängt sich hinunter mit wühlenden Kräften in der Erde Dunkelheit, ausgestreckt zu fossiler Größe wie ein Nachkomme der Midgardschlange.«
Hamburgischer Correspondent

Prolog
Hurra ich lebe!

Es war einmal eine U-Bahn-Station von vollendeter Schönheit, in der lauerten Zerstörung und Vernichtung.

Nein, das ist nicht angenehm, aber schauen wir doch weiter:

In Hamburg am Hafentor unterhalb des Stintfangs erhob sich das turmartige Eingangsgebäude der Hochbahn-Haltestelle gegenüber den Landungsbrücken, wo tuckernde Barkassen auf Fahrgäste warteten und kleine Dampfer mit heiseren Sirenen Touristen zu einer Ausflugstour auf der Elbe anlockten.

Das klingt freundlicher und entspricht der Wahrheit.

Das Stationsgebäude stand unterhalb des klassizistischen Seewarten-Gebäudes und war nicht weniger wuchtig. Eine breite steinerne Treppe, die eines venezianischen Palazzos würdig gewesen wäre, führte auf eine zweiflügelige Tür zu, über der sich ein eleganter Turm aus Steinquadern in den Himmel reckte, gekrönt von einem Dachgeschoss mit bunten Bleiglasfenstern und einem geschwungenen Kupferdach.

Ein herrlicher Anblick, das muss ich zugeben.

Auf jeden Neuankömmling, der gerade von einem der hier anlegenden Seeschiffe an Land gestiegen war, musste der kolossale Turm wie ein Festungsgebäude wirken. Tatsächlich aber sollte dieses Monstrum dem Fremden bloß den Weg zur Hochbahn weisen, deren Züge entlang des Hafenrands über eine hohe Eisenbrücke Richtung Innenstadt ratterten.

Wie aufregend kann man doch eine Stadt inszenieren!

So empfand es auch die junge Frau in dem etwas zu großen Wollmantel, unter dem sie ein Hemdkleid aus zu dünnem Stoff trug, weshalb sie wohlig fröstelte. Ich sah sie gut, ich folgte ihr. Über ihrem Bubikopf trug sie eine Baskenmütze, lässig über das rechte Ohr gezogen. Es war erst Anfang März und noch sehr kalt, nicht zuletzt aufgrund der schweren Wirtschaftskrise, die die kapitalistische Welt auch im Jahr 1931 noch nicht überwunden hatte.

Die junge Frau jedoch war optimistisch gestimmt, denn sie hatte seit Anfang des Jahres eine Stelle in einem Schreibbüro, die zwar schlecht bezahlt, aber solide war, und neuerdings sogar einen Freund, der ihr gerade im »St. Pauli Fährhaus« einen Kaffee mit Schuss spendiert hatte.

Jedenfalls bildete sie sich das ein. Täuschte sie sich etwa? Aber nein, für sie war es die reine Wahrheit.

Beschwingt stieg sie die breite Treppe zum Hochbahn-Eingang hinauf.

An Zerstörung und Vernichtung dachte sie gewiss nicht. Sie dachte an ihn: An Jeremias, den netten jungen Mann, der in einem kleinen Handelskontor arbeitete, ein überaus charmanter und witziger Mensch. Na gut, er war offenbar Jude, aber das war ihr einstweilen schnurzpiepegal, solange er etwas hermachte und spendabel blieb.

Man liebt, was man lieben soll, wer wüsste das besser als ich? Wer wüsste besser als ich, was sie dachte: Falls es irgendwann – nicht zu bald, aber auch nicht in allzu weiter Ferne – etwas intimer wurde, wollte sie eigenhändig herausfinden, was es mit diesem kleinen Unterschied auf sich hatte, von dem ihr eine Freundin kürzlich erzählt hatte.

Und nun wurde sie ganz träumerisch: Jeremias und Juliane, das klang doch gar nicht schlecht! Nicht schlecht, Frau Specht, kaum hatte sie sich in Hamburg niedergelassen, hatte sie auch schon ein Rendezvous. Es ließ sich gut an. Und wenn der Sommer kam, vielleicht wurde ihr dann richtig schön heiß. Vielleicht schon an Pfingsten, wenn's in die Sommerfrische ging, bei der »Pfingsttour«, von der die Kolleginnen so geschwärmt hatten. Sie stellte sich vor, wie sie auf dem warmen Gras lag und die Grillen zirpten und sie sich zurückbog und seine Schultern sich senkten und seine Augen kurz aufleuchteten, bevor er sie schloss, weil ihm genauso schwindelig wurde wie ihr selbst.

Das dachte sie sich, dessen bin ich mir gewiss. Aber wie sie sich das so vorstellte, wurde ihr doch ein bisschen blümerant. Schwummerig. Schwindelig sogar. Hoppla, dachte sie, wieso dreht sich denn jetzt alles in meinem Kopf? Stütz dich doch mal kurz an der Wand ab. Normalerweise sitzt so eine Unpässlichkeit doch tiefer, Mädchen, wieso denn jetzt im Kopf? Sollte das etwa eine Folge aufwallender Gefühle sein? Na, vielen Dank auch, ausgerechnet jetzt, wo die Mittagspause vorbei ist und ich mich sputen muss!

Da hörte sie das Lerchengezwitscher hoch oben über einem weiten Feld. Und stimmte mit ein ... und ließ sich fallen ...

Na bitte.

Später wurde es im Polizeibericht so formuliert, als Ergebnis zusammengeführter Zeugenaussagen:

»Die Opferperson trat um 13.41 Uhr aus dem Lokal ›Fährhaus‹, blieb kurz stehen und schaute offensichtlich auf ihre Damenarmbanduhr. Anschließend lief sie zügig auf die Treppe zu, die zum Eingang Hochbahnstation führt. Dabei ist sie offenbar kurz mit dem linken Fuß umgeknickt oder gestrauchelt, erreichte aber das Portal, ohne anzuhalten. In der Tür hielt sie inne und stützte sich am Rahmen ab. Dabei soll sie leise aufgelacht haben. Möglicherweise ist das Geräusch, das sie von sich gab, aber auch auf einen Schluckauf zurückzuführen. Sie soll im Lokal ja Alkohol getrunken haben. Nun wandte sie sich nach rechts und bewegte sich auf den Aufgang zu, der zum Bahnsteig in Richtung Innenstadt führt. Nach wenigen Stufen blieb sie stehen und stützte sich mit der rechten Hand an der Wand ab. In dieser Stellung und laut schnaufend, wie mehrere Zeugen übereinstimmend berichteten, verharrte sie einige Minuten. Widersprüchlich wurde berichtet, sie habe gelacht oder geweint. Schließlich stieg sie weiter die Treppe hinauf zum Bahnsteig. Oben angekommen, trippelte sie mit kleinen Schritten ›wie eine aufgezogene Puppe‹ bis zum Unterstand des Haltestellenaufsehers und blieb dort stehen. Nachdem drei Züge abgefertigt worden waren und die junge Frau immer noch dastand, trat der Aufseher zu ihr und fragte sie, wohin sie denn fahren wolle. ›Zur Arbeit‹, sagte sie und starrte dabei zu Boden. Der Aufseher bemerkte hierzu, sie müsse schon in den Zug steigen, um transportiert zu werden. Daraufhin antwortete sie wörtlich: ›Keine Sorge, ich tu's ja gleich.‹ Dabei schaute sie ihn zum ersten Mal an. ›Ihre Augen waren voller Tränen‹, so der Aufseher, ›sie presste die Lippen zusammen, als müsste sie noch genügend Mut finden für das, was sie sich vorgenommen hatte.‹ Der Aufseher ging zurück auf seinen Posten. Als der Zug aus Richtung Millerntor sich lautstark ankündigte und um die Kurve fuhr, rannte die junge Frau ihm entgegen, wobei sie zwei wartende Passagiere roh beiseiteschob, und warf sich vor den ersten Wagen, der sie erfasste und mit sich zog. Dabei wurde dem Opfer von einem Rad der Kopf abgetrennt. Jede Hilfe kam zu spät, sie war augenblicklich tot. Der Hochbahn-Verkehr wurde sofort gestoppt, die Haltestelle von den Aufsehern umgehend geräumt. Bis zum gleichzeitigen Eintreffen von Polizei und Samaritern wurde an Zug und Opfer nichts verändert. Die Augen der Toten waren weit aufgerissen, der Mund zu einem grotesken Lächeln verzerrt.«

Anmerkung eines bearbeitenden Kriminalbeamten: »Von dem Mann, der mit dem Unfallopfer kurz zuvor in der Gaststätte ›St. Pauli Fährhaus‹ einen Kaffee mit Cognac verzehrt hat, fehlt jede Spur. Sein Name ist nicht bekannt, die Personenbeschreibung dürftig, siehe Anlage 3a (gez. KS Erichs).«

Über das, was im Kopf der jungen Frau kurz vor ihrem Selbstmord vorgegangen war, war im Polizeibericht natürlich nichts vermerkt.

Erstes Kapitel
Voruntersuchung

»Da haben Sie aber noch mal Glück gehabt, Herr Kommissar.«

»Das sehe ich anders.«

»Hmhm.«

»Ich sagte ...«

Der Barbier umfasste Webers Nase mit Daumen und Zeigefinger und bog sie nach links. Ein paar Härchen wurden beseitigt. Dann bog er die Nase nach rechts. Und wieder schabte er mit der scharfen Klinge einige dünne Borsten weg, die an der falschen Stelle gesprossen waren.

Nun mussten die Wangen rasiert werden, denn Kommissar Alfred Weber trug seit einiger Zeit einen Henriquatre-Bart. Obwohl oder gerade weil dieser eher unmodern war. Aber welche Bedeutung hatte Modernität schon, wenn man mit Riesenschritten auf die fünfzig zuging?

»Ich sagte, das sehe ich anders.«

»Ja, ja.« Der Barbier war so geschickt, dass Weber kaum bemerkte, wie die Klinge über seine Wangen huschte. Im Nullkommanichts sah er aus wie aus dem Ei gepellt.

»Das Handgas klemmte. Dabei kam der Wagen gerade aus der Werkstatt.«

»Handgas?«

»Ja, ganz recht.«

»Fährt man denn nicht mit dem Fuß? Ich habe kein Automobil, deshalb … Sie fahren einen Ford, Herr Kommissar?«

»Ja, die gute alte Blechliesel, das Model T.«

»Ich bin da nicht auf dem Laufenden, denn wie gesagt, ich chauffiere nicht.«

Weber hob die Hand. »Eben. Und deshalb können Sie das Ausmaß der Situation gar nicht erfassen.« Einen kurzen Moment lang war er erstaunt, dass seine Aussprache wieder sehr klar war. Nach der Zecherei letzte Nacht nicht unbedingt eine Selbstverständlichkeit.

»Da haben Sie recht, Herr Kommissar.«

»Sehen Sie, ich hatte mich ja vorher schon geärgert. Ich hatte nämlich Feierabend. Es war erst Nachmittag und meine Bekannte war noch auf der Arbeit. Ein Moment der Entspannung – und dabei gelegentlich einen Blick in die Runde werfen, kann nicht schaden. Man hat schließlich einen Beruf.«

»Immer auf dem Quivive, Herr Kommissar.« Der Barbier bog den Kopf seines Kunden nach hinten, um die Kehle zu bearbeiten.

»Genau. Dienst ist Dienst und Schnaps ist Schnaps, das funktioniert in meinem Beruf nicht«, erklärte Weber mit einer Offenheit, die ihn selbst erstaunte.

»Holzauge sei wachsam«, lachte der Barbier.

»Ich saß nun also bei ›Ostermanns‹, weil mir zugetragen worden war, dass ein Hehler dort Kundschaft trifft. Politische Kundschaft. Aber wie gesagt, nach Dienstschluss, also war ein zweites Glas Wein drin. *Ostermanns* ist nämlich ein Weinlokal. Dort geht es ganz schön etepetete zu.«

»Sehr vornehm soll es dort sein«, sagte der Barbier. »Erstklassige Küche, heißt es, und Künstlerkonzerte.«

»Na ja, ein Streichquartett am Nachmittag ist nicht jedermanns Sache.«

Der Barbier strich jetzt geschickt über die Ränder von Webers Ohren, um dort vereinzelt wachsende Härchen zu beseitigen. »Jeder nach seiner Façon«, sagte er. »Und war denn der Hehler zugegen?«

»Nein. Aber das war mir nur recht, ich konnte noch einen Mosel bestellen. Der war angenehm süß. Und wie gesagt, ich hatte ja Feierabend.«

»Und Ihre Süße war noch fern ...«, scherzte der Barbier.

Weber warf ihm einen strafenden Blick zu.

»Und dann steht auf einmal dieser kleine dicke Kerl vor mir. Jung und übereifrig. Rote Wangen vor Begeisterung. Und lockiges Haar.« Weber verzog abfällig das Gesicht.

»Jung und gut aussehend«, vermutete der Barbier.

»Von wegen, vor allem aber aufdringlich. Aber das Schlimme war ja: auch noch ein Kollege! Schmeißt sich an mich ran. Guten Tag, Herr Kommissar, mein Name ist ...« Weber dachte angestrengt nach. »Hab ich jetzt vergessen, ist ja auch egal. Ein Kriminalanwärter. Behauptete, er sei mir zugeteilt worden. Dabei habe ich mir derartige Zuweisungen verbeten. Wissen Sie, in meiner Abteilung, also Politische Polizei, kann man nicht einfach jeden nehmen. Da sucht man die Mitarbeiter sehr genau aus.«

»Selbstverständlich.« Der Barbier kürzte einige widerspenstige Haare an Webers Augenbrauen, die in alle Richtungen standen.

»Es geht um Staatsschutz. Da sind nicht mal altgediente Beamte einfach so unverdächtig. Antirepublikanische Umtriebe allenthalben.«

»Gewiss.«

»Und die schicken mir einen unbekannten, unbeleckten Jüngling. Ohne Ankündigung.«

»Unbeleckt ...« Der Barbier drehte sich um und griff nach dem feuchten Tuch, das er vor dem Ofen zum Wärmen auf einen Bügel gehängt hatte.

»Ich schicke ihn also weg. Muss ihn mehrfach auffordern. Macht ein Gesicht wie drei Tage Regenwetter. Heulsusen können wir schon gar nicht gebrauchen.«

»Harte Männer wie Sie, Herr Kommissar«, sagte der Barbier und warf Weber das feuchte Tuch über das Gesicht.

Weber erinnerte sich, wie er nach dem Fortgang des jungen Kollegen noch ein Glas Wein bestellt hatte. Das war zweifellos eins zu viel gewesen, denn er spürte jetzt unter der heißen Maske seinen Brummschädel. Nach diesem Glas hatte er »Ostermanns« verlassen. Noch immer leicht verärgert, war er an der »Volksoper« vorbeigegangen und in die Eckernförder Straße abgebogen, wo sein Automobil geparkt war. Kurz hatte er überlegt, es stehen zu lassen, weil er sich ein wenig beduselt fühlte, aber dann war er doch eingestiegen. Da er sich unschlüssig gewesen war, wo er hinfahren sollte – zu Hannchen oder doch erst mal nach Hause oder in die Böhmkenstraße, um den Wagen in der Garage unterzustellen? –, war er in die Heinestraße gebogen, hatte die Reeperbahn überquert, auf dem Wilhelmsplatz einen Bogen beschrieben. Dabei entschloss er sich, schnell nach Hause zu fahren, um sich frisch zu machen, bevor er Hannchen besuchte.

Also rüber über die Davidstraße und – trotz des zornigen Klingelns der Tram, der er den Weg schnitt – rein in die Kastanienallee. Und da klemmte der verdammte Gashebel! Was diesen Angeber in seinem offenen Rosengart-Sportwagen nicht davon abhielt, von rechts aus der Taubenstraße herauszuschießen und auf sein Vorfahrtsrecht zu beharren. Webers hochtourig fahrender Ford wurde jäh gestoppt. Weber prallte mit der Brust gegen das Lenkrad und bekam erst wieder Luft, als dem anderen Fahrer die Schimpfworte ausgingen. Er stieg aus, und es hätte beinahe eine Schlägerei gegeben, wenn nicht ein zufällig vorbeikommender Kollege eingeschritten wäre. Dem gelang es mit viel diplomatischem Geschick, die Situation zu entschärfen und die Herren zu einer gütlichen Einigung zu bewegen. Der Rosengart hatte eine Beule und etwas Lackschaden, der Fahrer ein dickes Portemonnaie – was sollte denn die ganze Aufregung?

Übel an der Sache war nur, dass es sich bei diesem so überaus geschickt agierenden Kollegen um den jungen, dicken Kriminalanwärter mit den lächerlichen Locken handelte. Als Weber sich bei ihm bedankte, schwitzte er vor Scham und kochte gleichzeitig vor Wut.

Jetzt fiel ihm auch der Name wieder ein: Fritz Klindworth – so hatte er sich vorgestellt.

Der Rosengart fuhr weiter, aber Webers Ford musste abgeschleppt werden. Das Kühlwasser war ausgelaufen. Als er sehr spät bei Hannchen ankam und ihr von seinem Missgeschick erzählte, schlug sie die Hände überm Kopf zusammen, schluchzte laut auf und begann ihm detailliert vor Augen zu führen, wie schlimm die Sache hätte enden können. Als sie sich immer mehr in anatomischen Details verlor, während es zügig auf Mitternacht zuging, stand er auf, hob sie hoch und trug sie ins Bett, wo sie sich bald beruhigt hatte.

Was war denn auch geschehen? Das bisschen Blechschaden ließ sich beheben. Der Handgashebel konnte repariert oder ausgewechselt werden. Und die Kopfschmerzen vom Moselwein würden auch vergehen. Beinahe waren sie schon verflogen.

Der Barbier nahm das feuchte Tuch von Webers Gesicht und trocknete ihn sanft ab. Massierte sein Gesicht mit einem wohlriechenden Rasierwasser, das er aus einer Glasflasche auf die Hand träufelte. Als Weber vom Frisiersessel aufstand, fühlte er sich beinahe wie ein neuer Mensch. Er warf einen Blick auf die Uhr an der Wand, deren Zeiger verkehrt herum über das Ziffernblatt wanderten, und schüttelte irritiert den Kopf. Ein Blick in den Spiegel und er erkannte, dass es Viertel vor elf war, Zeit für seinen Dienstantritt zur Spätschicht.

Weber legte den üblichen Betrag passend auf den kleinen Ladentresen, verabschiedete sich und wandte sich ab. Da spürte er die Hand des Barbiers auf seinem Unterarm.

»Nur eines noch, Herr Kommissar ...«

»Ja bitte?«

»Seien Sie vorsichtig heute.« Der Barbier machte ein besorgtes Gesicht.

Weber drehte sich zu ihm um. »Nanu, was haben Sie denn?«

»Heute ist Freitag, der Dreizehnte.«

Weber lachte fröhlich. »Na und? Ich bin nicht abergläubisch.« Er hob die Hand und gab dem Barbier einen Klaps auf die Schulter. Der hatte damit nicht gerechnet und schreckte zusammen. Dabei entglitt ihm die Flasche mit dem Rasierwasser. Sie fiel auf den Boden und zersprang. Glasscherben flogen herum, der Inhalt spritzte über das Linoleum.

»Nein, lassen Sie nur«, sagte der Barbier, als Weber sich bückte.

»Na gut, aber die Flasche ersetze ich Ihnen«, sagte Weber und legte einen Schein auf den Tresen, während der Barbier nach einem Feudel suchte.

»Vielen Dank, Herr Kommissar, das ist sehr freundlich.«

»Also dann …« Weber ging zur Tür und zog sie auf. Das Klingelzeichen ertönte.

Weber hielt inne und drehte sich ein letztes Mal um. Der Barbier war schon auf den Knien und mit dem Saubermachen beschäftigt.

»Es tut mir wirklich leid«, erklärte Weber leutselig, »aber durch dieses Ungeschick bin ich quasi reingewaschen.«

»Wie bitte?« Der Kopf des Barbiers erschien über einer Sessellehne.

»Das war mein Freitag, der Dreizehnte. Nun kann mir dieser Unglückstag nichts mehr anhaben.«

Dass die zerbrochene Flasche womöglich auf das Schicksalskonto des Barbiers ging, darüber machte sich Kommissar Weber keine Gedanken, als er die Tür hinter sich zuzog und fröhlich pfeifend die Düsternstraße entlangging, Richtung Stadthaus zur Polizeizentrale.

In seinem Büro angekommen, hängte Weber leicht schnaufend Hut, Mantel und Schal an die Garderobe und knöpfte die Gamaschen von den Schnürstiefeln, die er wegen des Schneematschs vorsorglich übergezogen hatte. Das Schnaufen kam vom Treppensteigen, es war ihm unangenehm. Sicher lag es an der Erkältung, die er sich vor einigen Wochen eingefangen hatte und die noch nicht ganz abgeklungen war. Das Treppensteigen hinauf in den dritten Stock konnte kaum die Ursache sein, so viel Bauch schleppte er nun auch wieder nicht mit sich herum.

Nachdem er das Fenster zwecks Frischluftzufuhr kurz geöffnet und wieder geschlossen hatte, setzte er sich an eines der drei Schreibpulte. Die Kollegen, mit denen er sich das Dienstzimmer teilte, ein Kriminalobersekretär und ein Kriminalsekretär, waren schon unterwegs. Sie sollten Auskünfte über ein geheimes Waffenversteck der Roten Marine im Hafen einholen und dazu einen Informanten treffen und inkognito eine Kommunistenkneipe aufsuchen.

Weber war das nur recht. Er war ganz gern allein im Büro. In letzter Zeit hatte er sogar Gefallen am Studieren und Bearbeiten von Akten gefunden.

Er holte seine Thermoskanne mit dem Pfefferminztee aus der mitgebrachten Aktentasche und legte seine Wurststulle in die Schreibtischschublade. Den Tee braute Hannchen ihm immer, wenn er von ihrer Wohnung in der Lilienhof-Terrasse zum Dienst aufbrach. »Der ist gut für deinen Magen«, hatte sie ihm erklärt. Weber hatte sich an das Getränk gewöhnt und fand inzwischen, dass es sogar wohltuend auf das Gehirn wirkte. Eine Illusion wahrscheinlich, aber zweifellos aus der innigen Zuneigung geboren, die er seiner Lebensgefährtin entgegenbrachte, die ihm zuliebe ihre Tätigkeit am Straßenrand auf St. Pauli zugunsten einer Anstellung in einer Wäscherei aufgegeben hatte.

Ach, Hannchen, dachte Weber. Er nippte an dem Tee und schlug eine Akte auf, in der ein eigenartiger, polizeiinterner Konflikt dokumentiert war. Es handelte sich um die Versetzung eines männlichen Beamten, der bei der Weiblichen Kriminalpolizei arbeitete, die vor allem für Delikte an Frauen zuständig war. Kurios daran war, dass der Beamte namens Schlegel aus »sexuellen« Gründen versetzt worden war. Angeblich sei er homosexuell und ein »Onanist«, dem der Dienst in der WKP nicht guttäte. Begründung des Kripo-Leiters Dr. Schlanbusch: Der Mann sei immer sehr blass. Die Leiterin der WKP-Dienststelle, Frau Erkens, die seit einiger Zeit im Clinch mit Schlanbusch lag, fand das empörend. Und nun hatte Weber den Auftrag bekommen, die

»Gesinnung« von Schlegel und einigen anderen Beamten innerhalb der WKP zu ergründen.

Was um Himmels willen hatte das denn mit dem Aufgabenbereich der Politischen Polizei zu tun? Sollte Weber die Kollegen etwa beschatten lassen, ihr Privatleben ausforschen, ihnen nachsteigen, wenn sie während der Freizeit ein Lokal oder eine Bar besuchten? Also ehrlich gesagt ... Weber sah hier zwei Aspekte, die ihm überhaupt nicht gefielen: Zum einen empfand er es als beleidigend, quasi die Arbeit der Sittenpolizei übernehmen zu müssen. Damit hatte er rein gar nichts zu tun und wollte auch nichts damit zu tun haben. Zum anderen ahnte er, dass es hier um polizeiinterne Machtkämpfe ging, und für die wollte er sich schon gar nicht einspannen lassen. Trotz der fortschrittlichen Führung gab es vor allem in den oberen Rängen viele Beamte, die es als Schwächung, ja sogar als einen Angriff auf die Staatsmacht ansahen, wenn Frauen als Polizistinnen auftraten.

Weber hatte über ein Jahr bei der WKP gearbeitet, bevor er im Herbst 1928 auf eigenen Wunsch zur Politischen Polizei versetzt worden war. Nicht dass ihm die Arbeit bei der WKP unangenehm gewesen wäre. Er arbeitete gern mit Frauen zusammen, hatte sich sogar einmal in eine junge Kollegin verliebt (bevor die Sache mit Hannchen akut wurde), aber als die internen Zwistigkeiten überhandnahmen, war er lieber gegangen.

Und nun hatten sie ihm diese Akte geschickt. Wirklich ungeheuerlich. Ihm war schon klar, wer hinter den Machenschaften zur Untergrabung der Frauenpolizei steckte. »Falls jemals an die Öffentlichkeit dringt, was hier im Stadthaus an Intrigen gesponnen wird, dann fliegt uns der Laden um die Ohren«, hatte Weber einmal zu seinem Freund Hilbrecht, dem Polizeifotografen, gesagt. Der hatte beschwichtigt: »Du übertreibst, Alfred, wie immer. Das sind nur ein paar kleinliche Querelen. Das gehört dazu. Sieh mal, zu Hause bei mir, wenn die Kinder ...« Und so weiter. Hilbrecht legte grundsätzlich bei allen Vorkommnissen der Weltgeschichte den Maßstab seiner Familie an.

Weber überlegte, wie er die Akte loswerden könnte. Vielleicht sollte er sie demjenigen zurückgeben, der sie ihm aufgedrückt hatte. Das war Regierungsrat Lassally gewesen, sein Vorgesetzter. Allerdings war nicht so ganz klar, wie der darauf reagieren würde. Er war ein Hundertfünfzigprozentiger, studierter Jurist aus großbürgerlichen Verhältnissen, er verlangte, dass alles exakt nach Vorschrift und auf korrektem Dienstweg bearbeitet wurde. Sich an ihm vorbei an eine höhere Stelle zu wenden, war gänzlich unmöglich, Lassally würde sich sein maßgeschneidertes Sakko zuknöpfen und ihn ganz sachlich zur Schnecke machen.

Die zweite Möglichkeit wäre, sie einem untergebenen Kollegen aufzudrücken. Aber das hätte zwei Nachteile: Erstens würde sie dann irgendwann wieder bearbeitet zu ihm zurückkommen, und zweitens würde ein anderer diese unsauberen Ermittlungen durchführen. Blieb drittens noch die Methode der unschuldigen Provokation: Er konnte mit der Akte zu Frau Erkens, der Leiterin der WKP, gehen und ihr ein paar scheinheilige, nichtssagende Fragen dazu stellen. Frau Erkens würde garantiert an die Decke gehen und eine weitere Intrige gegen sie und ihre Dienststelle wittern. Die Folge wäre ein Konflikt auf der Ebene seiner Vorgesetzten. Die Fetzen würden fliegen und er würde unbemerkt seinen Kopf aus der Schlinge ziehen und sich davonstehlen.

Weber schmunzelte und fing leise an zu lachen. Was für eine grandiose Idee! Er stellte sich vor, wie Frau Erkens sich wie eine Furie auf Dr. Schlanbusch stürzte, der die Verantwortung zweifellos auf Lassally abwälzen würde. Und schon würde Präsident

Campe, angelockt von dem lauten Geschrei, durch die endlosen Flure der Polizeizentrale herbeieilen, um den Streit zu schlichten, bevor man sich gegenseitig an die Gurgel ging. Solche Eklats hatte es in der Vergangenheit schon mehrfach gegeben. Weber fiel ein, dass er selbst einmal beobachtet hatte, wie Frau Erkens vor Dr. Schlanbusch einen Hofknicks gemacht hatte mit den Worten: »Ich danke auch vielmals für die fortgesetzten gnädigen Schikanen.«

Was für eine Szene! Hofknicks! »Ich danke vielmals.« Wie eine Madame Pompadour! Das war einfach zu schön gewesen. Weber lachte vor sich hin.

Und da knallte es.

Laut. In unmittelbarer Nähe. Bestenfalls ein oder zwei Zimmer weiter. Womöglich auf dem Flur? Ein Schuss? Weber sprang auf und horchte.

Ein schriller Schrei.

Weber stürzte in den Korridor. Was er dort sah, kam ihm zunächst völlig unverständlich vor.

Zwei Türen weiter stand ein Polizeibeamter der Ordnungspolizei vor dem Büro von Regierungsrat Lassally, in voller Uniform, den Tschako auf dem Kopf, breitbeinig, mit ausgestreckten Armen. Er stemmte die Hände gegen den Türrahmen, um den Durchgang zu blockieren.

Vor ihm ein junger Mann in Zivil, der versuchte, ins Zimmer zu kommen. Dazu müsste er aber erst mal den Orpo-Mann aus dem Weg befördern. Doch der war groß und muskulös und hielt dagegen. Bei dem jungen Mann in Zivil handelte es sich tatsächlich um den Kollegen, den Weber am Vorabend abgewimmelt hatte. Fritz Klindworth, seine Locken waren nicht zu übersehen. Er ballte die Fäuste und hieb damit auf seinen Widersacher ein. Ächzen und Stöhnen, sonst war nichts zu hören. Nur noch gelegentliches Schreien aus dem Büro von Lassally.

Jetzt ließ Klindworth von dem Uniformierten ab, trat zwei Schritte zurück und griff unter seine Jacke. Hatte er dort eine Waffe?

Weber war schon beinahe neben ihm, wollte ihm in den Arm fallen und etwas rufen wie: »Um Himmels willen, keine Schießerei. Der Mann ist doch gar nicht bewaffnet!« Doch der Uniformierte überblickte die Lage besser, machte einen Ausfallschritt, packte Klindworth und schleuderte ihn gegen den hinzukommenden Weber. Beide taumelten zur Seite. Weber strauchelte, Klindworth stolperte. Weber fiel, Klindworth stürzte über ihn. Gottverdammt schwer war er, dieser Dickwanst!

Weber rang nach Luft und sah, wie der Orpo-Mann über ihn sprang und dabei seinen Tschako verlor, der polternd neben ihm auf dem Boden landete. Weber kniff erschrocken die Augen zu.

Er riss sie wieder auf. Der Uniformierte war verschwunden. Weber sah, wie der dicke Klindworth erstaunlich flink auf die Beine kam und hinter dem Flüchtenden herrannte.

Weber rappelte sich auf, stützte sich am Türrahmen ab und stolperte unbeholfen in Lassallys Büro.

Es war eins von diesen Dienstzimmern, von denen Weber klammheimlich träumte. Holzvertäfelung, Aktenschrank, Bücherregal und nur ein einziger Schreibtisch, bestimmt aus Eiche. Dazu ein Sessel mit Armlehne, sehr bequem, auch für den kurzen Mittagsschlaf.

Lassally, sonst immer ein Ausbund an Haltung und Akkuratesse, lag schlaff darin, aber er schlief nicht. Er schnaufte laut und hielt sich die linke Seite seines eleganten Sakkos, unterhalb des Herzens, da wo der Brustkasten endet. Seine sonst blütenweißen

Manschetten waren tiefrot getränkt. Der Schuss hatte ihn getroffen, zweifellos. Er war wachsbleich, aber sein Haar wie immer glatt pomadisiert und linear gescheitelt.

Vor dem Schreibtisch stand breitbeinig ein großer breiter Kerl in langem schmutzigem Regenmantel, die Schirmmütze tief ins Gesicht gezogen, leicht schwankend. Nur im Augenwinkel sah Weber auch Lassallys Sekretärin, eine angegraute Dame mit Dutt, die stocksteif vor dem Stuhl stand, auf dem sie eben noch gesessen hatte, um das Verhör zu protokollieren. Jetzt hatte sie die Hände vors Gesicht geschlagen und den Mund weit aufgerissen, nur kam kein Ton mehr heraus. Der Kerl im Regenmantel hielt eine Pistole in der Hand, zielte damit auf Lassally. Hatte schon einmal abgedrückt, wollte noch mal schießen, aber es gelang ihm nicht. Die Waffe versagte, Ladehemmung.

Der Mann stieß einen wütenden Schrei aus, wirbelte herum, sah, dass Weber ihm den Weg blockierte, und schmetterte ihm die Waffe gegen die rechte Schläfe.

Bei Weber gingen die Lichter aus. Dass er zu Boden gestürzt war, merkte er erst, als er wieder zu sich kam. Neben ihm kniete Lassallys Sekretärin und fächelte ihm mit einem Aktendeckel kühle Luft zu. Noch kühler war der nasse Lappen, der an seinem Kopf klebte. Weber fiel auf, dass ihr knöchellanges, schwarzes Kleid aus so viel Stoff bestand, dass es gut für zwei derartig schmale Personen ausgereicht hätte.

»Die Samariter kommen gleich«, hauchte die Frau.

»Wie bitte?«, fragte Weber erschrocken.

»Bleiben Sie ganz ruhig, Herr Kommissar. Man wird Sie sofort ins Krankenhaus bringen.«

»Unsinn«, sagte Weber und rappelte sich mühsam auf.

Niemand sonst im Zimmer. Eigenartig.

»Wo …«, sagte Weber, »was … ist denn passiert?«

Sie zuckte mit den Schultern, wollte etwas sagen, war aber offensichtlich überfordert, wusste nicht recht, wo sie anfangen sollte.

»Ach so«, sagte Weber und nickte verständnisvoll. Denn eben tauchte vor seinem geistigen Auge das besorgte Gesicht seines Barbiers wieder auf: »Heute ist Freitag, der Dreizehnte.«

»Und welches Jahr haben wir, Herr Kommissar, und welchen Monat?«

»1931, wenn ich mich recht erinnere, März, oder?«

Die Sekretärin nickte erleichtert und drückte seine Hand.

»Und wo sind wir hier?«, fragte sie weiter.

»Bestimmt nicht in der Polizeizentrale, oder?« Weber blinzelte ihr schelmisch zu.

Sie schaute ihn verzweifelt an: »Doch.«

Zu Webers großer Verwunderung konnte Fritz Klindworth den flüchtigen Wachtmeister Möller überwältigen, kurz bevor es ihm gelang, am Jungfernstieg in der Grube der im Bau befindlichen U-Bahn-Station zu verschwinden. Bei der kurzen handgreiflichen Auseinandersetzung fing der eifrige Polizeianwärter sich ein Veilchen ein, konnte die Sache aber dank passabler Jiu-Jitsu-Kenntnisse für sich entscheiden. Anschließend legte der kleine dicke Mann in Zivil dem großen Kerl in Uniform Handschellen an und führte ihn unter den erstaunten Augen der Passanten zurück zum Stadthaus.

Dort saß Möller jetzt in einem Vernehmungszimmer, immer noch bewacht von Klindworth. Weber hatte dem jungen Kollegen mehrfach eingeschärft, dem Gefangenen nicht von der Seite zu weichen. Als ob das nötig gewesen wäre. Aber Klindworth hatte immer nur ganz korrekt mit »Jawohl, Herr Kommissar!« geantwortet.

Weber saß nun in Lassallys Dienstzimmer und verhörte die Frau mit dem Dutt. Die Samariter waren weggeschickt worden, sein Gehirn funktionierte wieder ganz gut. Der bohrende Kopfschmerz, der sich im Hinterkopf ausbreitete, konnte seine Ursache auch genauso gut im Alkoholgenuss des Vorabends haben. Viel wahrscheinlicher aber war, dass die Erschütterung beim Autounfall daran schuld war, entschied Weber jetzt.

Er wandte sich der Stenotypistin zu. Sie war sehr bleich. »Sind die beiden Beamten denn zusammen gekommen?«

»Nein, hintereinander.«

Sie hatte aufgehört, die Hände zu ringen, und saß jetzt ganz ruhig auf ihrem Stuhl. Stocksteif, wie in der Kirche.

»Wer kam denn zuerst?«

»Wachtmeister Möller.«

»Und?«

»Und setzte sich hin.« Die Frau deutete durch die offenstehende Tür in den Flur, wo an der gegenüberliegenden Wand eine Holzbank stand.

»Hat er sich angemeldet? Bei Ihnen oder bei Herrn Lassally?«

»Nein, das war nicht nötig, denn als er kam, traf er vor der Tür auf Herrn Regierungsrat, der ihn begrüßte und sagte: ›Gut, Möller, warten Sie hier.‹ Daraufhin setzte der Wachtmeister sich hin.«

»Und dann kam Pohl?«

»Ja, sieben Minuten später. Und damit verspätet. Er sollte zuerst vernommen werden, deshalb warteten wir.«

»Die beiden kamen also nicht zusammen. Hatten Sie den Eindruck, dass sie sich abgesprochen hatten? Oder dass sie sich kannten?«

»Abgesprochen? Das weiß ich nicht. Aber sie kannten sich wohl schon. Jedenfalls begrüßten sie sich mit Handschlag und sprachen sich sofort mit Vornamen an. Möller sagte zu Pohl: ›Na, du hast ja ganz schön geladen.‹ Und Pohl sagte: ›Dass die geladen ist, darauf kannst du spucken.‹ Dabei klopfte er auf seine Manteltasche. Darin war seine Dienstwaffe, wie sich dann herausstellte.« Die Sekretärin hielt inne und schluchzte kurz auf, blieb dabei aber weiterhin stocksteif sitzen.

Weber kam sich brutal vor, weil er immer weiterfragte. Aber was sollte er tun? Die Eindrücke unmittelbar nach dem Geschehen waren noch frisch und deshalb wahrhaftiger als spätere Berichte.

»Und weiter?«

»Dann setzte er sich hin. Ich war allerdings erstaunt, dass der Oberwachtmeister nicht in Uniform erschienen war. Das sagte ich Herrn Oberregierungsrat, dem das auch nicht gefiel. Aber er sagte nur: ›Na, Hauptsache er gibt seine Dienstmarke ab und die Pistole.‹ Das hat er dann ja leider nicht getan ...« Sie schluchzte auf und hielt sich ein Taschentuch vor den Mund, das sie blitzschnell aus dem Ärmel ihres Kleids gezupft hatte.

»Was geschah dann?«

»Ich schloss die Tür, weil Herr Regierungsrat die Akten kurz studieren wollte. Dann öffnete ich sie wieder und rief Pohl herein. Dabei sah ich, wie die Männer tuschelten. Pohl stand sofort auf. Aber bevor er eintrat, sagte er noch zu Möller: ›Ich zähle auf dich.‹ Dann kam er rein.«

»Wie hat er das gesagt?«

»Bitte?«

»Der Tonfall!«, blaffte Weber sie an, was ihm augenblicklich leidtat.

»Ja also ... für eine geheime Absprache zu laut. Aber er war ja betrunken und lallte sogar ein bisschen. Als er an mir vorbeiging, roch er sehr.«

»Und was erwiderte Möller darauf?«

»Der nickte und sagte: ›Klar doch.‹ Mehr nicht. Aber er stand auf in dem Moment, als ich die Tür schloss. Und spähte in den Flur. Nach rechts und links.«

»Aber die Tür stand doch offen, als ich kam.«

Die Frau wurde noch bleicher, als sie ohnehin schon war. »Ja«, sagte sie ganz leise.

»Wie kam das?«

»Ich ... als ... Er drohte ... da stand ich auf und ging zur Tür.«

»Sie haben sie aufgemacht?«

Sie nickte.

»Stand Möller da schon vor der Tür?«

Sie nickte.

»Sie konnten also nicht hinaus?«

Die Stenotypistin versuchte den Kopf zu schütteln, aber das war jetzt zu anstrengend für sie.

Es wirkte, als würde sie in ihrem umfangreichen Kleid verschwinden.

Sie glitt von ihrem Stuhl wie eine schwere Daunendecke, die ganz langsam über den Rand eines Bettes rutscht. Weber sprang auf und konnte sie gerade noch auffangen.

Er legte sie vorsichtig auf den Boden, erhob sich, eilte in den Flur, rief eine Kollegin herbei und schickte einen vorbeikommenden Büroboten los, um Riechsalz zu besorgen.

Was er erfahren hatte, genügte, um Wachtmeister Möller in die Zange zu nehmen. Und den knöpfte er sich jetzt vor, im Beisein des jungen Kollegen, den er momentan ganz gut leiden konnte. Vielleicht wegen des Veilchens, damit wirkte er erwachsener.

»Sie haben sich also mit Pohl zu einer Mordtat verabredet«, blaffte Weber den Uniformierten an, dessen Arme noch immer mit Handschellen hinter dem Rücken gefesselt waren und durch die Öffnung in der Stuhllehne nach unten hingen.

Wachtmeister Möller, der eben noch zu Boden gestiert hatte, hob ruckartig den Kopf und fragte verblüfft: »Was?«

»Er hat versucht, Regierungsrat Lassally zu erschießen, und Sie haben ihm dabei assistiert. Mittäterschaft, das bringt Sie vielleicht nicht unter das Fallbeil, aber lebenslänglich ins Zuchthaus!«

Ganz kurz zuckte so etwas wie Angst über das Gesicht des Polizisten.

»Niemals!«, schrie er und sprang auf.

Der junge Kriminalbeamte trat ihm in den Weg, und der Wachtmeister fiel auf den Stuhl zurück.

Weber verschränkte die Arme und baute sich vor ihm auf. »Es ist bezeugt, dass Sie mit Pohl getuschelt haben kurz vor der Tat. Wenn das keine Absprache ist …«

»Nein!«

»Was denn sonst? Raus damit!«

»Ich war doch vorgeladen, deshalb war ich hier.«

»Vorgeladen? Warum?«

»Weil ich gewisse Sympathien habe. Und wenn schon! Das ist doch kein Grund …«

»Welche Sympathien?«

»Nationalsozialistisch. Na und? Viele Kollegen haben die. Ich bin aber gar nicht organisiert in der SA oder sonst wo, wie man mir vorwirft. Das ist gelogen. Ich bin doch längst ausgetreten!«

»Aber die Sympathien sind geblieben, was?«

»Darf man keine Sympathien haben? Haben Sie keine, Herr Kommissar? Darf man als Polizist nur Sympathien mit dem Reichsbanner haben, keine anderen? Können nur Sozialdemokraten für Ordnung sorgen? Das ist ja lächerlich. Aber ich bin jetzt still, sonst drehen Sie mir doch nur einen Strick daraus.«

»Was haben Sie denn erwartet, was Regierungsrat Lassally von Ihnen will?«, fragte Weber ruhig.

»Eine Gardinenpredigt habe ich erwartet. Was denn sonst? Und ich hätte ihm schon verklickert, dass er falsch gewickelt ist. Weil er nämlich keine Beweise hat und es auch keine gibt!«

»Und der Pohl?«

»Was ist mit dem Pohl?«

Weber deutete in den Flur. »Sie saßen also schon auf der Bank, und da kam Oberwachtmeister Pohl rein. Haben Sie salutiert, er steht ja höher?«

Möller grinste schief. »Sie sind ja witzig, Herr Kommissar. Ich kenne ihn doch. Da salutiert man nicht. Außerdem war er in Zivil.«

»Woher kennen Sie ihn denn, von der SA?«

Das Grinsen wurde noch schiefer, jetzt kam ein höhnischer Ausdruck in seinen Augen dazu. »Sie wollen mich aufs Glatteis führen. Aber nee, das läuft so nicht. Wir waren lange in derselben Kaserne, so sieht's aus.«

»Wo?«

»Bundesstraße. Wir haben im selben Schlafraum gefroren. Scheißkalt ist es da. Man rückt einfach zusammen. Man salutiert nicht.«

»Na schön, aber unterhalten haben Sie sich schon, als Sie darauf warteten, hereingerufen zu werden.«

»Klar. Ich hab ihn gefragt wie's ihm geht. Er sah ja ziemlich fertig aus. Und eine Fahne, zehn Meter gegen den Wind. Nicht gerade die Verfassung, in der man ein Verhör durchsteht.«

»Was hat er gesagt?«

»Bitte?«

»Was hat Pohl zu Ihnen gesagt, als Sie da auf der Bank zusammensaßen? Über seine Mordpläne.«

Möllers Gesichtsausdruck wechselte hastig zwischen Entsetzen, Unglaube und Belustigung. »Mordpläne? So was doch nicht. Ich hab ihn gefragt, wie's ihm ergangen ist, seit er entkaserniert worden ist. Wir hatten uns ja länger nicht gesehen.«

»Und wie ist es ihm ergangen?«

»Beschissen, sagte er. Mutter gestorben, Freundin weg, Geld zu knapp und jetzt auch noch die Aussicht auf Rausschmiss. Er war ganz schön geladen.«

»Er war geladen und seine Pistole auch, die er in der Manteltasche trug. Das sagte er doch zu Ihnen, das ist bezeugt, Wachtmeister!«

Möller zögerte. »Daran ... kann ich mich nicht erinnern.«

»Dann ging Pohl rein zu Lassally und Sie haben ihm Schützenhilfe geleistet ...«

»Aber nein, niemals!«

»... Deckung gegeben, Schmiere gestanden!«

»Das ist nicht wahr!« Möller sprang auf, und wäre gefesselt auf Weber zugetaumelt, wenn Klindworth ihm nicht einen Faustschlag seitlich gegen den Kopf verpasst hätte, der ihn zurück auf den Stuhl beförderte.

»Sondern?«, fragte Weber.

»Ich will's Ihnen ja sagen, um Himmels willen, lassen Sie mich doch erst mal reden.«

»Ich höre«, sagte Weber.

»Pohl sagte, er sei Nationalsozialist und das bleibe er auch. Er hätte bei der Reichswehr 1919 nicht den Kopf hingehalten gegen die Spartakisten, um sich jetzt seine Überzeugung vorschreiben zu lassen. Die Republik sei ein Dreck, aber bald kämen andere Zeiten, und dann würden wir endlich saubere Arbeit machen können. Er jedenfalls bleibe in der Partei, so lange er Lust dazu habe. Und wenn die verlotterte und verluderte und verjudete Polizei ihn nicht haben wolle, dann werde man schon sehen.«

»Und dann sagte er, er würde Lassally erschießen.«

Möller schüttelte den Kopf. »Nee, sagte er nicht. Er sagte was ganz anderes.«

»Und zwar?«

»Er machte einen Witz darüber, dass man die eine Hälfte der Juden ganz gut gebrauchen könne, denn das verdorben sein hätte in mancherlei Hinsicht durchaus seine Vorteile, er hätte da einschlägige Erfahrungen auf St. Pauli gesammelt.«

»Mit Jüdinnen?«

»Genau das. Aber ich kann's nicht wiedergeben, weil es nicht stubenrein ist. Er war ja betrunken. Aber vor allem tut es nichts zur Sache.«

»Und dann?«

»Dann ging die Tür auf, und er wurde hereingerufen.«

»Und Sie stellten sich schützend vor die Tür, nachdem sie wieder geschlossen war. Weil Sie nämlich wussten, was geschehen würde.«

Möller blieb jetzt erstaunlich ruhig. Aber er rückte endlich raus mit dem, was Weber hören wollte.

»Nee, ich wusste nichts. Er hatte mir bloß zugeflüstert, er werde den Lassally gründlich vermöbeln. Reine Angeberei, dachte ich mir. Aber ich war neugierig. Also bin ich vor die Tür getreten und hab gehorcht. Hätte gar nicht so dicht ran müssen, er schrie ja gleich.«

»Was schrie er?«

Möller dachte kurz nach. »Der Regierungsrat sagte was von Beamtenausschuss und Disziplinarverfahren. Pohl schrie sofort, den Ausschuss könne er sich .... na Sie wissen schon. Weil da sowieso lauter Sozis drin säßen. Drecksgesindel sei das und würde ihn nur reinlegen. Daraufhin sagte Lassally etwas, das ich nicht verstand, aber irgendwas wie ›zu Ihrer Verteidigung, Oberwachtmeister‹ und ›Sie sind doch Nationalsozialist, nicht wahr?‹. Daraufhin schrie Pohl ganz laut: ›Sie gottverdammter, dreckiger Mistkerl! Ich lasse mich nicht von einem Juden vernehmen!‹ Und dann knallte es.«

»Das war der Schuss, den er abgab?«

»Was denn sonst?«

»Und Sie blieben vor der Tür stehen und blockierten sie, damit Pohl seinen Mordanschlag erfolgreich durchführen konnte.«

»Nee, ich horchte bloß. Sie können sich ja denken, wie erschrocken ich war. Ich traute mich da gar nicht rein. War ja praktisch gelähmt vor Angst.«

»Lügner!« Klindworth trat empört vor.

Weber hielt ihn an der Schulter fest. »Ganz ruhig.« Und an Möller gewandt: »Warum haben Sie denn den Kriminalanwärter angegriffen, als der ins Zimmer treten wollte?«

»Hab ich gar nicht, im Gegenteil. Er hat mich ...«

»Lüge!«

»... im Übrigen kannte ich den Mann gar nicht. Woher sollte ich wissen, dass er ein Kriminaler ist. Er hätte genauso gut mit Pohl unter einer Decke stecken können.«

»Das ist doch...!«

Weber konnte den jungen Kollegen nur mühsam im Zaum halten, behielt ihn eisern im Griff.

»Das nämlich war meine Idee«, sagte Möller mit scheinheiligem Ernst. »Den Regierungsrat zu schützen.«

»Na schön«, sagte Weber und bekräftigte seinen Befehl mit noch festerem Druck, unter dem der junge Kollege hörbar ächzte. »Klindworth, nehmen Sie ihm die Fesseln ab. Er kann gehen.«

Klindworth starrte ihn erstaunt an und tat dann wie befohlen. Weber drängte ihn zur Seite und wandte sich an Möller: »Gehen Sie zurück in Ihre Kaserne und halten Sie sich zur Verfügung. Wir werden Ihren Vorgesetzten in Kenntnis setzen.«

»Na klar.« Möller grinste triumphierend, als er den Raum verließ.

Weber drehte sich zu Klindworth um: »Und jetzt zu Ihnen. Sie schauen mal nach, wie es Lassallys Sekretärin geht. Wenn Sie wieder einigermaßen beieinander ist, lassen Sie sich von ihr sämtliche Akten zu Pohl geben. Notieren Sie alle wichtigen Informationen. Und mit wichtig meine ich alles, was uns helfen könnte, diesen Burschen dingfest zu machen. Alles! Auch scheinbar unwichtige Kleinigkeiten können zum Erfolg führen!«

»Jawohl, Herr Kommissar!«

»Razzia!«, rief Dr. Schlanbusch. »Sofort!« Dabei warf er Präsident Campe einen forschen Blick zu. Die runden, dunkel umrandeten Brillengläser des Kripo-Leiters waren beschlagen. Sonst war alles an ihm makellos bis hin zu dem exakt getrimmten Zweifinger-Bärtchen.

Weber fühlte sich unwohl hier im Büro des Polizeipräsidenten. Für sein Empfinden standen die Vorgesetzten, mit denen er über den Fall Lassally diskutieren sollte, viel zu weit über ihm. Er war doch bloß ein kleiner Kommissar. Allerdings ein Kommissar, der vor einer halben Stunde einen Anruf vom Polizeisenator persönlich bekommen hatte.

Dies ist der verrückteste Tag meines Lebens, dachte Weber. Freitag, der Dreizehnte, meine Güte! Und er ist immer noch nicht vorbei. Gerade mal vier Uhr nachmittags, wer weiß, was noch kommt.

Senator Schönfelder, den Weber vor Kurzem auf einer Parteiveranstaltung der Sozialdemokraten über ein Glas Bier hinweg gesprochen hatte, hatte ihn am Telefon geduzt. Unter Genossen war das nichts Ungewöhnliches, aber innerhalb der Polizeibehörde stand Weber so weit unten in der Hierarchie, dass ein direkter Anruf seines Dienstherrn ein Ding der Unmöglichkeit war. Eigentlich hätte er stolz darauf sein können, aber er war nur verwirrt.

»Weber, ich verlasse mich auf dich. Dies war ein Angriff auf die Integrität der Polizeibehörde. Womöglich erst der Anfang. Wir müssen wachsam bleiben. Wir wissen, dass wir uns auf Campe verlassen können. Aber es gibt viele widerstreitende Kräfte. Augen auf, Weber! Wir stehen in vorderster Front zur Verteidigung der Republik.«

Um Himmels willen, hatte Weber gedacht, nachdem er den Hörer aufgelegt hatte, das ist zu viel für mich, ich bin doch nur ein kleines Licht. Hätte ich mich bloß nicht so hervorgetan in den Sitzungen bezüglich der vordringlichen Aufgaben der Politischen Polizei im Kampf gegen republikfeindliche Bestrebungen. Lassallys Sekretärin hatte das alles protokolliert und irgendwie war eine Kopie bis hinauf zu Schönfelder gelangt. Der hatte ihn dann prompt auf der Parteiveranstaltung angesprochen und zu einem Strategietreffen des Reichsbanners eingeladen. Da hatte Weber von seiner Arbeit berichtet und die Hoffnung geäußert, die Politik möge sich mehr um die Loyalität der Polizeibeamten bemühen.

Prompt war kurz darauf Regierungsrat Lassally eingesetzt worden, um radikale Kräfte in der Behörde aufzuspüren und zu »neutralisieren«. Offenbar hatten einige dies als deutliche Kampfansage verstanden und nun zurückgeschlagen. Oder handelte es sich bei der Tat von Oberwachtmeister Pohl nur um den Racheakt eines Einzeltäters? Wie auch immer, die Nervosität war seinen Vorgesetzten anzumerken.

Polizeipräsident Campe saß kerzengerade hinter seinem mächtigen Schreibtisch, wie immer im dunkelbraunen Zweireiher mit dezenten Kreidestreifen, den Blick erhoben, sodass er immer ein kleines Stück über seine Gesprächspartner hinwegschaute, die ihm gegenüber saßen. Ganz der liberale, hanseatische Bürger, dem die kleinlichen Querelen der politischen Parteien im Grunde fern waren. Für ihn war der Staat eine objektive Instanz. Weltanschauungen gleich welcher Art beschmutzten ihn nur.

So wie Campe redete, kam es Weber vor, als würde er den Staat als eine makellose Maschine mit gut geöltem Getriebe ansehen. Nur leider gab es in diesem Getriebe viele Menschen, die nichts lieber taten, als Sand hineinzustreuen.

Aber ich bin ein fleißiges Zahnrädchen im Getriebe, dachte Weber belustigt. Was man nicht von allen Anwesenden behaupten konnte.

Dr. Schlanbusch zum Beispiel, dem die Politische Polizei direkt unterstellt war, sah die Gefahr vor allem auf der linken Seite. Bei der letzten Wahl hatten sechs Prozent der kasernierten Polizisten für die KPD gestimmt. Seither sprach Schlanbusch ständig von der »roten Flut«. Dabei hatten dreimal so viele die Nazi-Partei gewählt.

Der Kripo-Leiter legte nun auch Wert auf die Feststellung, es müsse sich um einen Einzeltäter gehandelt haben.

»Und was ist mit dem anderen Beamten, diesem Möller?«, fragte Campe.

»Der ist rein zufällig da gewesen«, erwiderte Schlanbusch.

»Aber er wurde doch von Lassally hinzitiert«, sagte Campe.

»Sicher. Aber das war eine Routinesache. Der Mann mag vielleicht gewisse Ansichten haben, aber das ist rein persönlicher Natur. Er ist nicht organisiert. Und darum geht es ja. Wir können unseren Beamten die Mitgliedschaft in einer Organisation verbieten, aber ihnen nicht das Gewissen umdrehen.«

»Ja, das ist leider wahr«, sagte Campe nachdenklich. »Wer nicht in der SA ist, ist kaum zu belangen.«

»Gedankenfreiheit ist in der Verfassung garantiert«, dozierte Schlanbusch, der sich sonst nicht als Verteidiger der republikanischen Werte hervortat, wie Weber wusste.

»Aber ein Mordanschlag ist schließlich ein Mordanschlag!« Campe hob die Stimme. »Und dementsprechend muss gehandelt werden.«

Und das war der Moment, wo Schlanbuschs Brillengläser beschlugen und er laut rief: »Razzia! Sofort!«

»Haben wir denn genügend Kapazitäten in der Politischen Polizei?«, fragte Campe und schaute Weber an.

Weber schüttelte den Kopf. »Sicher nicht. Eine Razzia geht nur mit der Orpo. Aber wie soll ich mit der Orpo gegen die Orpo eine Razzia machen? Wir können doch nicht die Polizisten der einen Kaserne auf die Polizisten der anderen Kaserne hetzen. Bloß weil ein betrunkener Wachtmeister Amok gelaufen ist.«

Und damit hatte er sich in die Nesseln gesetzt.

Schlanbusch nahm die beschlagene Brille ab, drehte sich zu

Weber herum und versuchte, ihn mit seinen kurzsichtigen Augen zu fixieren.

»Was reden Sie denn da, Weber! Der Mann, dieser Pohl, wurde vor einem Jahr entkaserniert. Er wohnt privat auf St. Pauli. Es geht darum, ihn aufzuspüren. Dass er nicht zu Hause ist, wissen wir. Eine Streife war dort.« Er drehte sich zu Campe um. »Ein Posten wurde selbstverständlich vor Ort belassen.«

»Eine Razzia wegen eines Täters?«, fragte Weber skeptisch.

Schlanbusch zog ein Tuch aus der Jackentasche und polierte seine Brille. »Er hat einen hohen Beamten schwer verletzt. Mutwillig. Wenn wir das durchgehen lassen, machen wir uns zum Gespött. Wenn der Staat nicht einmal seine führenden Polizeibeamten schützen kann, was ist er dann noch?«

»Wohl wahr«, sagte Campe.

»Aber wo fangen wir denn an?«, warf Weber ein. »Wollen wir alle Verkehrslokale der Nationalsozialisten durchkämmen? Ein Ding der Unmöglichkeit. Gezielt vorzugehen, scheint mir die bessere Methode.«

Schlanbusch setzte die Brille wieder auf. »Kommissar Weber, ich muss mich doch sehr wundern. Bis eben war ich davon ausgegangen, dass Ihnen bekannt ist, in welchen Lokalen dieser Pohl verkehrt. Er stand doch unter Observation.«

»Er stand auf der Liste«, sagte Weber.

»Also ist Ihnen in dieser Hinsicht gar nichts bekannt?«, fragte Schlanbusch scheinheilig, während er das Tuch in die Jackentasche zurückstopfte.

»Nun ja, aber wie gesagt … selbst wenn …« Weber wusste nicht, was er antworten sollte. Innerlich kochte er vor Wut. Das mit der Razzia hatte Schlanbusch also nur deshalb zur Sprache gebracht, um ihn reinzulegen.

Am liebsten hätte er ihn einfach angebrüllt: »Wissen Sie eigentlich, wie viele Brandherde wir unter ständiger Beobachtung haben? Und da kommen Sie mir mit diesem Pohl! Sie haben ja überhaupt keine Ahnung! In Wahrheit wollen Sie doch gar nichts wissen!«

Wenn Campe ihm in diesem Moment nicht zu Hilfe geeilt wäre, hätte er sich um Kopf und Kragen geredet.

»Meine Herren«, sagte der Polizeipräsident und setzte sich noch gerader hin. »Die Lage ist, wie sie ist, und ich sehe die Probleme. Natürlich können wir die Orpo nicht gegen die Orpo einsetzen. Und das wäre auch der falsche Weg. Vielmehr sollte Besonnenheit uns leiten. Wir haben hier einen einzelnen Täter. Darum geht es. Der muss gefunden werden.«

»Ganz recht«, nickte Schlanbusch eifrig. »Machen wir doch aus einer Mücke keinen Elefanten.«

Campe fuhr fort: »Sie, Weber, nehmen sich der Sache an. Suchen Sie sich einen zuverlässigen Kollegen und finden Sie diesen Pohl.«

»Nur einen Kollegen?«

Schlanbusch mischte sich ein.

»Gezielt vorgehen, Weber, das waren Ihre Worte.«

»Na ja, aber ...«

»Gezielt und möglichst diskret, Kommissar Weber. Ich vertraue Ihnen die Sache an«, sagte Campe.

»Innerhalb von vierundzwanzig Stunden wäre natürlich wünschenswert«, zischelte Schlanbusch.

»Und Sie, Dr. Schlanbusch, kümmern sich um die Presse. Auch hier gilt es, gezielt und diskret vorzugehen. Ich verlasse mich auf Sie!«

Weber warf Campe einen raschen Blick zu.

Er war in Versuchung, ihm zuzuzwinkern, aber zum Glück schaute Campe schon wieder auf seine Papiere.

»Das wäre dann einstweilen alles, meine Herren. Ich danke Ihnen.«

»Und so fahnden wir nach einem Täter?«, fragte Klindworth.

»Ganz genau.«

Klindworth blickte sich skeptisch um. Vor ihm stand ein großes Glas »Bill-Bräu«. Der Schaum kräuselte sich über den Rand wie die Locken auf dem Kopf des jungen Polizeianwärters. Weber hatte ihm das Bier spendiert, um ihn zu testen. Wenn er nach dem ersten Krug betrunken war und kein vernünftiges Wort mehr herausbrachte, würde er ihn nach Hause schicken. Wenn er angetrunken war und sich noch klar ausdrücken konnte, würde er ihm vorführen, wie er seine Arbeit erledigte. Wenn er nüchtern blieb, würde er ihm vielleicht sogar das eine oder andere Geheimnis verraten.

»Wo kommen Sie eigentlich her?«, fragte Weber, hob den Krug und stieß ihn gegen Klindworths. Der trank mit, schaute sich aber weiterhin skeptisch um.

»Aus Mecklenburg.«

»Ein Landei also«, dachte Weber laut.

»Na, hören Sie mal, Herr Kommissar, Bützow ist seit Jahrhunderten eine Stadt!«

Weber nötigte Klindworth erneut zum Anstoßen.

»Na schön, Sie Stadtmensch«, sagte er, nachdem er sich den Schaum vom Mund gewischt hatte. »Dann schauen Sie sich mal um und erzählen Sie mir, was Sie sehen.«

Klindworth blickte verstohlen um sich. Sein Gesicht drückte Diensteifer aus. Dann merkte er, dass er sich damit verraten könnte, setzte eine Unschuldsmiene auf und nahm einen weiteren Schluck Bier, während er die Gäste musterte.

Die Gaststätte »Zur Hansekogge« lag in der Nähe des Schlachthofs. Es war ein biederes Lokal, wie es viele gab, mit blank geputzten rohen Holztischen und Gardinen vor den Fenstern. Einige Topfpflanzen auf den Simsen bemühten sich, trotz der schlechten Lichtverhältnisse zu überleben. Hinten gab es ein paar Tische mit Spitzendeckchen und Strohblumen, vorne Sitznischen mit Bänken. Der halbrunde Tresen war zu klein und zu schmal, um dort länger zu verweilen, die Gäste saßen deshalb alle. Weber und Klindworth hatten sich die Nische direkt neben der Tür ausgesucht.

»Es sind erstaunlich viele Polizisten anwesend«, sagte Klindworth halblaut.

»Ganz recht.«

»Scheint ein Stammlokal der Ordnungspolizei zu sein.«

»Auch richtig.«

»Die hängen ihre Tschakos an die Garderobenhaken und die Koppeln daneben. Die haben Feierabend.«

»Gut erkannt.«

»Kriminalbeamte sehe ich aber nur zwei«, sagte Klindworth.

»Tatsächlich?« Weber schaute sich um. Seit wann verkehrten hier denn Kollegen von der Kripo? Oder hatten sie Fahndungskonkurrenz bekommen?

Klindworth lächelte andeutungsweise und sogar leicht verschmitzt. »Ich meine doch uns beide, Herr Kommissar.«

»Witzbold.« Weber stieß erneut gegen den Krug seines Kollegen. Sie tranken das Bier aus, und Weber signalisierte dem Wirt, dass sie Nachschub benötigten.

»Kennt man Sie hier?«, fragte Klindworth.

»Nein, sonst hätte das alles doch keinen Sinn.«

Der junge Kriminalanwärter fuhr sich mit der Hand durch die Locken, schaute sich erneut um, sagte aber nichts.

»Und?« Weber beugte sich vor. »Weiter?«

»Hm …«

»Na, irgendwas muss Ihnen doch auffallen. Wieso sind wir überhaupt hier?«

»Ach so, das wollen Sie wissen.« Klindworth beugte sich jetzt seinerseits zu Weber. »Nun, es ist ziemlich eindeutig, welcher Schlag Polizisten hier verkehrt. Das lässt sich an den ausgehängten Zeitungen erkennen.« Klindworth deutete auf die Nische neben der Garderobe. »Da hängt das ›Mittagsblatt‹ neben dem ›Acht-Uhr-Abendblatt‹. Das ist kein Wunder, denn darin wird viel über Kriminalfälle berichtet. Dahinten liest einer den ›Correspondent‹, aber das ist auch ein Oberleutnant, der hält was auf sich und ist bürgerlich orientiert. Aber es gibt zwei Exemplare vom ›Tageblatt‹, der neuen Zeitung der Nazis. Eins liegt auf dem Tresen, da liest der Wirt drin, und eins hat der Kollege da in der Nische aufgeschlagen. Ganz hinten hat einer gerade den ›Völkischen Beobachter‹ verstohlen zusammengefaltet. Das ›Echo‹ der Sozialdemokraten und die kommunistische ›Volkszeitung‹ sind gar nicht zu sehen.«

Klindworth schaute Weber leicht triumphierend an.

»Ich weiß jetzt, warum wir hier sind. Das ist das Stammlokal von Pohl.«

»Wie kommen Sie darauf? Nur wegen der Zeitungen?«

»Nein, wir befinden uns hier nicht weit von der Bundesstraße, wo sich die große Kaserne der Orpo befindet. Dies hier scheint eindeutig ein Treffpunkt der dort stationierten Polizisten zu sein. Sehen Sie: Da hinter dem Tresen hängen zwei Fotos. Auf dem einen ist das Gebäude von außen zu sehen, auf dem anderen der Exerzierhof mit paradierenden Pferden.«

»Sie haben ja ein gutes Auge«, sagte Weber. Und fragte skeptisch: »Waren Sie dort mal kaserniert?«

»Nein, aber ich habe mich in der Stadt umgesehen, als ich meinen Dienst begann. Und ein alter Schulfreund ist dort untergekommen. Wir haben uns allerdings nicht mehr sehr viel zu sagen.«

»Na schön«, sagte Weber und bemühte sich, nicht zu zeigen, wie beeindruckt er war. »Dies könnte Pohls Stammlokal sein. Aber er ist nicht da. Fragen wir den Wirt?«

»Nein, das wäre sicher ein Fehler. Es gibt nämlich Klubräume.« Klindworth deutete auf die dunkle Holztür mit der gerade noch erkennbaren, aufgemalten Aufschrift *WC – Klubräume.* »Es könnte ja sein, dass Pohl sich dort versteckt. Eine unbedachte Frage und er wird gewarnt. Der Wirt könnte unauffällig in die Küche verschwinden und von dort in die Klubräume. Wir würden es gar nicht bemerken.«

»Sie trauen dem Wirt nicht?«

»Angesichts seiner Zeitungslektüre besser nicht. Außerdem dürfte er sich seinen Gästen gegenüber besonders verpflichtet fühlen.«

»Warum das?«

»Er hätte wohl kaum zwei Fotografien der Polizeikaserne hinter dem Tresen hängen, wenn er nicht selbst einmal dort stationiert gewesen wäre.«

Weber nickte. »Er war sechs Jahre dabei. Vorher Soldat im Krieg, dann Freikorps. Dann Sipo. 1927 auf eigenen Wunsch aus dem Polizeidienst ausgeschieden. Anschließend wurde er Gastwirt.«

Klindworth bemerkte, wie der Wirt sich mit frisch gefüllten Krügen näherte, und hob warnend die Hand.

»Zum Wohl, die Herren!«, sagte der Wirt, nachdem er sie abgestellt hatte.

Die beiden Kriminalpolizisten stießen schweigend miteinander an.

Dieser Klindworth ist gut informiert, dachte Weber, wenn er nur nicht diese Locken hätte und dieses runde rosige Gesicht. Gleichzeitig wunderte er sich über seine Aversion. Vielleicht neide ich ihm ja seine Jugend, argwöhnte er. Besser wir schreiten zur Tat!

»Ich schau mich gleich mal hinten um«, sagte Weber. »Sie behalten die Türen im Auge.«

»Und Sie sind sicher, dass er dahinten ist?«

»Sehen Sie, ein Polizist ist kein Verbrecher. Er verhält sich grundlegend anders. Verbrecher sein hat er gar nicht gelernt. Er ist nicht darauf vorbereitet, verfolgt zu werden. Mit dieser Situation kann er nicht umgehen. Vielleicht wenn er ein Kriminaler wäre, aber ein Orpo-Mann kann nur auf Befehl handeln. Und jetzt kriegt er keinen. Also sucht er Schutz im bekannten Milieu. Duckt sich weg. Hofft, dass ihm jemand einen Ausweg zeigt.«

Klindworth blickte skeptisch drein. »Und wenn die ihm helfen wollen?«

»Polizei gegen Polizei? Wohl kaum.«

»Hm.« Klindworth schien nicht überzeugt.

»Ich gehe dann mal«, sagte Weber.

»Er hat eine Waffe, vergessen Sie das nicht.«

Weber wehrte ab. »Ladehemmung.« Aus dem Augenwinkel bemerkte er sehr wohl, dass der junge Kollege ihm kopfschüttelnd nachsah. Und er hatte schon so ein diffuses Gefühl, dass er sich diesem lockigen Jüngling gegenüber ganz schön aufgespielt hatte. Wahrscheinlich lag's am Bier.

Das Bier war jedenfalls daran schuld, dass Weber, nachdem er die Türen mit den Aufschriften »Klubraum« und »Saal« passiert hatte, erst mal zu den Toiletten ging.

Er ließ sich Zeit. Im Klosett stöhnte jemand. Murmelte etwas vor sich hin. Als Weber von der Rinne zurücktrat, fiel sein Blick in den Spiegel über dem Waschbecken. Im grellen Licht der nackten Birne sah er fahl aus. Bleiches, zerfurchtes Gesicht, trotz des Bartes. Hab ich den deswegen, um die tiefen Falten um den Mund zu kaschieren? Er streckte die Hand aus, um den Wasserhahn aufzudrehen.

Hinter ihm klimperte es. Eine Patrone rollte unter der Klosetttür heraus. Ein leiser Fluch.

Zwei große Schritte, und Weber stand davor. Seine rechte Hand glitt hastig unter Mantel und Jackett. Das Halfter war zugeknöpft. Dieses neue Halfter, wo der Druckknopf klemmte.

Die drei Sekunden Verzögerung genügten dem Mann in der Zelle, um zu merken, dass jemand draußen stand, und die Tür aufzureißen.

Pohl hob die Pistole und zielte direkt auf Webers Gesicht. Er selbst war knallrot angelaufen und verschwitzt, sah aus, als hätte er geheult. Hatte aber noch genug Mumm, um abzudrücken.

Vielleicht auch nur aus Verzweiflung – das waren Gedanken, die Weber durch den Kopf gingen, nachdem es schon vorbei war, als wären sie kurz aufgehalten worden.

Klick-klick-klick-klick. Pohls Waffe war nicht geladen. So weit war er noch nicht gekommen.

Weber packte seinen ausgestreckten Arm, entwand ihm mit der anderen Hand die Waffe, nutzte den Schwung, um ihn gegen die gegenüberliegende Wand zu schleudern, und hatte die Handschellen schon um Pohls Handgelenke gelegt, bevor der überhaupt einen Schmerzensschrei ausgestoßen hatte.

»Gehen wir«, sagte Weber und merkte, wie ihm der Atem stoßweise ging.

Pohl schluchzte auf und fügte sich.

Als Weber ihn in den Gastraum schob, sprang Klindworth von der Bank auf und zog seine Dienstwaffe aus der Manteltasche. Allzeit bereit, der junge Mann, dachte Weber.

»Schon gut, schon gut«, sagte er beschwichtigend zu allen Anwesenden, vor allem aber zum Wirt. »Wir gehen nach draußen.«

Klindworth hielt seine Dienstmarke hoch, damit alle sie sehen konnten.

Draußen angekommen, atmete der Polizeianwärter erleichtert aus. Und Weber kommandierte ein wenig zu laut: »Eine Droschke, Klindworth! Wir warten da drüben in der Durchfahrt.«

Er warf einen beunruhigten Blick zum Eingang der »Hansekogge«. Aber da war alles ruhig.

Nach fünf Minuten bog das Taxi um die Ecke, mit Klindworth auf dem Trittbrett, der forschend um sich schaute, als würde er einen Angriff von Heckenschützen erwarten.

Der war doch gar nicht im Krieg, dachte Weber, als er Pohl auf den Rücksitz schob und sich neben ihn zwängte. Klindworth stieg auf der anderen Seite ein.

»Zum Stadthaus!«

Um eine erneute Flucht zu verhindern, griff Weber zu Maßnahmen, die ihm normalerweise nicht behagten: Er suchte sich ein Verhörzimmer im zweiten Stock, mit einem vergitterten Fenster.

Und er wies Klindworth an, den Verhafteten mit Handschellen an Hand- und Fußgelenken auf den Stuhl zu fesseln.

Man schämt sich ja beinahe, dachte er, als er zusah, wie Klindworth die Metallringe zuschnappen ließ. Der Kerl ist betrunken und völlig durch den Wind, wie eine ernste Gefahr sieht er wirklich nicht aus. Aber Weber spürte auch das Gewicht der Waffe, die er Pohl abgenommen hatte, in seiner Hosentasche. Damit hatte dieser nicht nur auf Lassally geschossen, sondern auch versucht ihn umzubringen. Weber merkte, dass er doch leicht zitterte, wenn er sich den Moment auf dem WC der »Hansekogge« in Erinnerung rief.

»Fertig, Herr Kommissar!«, sagte Klindworth.

Weber schickte ihn los, um Pohls Personalakte aus der Registratur zu holen, wo sie inzwischen wieder gelandet war, nachdem Lassallys Dienstzimmer versiegelt worden war, warum auch immer. Vielleicht aus Respekt vor dem Beamten, der nun im Krankenhaus lag. Weber jedenfalls hatte nicht darauf hingewirkt. Spurensicherung war nicht nötig, der Täter war ja identifiziert und gefasst und es gab genügend Zeugen für seine Tat. Und ob Fotos vom Tatort etwas bringen würden?

Pohl stierte vor sich hin, während sie auf die Rückkehr von Klindworth warteten. Sein Gesichtsausdruck wechselte ständig zwischen Selbstmitleid und Hohn. Aber er schluchzte nicht mehr, sondern atmete ruhig und regelmäßig. Weber schaute ihn unentwegt an, in der Hoffnung, ihn zu verunsichern oder irgendetwas an ihm zu entdecken, das ihm einen Angriffspunkt lieferte. Aber außer seinem verwahrlosten Äußeren und der Trunkenheit war da nichts.

Weber stand auf, trat an den Hausapparat und telefonierte nach der Kanzlei, um eine Stenotypistin anzufordern. Der Vorsteher erklärte ihm, alle Sekretärinnen des Nachtdienstes seien im Einsatz.

»Ach, ist es schon so spät?«, sagte Weber, und der Kollege lachte.

Endlich kam Klindworth mit Pohls Akte zurück und legte sie auf den Tisch.

»Können Sie Stenografie?«, fragte Weber.

»Nein.«

»Himmelherrgott!«

Weber verließ den Raum und ging den Korridor entlang. In der Dienststelle der Weiblichen Kriminalpolizei war noch Licht. Eine Tür stand offen, eine Kollegin saß an ihrem Tisch, vor sich einen Teller mit einem Würfel Hering in Gelee und einer Scheibe Graubrot.

Als sie ihn bemerkte, lächelte sie freundlich und ihr energisches, leicht plumpes Gesicht bekam einen warmherzigen Ausdruck.

»Kommissar Weber! Auch mal wieder im Hause?«

»Immer öfter«, sagte er. Er hatte den Ruf, die Büroarbeit zugunsten der Laufarbeit zu vernachlässigen.

»Ich bin mit dem Fall Lassally beschäftigt.«

»Hab davon gehört, bin aber nicht schlau daraus geworden. Ein Polizist hat auf ihn geschossen?«

»Ja, Pohl. Wir haben ihn verhaftet. Jetzt muss er verhört werden. Und natürlich kriege ich keine Stenotypistin.«

»Ach«, sagte sie. »Da könnte ich aushelfen.«

»Wirklich? Damit wollte ich Sie tatsächlich nicht belästigen.«

Sie schaute auf die Wanduhr über dem bereits verschlossenen Aktenschrank. »Ich habe ohnehin Feierabend. Wenn Sie mich nur kurz aufessen lassen.«

Weber war das ein wenig peinlich. »Es liegt mir wirklich fern, Sie für diese Aufgabe …«

»Ach was. Sie werden doch sonst niemanden finden.« Das letzte Stück Hering in Gelee verschwand in ihrem Mund. Sie stand auf, strich sich mit beiden Händen über die straff nach hinten gekämmten, recht kurzen Haare und zog sich das lange, hochgeschlossene graue Kleid glatt.

Sie war etwa so groß wie Weber, von ähnlich kräftiger Statur, aber mit weiblichen Rundungen, die sich unter dem Kleid abzeichneten. So etwas war ihm früher nicht aufgefallen, als er noch in der WKP Dienst geschoben hatte. Damals hatten alle Frauen knöchellange, weite Röcke getragen und darüber streng geschnittene Jacketts. Die Diskussion um eine Uniformierung der WKP war inzwischen abgeebbt, aber damals war es Weber so vorgekommen, als hätten die Frauen sowieso alle gleich ausgesehen.

Kriminalobersekretärin Finke zog eine Schublade auf, holte einen Stenoblock und einen Bleistift heraus und sagte: »Ich bin bereit.«

Im Verhörzimmer angekommen, setzte Weber sich vis-à-vis von Pohl an den Tisch, Finke nahm links daneben Platz, Klindworth hinter dem Verhafteten.

Nachdem Personalien, Datum und Uhrzeit notiert waren und Pohl seine Identität bestätigt hatte, begann Weber das Verhör:

»Sie sind heute Morgen mit einer geladenen Pistole ins Zimmer von Regierungsrat Lassally getreten, in der Absicht, auf ihn zu schießen. Das wurde uns von dem Zeugen Möller bestätigt.«

»Nein«, sagte Pohl und grinste hämisch, ohne Weber anzusehen.

»Was heißt da nein? Sie sind ins Zimmer gegangen, haben die Pistole aus der Tasche gezogen und abgedrückt.«

»Ja«, sagte Pohl, »aber ich hatte nicht die Absicht, *auf* ihn zu schießen, ich wollte ihn *er*schießen.« Er setzte eine unbeteiligte Miene auf.

»Sie hatten sich also vorgenommen, ihn zu töten?«

»Ja, klar.«

»Wann?«

»Was wann?«

»Wann hatten Sie sich das vorgenommen?«

»Keine Ahnung.«

»Bevor Sie ins Zimmer traten? Möller sagt, Sie hätten sich ihm gegenüber dementsprechend geäußert.«

»Kann sein.«

»Was kann sein?«

»Dass ich so was gesagt habe.«

»Da wussten Sie es also schon. Kamen Sie denn schon mit Mordgedanken ins Stadthaus?«

»Natürlich. Ich bin mit Mordgedanken rausgegangen und wieder reingegangen.«

»Drücken Sie sich bitte klarer aus. Wann rein und wann raus?«

Pohl seufzte theatralisch, als ob ihn das Verhör langweilen würde. »Gestern Nachmittag bin ich rausgegangen. Nachdem der Jude mich vollgequasselt hatte.«

In einem Zimmer in der Nähe klingelte ein Telefon.

»Welcher Jude?«

»Lassally, diese Drecksau. Hat mich mit seinen Redensarten zur Weißglut getrieben, der Lackaffe.«

»Was denn für Redensarten?«

»Ho, ho!« Pohl warf den Kopf hin und her. Wäre er nicht gefesselt gewesen, hätte er wahrscheinlich gestikuliert. »Sympathisieren Sie mit den Nationalsozialisten? Sind Sie ein Mitglied der

Partei? Pflegen Sie Verbindungen mit der SA? Wer in Ihrem Freundeskreis gehört nationalsozialistischen Organisationen an? – Was geht das denn diesen Juden an? Was geht es denn diesen Juden an, was ein deutscher Polizist tut oder nicht tut? Wie kann der es überhaupt wagen, sich über mich zu stellen, dieser Affe mit seinem krummen verjudeten Stammbaum!«

»Sie haben auf ihn geschossen, weil er Jude ist?«

»Weil er zu dieser Beobachtungszentrale gehört, die alle Beamten anschwärzt, die nicht im sozialdemokratischen Reichsbanner sind. Weil er mich gereizt hat, mit seinem hochnäsigen Getue. Weil er mich von oben herab behandelt hat. Wie einen Hund, dem man einen Tritt gibt. Dabei ist er nicht mal halb so viel wert wie jeder Straßenköter. Und daran kann man sehen, was mit dieser Polizei los ist und diesem Staat – verlottert und vermodert ist das alles! Ausmisten muss man! Den Dreck ...« Pohl brach ab. Sein Gesicht war rot angelaufen. Er schaute Weber feindselig an.

»Sie haben sich also aus eigenem Antrieb zu dieser Tat entschlossen?«

Pohl grinste.

»Warum haben Sie es sich vorgenommen?«

»Weil dieser Spitzel sich etwas anmaßt, was ihm nicht zusteht. Vielleicht haben Sie ja keine Ehre im Leib, ich schon! Dem Juden steht es nicht an, über einen Deutschen zu urteilen. Wirklich schade, dass ich Ladehemmung hatte, sonst hätte ich ihm die anderen Kugeln auch noch in den Kopf gejagt.«

»Sie geben die Tat also zu?«

»Ja, ja! Sie haben es doch selbst gesehen. Wieso fragen Sie überhaupt? Lassen Sie mich doch in Ruhe!«

Der Telefonapparat auf dem Wandbord in der Ecke klingelte. Weber schaute irritiert hin.

Finke schrieb zu Ende und schaute Weber fragend an.

Klindworth fragte: »Soll ich drangehen?«

»Schon gut.« Weber stand auf und meldete sich. Dr. Schlanbusch war dran, der stellvertretende Polizeipräsident höchstpersönlich. Und offenbar war es kein Versehen, wie Weber verdutzt feststellte.

»Ah, Kommissar Weber, da stecken Sie also. Haben Sie Pohl noch bei sich? Gut. Sein Anwalt ist hier. Er wird ihn mitnehmen. Gegen Kaution. Morgen dann Termin vor dem Untersuchungsrichter. Ein Verhör Ihrerseits ist also nicht nötig. Ich danke Ihnen.« Er legte auf.

Weber starrte den Hörer an. Er wusste nicht, wie er das seinen Kollegen erklären sollte.

»Pohl wird abgeholt«, war das Einzige, was ihm dazu einfiel.

Fragende Blicke.

»Das Verhör hätten wir uns sparen können.«

Finke schaute ihn stirnrunzelnd an.

»Das war Dr. Schlanbusch.«

Sie riss die Blätter vom Stenoblock und faltete sie zusammen.

Weber starrte gedankenverloren auf den jetzt wieder leeren Block. »Das war dann wohl ...«

Er zuckte ratlos mit den Schultern.

Es klopfte, die Tür ging auf und Dr. Racke, ein bekannter Anwalt, tauchte in der Tür auf. Schwarz-grau karierter Zweireiher, anthrazitfarbener Mantel mit Pelzkragen, Homburg, Schirm, Aktentasche aus glänzendem schwarzem Leder unter dem Arm, feine Handschuhe mit eingearbeitetem Schlangenleder in der freien Hand.

»Guten Abend, die Herrschaften«, sagte er, nachdem sein Blick auf Frau Finke gefallen war.

Er nickte Weber freundlich-reserviert zu und sagte süffisant: »Ich befreie Sie von Ihrem Gefangenen.«

Sein Blick fiel auf Pohl, der ihn begriffsstutzig anstarrte.

»Aber ich muss doch bitten! Wie gehen Sie denn mit einem Beamten der Ordnungspolizei um. Nur wegen einer einzigen impulsiven Handlung? Das ist doch kein Schwerverbrecher. Bitte lösen Sie unverzüglich die Handfesseln, Kommissar Weber! Der Mann befindet sich ab sofort in meiner Obhut. Ein Verhör war doch gar nicht anberaumt. Zumal, ohne rechtlichen Beistand ...«

Pohl erkannte offenbar, wer da gekommen war, und grinste zufrieden.

»Wären Sie so freundlich, Kommissar Weber ... die Handfesseln!«

Weber nickte Klindworth zu, der nun die Handschellen aufschloss.

Pohl stand auf und sagte: »Da sehen Sie mal. Jetzt merken Sie was, hm? Passen Sie bloß auf, wenn ...«

»Still jetzt!« Der Anwalt schob seinen Mandanten eilig aus dem Zimmer. Die Tür fiel hinter ihnen zu.

»Wer war das?«, fragte Klindworth.

Weber schlug mit der Faust auf den Tisch. »Gottverdammt!«

Finke reichte ihm die Stenoblätter. »Man weiß ja nie.«

Weber steckte sie in die Hosentasche.

»Wir machen Feierabend.«

Zweites Kapitel
Hokuspokus

Es war ein Morgen mit einer steifen Brise, belebend und erheiternd trotz der Wolkenballen, die der Westwind über den Himmel trieb. Es würde gelegentliche Schauer geben, vielleicht mit Schnee vermischt, aber die Strahlen der Sonne, die dann und wann die feuchten Mauern und den nassen Asphalt zum Schimmern brachten, waren Vorboten des Frühlings.

Wie schön.

Schwerfällig ächzend kroch der Ringbahnzug aus dem Untergrund und nahm mühsam die Kurve, die ihn hinauf auf das stählerne Viadukt der Station am Rödingsmarkt führte. Das Quietschen, Knirschen und Kreischen der eisernen Räder in der engen Biegung klang in den Ohren der Frau, die der Bahn erwartungsvoll entgegensah, so fröhlich wie das Scherzo aus dem Forellenquintett von Schubert.

Das weiß ich sehr wohl, denn ich habe sie mit diesem Musikstück bekannt gemacht.

Ja, sie war selig. Und ja, es hatte mit dem neuen Klavierlehrer zu tun. Was für ein feiner Mann er doch war, so reif und edel mit seinen grauen Schläfen und der zurückgekämmten Künstlermähne. Seine blauen Augen leuchteten, wenn er über Schubert oder Mozart sprach, über Brahms oder Beethoven. Von den ersten beiden sprach er geradezu verzückt und entrückt, von den Letzteren mit Ehrfurcht, und immer wenn er Beethoven erwähnte, furchte sich seine Stirn und er blickte in die Ferne.

Es ist leicht mit Beethoven zu renommieren. Seine Urgewalt, die ins Militärische geht, kann man sich bei den Damen zunutze machen. Seine Tragik als gehörloser Komponist lässt ihre Herzen schmelzen, wenn man den richtigen Ton anschlägt. Freude, schöner Götterfunken ... er hat die Ode nie gehört!

Ach, wie gern würde ich mit meinen Fingern die Klaviatur seiner Mimik bespielen, dachte sie. Wer weiß, welche Resonanzen sein gesamter Korpus unter meinen Händen von sich gäbe, wenn ich ein Arpeggio darauf spielen dürfte ... aber wäre ich nicht viel lieber ein Instrument unter seiner Herrschaft, eine Geige, ein Violoncello?

Oho! Das waren ja schlimme Gedanken, die sie da hegte. Sie schämte sich dafür, so ungefähr: Der Aufsichtsposten wird bestimmt sofort die Sperre schließen, wenn er hört, was ich denke. Meine Gedanken sind zu laut. Man darf doch nicht laut denken, jeder weiß das. Laut zu denken ist verboten! Ich werde mich ein Stück von dem Haltestellenwärter entfernen, damit er mich nicht hört. Zum Glück übertönt die Musik alles.

Jawohl! Und da kommt auch schon das Orchester: Wie eine Herde eckiger Riesenfische, brav hintereinander aufgereiht, nähern sich die Wagen. Jetzt Schubert! Auf ihre cremefarbenen Dächer prasselt ein kleiner Regenschauer. Sie hört die Forellen im Bergbach plätschern. Hoppla, sie ist wohl zu weit hinausgelaufen. Unter dem Stationsdach wäre es trockener.

Gelbe und rote Wagen rollen musizierend auf sie zu. Und sie muss immerzu an seine Hände denken, an meine, und wie ich damit ihren Hals umfasste und ihren Korpus packte und eine jubilierende Melodie erzeugte, die in einem Glissando gipfelte, das in den Himmel stieg.

Sie ist hingerissen, denn: Das Hinaufsteigen ist das Schönste an der Musik. Und hat er nicht von fliegenden Fischen gesprochen? Hinaufsteigen! Aber wie und wo soll das gelingen? Jetzt rollen die Wagen an ihr vorbei und bleiben stehen. Die Türen öffnen sich.

Man kann so einem Wagen nicht aufs Dach steigen. Hoch! Nein, das geht nicht, so sehr es sie auch dazu drängt. Hoch! Da ist ja keine Leiter. Und eigentlich müsste sie springen. Hoch hinauf! Besser noch darüber hinweg. Welche Fische sind das denn, die aus den Wellen emporfliegen, und in welchem Meer sind sie zu Hause?

Forellen sicher nicht, die plätschern in Gebirgsbächen. Aber springen können die auch. Man muss kein Meerestier sein, um über brausenden Wellen zu fliegen.

So habe ich es ihr erzählt.

Jetzt rollen die Wagen davon, die Riesenfische schwimmen Richtung Hafen und werden dort in die Elbe tauchen und in den Ozean schwimmen.

Und bald schon kommen die nächsten ächzend und stöhnend aus dem Untergrund nach oben gekrochen. Los doch, es wird Zeit. Der Haltestellenwärter guckt schon so. Aber sie ist noch nie geflogen, schon gar nicht wie ein Fisch. Schon gut, schon gut, gleich traut sie sich.

Jetzt kommt er auf sie zu. Das will sie nicht. Denn wenn er redet, wird seine blecherne Stimme die schöne Harmonie des Forellenquintetts zerstören. Dann wird alles wieder blechern und eisern und stählern! Sie will dieses Getöse nicht hören, das ist keine Musik, das ist kein Leben.

Also auf. Und hopp.

Sie fliegt in die unendliche Freiheit …

»Halt!«, schrie der Aufsichtsposten und rannte los. »Nicht! Vorsicht doch! Um Himmels willen …«

Im Polizeibericht wurde der rätselhafte Vorgang wesentlich nüchterner beschrieben:

Die verunglückte Person war Herrn Erwin Bollmann, dem diensthabenden Aufsichtsposten der Haltestelle am Rödingsmarkt, weder bekannt noch konnte er sich erinnern, sie jemals dort gesehen zu haben. Nach seinem Bekunden sei es eher unwahrscheinlich, dass die verunglückte Frau regelmäßig hier ein- oder ausstieg. Bestimmte Personen kenne man, denn die höben sich von der Masse der Passagiere ab, dies sei bei ihr nicht der Fall gewesen. Was allerdings nicht bedeuten müsste, dass sie dennoch regelmäßig hier verkehrte. Nicht jeder Mensch falle einem gleich ins Auge. Dennoch sei er an diesem Vormittag auf die betreffende Person aufmerksam geworden, weil sie sich ungewöhnlich lange auf dem Bahnsteig aufhielt. Sie habe mehrere Züge weiterfahren lassen, ohne zuzusteigen. Da die Züge der Ringbahn alle die gleichen Haltestellen anfahren, mache es keinen Sinn, auf eine nächste Bahn zu warten. Nach einer Weile sah der Haltestellenaufseher sich deshalb genötigt, die Dame anzusprechen. Vor allem beunruhigte ihn, dass sie während eines plötzlich einsetzenden Regenschauers außerhalb der Überdachung stehen blieb, ohne zum Schutz einen Schirm aufzuspannen.

Im Nachhinein mache er sich immer noch Vorwürfe, er könnte die Angelegenheit vielleicht falsch angefangen haben, erklärte der Stationsposten. Aber er habe keine andere Möglichkeit gesehen, als die Frau direkt anzusprechen, da ihr Verhalten auffällig gewesen sei. So habe sie zum Beispiel die Arme ausgebreitet und in den Himmel gestarrt. Auch über die Brüstung habe sie sich gebeugt und nach unten auf den Verkehr gestarrt. Deshalb sei er auf sie zugegangen, und zwar, wie er betont, nicht übermäßig eilig und auch nicht rufend oder schimpfend. Sie sei daraufhin vor ihm zurückgewichen »mit theatralischer Geste, wie eine Schauspielerin in einem Kinofilm, die Hände verschränkt und gegen die Brust gedrückt«. Dann habe sie sich umgedreht und sei vor ihm davongerannt. Als sie völlig unvermittelt »mit katzenartiger Geschicklichkeit« die Brüstung erklomm, habe er laut gerufen: »Halt! Nicht!« Doch die Frau hätte nicht reagiert, sondern sich auf der Brüstung aufgerichtet, hätte die Arme über den Kopf gehoben, sich nach vorn gebeugt »wie eine Schwimmerin auf dem Startpodest« und sei nach unten gesprungen. Dort kam sie laut Bericht des Polizeiarztes mit dem Kopf zuerst auf und war sofort tot, noch bevor ein Lastkraftwagen sie erfasste und zehn Meter mit sich schleifte. Der Hochbahnwärter Bollmann legt ausdrücklich Wert auf die Feststellung, dass er zum Zeitpunkt ihres Sprungs noch mindestens fünf Meter von ihr entfernt gewesen sei. (gez. KS Bandemer)

Ergänzung: Als Zeuge benennt er den Stationsposten, der das Geschehen vom gegenüberliegenden Bahnsteig aus beobachtete. Dieser bezeugt, wie auch Bollmann, dass sich sonst niemand in der Nähe des Unfallopfers befand, weshalb das Einwirken einer dritten Person ausgeschlossen werden muss. (gez. KK Erichs).

Ausgerechnet im »Alsterpavillon«, dachte Weber, was für eine idiotische Idee. Zu dieser Jahreszeit! Bei diesem Wetter! Sogar die Hamburg-Flagge, die üblicherweise über dem Türmchen oben auf dem Dach des Kaffee-Tempels wehte, war eingeholt worden. Die Taxen vor dem »Hamburger Hof« standen in tiefen Pfützen, und von den meterhohen Kandelabern der Straßenbeleuchtung mit ihren ausgestreckten gusseisernen Armen platschten dicke Wassertropfen.

Weber war zu spät dran, weil er den Umweg um die noch immer nicht geschlossene Hochbahnbaustelle am Jungfernstieg umgehen musste, und hatte sich ziemlich rüpelhaft durch die Flaneure gedrängelt. Dabei war ihm durchaus bewusst gewesen, dass er sich hier bloß deswegen so danebenbenahm, weil er sich die Klagen seiner Ex-Frau über sein notorisches Zuspätkommen ersparen wollte.

Der Platz vor dem Pavillon war leer gefegt, die Palmen, die im Sommer für mediterranes Flair sorgten, waren noch im Winterquartier. Oben auf dem Dachbalkon des breiten Tuffsteinmonstrums hockten gedrungene Steinfiguren und blickten so missmutig drein, wie Weber sich gerade fühlte.

Er eilte die Marmortreppe hinauf und trat durch den säulenbewehrten Eingang in den Vorraum. Ein Kellner nahm ihm Mantel und Mütze ab, womit immerhin zwei Dinge verschwunden waren, über die Mathilde sich gern echauffierte. Vor allem die Mütze war ihr ein Dorn im Auge. »Mit diesem hässlichen Ding siehst du aus wie ein Prolet«, warf sie ihm gerne vor. Und er entgegnete immer das Gleiche: »Alles nur Tarnung, das gehört zu meinem Beruf.«

Er trat in den großen Kaffeehaussaal, der jetzt, am Vormittag, schon zu zwei Dritteln besetzt war. Größtenteils von Herren, die Zeitung lasen oder sich über Geschäfte unterhielten. Damen waren in der Minderheit. Allerdings nicht an dem Tisch am Fenster mit Blick auf die Binnenalster, den er jetzt ansteuerte. Dort saß Mathilde mit Erika, der gemeinsamen Tochter. Sie blickten ihm ernst entgegen und beider Augen wanderten simultan zur großen Uhr über der Eingangstür. Meine Güte, man wird sich doch eine Viertelstunde verspäten dürfen, ohne gleich bestraft zu werden!

»Guten Morgen.«

Erika, im elften Lebensjahr schon recht groß gewachsen, stand auf und streckte ihm die Hand entgegen. Irgendwie hölzern, dachte Weber, aber schönes kastanienbraunes Haar hat sie. Wenn sie nur nicht so schmal wäre und immer so verkniffen dreinblicken würde.

Ihre Mutter war gar nicht mehr schmal, sondern sehr stattlich geworden und im wahrsten Sinne des Wortes zugeknöpft. Außerdem hatte sie ihren Hut aufbehalten. Neuerdings trug sie eine Brille, was Weber befremdlich fand, weil er sie so selten sah, dass er sich nicht daran gewöhnen konnte.

»Nanu, wieso ist Erika denn nicht in der Schule?«, fragte Weber, während er sich ihnen gegenüber hinsetzte.

»Ferien«, sagte Erika noch im Stehen mit versteinerter Miene.

»Ah, ja.«

»Eben«, sagte Mathilde und warf ihm einen tadelnden Blick zu.

Noch bevor Weber entschlüsseln konnte, was dieser Blick genau meinte, trat der Kellner an den Tisch. In kurioser und äußerst seltener Eintracht sagten alle drei wie aus einem Mund: »Eine heiße Schokolade bitte.«

»Dreimal Schokolade«, notierte der Kellner. »Mit Sahne?«

Weber, der noch nicht gefrühstückt hatte, stimmte zu, ebenso seine Tochter. Mathilde schüttelte energisch den Kopf.

»Dass du nicht einmal weißt, dass jetzt Skiferien sind«, sagte sie, als der Kellner gegangen war.

»Ich bin noch nie Ski gefahren.«

»Aber ich!«, sagte Erika.

»Das weiß ich. Im Allgäu.« Weber schaute Mathilde an. »Da wo wir mal im Sommer gewandert sind.«

»Das ist sehr lange her«, stellte Mathilde fest.

»Ich wollte damit auch nur sagen, dass ich sehr wohl weiß, wo Erika Ski gefahren ist.«

»Na, wie schön«, sagte Erika verbissen.

»Was soll das denn heißen?« Weber merkte, wie seine Laune sich deutlich verschlechterte. Dabei hatte er sich vorgenommen, diese Zusammenkunft völlig emotionslos hinter sich zu bringen. Allerdings war er davon ausgegangen, dass Mathilde allein kommen würde. Das war einfacher, weil sie beide inzwischen gelernt hatten, sachlich miteinander zu kommunizieren. Meistens jedenfalls. Oftmals ging es ja nur um Unterhaltszahlungen, Weihnachtsgeschenke oder Geburtstagsgeschenke für Erika, manchmal auch um besondere Ausgaben für die Schule oder eben die Ferien, so wie jetzt.

»Du weißt, wo ich Ski gefahren bin. Wie schön. Weißt du auch, wo ich im Sommer am Strand war?«

Weber musste kurz nachdenken. »Auf Pellworm.«

»Auf Pellworm gibt es keinen Strand. Der Strand war auf Langeoog!«

»Ja, gut.«

»Nein, nicht gut! Was ist das denn für ein Vater, der nicht mal weiß, an welchem Strand ich war? Der nie mit mir am Strand war! Der nie Urlaub macht! Wahrscheinlich weil er sonst mit seiner Familie an den Strand fahren müsste, und weil das wohl das Schlimmste wäre, was er sich vorstellen kann. Weil er dann nämlich in der Nähe seiner Tochter sein müsste, was ihm wohl sehr unangenehm ist. Stattdessen hockt er in schmutzigen Kneipen auf St. Pauli herum und hat Umgang mit solchen Weibern aus dem Milieu, die ihm offenbar lieber sind als seine Tochter. Und ehrlich gesagt bin ich sogar froh darüber, dass ich nie mit dir in Urlaub fahre, weil dir nämlich dieser Geruch anhaftet, das kann man dir schon ansehen. Da muss man sich ja schämen! Und so was ist Polizist! Pfui Deibel!«

Erika sprang auf und hätte beinahe den Kellner umgerannt, der das Tablett mit den drei Kakaotassen gerade noch rechtzeitig zur Seite schwenken konnte.

Weber war wie vom Donner gerührt. Einen solchen Auftritt hatte Erika sich noch nie geleistet. Ja, sicher, sie war nie ganz einfach gewesen, immer sehr störrisch und dickköpfig. Er hatte sich nie wirklich gut mit ihr verstanden. Was vielleicht auch daran lag, dass er sie nur sehr selten mal mit zu sich nach Hause nahm, in letzter Zeit gar nicht mehr. Aber wie soll ein Polizist, der ständig in Bereitschaft ist, denn eine Tochter beaufsichtigen, vor allem nachts? Seiner Ansicht nach war es viel vernünftiger, mit ihr solche Orte wie Hagenbecks Tierpark oder den Rummel auf dem Heiligengeistfeld zu besuchen, auch wenn ihm beides nie sonderlich behagt hatte.

»Was hat sie denn?«, fragte Weber über den Arm des Kellners hinweg, der die Kakaotassen abstellte.

Mathilde wartete, bis der Kellner sich entfernt hatte, und sagte dann mit verkniffenem Gesicht: »Es hat sich halt herumgesprochen.«

»Was denn?«

»Dass du mit einer aus dem Milieu verbandelt bist.«

»Welches Milieu denn? Johanna ist Wäscherin.«

»Ihren Namen will ich gar nicht wissen. Und ich meine das Milieu, aus dem sie stammt.«

Weber wurde es eng um den Hals. Er musste schlucken und bemühte sich, ruhig zu atmen. »Das geht weder dich noch Erika etwas an.«

Mathilde verzog ironisch den Mund. »Nun, mich vielleicht nicht unbedingt, das mag man so sehen. Aber deine Tochter geht es wohl schon etwas an.«

»Wieso denn?«

»Weil sie deine Tochter ist und immer bleiben wird. Von ihr kannst du dich nämlich nicht scheiden lassen.«

»Ja, und? Was hat das mit Johanna zu tun?«

»Deine Tochter fühlt sich beschmutzt. Wegen des Umgangs, den du pflegst. Und jetzt komm mir nicht wieder mit der Ausrede, du seist Polizist und müsstest in allen Milieus zu Hause sein. Zu Hause bist du offenbar in einem ganz bestimmten.«

»Ich schäme mich nicht, dass ich Umgang mit Arbeitern und Arbeiterinnen habe.«

»Ha, Arbeiterinnen.«

Weber wurde böse. »Hör auf, andere Menschen zu beleidigen!«

Mathilde hob beschwichtigend die Hände. »Du hast recht. Bleiben wir sachlich. Anders ist ein Gespräch nicht möglich.«

»Ich bitte darum.« Jetzt kam sie ihm auch noch auf die vernünftige Tour. Weber war stocksauer.

»Ich will dir mal etwas erklären«, sagte Mathilde und legte die Hände übereinander. »Deine Tochter hätte gern einen Vater, aber den willst du ihr nicht geben.«

Weber griff nach der Kakaotasse. Wie geschraubt sie sich wieder ausdrückte! Er nahm den Löffel und rührte in der Sahne, um ruhig zu bleiben.

»Ich muss sagen, ich verstehe nicht, warum du das nicht

willst. Oder kannst du nicht? Vielleicht ist es das. Vielleicht kannst du nicht. Aber das weißt weder du noch ich, denn du hast es nie wirklich probiert. Weil du immer anderweitig beschäftigt warst und bist oder so tust.« Sie hob eine Hand. »Nein, lass mich ausreden! Es ist normal, dass wir beide, die wir uns nicht verstehen, einander aus dem Weg gehen. Natürlich ist es besser so. Aber Erika steht dir näher. Genauer gesagt ist sie ein Teil von dir und du bist ein Teil von ihr.«

Um Himmels willen, dachte Weber, was will sie denn nur? Er war verunsichert und merkte, wie sein schlechtes Gewissen sich regte. Er hob die Tasse an und nahm einen Schluck. Bitter war der Kakao heute, sehr bitter sogar.

»Man kann der Verantwortung nicht aus dem Weg gehen«, fuhr Mathilde fort. »Und wie soll denn ein junger Mensch heranwachsen, wenn ihm der Vater vorenthalten wird. Wenn ihm das männliche Vorbild entzogen wird.«

Weber wischte sich die Sahne aus dem Bart. »Sie ist doch ein Mädchen.«

»Na und? Da braucht sie doch ein Gegenüber, den Vater als männliches Prinzip.«

»Sie hat doch ihren Onkel«, sagte Weber störrisch.

Mathilde lächelte mitleidig. »Stell dich doch nicht so dumm. Waldemar ist nicht ihr Fleisch und Blut. Im Übrigen sehen wir uns nicht mehr ... so oft. Aber selbst wenn. Der eigene Vater stellt die wichtigste männliche Rolle im Leben eines heranwachsenden Mädchens dar. Und dass du dich dem entziehst, tut ihr gar nicht gut.«

Weber dachte kurz nach. Dieses Gerede gefiel ihm überhaupt nicht. Er fühlte sich ertappt. Etwas zu seiner Verteidigung zu entgegnen, wäre in jedem Fall eine Lüge gewesen. »Nun gut«, lenkte er ein. »Was schlägst du vor? Ich könnte sie natürlich zu mir einladen, ein Wochenende oder einige Tage. Oder wäre ein gemeinsamer Urlaub besser?« Wie macht man mit seiner Tochter Urlaub, wenn keine Mutter dabei ist, fragte er sich. Er konnte sich so etwas überhaupt nicht vorstellen.

»Gemeinsamer Urlaub. Das ist doch schon mal eine ganz gute Idee.« Mathilde griff zufrieden nach ihrer Kakaotasse.

»Im Sommer kann ich mir vielleicht zwei Wochen freinehmen«, überlegte Weber laut. »Was meinst du, möchte sie lieber ans Meer oder in die Berge? Na, Allgäu hat sie ja jetzt, ob sie da im Sommer gleich noch mal hin möchte?« Weber war als Erwachsener bisher nur im Allgäu in Urlaub gewesen. An die Nord- oder Ostsee hatte er nur Tagesausflüge unternommen.

»Sie fährt ja gar nicht ins Allgäu.«

»Aber deshalb sind wir doch hier ...« Weber holte sein Portemonnaie aus der Tasche seines Jacketts. Darin steckte der Briefumschlag mit dem Geld für Erikas Skiferien. Er war doch vor allem gekommen, um den zu übergeben. Mathilde nahm den Umschlag entgegen und steckte ihn in ihre Handtasche.

»Ja, danke. Aber sie fährt nicht nach Bayern, sondern nach Norwegen.«

»Oh, nanu, wie kommt das?«

»Die Nordische Jugend fährt zum Skifahren nach Norden. Das ist logisch, oder?«

»Die Nordische Jugend?«

»Erika ist seit einem halben Jahr Mitglied. Es gefällt ihr sehr gut. Altes germanisches Brauchtum zu pflegen ist eine richtige Leidenschaft für sie geworden.«

»Germanisches Brauchtum?«

»Unsere völkischen Traditionen haben dort ihren Ursprung.

Wir kehren zurück zu unseren Wurzeln. Das kann nur gesund sein, vor allem für die Jugend. Als Orientierung.«

»Völkische Traditionen? Und dafür zahle ich?« Weber fühlte sich, als hätte er einen Schlag in den Magen bekommen.

Mathilde lächelte unbekümmert. »Was mir an der Nordischen Jugend besonders gefällt, ist, dass man dort den Frauen einen angemessenen Stellenwert zukommen lässt. In der Tradition der Wikinger nämlich. Da waren die Frauen die Hüterinnen und Herrscherinnen über Heim und Herd. Die Männer waren die Herrscher auf See. Zu Hause waren sie dem Weib untertan. Nun sage noch jemand, Tradition und Fortschritt seien Gegensätze.«

»So ...« Weber war sprachlos.

»Die Nord-Mädel lernen, stark zu sein und sich zu behaupten.«

»Am heimischen Herd?«

»Wer die Suppe im Topf hat, verteilt sie auch. Aber zunächst einmal geht es tatsächlich ums Skifahren, Alfred.«

Erika tauchte unvermittelt wieder auf, setzte sich an den Tisch und trank ihren Kakao. Mathilde versuchte, sie in das Gespräch einzubeziehen, indem sie über den Ort der Skireise berichtete, die geografischen Gegebenheiten schilderte und mutmaßte, welche germanischen Bräuche man den Mädchen wohl nahebringen würde. Erika sagte nichts dazu.

Auf Webers Versicherung, sie würden bald gemeinsam in den Urlaub fahren, erwiderte sie nur: »Ah ja?«

»Und«, fügte Weber übereifrig hinzu, »bald kommst du mich mal zu Hause besuchen, hm?«

Erika zuckte mit den Schultern.

»Gut, dass du von dir aus darauf zu sprechen kommst«, schaltete Mathilde sich ein. »Tatsächlich würde es passen, wenn du sie kurz vor ihrer Reise für zwei Nächte bei dir aufnimmst. Sie kann dann schon mit dem gepackten Koffer kommen ...«

»Was?«

»... Du hast doch noch das kleine Zimmer für sie reserviert?« Weber fühlte sich von Mathildes Blick geradezu durchbohrt. »Da wohnt doch nicht etwa ...«

»Natürlich ist das kleine Zimmer für sie reserviert! Immer!«

»Na fein.«

»Aber wieso? Was hast du denn kurz vor ihrer Reise ...«

»Ich muss zu einer Tagung.«

»Ach?«

»Ja.«

»Was denn für eine Tagung?«

»Spielt das eine Rolle?«, fragte Mathilde abweisend.

Erika sprang auf und schob dabei den Stuhl zurück. »Deutscher Frauenorden. Das darf man ja wohl noch sagen. Ist doch keine Schande.« Sie ging zur Garderobe.

Weber sah seine Frau entgeistert an.

Ihm fehlten die Worte.

»Nun ist es raus«, sagte sie verkniffen und stand ebenfalls auf. »Aber danke, dass du dich kümmerst.«

»Vielleicht sollte ich mich viel mehr ...«

»Zwei Tage, das genügt. Danke.«

Erika kam mit den Mänteln und reichte sie ihnen. Vor Weber machte sie einen Knicks und sagte: »Bitte sehr, der Herr.« In seinen Ohren klang es zynisch.

»Na also«, sagte Mathilde, »ihr rauft euch zusammen. Das wird schon.«

Erika gab ihm wortlos die Hand.

Draußen klatschte ihm der Schneeregen ins Gesicht.

Am Abend war Weber dienstlich unterwegs und zog, als Nachtbummler getarnt, Erkundigungen ein. Seine liebste Rolle übrigens in letzter Zeit.

Natürlich war es kein Spaß, einschlägige Lokale aufzusuchen, in denen die Feinde der Republik verkehrten und womöglich politische Aktionen ausheckten, die die Ordnung der Stadt in Gefahr brachten. Aber Weber wusste, wie wichtig es war, Stimmungen und Entwicklungen in den dunkleren Ecken der Stadt auszukundschaften. Wobei er sich in den Kneipen der Kommunisten nicht so sehr fehl am Platze fühlte wie in den Stammlokalen der Rechten. Die meisten KPD-Anhänger waren ja bloß noch roter eingefärbte Sozis. Wenn die nicht ständig das wiederkäuen würden, was ihnen der Große Bärtige in Moskau vorbetete, und sich von dort Befehle geben ließen, wäre mit ihnen schon was anzufangen. Denn obwohl die Parteiführung der KPD die konkurrierende Arbeiterpartei als »Sozialfaschisten« beschimpfte, und die Chefs der Sozialdemokraten kein gutes Haar an der linken Konkurrenz ließen, kamen Kommunisten und Sozialdemokraten im Alltag ganz gut miteinander klar, wenn sich die Funktionäre nicht einmischten. Sie wohnten nebeneinander, sie arbeiteten miteinander und vor allem hassten sie die Nazis und die Deutschnationalen.

Weber schüttelte den Kopf. Seinem obersten Dienstherrn, dem Polizeisenator, durfte er mit solchen Ideen nicht kommen, da wäre er gleich erledigt. Schönfelder hasste die Kommunisten und bekämpfte sie mit aller Macht. Zu allem Überfluss unterstand die Abteilung »Politische Kriminalität« direkt dem Leiter der Kriminalpolizei Dr. Schlanbusch, einem strammen Konservativen. Ihm gegenüber musste Weber sich zuerst rechtfertigen, auch wenn er seine Aufgabe vor allem darin sah, die Demokratiefeinde von rechts im Auge zu behalten. Man wird ja wohl noch eine eigene Meinung haben dürfen. Der Anschlag auf Lassally war jedenfalls nicht von einem Kommunisten verübt worden.

Gleichwohl achtete er auf Ausgewogenheit. Zunächst trank Weber zwei, drei Gläser Bier in zwei, drei Verkehrslokalen der Kommunisten in den Altstadt-Gängen, um zu hören, ob aus dieser Richtung was im Busch war. Seit der »Rote Frontkämpferbund« verboten war, kam es darauf an, illegale Gruppen oder Neugründungen ausfindig zu machen. Oftmals musste Weber dann protokollieren, dass es neue »rote« Wandervereine mit unschuldigen Namen wie »Die Freien Vögel« oder als Musikvereine getarnte Propagandagruppen gab.

Nachdem er diesbezüglich nichts Aufregendes erfahren hatte, steuerte er den Spielbudenplatz auf St. Pauli an. Im »Bräu Ros'l«, einem Varieté mit dem Flair einer überdimensionalen Tiroler Skihütte, träfen sich neuerdings Burschenschaftler aus ganz Deutschland, hieß es. Und es würden dort Personen verkehren, die besonders kämpferisch gesinnte junge Männer für spezielle »Kommandoeinheiten« rekrutierten. Manche Zirkel innerhalb des deutschnationalen »Stahlhelms« oder der SA waren ja schon schlimm genug. Wenn es nun aber ständig neue »wilde« Kampfgruppen gab, dann war nicht mehr nur die Sicherheit des Staats, sondern auch der normalen Bürger auf der Straße bedroht.

»Augen auf beim Heurigen!«, hieß nun also die Devise. Die Jodelmusik einer Trachtengruppe auf der Bühne war wirklich nur zu ertragen, wenn man sich mit Grünem Veltliner betäubte. Der war so sauer, dass Weber schlechte Laune bekam. Vielleicht lag das aber auch an der Dekoration. Die überall herumhängenden Skier, Skistöcke, Wollmützen, Fausthandschuhe, bunt gemusterten Pullover und Skistiefel erinnerten ihn an die morgendliche

Begegnung mit Frau und Tochter. Er war immer noch nicht darüber hinweggekommen.

Zum Glück war für Ablenkung gesorgt, denn nach einer Weile fielen ihm drei junge Männer Anfang zwanzig auf, die einer schlagenden Verbindung angehörten – die Schmisse in ihren Gesichtern waren ein eindeutiger Hinweis. Sie feierten erstaunlich verhalten und taten sich auch nicht mit einer anderen, größeren Gruppe ähnlich aussehender junger Männer zusammen. Sie brüllten nicht herum, stießen nicht ständig mit Bierkrügen an, skandierten keine nationalen Parolen und grölten auch keines der einschlägigen Lieder. Stattdessen steckten sie immer wieder die Köpfe zusammen und schauten erwartungsvoll zum Eingang.

Sie wurden abgeholt. Ein Mann in Knickerbockern, mit Haferlschuhen, kariertem Jackett und Schirmmütze trat an ihren Tisch. Er kam durch die Tür neben der Bühne, auf der die Musikanten sich jetzt mit zwei jaulenden Sägen abmühten. Als er sich vor den jungen Männern aufbaute, sprangen die drei auf und standen stramm. Das schien ihm zu gefallen. In diesem Moment wurden die Sägen von schmetternden Blechblasinstrumenten abgelöst, und Weber konnte nicht verstehen, was der Mann ihnen mitteilte. Es schien das zu sein, worauf die Männer gewartet hatten, denn sie griffen nach den Mänteln an den Haken hinter ihnen, warfen sie sich über die Arme und folgten ihm durch die Vordertür.

Weber legte die abgezählte Zeche auf den Tisch und ging ihnen nach. Nach wenigen Schritten die Reeperbahn entlang, bogen sie nach links in die Silbersackstraße und betraten ein Lokal, in dem Weber noch nie gewesen war. Die »Schaukel« bestand im vorderen Teil aus einem Gastraum mit Bar und wenigen Sitzbänken und hatte im Hinterzimmer einen kleinen Theatersaal für fünfzig bis sechzig Gäste. Die Wände des vorderen Raums waren von oben bis unten beklebt mit bunten Plakaten aus der Welt des Varietés, auf denen internationale Attraktionen beworben wurden, die irgendwann einmal in irgendeiner anderen Stadt aufgetreten waren. Sogar zwei großformatige Plakate des berühmten Entfesselungskünstlers Houdini waren darunter. Die Worte »Magie«, »Zauberei«, »Illusion« und »Trickkunst« dominierten.

Um in den Theatersaal zu gelangen, musste man schwere Vorhänge zur Seite schieben. Der Mann in den Knickerbockern hob den Stoff beiseite, damit die drei jungen Männer eintreten konnten. Weber trat an die Bar, warf einen Blick auf die zahlreichen Spirituosenflaschen im Regal und tat so, als würde er überlegen, welches Getränk für ihn in Frage käme. Dann zuckte er mit den Schultern, schaute sich neugierig um und ging in den Saal. Er musste Eintritt bezahlen und bekam ein Billett.

Die vier Männer waren verschwunden. Rechts und links neben der kleinen Bühne gab es jeweils eine Tür, auf der einen stand »Bühne«, auf der anderen »Privat«. Vielleicht kamen die Herren ja wieder zum Vorschein.

Das kleine Theater war fast vollständig besetzt. Auf der Bühne tanzten zwei Damen einen schlampigen Tango, bei dem sie hin und wieder ein Kleidungsstück verloren. Für die musikalische Begleitung sorgte ein Pianist, der ein leicht verstimmtes Klavier traktierte. Im Publikum saßen vorwiegend Männer, manche in Begleitung von Frauen, denen sie die Arme um die Schultern oder eine Hand auf den Oberschenkel gelegt hatten. Als die Tango-Aufführung beendet war, kamen einzelne Frauen herein und besetzten alle übrigen Plätze. Es waren so viele, dass einige an den Wänden stehen mussten. Weber kannte manche von ihnen. Es waren

Kellnerinnen, Bardamen, Prostituierte darunter, auch zwei Verkäuferinnen aus einem Bekleidungsgeschäft in der Friedrichstraße.

Das große Publikumsinteresse galt einem kleinen Mann, der jetzt die Bühne betrat. Der Pianist spielte noch ein paar Akkorde, dann stand er auf und ging weg. Eine unscheinbare Frau mittleren Alters kündigte Vittorio del Gracio, den großen Hypnotiseur, an und verließ dann die Bühne. Del Gracio war ganz in Schwarz gekleidet. Zu seinem rabenschwarzen Anzug trug er ein schwarzes Hemd und sogar eine schwarze Krawatte. Seine Hände und sein Gesicht wirkten dadurch erstaunlich hell. Spitze Nase, vorspringendes Kinn, Victor-Emanuel-Bärtchen. Augen und Mund schienen unnatürlich groß zu sein. Hin und wieder zog er ein sehr weißes Taschentuch aus der Hosentasche und wischte sich damit die Stirn, obwohl er gar nicht zu schwitzen schien. Wegen diesem mickrigen Kerl waren die ganzen Frauen gekommen? Weber wunderte sich.

Der Hypnotiseur begann mit weitschweifigen Ausführungen zu seinem »Beruf«. Er behauptete, Hypnose sei ein ausgezeichnetes Mittel, um Menschen von den verschiedensten Leiden zu heilen: »Tabaksucht, Alkoholismus, Angst, Schüchternheit, Stottern, Schlaflosigkeit und vieles mehr kann durch eine einfache Hypnose-Therapie für immer beseitigt werden!« Es folgte eine längere Abhandlung über die Geschichte der Hypnose, es fielen Namen großer Hypnotiseure wie Mesmer, Puységur, Braid und Bernheim. Gelegentlich warf er Weber einen Blick zu, was Weber aus irgendeinem unerfindlichen Grund ärgerte. Schließlich wurde nach einer dramaturgischen Pause mit großer Ehrfurcht der Name Erickson genannt. Weber sagte das alles überhaupt nichts, er langweilte sich und behielt die Türen neben der Bühne im Auge. Der Hypnotiseur redete weiter, erklärte die Hypnose zu einer Wissenschaft und prophezeite ihr großen Einfluss auf die Medizin der Zukunft. Weber wurde müde und musste ausgiebig gähnen.

Del Gracio wunderte sich scheinheilig über die skeptischen Gesichter im Publikum und bat Freiwillige auf die Bühne, um sein Handwerk zu demonstrieren.

Kurz darauf standen einige Frauen Schlange vor der Bühne und wurden einzeln hochgerufen. Manche kicherten albern, andere rangen nervös die Hände.

Die erste wurde mit einer flinken Handbewegung in Trance versetzt und hob zuerst einen Arm, dann ein Bein. Dann tanzte sie ganz langsam einen Walzer mit einem imaginären Partner. Die zweite sprach in Trance in einer fremden Sprache, die sie angeblich vorher gar nicht gekannt hatte. Die dritte hatte mit einer Freundin gewettet, sie sei nicht hypnotisierbar. Kaum war sie auf der Bühne, machte sie einen Kopfstand und enthüllte zur Belustigung des Publikums ihre Reizwäsche, was ihr hinterher angeblich schrecklich peinlich war.

Weber hielt das alles für ein abgekartetes Spiel und großen Schabernack. Aber warum nicht? Auf St. Pauli war man für jeden Unfug zu haben, wenn er nur unterhaltsam war.

Nun behauptete der Hypnotiseur, er könne sogar Gedanken lesen. Das war allerdings ein bisschen zu dick aufgetragen, fand Weber.

Freiwillige wurden auf die Bühne geholt und sollten auf einem Zettel einen Auftrag an del Gracio notieren, den dieser nicht lesen durfte. Anschließend führte del Gracio den Auftrag aus, von dem er angeblich nichts wusste: Er nahm einem bestimmten Zuschauer den Hut vom Kopf und setzte ihn auf, griff sich einen

Regenschirm und öffnete ihn oder verlangte von einer Dame, sie möge ihm bitte zur Kontrolle ihr Billett zeigen.

»Jetzt wird es wirklich albern«, dachte Weber.

In der Tat trat jetzt eine junge Frau auf die Bühne und notierte unter heftigem Kichern einen neuen Auftrag an den Hypnotiseur. Der schüttelte schon den Kopf, als sie den Zettel zusammenfaltete. »Wollen Sie wirklich, dass ich das tue?«, fragte er mit gutmütiger Empörung. Die junge Frau nickte und kicherte.

»Na, dann gehen wir mal nach unten«, sagte del Gracio.

Er ging durch den Zwischengang bis zur letzten Stuhlreihe. Die junge Frau ging neben ihm. Sie blieben vor einer anderen jungen Frau stehen, die vor lauter Aufregung kaum noch still sitzen konnte. Del Gracio blieb vor ihr stehen. Die junge Frau neben ihm prustete und lief knallrot an. Der Hypnotiseur bat die Frau auf dem Stuhl, sie möchte ihm doch bitte ihre Handtasche geben. Sie tat es, und er holte einen Lippenstift heraus. Die junge Frau neben ihm schaute ihn irritiert an. Das war offenbar nicht ihr Auftrag gewesen. Del Gracio grinste süffisant und malte sich die Lippen rot. Die »Auftraggeberin« runzelte die Stirn. Der Hypnotiseur steckte den Lippenstift in die Handtasche zurück, reichte sie der Frau auf dem Stuhl, die sie enttäuscht entgegennahm. Del Gracio zwinkerte der Auftraggeberin zu, beugte sich blitzschnell nach unten und gab der Frau auf dem Stuhl einen Kuss auf die Lippen, und zwar so, dass ein möglichst großer roter Fleck zurückblieb.

Die Auftraggeberin klatschte begeistert in die Hände, faltete den Zettel auseinander, auf dem ihr Befehl stand, und zeigte ihn allen, die in der Nähe saßen. Auf dem Zettel stand: »Küssen Sie meine beste Freundin!«

Tosender Beifall, während die Freundin sich abmühte, den Lippenstift abzuwischen.

Weber fand das alles wenig bemerkenswert.

Nun stand del Gracio wieder auf der Bühne und sagte: »Herr Kriminalkommissar Alfred Weber möchte bitte auf die Bühne kommen!«

Ha, ha, dachte Weber, das könnte dir so passen! Nicht mit mir. Und er stand auf, zog sich die Mütze ins Gesicht und verließ das Theater.

Später saß er an der Bar im vorderen Raum der »Schaukel« und starrte in sein Bierglas. Er hatte einen trockenen Mund und ungeheuren Durst. Das Bier vor ihm sah köstlich aus. Ein schaumgekröntes Tulpenglas, von dem das kühle Kondenswasser perlte. Das kühle Blonde schimmerte hell im Kneipenlicht. Lecker.

»Kippen Sie es weg!«, sagte Weber.

Der Mann hinter der Bar, ein kräftiger Kerl mit platter Nase, schüttelte traurig den Kopf und kippte das Bier in den Ausguss.

»Verrückt«, sagte er.

»Ich möchte bitte ein Bier«, sagte Weber.

Seufzend griff der Kellner nach dem nächsten Glas und hielt es unter den Zapfhahn.

»Nun bin ich aber gespannt«, sagte er.

»Worauf?«, fragte Weber.

Der Kellner zuckte mit den Schultern. Wieder zapfte er ein schönes kühles Pils mit einer perfekten Schaumkrone, die sich auf der einen Seite ganz leicht über den Glasrand neigte und ein feines weißes Rinnsal herabtropfen ließ.

»Ah«, sagte Weber, »das wurde aber auch Zeit.« Er griff nach dem Glas und trank es in einem einzigen langen gierigen Zug aus. Dann stellte er es auf den Tresen zurück, wischte sich den Schaum von der Oberlippe und stöhnte wohlig auf: »Das hat aber gutgetan.«

Der Kellner starrte ihn an und schüttelte den Kopf. »Nicht zu fassen.«

»Was ist nicht zu fassen?«

»Es ist genau so gekommen, wie del Gracio vorausgesagt hat. Ich habe im Durchgang gestanden und alles mitgehört. Das ist wirklich verrückt.«

»Was haben Sie mitgehört?«

»Was er zu Ihnen sagte, als Sie auf der Bühne standen, Herr Kommissar.«

»Ich stand ja gar nicht auf der Bühne.«

»Genau das hat er auch vorhergesagt: Dass Sie sich an nichts erinnern würden.«

Weber wurde flau im Magen. »An was denn?«

»Er hat Ihnen aufgetragen, nach der Vorstellung zur Bar zu gehen und dort nacheinander drei Bier zu bestellen und sie wegkippen zu lassen. Erst das vierte sollten sie dann trinken, in einem Zug. So wie Sie es eben getan haben.«

»Aber es wurden doch gar keine drei Bier weggekippt.«

»Er sagte auch, Sie würden sich an nichts erinnern.«

Weber wurde zornig. »Falls das eine neue Methode ist, den Gästen das Geld aus der Tasche zu ziehen, lasse ich den Laden hier schließen!«

Der Kellner blickte ihn erschrocken an. »Aber nicht doch, Herr Kommissar. Del Gracio hat auch gesagt, dass er die Biere selbst bezahlt. Alle vier übrigens. Das hat er auch schon getan.«

Weber blickte sich suchend um. »Wo ist er denn jetzt?«

»Nach Hause gegangen. Es ist ja schon spät.«

»Wieso denn spät, eben war es doch ...«

Der Kellner deutete auf die Wanduhr, deren Pendel hin und her schwang. Es war zwanzig nach eins.

Weber spürte, wie ihm die Knie weich wurden. Er war gegen halb neun hier eingetreten, das wusste er noch.

»Geben Sie mir einen Schnaps.«

»Gern. Der geht aufs Haus.«

Weber kippte den Schnaps runter und fragte zornig: »Hat er das auch vorhergesagt?«

»Nein, den Schnaps nicht.«

»Na schön. Was ist übrigens aus den drei jungen Männern geworden, die in Begleitung eines Mannes in Knickerbockerhosen hier reinkamen und hinter der Bühne verschwanden?«

»Von drei jungen Männern weiß ich nichts. Und einen Mann, der Knickerbockerhosen trägt, kenne ich schon gar nicht.«

»Das können Sie Ihrer Großmutter erzählen. Sie lügen ja!« Weber sprang vom Stuhl.

»Wie Sie meinen, Herr Kommissar.«

Weber bahnte sich den Weg durch den noch gut gefüllten Gastraum, riss die Tür auf und knallte sie hinter sich zu.

Draußen regnete es immer noch.

Er ging zu Fuß nach Hause. Als er völlig durchnässt dort ankam, war sein Zorn verflogen.

Nach sehr kurzem Schlaf wachte er viel zu früh auf und wusste nicht mehr, ob er den Vorfall nur geträumt hatte oder ob es wirklich passiert war.

Drittes Kapitel
Vom Täter fehlt jede Spur

An Schlafen war nicht mehr zu denken, also stand er auf und entschloss sich, Hannchen einen morgendlichen Besuch abzustatten. Er fuhr mit der Straßenbahn bis zur Kieler Straße auf St. Pauli, kaufte vier Schrippen und ein Franzbrötchen beim Bäcker an der Ecke und betrat die Lilienhof-Terrasse.

Die Wohnterrasse bestand aus zwei Reihen kleiner Mietshäuser, die trotz ihrer drei Stockwerke eher mickrig wirkten. Sie waren wie viele ähnliche Anlagen in der Stadt Ende des 19. Jahrhunderts rasch errichtet worden, als Hafen und Industrie rasant wuchsen und billiger Wohnraum für die Arbeiterschaft geschaffen werden musste. Heute, mehr als dreißig Jahre nach ihrem Bau, sah man den Häusern an, dass sie in großer Hast gebaut worden waren. Die Dächer wellten sich, manche Mauern hatten sich gesenkt oder standen leicht schief. Die Häuser der Lilienhof-Terrasse gehörten einem privaten Vermieter, der sich nicht um sie kümmerte. Längst fällige Renovierungen fanden nicht statt. Wenn ein Dach leckte, ein Boden moderte oder eine Treppe ausgebessert werden musste, legten die Bewohner selbst Hand an. Forderungen an den Besitzer zu stellen, hatten sie schon lange aufgegeben.

Die Arbeiter, die hier wohnten, waren fast alle politisch organisiert, zur einen Hälfte sozialdemokratisch, zur anderen Hälfte kommunistisch. Dazwischen gab es ein paar Nazis, die sich hier im Hinterhof zurückhielten und lieber mit ihren Gesinnungsgenossen vorne in der Wilhelminenstraße verkehrten, wo die Häuser vier Stockwerke hatten, die Wohnungen größer waren und die Zimmerdecken deutlich höher. Manche, die dort lebten, hatten sogar ein Badezimmer in der Wohnung. Die wählten aber nicht die Nazi-Partei, sondern deutschnational. Die »Roten« auf der Terrasse mussten sich den Abort auf halber Treppe mit den anderen Mietern teilen. Zum Duschen ging man dann und wann in eins der öffentlichen Badehäuser. Webers Freundin Johanna scherzte gern, dass sie bei ihrem Beruf auf den Besuch des Badehauses verzichten konnte, aber das war nur Koketterie. Tatsächlich ging sie mindestens einmal pro Woche dorthin.

Johanna Struck, genannt Hannchen, war seit zwei Jahren »seriös« geworden, wie sie sagte, »auf ihre alten Tage«. Da sie seit ihrem siebzehnten Lebensjahr auf St. Pauli anschaffen gegangen war, hatte sie schon eine Menge Erfahrungen gesammelt, nicht unbedingt nur angenehme, sich aber dennoch ihre Lebensfreude nicht nehmen lassen. Weber war ihr ab und zu begegnet, als sie noch vor der Polizei Reißaus nehmen musste. Später, als sie über einundzwanzig und damit halbwegs legal geworden war, hatten sie dann und wann scherzhafte Bemerkungen ausgetauscht, wenn sie sich über den Weg liefen. Aus den Scherzen waren Komplimente geworden, dann hatten sie sich gelegentlich unterhalten, schließlich sogar längere Gespräche geführt, die überhaupt nichts mit Webers Arbeit zu tun hatten. Mal trafen sie sich zu Kaffee und Kuchen in der Konditorei Bauer, mal tranken sie ein Bier im »Minerva«, immer darauf bedacht, »ordentlich bürgerlich« miteinander umzugehen, wie Hannchen es nannte.

So waren sie sich nähergekommen, aber vor einer ernsthaften Verbindung immer wieder zurückgeschreckt. Bis Hannchen eines Tages vor zwei Jahren unvermittelt erklärte, sie werde mit dem Anschaffen aufhören und sich eine »saubere Arbeit« suchen. Wenig später fing sie in einer Wäscherei an, sauberer ging es wirklich nicht. Darüber lachten sie heute noch. Kurz darauf wurden sie ein Paar.

Seither ging Weber in der Lilienhof-Terrasse ein und aus, die Nachbarn kannten ihn. Manche grüßten freundlich, andere zurückhaltend, nur die Kommunisten, die hier das Sagen hatten, blickten ihn zumeist finster an und schwiegen.

»Komm doch, liebe Kleine, sei die meine, sag nicht nein ...«, summte Weber vor sich hin, als er über die geriffelten gelben Pflastersteine auf Hannchens Tür zuging. Es war recht glitschig, weil der Weg vermoost war. Hier musste man höllisch aufpassen, um nicht auszurutschen. Die trüb schimmernden Laternen, die über den Eingängen hingen, waren keine große Hilfe.

Natürlich war auf der Terrasse morgens kurz vor sieben schon einiges los. Da kam einer mit dem Brotbeutel in der Hand aus der Haustür und grüßte müde, dort sah man oben hinterm Fenster die Silhouette einer Frau, die sich den Mantel überwarf. Stimmen waren zu hören, nörgelnde Kinder, missgelaunte Männer, aufgeregte Frauen.

Es kam ihm heute lebendiger vor als sonst. Hektischer sogar. Ja, es herrschte eine gewisse Unruhe. Spannung lag in der Luft. Aber wie kam er darauf? Nur weil er sich einbildete, dass mehr Fenster als sonst erleuchtet waren, wenn er Hannchens Wohnung im Morgengrauen verließ, um zum Dienst zu gehen? Bestimmt empfand er das nur so. Kein Wunder nach dem seltsamen Durcheinander der letzten Nacht.

Da war aber doch was im Busch. Etwas stimmte nicht, das sagte ihm sein Instinkt.

Und dann riss Hannchen oben im zweiten Stock die Tür auf und rief: »Herrje, Alfred! Dass du dich heute hierher traust!«

Diesen Empfang hatte er nun wirklich nicht erwartet.

Sie hatte rote Wangen, verweinte Augen. »Franzi ist gerade gegangen. Ich weiß gar nicht, wie ich heute arbeiten soll. Es ist so schrecklich!«

»Aber ...«

»Ach, Alfred!« Jetzt fiel sie ihm doch um den Hals. Er spürte, wie ihr mächtiger Busen gegen seinen Oberkörper drückte, und hörte, wie sie nach Luft schnappte. »Es sind so schreckliche Zeiten!«

»Was ist denn passiert?«

»Komm ...« Sie nahm ihn an der Hand und führte ihn zum Esstisch in der Küche, die gleichzeitig als Wohnraum diente. Sonst gab es noch ein Schlafzimmer und einen zweiten Raum, der an Johannas Freundin Franziska untervermietet war.

»Ich habe Schrippen und ein Franzbrötchen ...«, sagte Weber und merkte gleich, dass das jetzt kein Thema war.

Er setzte sich, und Hannchen zog den Stuhl neben ihm ein Stück zur Seite und drehte ihn, sodass sie ihm gegenüber Platz nehmen konnte.

Irgendwie förmlich, fand Weber irritiert.

Sie holte tief Luft, musste kurz schlucken und platzte heraus: »Sie haben Henning ermordet!« Sie schaute ihn mit weit aufgerissenen Augen an. So schockiert hatte er sie noch nie gesehen.

Weber verstand immer noch nicht. »Welchen Henning denn?«

»Na, den Bürgerschaftsabgeordneten. Ernst Henning!«

»Ah ...« Das war nun tatsächlich eine schlimme Nachricht.

»Wie können die denn so etwas tun? Einen Mann wie Henning!«

Weber nickte. Er kannte die Umstände noch nicht, aber ihm war klar, dass hier eine Grenze überschritten worden war. Zwar war es bei politischen Auseinandersetzungen auf der Straße gelegentlich zu Schwerverletzten und auch Toten gekommen, aber das waren keine gezielten Morde an Amtsträgern gewesen.

Nebenbei allerdings wunderte er sich schon darüber, dass Hannchen die Sache so persönlich nahm.

»Letzte Nacht, im Bus, bei Bergedorf. Unter den Augen der Fahrgäste. Erschossen!«

»Hm …« Das ging auch ihn etwas an. »Wer hat …?«

»Nazis. SA. Die sind in den Nachtbus gestiegen und haben ihn kaltblütig umgebracht.«

Weber war in Gedanken schon in seiner Dienststelle. Ein politischer Mord fiel in seine Zuständigkeit.

»Hat man die Täter gefasst?«

»Na, du bist lustig. Die sind garantiert über alle Berge. Das hat der Hitler persönlich angeordnet! Der weiß schon, wo er die versteckt.«

Ah, dachte Weber, daher weht der Wind. Franziska, Hannchens Untermieterin, gehörte zu den Kommunisten. Die hatte das Geschehen in ihrem Sinne eingeordnet und diese Sichtweise an Hannchen weitergegeben.

»Woher weißt du denn davon?«

»Franzis Freund hat uns rausgeklingelt. Der wusste genau Bescheid. Es wird Unruhen geben, sagte er, heute noch.«

»Na, mal sehen«, brummte Weber, der wusste, dass die Kommunisten oftmals laut tönten und dann schnell wieder leiser wurden. »Aber wieso regt dich das denn so auf?«

»Weil er neulich bei uns war.«

»Der Henning? Hier?«

»Unsinn. Bei unserer Betriebsversammlung in der Wäscherei.«

»Was hat der denn da verloren, der ist doch für Vierlanden zuständig.«

»Er war halt da! Weil unser Vertrauensmann mit ihm befreundet ist. Henning war zufällig in der Nähe, und da hat er ihn mitgebracht. Um uns Mut zu machen.«

»Mut?«

»Ja, für den Streik.«

»Was denn für ein Streik?«

»Na, in der Wäscherei. Wegen der Lohnkürzungen. Das lassen wir uns doch nicht gefallen!«

Weber fiel aus allen Wolken. »Streik in der Wäscherei? Wieso weiß ich davon nichts?«

»Weil es noch geheim ist. Also, Alfred, lebst du denn hinterm Mond? Glaubst du, wir posaunen das aus, bevor es überhaupt angefangen hat?«

»Geheim? Und was sagt die Gewerkschaft dazu?«

»Nichts, das ist es ja. Wir müssen ohne die etwas unternehmen. Die Einzigen, die auf unserer Seite sind, das sind die Kommunisten. Und deshalb ist Henning ja auch gekommen. Er hat uns Mut gemacht. Mit uns eine Strategie entworfen. Er war großartig. Der konnte sogar die Zögerlichen überzeugen. Und hat uns versprochen, dafür zu sorgen, dass andere aus Solidarität auch in den Streik treten. Er hat Einfluss, er ... er hatte ...«

»Ein wilder Streik? Das gefällt mir gar nicht.«

Hannchen sprang auf und stemmte die Fäuste in ihre ausladenden Hüften. »Das gefällt dir nicht? Und wie würde es dir gefallen, wenn man deinen Sold um zehn Prozent kürzt? Und stell dir dabei bitte vor, dein Sold hätte auch vor der Kürzung nicht zum Leben gereicht! Und wenn du jetzt zusätzlich zu deiner Arbeit auch noch eigenhändig die Klos schrubben musst, weil dein Chef sparen will! Was hättest du dann unternommen, hm?«

»Schon gut, schon gut.« Weber hob beschwichtigend die Hände.

»Nein! Nichts ist gut. Sie haben ihn erschossen! Und jetzt ... So einen netten, freundlichen Mann ... Ich hätte doch nie gedacht, dass ein Politiker so anständig sein kann ...«

»Ja, der ...« Es war bekannt, dass der Abgeordnete Ernst Henning großes Ansehen bei den Hamburger Arbeitern besaß. Er wurde sogar von seinen sozialdemokratischen Kollegen in der Bürgerschaft geschätzt, weil er zwar kämpferisch war, aber auch pragmatisch denken konnte. Vor allem aber wusste er, der ehemalige Gießereiarbeiter, mit den Leuten aus dem Volk umzugehen. Hatte ... gewusst, verdammt noch mal! Er war ja jetzt tot.

»Er hätte sich für unseren Streik eingesetzt ... vielleicht hätte er sogar vermittelt ... auch wenn unser Chef ein Nazi ist.«

»Ist er das?«

»Einige behaupten es zumindest.«

»Was einige behaupten, muss ja nicht genau so stimmen.«

»Aber dass er ein mieser Ausbeuter ist, das stimmt auf jeden Fall!«

»Ja, gut ...«

»Und deshalb wird der Streik auch stattfinden, egal, was du dazu sagst.«

»Ich sage doch gar nichts ...«

»Doch, du wiegelst ab.« Jetzt funkelten ihre Augen.

Weber merkte, wie er schlagartig müde wurde. »Ach was. Ich

will doch bloß, dass du genau nachdenkst, bevor du etwas so Schwerwiegendes tust.«

»Denken, denken …« Hannchen drehte sich um die eigene Achse. »Ich kann jetzt nicht denken …«

Auch Weber war jede Denkfähigkeit abhandengekommen. Seine Augenlider waren so schwer wie nie und senkten sich ganz langsam.

»Und weißt du warum?« Sie lief zum Herd und hob den Deckel von dem Topf, der dort zum Warmhalten am Rand stand. Der Duft nach Zichorienkaffee verbreitete sich in der Küche.

»Nein …?«

»Weil ich großen Hunger habe. Hast du vorhin nicht was von einem Franzbrötchen gesagt?« Sie goss den heißen Kaffee in eine große Tasse.

Weber deutete wortlos auf die Tüte auf dem Tisch. Er war viel zu schlapp, um noch etwas zu sagen.

Er sah nur noch, wie sie sich auf die Tüte stürzte wie eine naschsüchtige Katze. Ja, so kannte er sie.

Seine Augen fielen ganz zu.

Als er wieder aufwachte, lag er auf der Chaiselongue unter einer Wolldecke. Hannchen war schon weg. Draußen hatte der Schneeregen aufgehört. Helles Sonnenlicht fiel durch die Gardinen. Die Küchenuhr tickte leise. Es war 11.30 Uhr. Er würde zu spät zum Dienst kommen. Ausgerechnet heute. Daran war nur dieser vermaledeite Hypnotiseur schuld. So ein Scharlatan!

Hannchen hatte ihm zwei Schrippen übrig gelassen. Sie war wirklich ein Schatz.

Ausgeschlafen kam Weber im Stadthaus an. Kriminalsekretär Klindworth saß an einem Schreibpult und brütete über irgendwelchen Berichten. Er hatte sogar die Extra-Ablage herausgezogen für die aufgestapelten Zeitungen und Flugschriften, die er durcharbeitete. Mit einem Bleistift notierte er in einer Kladde alle politischen Versammlungen, Demonstrationen, Aktionen, Streiks, die für die kommenden Tage angesagt waren. Wenn es besondere Erkenntnisse gab, wurde in einer besonderen Spalte vermerkt, wenn zum Beispiel ein prominenter Redner auftrat oder eine Gegenveranstaltung geplant war.

Weber wollte sich mit dem beschäftigen, was nicht angesagt wurde, aber möglicherweise passieren konnte. Dazu musste er Berichte von Informanten und geheimen Ermittlern auswerten und so zusammenfassen, dass alle interessierten Dienststellen sich ein Gesamtbild der politischen Lage machen konnten. Diese Zusammenfassungen waren in letzter Zeit immer umfangreicher geworden. Gewalttätige Auseinandersetzungen zwischen politischen Gegnern hatten seit dem vorigen Jahr deutlich zugenommen, Streiks und Protestkundgebungen standen auf der Tagesordnung. Die wirtschaftliche Krise hatte ihren Preis. Die Leidtragenden waren die einfachen Leute, die immer verzweifelter und wütender wurden.

»Herr Kommissar!« Klindworth sprang von seinem Stuhl und rief: »Sie möchten bitte sofort zu Regierungsrat Dr. Schlanbusch kommen. Ich habe vor einer halben Stunde bei Ihnen antelefoniert, aber Sie waren wohl schon unterwegs. Der Termin ist …« Er schaute zur Wanduhr, die heute besonders laut tickte, wie Weber fand. »… Vor fünf Minuten …« Klindworth schaute ihn ängstlich an, als fürchte er, er könne für Webers Zuspätkommen verantwortlich gemacht werden.

»Schlanbusch? Na schön.« Weber schälte sich aus seinem Mantel und hängte die Mütze an die Garderobe.

»Haben Sie schon gehört? Mord an dem Abgeordneten Henning!«

»Ja, ja.«

»Wegen des Falls Lassally kam ein Rohrpostbrief vom Untersuchungsrichter. Man erwartet dringend einen Bericht zum Tathergang und ein Protokoll der Aussage des Täters. Haben wir die ... müssen wir noch ...? Ich wusste nicht was und wo und wie. Aber wenn es dringend ist ... Was soll ich Ihrer Meinung nach tun?«

»Abwarten«, sagte Weber. »Wir kümmern uns darum, wenn ich zurück bin. Es wird alles nicht so heiß gegessen, wie es gekocht wird.«

Webers Assistent nickte dankbar.

Der Kommissar trat wieder in den Flur, lief endlose Gänge entlang, stieg breite Marmortreppen hinauf, marschierte an steinernen Säulen vorbei, lief Balustraden entlang, unter ausladenden Lüstern mit grün schimmernden Lampenschirmen, passierte die eine oder andere Büste, bis er vor dem Büro von Dr. Schlanbusch ankam, den er aus unerfindlichen Gründen überhaupt nicht leiden konnte.

Er klopfte, und Schlanbuschs schnarrende Stimme rief ihn herein.

Oho! Der Polizeipräsident war auch anwesend. Dr. Campe machte ein besorgtes Gesicht. Schlanbusch hingegen strahlte Diensteifer und Zuversicht aus. Sie saßen an einem runden Tisch vor einem hohen Schrank mit in Leder gebundenen Gesetzbüchern.

»Herr Präsident, Herr Regierungsdirektor, guten Morgen!«

»Kommissar Weber, setzen Sie sich.« Campe deutete auf den dritten Stuhl zwischen ihnen.

Weber schob seine Sitzgelegenheit ein Stückchen vom Tisch weg, damit er nicht das Gefühl haben musste, von seinen Vorgesetzten eingezwängt zu werden.

Polizeipräsident Campe ergriff das Wort: »Meine Herren, wir haben in unserer Stadt eine Situation, wie wir sie seit Bestehen der Republik noch nicht hatten.«

Schlanbusch wiegte zweifelnd den Kopf.

»Politische Unruhen, Gewalttaten auf den Straßen, einzelne Todesfälle gibt es seit Jahren. Gezielte Mordanschläge auf Vertreter des Staates allerdings stellen eine neue Dimension dar.«

»Auf einen Vertreter des Staates«, korrigierte Schlanbusch.

Campe runzelte die Stirn.« Sie sprechen von Lassally?«

»Ganz recht.«

»Ich beziehe den Abgeordneten Henning in meine Ausführungen mit ein.«

»Ein Kommunist als Vertreter des Staates?« Schlanbusch hob die Augenbrauen hinter seiner runden Brille.

»Die Bürgerschaft ist eine staatliche Institution, Dr. Schlanbusch.«

»Was aber doch nicht alle Abgeordneten zu Staatsvertretern macht.«

»Doch. Selbstverständlich!«

Schlanbusch hob die Hände und signalisierte damit, dass er nicht weiter darüber diskutieren wollte.

»Wobei es natürlich auch hier Unterschiede zu beachten gibt«, lenkte Campe ein. »Regierungsrat Lassally war Polizist.«

»Das macht allerdings einen Unterschied«, warf Schlanbusch ein.

»Und der Täter war ebenfalls Polizist.«

Schlanbusch schwieg.

»Wenn Polizisten auf Polizisten schießen, gerät die Staatsgewalt ins wanken«, sagte Campe.

»Die Tat eines Einzelnen …« Schlanbusch hob beschwichtigend die Hand. »Pohl war betrunken und aufgebracht, weil er diszipliniert werden sollte.«

»Wenn alle Betrunkenen und Aufgebrachten auf ihre Vorgesetzten schießen würden …«

»Wie meinen Sie das, Herr Campe?«

»Ich meine, dass die Schwere der Tat nicht unterschätzt werden soll. Außerdem meine ich, dass zwei politische Mordanschläge in wenigen Tagen hintereinander eine untragbare Situation sind.«

»Aber wir haben die Täter doch gefasst. Pohl steht unter Hausarrest. Kommissar Weber hat ihn bereits vernommen. Und die drei SA-Männer, die den Kommunisten Henning erschossen haben, sind ebenfalls verhaftet. Sie wurden einem ersten Verhör unterzogen. Ich habe mich persönlich mit dem Leiter der Kripo Bergedorf in Verbindung gesetzt. Die Sache ist eindeutig ein Versehen gewesen.«

Weber und Campe schauten Schlanbusch erstaunt an.

»Aber ja«, fuhr dieser fort, »Henning wurde zufällig erschossen. Es handelt sich um eine Verwechslung. Der Haupttäter, der die Schüsse abfeuerte, hat erklärt, er habe Etkar André umbringen wollen. Henning hat auf dieser Kundgebung nur in Vertretung Andrés gesprochen, der sich im Ausland aufhält.«

»Aber Etkar André ist doch auch Abgeordneter«, stellte Campe fest.

»Und eifriger Agitator der Internationale der Seeleute und Hafenarbeiter.«

»Mord ist Mord«, erklärte Campe trocken.

»Die Umstände sind gleichwohl verwirrend«, meinte Schlanbusch zurückhaltend.

»Das sind die Umstände im Zusammenhang mit dem Fall Lassally ebenfalls«, meinte Campe. »Und diese Umstände sind es, die mir Sorgen bereiten. Sie enthüllen nur allzu drastisch, dass die Polizeibehörde in einem schlechten Zustand ist.«

Schlanbusch blickte finster drein, warf einen missbilligenden Seitenblick auf Weber, der noch gar nichts gesagt hatte. Dass ein Untergebener diesem Gespräch beiwohnte, schien ihm gar nicht zu gefallen.

Campe hatte es bemerkt und stellte eilig fest: »Deshalb ist Kommissar Weber als Vertreter der Politischen Polizei ja hier. Staatsschutz ist jetzt vordringlich! Wenn das innere Gefüge der Polizeibehörde aus dem Gleichgewicht gerät, bricht das ganze Staatsgebilde zusammen. Ich möchte, dass diejenigen zur Rechenschaft gezogen werden, die daran wirken.«

»Wegen eines Einzelfalls?«, fragte Schlanbusch.

»Wie viele Einzelfälle brauchen Sie denn noch, um beunruhigt zu sein? Ich erinnere übrigens nur an die beiden Anschläge im Dezember, als Polizeiwachtmeister Knies auf dem Großneumarkt erschossen wurde. Und dann gab es noch den Anschlag auf die Wohnung von Senator Schönfelder am Heiligabend. Solche Vorfälle häufen sich.«

»Sie reden ja, als gäbe es eine Verschwörung.«

»Ach was! Was mir Sorgen macht, ist die innere Einstellung der Beamten. Wenn die Polizei angegriffen wird, wenn der Staat schwach erscheint, dann werden unsere Beamten verunsichert. Wenn es erst mal so weit kommt, dass unsere Polizisten nicht mehr an uns glauben, dann ist höchster Alarm gegeben.«

»An uns glauben?«, murmelte Schlanbusch vor sich hin.

»Es steht schon kurz davor, wie mir scheint«, betonte Campe theatralisch.

Weber, der die ganze Zeit schon unruhig auf seinem Stuhl hin und her rutschte, fragte sich unbehaglich, was denn »Glauben« mit dem Polizeidienst zu tun haben könnte. Glaube ich etwa an den Staat, so wie der Christ in der Kirche an Jesus glaubt? Ging es hier um eine ganz große Sache? War Lassally gekreuzigt worden? Unsinn, der Pohl war doch bloß besoffen gewesen!

»Es knirscht an allen Ecken. Sehen Sie sich den Zustand der Weiblichen Kriminalpolizei an, die neuerdings von der Presse angefeindet wird, weil Frauen sich angeblich lächerlich machen, beim Versuch die Staatsgewalt auszuüben.«

»Das ist doch eine ganz andere Sache, Herr Präsident.«

»Da bin ich mir nicht so sicher. Aber wie dem auch sei. Es geht ganz allgemein darum, die Zügel anzuziehen. Disziplin und hundertprozentige Loyalität müssen fortan eingefordert werden. Dafür sind Sie, Dr. Schlanbusch, mir verantwortlich!«

Weber musste immer noch an Oberwachtmeister Pohl denken. Betrunken oder nicht: Dem war verdächtig schnell ein renommierter Anwalt zu Hilfe gekommen.

»Und Sie, Kommissar …« Weber zuckte zusammen, als Campe sich direkt an ihn wandte. »… ernenne ich zum Leiter einer besonderen Kommission zur Aufklärung politischer Mordtaten in und außerhalb unserer Behörde.«

Campe wandte sich an Schlanbusch: »Er soll genügend Beamte zu seiner Verfügung haben.«

»Nun ja«, sagte Schlanbusch, »der Krankenstand ist hoch. Aber wir tun, was wir können.«

»Ich bitte darum. Haben Sie noch Fragen?« Campe schaute Weber auffordernd an.

Der schüttelte den Kopf. Die Sache mit den weggekippten Bieren gestern Nacht kam ihm wieder in den Sinn. Ein leichtes Panikgefühl überfiel ihn, als er sich fragte, ob er wirklich Herr über seine Sinne gewesen war, als er da am Tresen der »Schaukel« gesessen hatte.

»Weber?«

»Nein, keine Fragen.«

»Gut. Sie wissen, was Sie zu tun haben.«

»Jawohl, Herr Regierungsdirektor!«

Weber stand auf und ging zur Tür. Auf unsicheren Beinen. Auch der Türgriff kam ihm widerspenstig vor.

Als er die Tür hinter sich zuzog, hörte er noch, wie Campe zu Schlanbusch sagte: »Warten Sie, da wäre noch etwas. Es hat einige seltsame Vorfälle in der Hochbahn gegeben, über die ich mit Ihnen sprechen wollte.«

Die Tür fiel ins Schloss und Weber ging mit bleischweren Füßen den Flur entlang.

Bestimmt habe ich die Biere gar nicht weggekippt, sondern ausgetrunken, sonst wäre mein Kopf nicht so schwer, dachte er. So ein Schabernack.

Als er die Tür zu seinem Dienstzimmer aufstieß, wirbelte Klindworth herum und starrte ihn erschrocken an. In der einen Hand hielt er den Telefonhörer, während er sich mit der anderen das lockige Haar raufte. Mit weit aufgerissenen Augen murmelte er »Oh, oh, ja, ja«.

Klarer Fall, dachte Weber, ich hab ihn bei einem Privatgespräch ertappt, womöglich Fernverbindung, das wird Folgen haben.

Aber Klindworth rief beinahe verzweifelt in den Hörer: »Mo-

moment, bitte ... er ist gerade gekommen ... ja, bitte ...« Und hielt Weber den Hörer hin. Dabei zischelte er ganz leise etwas, das Weber nicht verstand.

»Hallo? Kommissar Weber am Apparat.«

»Ah, Alfred, sehr gut. Gerade von der Sitzung zurück?«

»Entschuldigung? Wer spricht denn da bitte?«

»Adolph, Schönfelder. Genosse, hör mal zu.«

Weber stand schlagartig stramm. Sein Herz schlug bis zum Hals. Einen Anruf vom Polizeisenator persönlich hatte er noch nie bekommen. Am Diensttelefon vom obersten Vorgesetzten geduzt zu werden, war immer noch eine schockierende Erfahrung für ihn. Sich auf einer Parteiveranstaltung zuzuprosten, war doch etwas anderes als ein dienstliches Gespräch.

»Jawohl, ich höre«, war das Einzige, was Weber herausbrachte.

»Ich hatte Campe gebeten, dich mit der Sache zu betrauen.«

»Der Fall Lassally?«

»Ganz recht, Alfred. Und alles, was damit zusammenhängt.«

»Ich werde eine besondere Kommission einberufen.«

»Sehr gut, Genosse. Ich bin froh, dass du dich der Sache annimmst. Es geht nicht nur um eine vordergründige Aufklärung, du musst in die Tiefe gehen, wenn du verstehst, was ich meine?«

»Ja, sicher. Die Hintergründe.«

»Da hängt womöglich ein ganzer Rattenschwanz dran, Alfred!«

»Zum jetzigen Zeitpunkt kann ich das nicht beurteilen.«

»Natürlich. Und richtig. Nur die Fakten zählen. Wir wollen uns nicht in Spekulationen ergehen. Aber dies hier ist eine Tatsache, die in diesem Zusammenhang nicht übersehen werden darf: Den Mördern von Henning hat man den gleichen Anwalt zur Seite gestellt wie Pohl. Du weißt, wen ich meine.«

»Dr. Racke, ja. Er hat seinen Mandanten nach dem Verhör durch mich persönlich abgeholt.«

»Da siehst du mal.«

»Es hat mich gewundert, weil ich mir nicht vorstellen kann, dass Oberwachtmeister Pohl über größere Geldmittel verfügt.«

»Eben. Beim Henning-Mord das gleiche Bild. Die Nachtbus-Attentäter sind auch nur kleine Lichter. SA-Männer unterste Stufe. Aber der Anwalt war sofort zur Stelle.«

»Ich verstehe.«

»Übrigens ist Campe unterrichtet von diesem Gespräch, sonst aber niemand.«

»Ah, ja, hm-hm.«

»Du wirst Campe direkt Bericht erstatten. Keine Umwege.«

»Dr. Schlanbusch?«

»Der interessiert sich nicht so brennend für diese Angelegenheit.«

»Gut. In Ordnung.«

»Im Notfall Bericht direkt an mich. Persönlich, ausschließlich persönlich. Vorsicht ist geboten. Der Senat steckt in der Krise. Bei Neuwahlen könnten die radikalen Parteien Oberwasser bekommen. Das gilt es zu verhindern. Wenn bestimmte Machenschaften ans Tageslicht kommen, hilft das vielleicht. Du verstehst, was ich meine.«

Weber verstand überhaupt nichts, sagte aber: »Jawohl.«

»Ich bin froh, dass du das übernimmst, Alfred. Hier ist Fingerspitzengefühl gefragt. Ich verlasse mich auf dich, Genosse. Such dir deine Mitarbeiter mit der Lupe aus.«

»Jawohl.«

»Und ein Bier trinken wir auch bald mal wieder zusammen, was?«

»Sehr gerne, Adolph, sehr gerne.«

Die Verbindung wurde unterbrochen.

Klindworth starrte Weber entgeistert an: »Sie duzen sich mit dem Senator?«

Weber war selbst ziemlich durcheinander. »Nein, ja, sicher doch, wieso nicht? Aber, hören Sie, Klindworth, das spielt doch überhaupt keine Rolle. Zurück zur Arbeit! Der Fall Lassally muss bis ins letzte Eckchen ausgeleuchtet werden.«

»Aber, Pohl ist doch überführt. Was gibt es denn noch zu tun?«

»Der Fall Henning ebenso ...«

»Da sind die Täter doch verhaftet.«

»Sie sind hier bei der Politischen Polizei, Klindworth. Da geht es nicht bloß um die Aufklärung von Taten, sondern vor allem um Hintergründe!«

Klindworth nickte und schaute irritiert aus dem Fenster. Vielleicht auch verunsichert. Draußen zogen dunkle Wolken auf.

Weber fragte sich, ob er ihm überhaupt vertrauen konnte.

Musste er wohl. Denn nachdem er zwei Stunden lang herumtelefoniert hatte, stellte er fest, dass er sonst niemanden zur Unterstützung bekommen würde. Der Krankenstand war hoch, das hatte Schlanbusch schon gesagt. Und wer gesund war, war auch jetzt schon überlastet.

»Danke der Nachfrage, Weber, aber wir wären froh, wenn wir selbst zurande kämen.«

Weber schaute aus dem Fenster. Wieder Schneeregen. Gottverdammtes Mistwetter!

Den Rest des Tages verbrachten die beiden einzigen Mitglieder der »besonderen Kommission« damit, eine Akte über den Attentäter Pohl anzulegen.

Wieder einer von denen, dachte Weber missmutig.

Friedrich Pohl, geboren 1901 in Seelze bei Hannover, war der Sohn eines Arztes, stammte also keineswegs aus schwierigen sozialen Verhältnissen. Ein Taugenichts schien er in seiner Jugend auch nicht gewesen zu sein, denn er hatte die Höhere Schule besucht und im Jahr 1919 die Obersekundareife geschafft, den über der Mittleren Reife stehenden Schulabschluss. Warum er das Abitur nicht angestrebt hatte, war nirgendwo vermerkt, wohl aber, dass Pohl dann mit achtzehn Jahren in die Reichswehr eingetreten war. Zu einem Zeitpunkt also, da der Krieg endgültig vorbei gewesen war und die meisten Soldaten demobilisiert worden waren.

Wenig später war er in die 2. Marine-Brigade Wilhelmshaven eingetreten, der unter sozialdemokratischen Arbeitern berüchtigten »Brigade Ehrhardt«. Diese Brigade hatte sich Ende Januar 1919 zusammengefunden, um den Aufstand der Arbeiter und Soldaten in Wilhelmshaven niederzuschlagen. Anfang Februar waren sie an der Beseitigung der dortigen Räterepublik beteiligt gewesen. Kurz darauf schickte die sozialdemokratische Reichsregierung sie weiter, um den Arbeiteraufstand in Braunschweig und die Münchener Räterepublik zu bekämpfen.

Noch heute drehte sich Weber der Magen um, wenn er sich in Erinnerung rief, wie die regierenden Sozialdemokraten in Berlin reaktionäre Freikorps losgeschickt hatten, um die eigenen Leute von ihnen zusammenschießen zu lassen. Arbeiter und Soldaten, die geglaubt hatten, die Regierung Ebert würde nicht nur eine politische, sondern auch die soziale Revolution befürworten, von der die SPD jahrzehntelang gesprochen hatte.

Aber das war längst Schnee von gestern, jetzt befand man sich im Jahr 1931 und längst hatten die Sozialdemokraten feststellen müssen, dass sie die Geister, die sie gerufen hatten, nicht mehr loswurden. Die »Brigade Ehrhardt« nämlich hatte sich 1920 am

Kapp-Lüttwitz-Putsch gegen die demokratische Republik beteiligt und war anschließend aufgelöst worden. Ihre ehemaligen Mitglieder aber waren von der Reichswehr mit offenen Armen aufgenommen worden – oder von der Polizei, wie man im Fall von Pohl sehen konnte.

Pohl war allerdings 1921 aus der Reichswehr ausgeschieden und hatte eine kaufmännische Lehre begonnen. Die brach er im Dezember 1923 ab und trat erneut in die Reichswehr ein. Offenbar konnte er sich ein Leben jenseits von militärischem Drill und hierarchischer Ordnung nicht mehr vorstellen, mutmaßte Weber.

Bald schon, im März 1924, wechselte er zur Ordnungspolizei, wo er sich bewährt haben musste, denn er wurde bis zum Oberwachtmeister befördert. Nach fünf Jahren schied er aus dem kasernierten Dienst aus, und von da an ging es mit ihm bergab. Er wurde zweimal ermahnt, weil er betrunken zum Dienst erschienen war. Seit dem letzten Jahr, so warf man ihm vor, habe er sich in der SA betätigt und während des Dienstes Propaganda für die Nazi-Partei gemacht. Beides war einem Polizeibeamten verboten.

Bei seiner Vernehmung hatte Pohl erklärt, er sei wütend, weil es eine »Beobachtungszentrale« gäbe, die Informationen über Republikfeinde in der Polizei sammelte. Und er habe Lassally gehasst, weil er Jude sei. Und das waren für ihn ausreichende Gründe gewesen, mitten in der Polizeibehörde eine Pistole zu ziehen und zu schießen. Damit alle ihn als Täter erkennen konnten? Wieso hatte er dem verhassten »Gesinnungsschnüffler« nicht draußen an einer Straßenecke aufgelauert? Hatte er die Absicht gehabt, Aufsehen zu erregen? Aber wie konnte es sein, dass so einer mit voller Absicht nicht nur seine Polizeikarriere, sondern auch sein Leben ruinierte? Ein Dr. Racke war schließlich keine Versicherung gegen alles, auch wenn er wegen der zahlreichen erreichten Freisprüche in rechten Kreisen einen fast schon legendären Ruf genoss. Weber grübelte vor sich hin.

»Äh, entschuldigen Sie bitte, Herr Kommissar?«

»Was ist denn, Klindworth?«

Der junge Polizeianwärter deutete auf die Wanduhr, die brav und stetig vor sich hin tickte. »Es ist schon ... spät.« Er hob seine Kladde an. »Und es ist alles notiert, mit zwei Durchschlägen. Ich wäre heute bei einem Onkel eingeladen, zum Abendbrot. Wenn nichts Dringendes ... Ich bitte um Entschuldigung ... Selbstverständlich bleibe ich, falls es noch notwendig sein sollte.«

»Ach, nagele ich Sie hier fest? Sie haben längst Dienstschluss, was? Dann sagen Sie doch was, nur keine Scheu! Wir wollen unseren Dienstplan schon einhalten. Apropos, habe ich Ihnen den eigentlich schon mitgeteilt?«

»Nein, Herr Kommissar.«

»Nun ja.« Weber schaute zur Uhr. Darüber hatte er sich Gedanken machen wollen, nachdem er seine anderen Mitarbeiter zusammengesucht hatte. Nur hatte er gar keine gefunden. Jetzt war es halb acht Uhr abends. »Morgen früh um neun, würde ich sagen ...«

»Jawohl, Herr Kommissar! Ich wünsche einen angenehmen Abend.«

»Ja, ja.«

Seine Verabredung mit Hilbrecht, dem Polizeifotografen, hätte er beinahe auch vergessen. Dabei hatte er sich schon seit Tagen darauf gefreut. Seit Weber von der Abteilung »Delikte am Menschen« in die Abteilung »Delikte am Staat« (wie er Hilbrecht gegenüber einmal gescherzt hatte) versetzt worden war, hatten sie im Dienst deutlich weniger miteinander zu tun als früher. Trotzdem trafen sie sich, sooft es ging, auf ein Bier in einem schlichten Speiselokal in der Brüderstraße nicht weit vom Stadthaus entfernt. Die Gaststätte »Windhorst« hatte den Vorteil, dass sie von den höheren Rängen der Polizei gemieden wurde. Allzu schlicht und grobschlächtig ging es hier zu, die Einrichtung war rustikal, Tischdecken wurden nur zum Osterfest aufgelegt.

Abgesehen von den sich vermehrenden grauen Haaren im dicken Zopf der kantigen Kellnerin änderte sich hier nichts, was Weber angesichts der immer turbulenteren gesellschaftlichen Situation als sehr angenehm empfand.

»Die Welt könnte so schön sein, wenn's überall so zuging wie hier«, sagte der große, kräftige Hilbrecht, als er sich auf den Stuhl an Webers Tisch fallen ließ. Der Stuhl ächzte merklich unter seinem Gewicht. Seiner Fahne nach zu urteilen, hatte er woanders schon angefangen, seinen Feierabend zu begießen.

»Na ja, einen etwas jüngeren Zopf könnten sie sich schon mal anschaffen«, scherzte Weber mit Blick auf die finster dreinblickende Kellnerin, deren weiße Schürze nicht nur makellos sauber, sondern auch akkurat gebügelt und gestärkt war. Seit Weber mit Hannchen zusammen war, die ihm immer wieder von ihrer Arbeit in der Wäscherei erzählte, achtete er sogar auf solche Kleinigkeiten.

Sie bestellten zwei große Elbschloss-Pilsner, die wie immer in Windeseile serviert wurden, und stießen an.

Hilbrecht hatte jetzt ein Doppelkinn, stellte Weber fest und unterdrückte das Bedürfnis nachzuprüfen, ob es bei ihm auch schon so weit war. Ach was, Hilbrecht war jetzt nur noch im Innendienst. Hockte tagein, tagaus in der Photographischen Abteilung und kümmerte sich um Abzüge und Dokumentationen. Einen Tatort hatte er schon seit Monaten nicht mehr gesehen.

»Na, was macht die Familie?«, fragte Hilbrecht redselig. Er fragte immer danach und meinte Webers »alte« Familie, seine Ex-Frau und die Tochter Erika. Nach Hannchen hatte er sich noch nie erkundigt.

»Na ja«, sagte Weber.

»Bei Erika fangen wohl bald die Backfischjahre an«, meinte Hilbrecht und wischte sich den Schaum von der Oberlippe.

»Ach was, die wird doch dieses Jahr erst elf.«

»Eben. Alles geschieht immer früher. Es ist ein Jammer. Die Kindheit vergeht zu schnell, die Jugend kommt zu früh und erwachsen ist man viel zu lang.« Hilbrecht zwinkerte schelmisch.

»Du musst dich doch nicht beklagen, du hast doch alle Altersstufen im Haus.«

»Wohl wahr, wie die Orgelpfeifen stehen sie sonntags in der Kirche neben mir.«

Weber dachte an seine Sonntage. In die Kirche hatte er seit seiner Konfirmation keinen Fuß mehr gesetzt. Die Sonntagvormittage verbrachte er am liebsten bei Hannchen im Bett. Nur leider war das in letzter Zeit seltener vorgekommen, weil sie oftmals Sonderschichten in der Wäscherei schieben musste. Für einen skandalös niedrigen Lohn. Er hätte sie ja gerne zu sich genommen, in seine Wohnung beim Michel. Platz genug wäre da gewesen. Aber immer wenn er das Thema darauf brachte, lehnte sie es kategorisch ab. An guten Tagen fand er diese Haltung bewundernswert, an schlechten fragte er sich, ob es vielleicht an ihm lag und er etwas falsch machte.

Hilbrecht gegenüber hatte er das Thema einmal angeschnitten – aber der war einfach darüber hinweggegangen. Seine Welt war wohlgeordnet, auch das fand Weber an guten Tagen bewundernswert.

»Wie geht's Mathilde?«, fragte Hilbrecht jetzt zu allem Überfluss.

»Ach«, wehrte Weber ab.

»Na, na.«

»Mir scheint, sie mag mich immer weniger. Wirft mir vor, Erika zu vernachlässigen. Aber die redet überhaupt nicht mehr mit mir. Mathilde wiegelt sie gegen mich auf. Wegen Johanna.«

»Kann mir gar nicht vorstellen, dass sie deine Tochter aufwiegelt, Alfred.«

»Bei bestimmten Dingen frage ich mich schon, ob sie es tut, um mich zu ärgern.«

»Ach was. Ich sag dir mal was: Da kommen alte Gefühle hoch und ...«

»Sie hat Erika in die Nordische Jugend gesteckt, mit denen fährt sie Ski.«

»Na und?«

»Das ist ein völkischer Verein!«

»Du siehst überall nur Feinde, Alfred, das ist dein Problem. Das liegt bestimmt an deiner Arbeit. Versuch doch mal toleranter zu sein. Sieh mal bei uns: Der eine Junge ist bei den christlichen Pfadfindern, der andere bei den Wandervögeln, die Mädels ...«

»Du verstehst die Tragweite nicht. Mathilde nimmt an einem Kongress des Deutschen Frauenordens teil. Das gefällt mir gar nicht.«

»Hm ...« Dazu fiel Hilbrecht nichts ein.

»Mag ja sein, dass ich überempfindlich bin. Aber ich sehe nun mal, was um mich herum passiert. Es gärt nicht nur in dieser Gesellschaft, es kocht über! Jetzt hat sogar ein Polizist auf einen Vorgesetzten geschossen – mitten in der Polizeizentrale!«

»Soweit ich gehört habe, war der betrunken – wie ernst kann

man so was dann nehmen? Und Lassally ist ja schon wieder auf dem Weg der Besserung. Und was hat denn diese Sache mit deiner Familie zu tun? Da siehst du mal, wie sehr du schon ein Opfer deines Berufs geworden bist. Lass dich in eine andere Abteilung versetzen, dann geht's dir wieder besser. Gaststätten-Aufsicht zum Beispiel.« Hilbrecht lachte erleichtert, weil ihm so ein guter Witz eingefallen war, trank sein Bier leer und bestellte zwei neue bei der Kellnerin.

Weber beeilte sich mitzuhalten. Kurz geriet er ins Grübeln und fragte sich, was ihn eigentlich noch mit Hilbrecht verband. Sie kannten sich seit vielen Jahren, tranken gern ein Bier zusammen, aber in letzter Zeit schienen ihre Interessen auseinanderzugehen. Hilbrecht redete fast nur noch über Familiäres. Aber von Webers Privatleben jenseits von Ex-Frau Mathilde und Tochter Erika wollte er nichts wissen. Wann hatte Hilbrecht ihn eigentlich zuletzt zu sich nach Hause eingeladen? Das war lange her. Seit Weber ihm eröffnet hatte, dass er mit einer Wäscherin liiert war, die früher einmal anschaffen gegangen war ...

Aber da wurden auch schon die nächsten Biere gebracht, sie stießen an. Weber spürte einen Luftzug hinter sich. Hilbrechts Blick wanderte zur Tür und er murmelte: »Na, sieh mal an.«

Weber drehte sich um und sah die Kollegin Finke hereinkommen.

»Ob die jetzt einen Kaffee bestellt und ein Stück Kuchen dazu?«, meinte Hilbrecht. Unter den männlichen Polizeibeamten wurden immer noch Witze über die »Frauenpolizei« gemacht. Als die Dienststelle vor vier Jahren gegründet worden war, hatten die Mitarbeiterinnen regelmäßig Kaffeekränzchen in den Diensträumen abgehalten. Das war lange vorbei, die Weibliche Kriminalpolizei war längst in den Niederungen der alltäglichen Verbrechensbekämpfung gelandet, aber bestimmte Klischees hielten sich hartnäckig. Weber, der zeitweilig bei der WKP gearbeitet hatte, ärgerte sich darüber.

Er wollte schon etwas Unwirsches entgegnen, da beugte Hilbrecht sich vor und sagte beinahe bewundernd: »Immerhin eine gestandene Frau. Mich wundert, dass du bei denen keine fürs Leben gefunden hast. Da sind doch einige ...«

Das verstimmte Weber nur noch mehr. Aber da drehte Kriminalobersekretärin Finke sich um und kam mit einem großen Glas Bier in der Hand auf sie zu.

»Meine Herren, darf ich mich zu Ihnen setzen?«

Hilbrecht sprang kurz auf. »Ich bitte darum.«

Frau Finke setzte sich neben Weber.

»Zum Wohl, meine Herren. Ich hoffe, ich störe Sie nicht.«

»Ganz und gar nicht!« Sie stießen an.

»Sind Sie öfter hier?«, fragte Finke. »Ich bin nämlich nur zufällig reingeschneit. Kürzlich. Heute zum zweiten Mal hier. Es ist angenehm schlicht.«

»Das kann man sagen«, meinte Hilbrecht und warf einen Blick auf die bezopfte Kellnerin.

»Danke übrigens, dass Sie mir vorgestern behilflich sein konnten«, sagte Weber.

»Oh, keine Ursache. Ich wurde übrigens gerügt deswegen«, sagte Finke lächelnd.

»Gerügt, weil Sie mir geholfen haben? Von wem denn?«

»Von beiden.« Finke nahm einen Schluck Bier.

Weber schaute sie fragend an.

»Bei uns ist es nämlich so, dass wir manchmal nicht wissen, wie wir uns verhalten sollen. Weil sich die Vorgesetzten Konkurrenz machen.« Sie lachte. »Dr. Schlanbusch steht über unserer

Chefin Frau Erkens – behauptet er, weil er Leiter der Kripo ist. Sie sei ihm gleichgestellt, behauptet sie wiederum, jedenfalls in Belangen der Weiblichen Kripo. Wenn wir nun widerstreitende Befehle von beiden bekommen, sind wir in der Zwickmühle. Aber in diesem Fall waren die beiden sich einig. Frau Erkens tadelte mich, ich hätte mich zur Schreibkraft degradieren lassen. Schlanbusch rügte, ich hätte meine Kompetenzen überschritten, was immer er damit meint.«

»Hoppla«, sagte Weber. »Da habe ich Ihnen ja was eingebrockt.«

»Ist nicht weiter schlimm«, sagte Finke leichthin. »So was muss man aushalten.«

»Ist ja in den meisten Familien nicht anders«, meldete sich Hilbrecht zu Wort. Er hatte sein zweites Bier geleert und war deutlich angeheitert. »Bei uns zum Beispiel ...«

Weber warf ihm einen finsteren Blick zu. Hilbrecht hielt inne, hob das leere Glas und suchte nach der Kellnerin.

»Ich hoffe, trotzdem in die besondere Kommission berufen zu werden«, sagte Finke.

»Besondere Kommission?« Weber war irritiert. Davon wusste er gar nichts. Was hatte denn eine Beamtin der WKP in der Politischen Abteilung zu suchen? Aber da war er auf dem falschen Dampfer.

»Die Hochbahn-Vorfälle«, sagte Finke.

Weber und Hilbrecht schauten sie fragend an.

»Wissen Sie denn nichts davon?«, fragte sie erstaunt. »Frauen fallen auf die Gleise und werden von den Zügen überfahren. Mehrere mysteriöse Unfälle auf der Ringbahn. Zunächst an der Haltestelle Landungsbrücken, dann Rödingsmarkt, und gestern wieder – Kellinghusenstraße!«

»Ah«, sagte Hilbrecht. »Die Selbstmorde.«

»Falls es sich um Selbstmorde handeln sollte, sind es die eigenartigsten Selbstmorde, von denen ich je gehört habe. Gestern Morgen zum Beispiel, auf dem Bahnsteig drängten sich die Menschen. Der Zug aus Richtung Hoheluft rollte heran. Da sprang eine junge Frau von einer Bank auf, breitete die Arme aus und fing an zu tanzen, drehte sich um sich selbst, rief laut jubilierend ›Ein Schmetterling! Ein Schmetterling!‹ und rannte dem Zug entgegen. Jemand versuchte, sie festzuhalten, doch sie riss sich los und hüpfte mit ausgebreiteten Armen direkt vor den Zug. Der Fahrer konnte sogar noch abbremsen, aber sie wurde überrollt und kam schwer verletzt ins Krankenhaus. Sie lebt und ist bei Bewusstsein. Aber sie kann sich an nichts erinnern.«

Weber schaute seine Kollegin irritiert an. »Wieso haben Sie extra erwähnt, dass die Sonne schien?«

Finke war erstaunt. »Hab ich das?«

»Ja, Sie sagten: ›Es war am Morgen und die Sonne schien‹, oder etwa nicht?«

»Nun, es stimmt doch. An diesem Morgen schien die Sonne.«

»Aber Sie waren gar nicht vor Ort, oder?«

»Nein. Es muss eine Formulierung aus einer Zeugenaussage sein.«

»Das könnte sein.«

»Aber was ...« Finke schaute Weber stirnrunzelnd an.

Der schüttelte den Kopf. »Ach, Unsinn. Das bedeutet gar nichts. Es kam mir bestimmt nur in den Sinn, weil Sonne und Schmetterling zusammenpassen. Und es ist ja noch Winter. Wer denkt da an so etwas? Das muss mich wohl verwirrt haben.«

»Oder das Bier, mein Lieber, oder das Bier!« Hilbrecht erhob sich. Wenn jemand die Folgen des Biers spürte, dann war er es.

Er schwankte leicht. »Werte Kollegin, hochgeschätzter Freund«, sagte er, »ich muss mich nun verabschieden. Es gibt übrigens auch andere Themen als das schnöde Verbrechen! Zu Hause warten einige Hosenböden auf mich, die stramm gezogen werden müssen. Angenehmen Dienst auch weiterhin, du hast ja jetzt Verstärkung, mein Guter.« Er salutierte andeutungsweise und ging mit schweren Schritten auf die Kellnerin zu.

»Sie wurden also in die Kommission berufen, die diese Unfälle in der Hochbahn untersucht«, stellte Weber fest.

Finke nickte. »Ja, als Angehörige der Weiblichen Polizei, weil es sich bei den Opfern um Frauen handelt.«

»Und man davon ausgeht, dass eine Frau sich besser in die Psyche eines weiblichen Opfers hineinversetzen kann.«

»Möglich, ja. Obwohl ich mir durchaus vorstellen könnte, dass es Männer gibt, denen das möglich ist, denken Sie an Madame Bovary.«

»An wen?«

»Der Roman. Er wurde von einem Mann geschrieben. Flaubert. ›Ich bin Madame Bovary‹, soll er gesagt haben.«

»Ah ...«

Sie schaute ihn schmunzelnd an. Na schön, dachte er, wenn sie unbedingt mit ihrer Bildung angeben muss. Es gibt Schlimmeres. Er verzichtete darauf, ihr sein Interesse an der Psychoanalyse mitzuteilen, das wäre ihm peinlich gewesen. Sie unterhielten sich noch eine Weile über Belangloses und gingen dann auseinander.

Viertes Kapitel
Einbrecher

Am nächsten Tag war Webers Welt wieder in Ordnung, jedenfalls nach Dienstschluss. Der Kühler war repariert, das Wasser aufgefüllt, der Handgashebel frisch geölt, die wenigen Kratzer im Lack übermalt. Die Autowerkstatt hatte gute Arbeit geleistet. Das wog den kleinen Wutanfall auf, den Weber am Morgen bekommen hatte, als er in seiner Post die Rechnung der Werkstatt in Blankenese gefunden hatte. Das Ausbessern einer kleinen Beule und das bisschen Nachlackieren hatte sich der Besitzer des Rosengart eine horrende Summe kosten lassen.

Aber was soll's, das Leben geht weiter. Tagsüber hatte die Sonne geschienen und zum ersten Mal lag ein Hauch von Frühling in der Luft. Ein milder Hauch wehte vom Meer her, wie Weber sich einbildete, weshalb er sich dazu verleiten ließ, jetzt am Abend noch das Verdeck abzunehmen.

Die Wäscherei, in der Hannchen Arbeit gefunden hatte, lag auf Altonaer Gebiet in einem Gewerbehof aus niedrigen Backsteingebäuden hinter der Großen Rosenstraße. Hier gab es einige kleine Fischräuchereien, eine Konservenfabrik und eine Druckerei, die sich auf die Herstellung von Plakaten, Aushängen, Speisekarten und Billetts verschiedenster Etablissements auf St. Pauli spezialisiert hatte. Der Inhaber der »Dampf-Wäscherei Reents«, so hatte Hannchen mal erzählt, lag im Dauerstreit mit den Fischräuchereien, weil er befürchtete, ihre Gerüche könnten Sauberkeit und Frische seiner Wäsche beeinträchtigen. »Dabei riecht er selbst nach Mottenkugeln«, hatte Hannchen erzählt und sich dabei demonstrativ die Nase zugehalten.

Weber bog nach rechts in die Straße Am Brunnenhof ein und parkte vor dem großen, offen stehenden Tor auf der gegenüberliegenden Straßenseite. An den Mauern klebten politische Plakate und Parolen, vor allem die Kommunisten hatten sich hier betätigt: »Wählt Thälmann!«, »Reiht euch ein in die Rote Klassenfront!« und »Panzerkreuzer versenken!« war auf den porösen Backstein gepinselt. Den Spruch »Tod den Schönfelder-Faschisten!« kannte Weber noch nicht. Oho, dachte er amüsiert, damit bin ich wohl gemeint.

Links neben dem Tor standen zwei junge Männer in groben Arbeitsjacken, unter denen sie Pullover trugen. Auf den Köpfen schief sitzende Ballonmützen, Hände in den Hosentaschen, einer paffte eine Zigarette. Lässig gegen die Mauer gelehnt.

Hannchens Arbeitszeit ging offiziell von acht bis achtzehn Uhr und ihr stand eine Stunde Mittagspause zu. Oftmals aber musste sie schon früher kommen, weil sie Weißwäsche für gastronomische Betriebe reinigten, die darauf bestanden, freitags und sonnabends bis spätestens zum Mittag beliefert zu werden. Dann mussten an den Mangeln und den Bügeleisen Sonderschichten geschoben werden und es ging schon um sechs Uhr los. Früher Schluss hatte sie deswegen aber noch lange nicht.

Bei besonders vielen Aufträgen gingen die Schichten schon mal bis acht oder neun Uhr abends. Da sie stundenweise bezahlt wurden, waren die Wäscherinnen damit zufrieden, sie hatten ja mehr Geld im Portemonnaie. »Wer jung ist, packt gerne an, wenn es sich lohnt«, hatte Hannchen einmal gesagt. In letzter Zeit aber hatte sie sehr viele Überstunden machen müssen und angefangen, ihren Arbeitgeber zu verfluchen, weil der keine zusätzlichen Wäscherinnen einstellen wollte.

Jetzt war es kurz nach sechs Uhr abends, und Weber war darauf vorbereitet, eine Weile warten zu müssen.

Aber da kamen sie ja schon!

Eine ganze Gruppe von Wäscherinnen, sechs oder sieben, zwischen ihnen ein jüngerer und ein älterer Arbeiter, von denen Weber vermutete, dass sie die »Techniker« waren, von denen Hannchen mal gesprochen hatte. Sie gingen langsam, diskutierten und gestikulierten munter durcheinander. Im Toreingang blieben sie stehen, die Frauen scharten sich um die beiden Männer und redeten auf sie ein. Die Männer mussten sich offenbar verteidigen, die Frauen ereiferten sich.

Weber konnte nicht verstehen, um was es ging.

Die beiden Männer mit den Ballonmützen schauten interessiert zu ihnen hin, lehnten aber weiter an der Wand. Irgendwie kamen sie Weber bekannt vor.

Die Techniker schoben sich zwischen den Frauen hindurch, machten entschuldigende Gesten und verabschiedeten sich wortreich. Dann gingen sie Richtung Große Rosenstraße. Die Wäscherinnen riefen ihnen noch etwas hinterher. »Das ist doch eine Schande!«, hörte Weber, und: »Geduld, Geduld? Unsere Geduld ist am Ende!«

Oje, dachte er, wenn's da um einen Arbeitskonflikt geht, dann kriege ich auch noch davon zu hören. Leicht verstimmt nahm er zur Kenntnis, dass die geplante kleine Spritztour mit Hannchen und der von ihm ersehnte anschließende geruhsame Abend mit heißem Grog und warmen Wangen eindeutig gefährdet waren.

Die Techniker entfernten sich eilig, und nun schlurften die jungen Männer mit den Ballonmützen auf die Gruppe der Arbeiterinnen zu.

Eine der Frauen fiel dem ersten um den Hals. Jetzt fiel bei Weber der Groschen. Das war Anna, die da gerade Fiete einen Kuss auf die Wange drückte. So heftig, dass ihm die Mütze vom Kopf fiel und sein wirrer strohblonder Haarschopf sichtbar wurde. Beide wohnten in der Lilienhof-Terrasse, jeweils bei den Eltern. Anna war zwar Arbeiterin, spazierte am Wochenende aber perfekt ausstaffiert herum wie eine zweite Louise Brooks, was Fietes Eltern nicht gefiel. Fiete, der momentan arbeitslos war, machte es nichts aus, im etwas zu großen Anzug mit seiner »Lulu« auf St. Pauli herumzuflanieren. Nur durfte ihr keiner zu nahe kommen!

Fiete machte sich nun von ihr frei und stellte den Frauen seinen Begleiter vor. Der griff sofort unter seine dicke Jacke und holte ein paar Zettel heraus und zusammengefaltete Exemplare einer Zeitung. Beides verteilte er. Die Wäscherinnen studierten die Druckschriften und diskutierten. Sie stellten den jungen Männern viele Fragen. Gestikulierten, schüttelten die Köpfe, nickten, ballten dann und wann zornig die Fäuste. Es nahm kein Ende.

Weber wurde es nun doch langsam zu kühl. Er hupte und hob die Hand, als man herübersah. Hannchen hob die Hand an den Mund, ob aus Verlegenheit oder weil sie lachen musste, konnte er nicht erkennen.

Die anderen Frauen jedenfalls fanden die Situation offenbar lustig. Sie winkten herüber. Eine postierte sich am Bordstein und legte provozierend die Hände in die Hüften.

Das war Hannchen nun doch zu viel und sie überquerte die Straße. Missmutig, wie er an ihrem Gang erkennen konnte. Die anderen hinter ihr winkten weiter amüsiert.

»Sag mal, Alfred, was soll denn das?«

»Guten Abend, meine Liebe!«

»Hör mal, willst du mich blamieren?«

»Wie kommst du denn darauf?«

»Na, mit der Karre hier vorzufahren wie Krösus.«

»Die Liesl ist repariert, ich dachte, wir machen eine Spritztour.«

»Da wird heute nichts draus, Alfred. Wir haben Besprechung. Und nachher noch eine auf der Terrasse.«

»Was ist denn los?«

»Die Zeichen stehen auf Streik ...«

»Was?«

»Wegen Lohndrückung, außerdem ... passt dein Kommen mir jetzt gar nicht.«

Weber spürte einen Stich in der Herzgegend.

Nun waren auch die anderen über die Straße gekommen und bauten sich um den Ford herum auf. Einige kannten ihn.

»Guten Abend, Herr Kommissar!«

»Hallöchen, haben Sie noch was vor?«

»Oho, werden wir etwa abgeholt?«

»Wie viele Mädchen passen denn in Ihre Wanne, mein Herr?«

Eine machte sich an der Beifahrertür zu schaffen. Hannchen schlug ihr auf die Finger. »Lass das!«

Die Getadelte schmollte: »Aber Hanni, er kann uns doch nach Hause chauffieren.«

Hannchen wurde wütend. »Unsinn, das ist doch Quatsch. Die paar Meter. Hört auf!«

»Aber dich darf er fahren, was? Ihr gondelt wohl lieber zu zweit?«

»Sei doch still.«

Weber sah, wie Fiete sich von dem zweiten Mann verabschiedete und dann auch herüberkam. Im Mundwinkel eine Zigarette. Vor der Fahrertür baute er sich auf, riss ein Streichholz am Vorderreifen an und gab sich Feuer.

Blöder Angeber, dachte Weber.

»Falls Sie uns ernsthaft auf dem Kieker haben, Kommissar«, sagte Fiete, »dann machen Sie sich aber auf was gefasst.«

»Ich will bloß Hannchen abholen.«

Fiete blies Weber den Rauch entgegen. »Es passte uns sowieso nicht, dass Sie ständig auf unserer Terrasse herumspazieren.«

»Sagt wer?«

»Das Mieterschutzkomitee.«

»Wer ist das denn?«

»Und jetzt kreuzen Sie hier auf, Kommissar. Sie von der Politischen. Wo sich gerade eine Streikkommission gebildet hat. Bisschen auffällig, nicht? Fühlen Sie sich man bloß nicht zu sicher.«

Hannchen drängte sich zwischen die beiden. »Was soll denn dieses Gerede, hört auf!«

Fiete zog seelenruhig an seiner Zigarette und sagte: »Ausgerechnet dich haben sie in die Kommission gewählt, Hanni. Dabei hast du einen Udel im Bett. Da könnte man schon drauf kommen, dass du als Spitzel …« Weiter kam er nicht.

Hannchen hatte ausgeholt und ihm eine Ohrfeige verpasst. Fiete schwankte kurz und schlug zurück. Hannchen taumelte zwei Schritte zurück.

»Das reicht jetzt.« Weber schob die Wagentür auf, zog den Mantel aus und warf ihn auf den Sitz zurück. Ballte die Fäuste. Holte aus.

»Ich verrate keine Arbeiter!«

»Sozialfaschist!«

»Nicht mal euch Hitzköpfe von der RGO!«

»Nazi-Scherge!«

Das war zu viel. Weber täuschte eine rechte Gerade an und verpasste dem Kerl einen Uppercut, der sich gewaschen hatte. Fiete landete auf dem Boden. Anna stieß einen Schreckensschrei aus und stürzte zu ihm. Hannchen rief tadelnd: »Alfred, hör auf!«

Weber beugte sich zu Fiete und schrie ihn wütend an: »Ich verrate keine Arbeiter!« Er wunderte sich selbst über seinen Zorn.

Fiete hörte ihn gar nicht, er war k. o.

Anna warf Weber einen anklagenden Blick zu. Hannchen stand ihr bei: »Das wäre nun wirklich nicht nötig gewesen.«

Die anderen Frauen schauten Weber mit einer Mischung aus Bewunderung und Ekel an.

Anna versuchte es bei Fiete mit Mund-zu-Mund-Beatmung. Er kam zu sich, man half ihm auf, aber er taumelte und musste sich gegen Webers Automobil lehnen.

»Wie kommen wir denn nun nach Hause?«, klagte »Lulu« und zog einen Schmollmund.

»Alfred, du fährst ihn heim!«, entschied Hannchen.

Weber, der jetzt ein gewisses Schuldgefühl entwickelt hatte, nickte bloß.

Fiete wurde auf den Rücksitz platziert, Anna setzte sich daneben und bemühte sich, ihn liebkosend und stützend wach zu kriegen. Unter ihren Küssen kam Fiete langsam wieder zu sich.

Hannchen legte dem Benommenen überflüssigerweise Webers Mantel um und nahm dann auf dem Beifahrersitz Platz. Weber schob sich kopfschüttelnd hinters Steuer.

Die anderen Frauen verabschiedeten sich.

Bis zur Lilienhof-Terrasse war es nicht weit, aber die Fahrzeit reichte aus, um ein paar grundsätzliche Fragen zu klären:

»Bist du jetzt bei den Kommunisten organisiert?«, fragte Weber.

»Nein, die haben uns nur beraten.«

»Soso.«

»Weil die von der Allgemeinen Gewerkschaft uns abgewiegelt haben.«

»Aus gutem Grund vielleicht.«

»Ach was, wir haben gute Gründe zu streiken. Die wollen uns den Lohn um zehn Prozent kürzen. Und keine Nachtzuschläge mehr. Da muss man doch was tun.«

»Hm ...«

»Zumal man uns auf der Terrasse die Mieten erhöht hat. Auch um zehn Prozent. Wo wir doch so schon kaum über die Runden kommen. Nun sag mir, Alfred, was man da anderes tun soll!«

»Hm ...«

»Und du Dummkopf schlägst Fiete ausgerechnet vor der heutigen Versammlung bewusstlos.«

»Was für eine Versammlung denn?«

»Mietervollversammlung. Heute Abend. Auf der Terrasse.«

»Ach so.« Weber nickte. Also keine Spritztour. Es war sowieso schon viel zu kalt geworden.

Vor der Terrassendurchfahrt angekommen, war Fiete dank Annas heilsamen Liebkosungen wieder einigermaßen im Lot.

Er stieg aus und grinste verkniffen: »Danke fürs Mitnehmen.«

»Gern geschehen.«

Sie gaben sich die Hand.

Heiß und stickig war es in Hannchens Bude. Weber hatte den kleinen Ofen eingeheizt. Ein wenig berechnend, das gab er zu. Er mochte es nun mal, wenn seine Geliebte lässig im Unterkleid herumlief. Und er liebte es, wenn sie an kalten Tagen mit dem heißen Grog aus der Küche zurückkam und sich an ihn kuschelte und wohlig schnurrte, was nach dem zweiten Glas immer der Fall war. Er fand es angenehm, sich mal gehen zu lassen, im Unterhemd mit herabhängenden Hosenträgern auf dem Bett zu liegen, den Arm um die üppigen Schultern seiner Freundin gelegt, träumend. Ihr Kopf auf seiner Brust, die Haare dufteten nach Lavendel. Für manche war das Paradies das Land, wo die Zitronen blühen, eine einsame Insel unter Palmen oder ein Palast – seiner Ansicht nach genügte es, wenn man Adam und Eva einfach sich selbst überließ. Da freut sich mein' Vater sein Sohn, dachte Weber, während er zusah, wie ihre mächtigen Brüste sich regelmäßig hoben und senkten. Ich pfeife auf den Baum der Erkenntnis.

Aber das mit der Erkenntnis war heute Abend leider doch ein Thema. Hannchen war nämlich mit einem Mal politisch geworden. Na gut, wer mochte es ihr verdenken. Die Lohndrückerei an ihrem Arbeitsplatz ging an die Substanz. Wie sollte sie sich die Wohnung hier noch leisten können? Klar, Weber hätte schon mal ausgeholfen, aber das lehnte sie ab. »Keine Schulden unter Freunden«, war ihre Devise. Und keine Zuwendungen von Männern. Das war vorbei, ein für alle Mal.

Das Politische war an sich kein Problem für Weber, zumal es ja um existenzielle Dinge ging. Wenn aber die Kommunisten federführend beteiligt waren und Hannchen mit denen ging, dann geriet er als Kommissar der Politischen Polizei früher oder später in Schwierigkeiten.

Vor einer Stunde war Hannchen von der Mieterversammlung zurückgekommen und hatte Weber, der es sich auf ihrem Bett bequem gemacht hatte, aus dem Dämmerschlaf gerissen.

»Wir streiken!«, hatte sie gerufen.

»Was?«

»Alle gemeinsam. Das wird Wirkung haben!«

»Ohne Gewerkschaft, nur mit den Roten?«

»Quatsch, nicht im Betrieb. Es wird einen Mieterstreik geben. Fast alle waren da, bis auf die Nazis im Vorderhaus, aber die gehören ja sowieso nicht richtig dazu. Wir lehnen die Mieterhöhung ab und stellen die Zahlungen ein.«

»Das ist aber illegal. Der Hausbesitzer wird euch vor die Tür setzen.«

»Alle zusammen? Wir wehren uns gemeinsam!«

»Er wird euch rausklagen. Wer nicht zahlt, darf auch nicht im Haus wohnen.«

»Deshalb gibt es ja eine Streikkasse. Da zahlen alle ihre Miete ein, in der bisherigen Höhe. Keiner wird das Geld anderweitig ausgeben. Wir haben also nichts unterschlagen. Wenn der Hausbesitzer einlenkt und die Mieterhöhung zurücknimmt, zahlen wir.«

»Da kommt ja viel Geld zusammen. Wer passt denn darauf auf?«

»Der alte Warnholz. Der wohnt hinten im letzten Haus oben unterm Dach. Der ist übrigens Sozialdemokrat. Die sind nämlich auch dabei. Damit du nicht denkst, ich bin den Thälmännern auf den Leim gegangen.«

»Na dann.«

»Und ich bin die Kalkulatorin, die ihm zur Seite steht«, hatte Hannchen stolz gesagt. »Ich rechne und prüfe. Das macht mir Freude. Ich hatte schon immer Spaß am Rechnen.«

»Wie wär's erst mal mit einem Grog, ich hatte nämlich einen anstrengenden Tag«, hatte Weber abgelenkt. Und Hannchen war in der Küche verschwunden.

Nun kam sie schon mit den nächsten beiden dampfenden Groggläsern herein, blieb aber mit dem Tablett in der Hand mitten im Zimmer stehen.

Auch ein schöner Anblick, dachte Weber, der eine gewisse Sehnsucht verspürte, nach ihr wie nach dem heißen Getränk.

»Das, was du heute in Bergedorf erfahren hast, musst du mir noch erzählen«, sagte Hannchen.

»Ach, na ja …«

»Doch, doch. Ich will wissen, wie das mit Henning passiert ist. Es ist so eine Schande! Er war wirklich ein guter Mensch, das habe ich gleich gespürt. Und jetzt sag nicht, Kommunisten können keine guten Menschen sein.«

»Das hab ich nie gesagt.«

»Aber du bist hinter ihnen her bei euch in der Polizeibehörde. Weil die da nicht sein dürfen.«

»Sind ja auch keine da. Es geht uns mehr darum, die Nazis rauszudrängen.«

»Nazis waren es doch, die Henning überfallen haben. Soweit man hört. Aber viel hört man ja nicht.«

»Der Grog wird kalt.«

Sie trat ans Bett, damit er sich sein Glas nehmen konnte. »Nun erzähl schon.«

»Na schön.«

Weber rappelte sich auf. Etwas heißer Grog schwappte über seine Hand. »Also … Henning hatte zusammen mit seinem Genossen Cahnbley zu einer politischen Versammlung eingeladen in der Gaststätte *Albers* in Zollenspieker. Das ist sein Wahlbezirk, und die Kommunisten kümmern sich in Vierlanden verstärkt darum, die Landarbeiter den Nazis abzuwerben. Henning hat offenbar Erfolg, die Leute da mögen ihn, sie vertrauen ihm. Er tritt auch in der Bürgerschaft immer wieder für ihre Belange und die der Gemüsebauern ein.«

»Ich sagte ja, er ist ein guter Mann.«

»Mag sein, aber er gehörte auch zum Roten Frontkämpferbund.«

»So eine Organisation hat doch jede Partei.«

»Meinetwegen. Aber du willst ja wissen, was passiert ist. Ich habe den Bericht gelesen und mit den dortigen Beamten gesprochen. Es war ein heimtückischer Mord. Nach der Versammlung, so kurz nach Mitternacht, nahmen Henning und Cahnbley den Nachtbus zurück nach Bergedorf. Unterwegs stiegen drei Männer zu, die sich auf verschiedene Plätze im Bus verteilten. Es waren noch andere Fahrgäste im Bus, die das Geschehen übereinstimmend geschildert haben.« Weber nahm einen Schluck von seinem Grog und musste husten.

»Was ist denn nun passiert?«, fragte Hannchen ungeduldig.

»Einer der drei Männer zog während der Fahrt eine Pistole, mit der er Henning bedrohte. Daraufhin standen die anderen beiden auf. Auch sie waren bewaffnet. Einer ging zum Fahrer, zwang ihn anzuhalten und hielt den Kontrolleur in Schach. Der dritte bedrohte die Fahrgäste. Nun verlangten sie von Henning auszusteigen, aber der weigerte sich. Cahnbley wollte sich auf den einen der Bewaffneten stürzen, wurde aber durch einen Schuss niedergestreckt. Nun schoss der andere auf Henning, dreimal hintereinander. Und traf dabei auch eine Passagierin. Dann sprangen die Männer aus dem Bus. Der Fahrer schloss die Tür und fuhr los. Die Attentäter schossen hinter ihm her. Sie fuhren Henning ins Krankenhaus, aber dort kam jede Hilfe zu spät, er ist verblutet. Cahnbley hat wohl ein Auge eingebüßt.«

»Das war also glatter Mord!«

»Ja, man fragt sich, was das soll. Solche Attentate machen gar keinen Sinn. Wenn das jetzt Mode wird ...«

»Wie du darüber redest!«

»Was denn?«

»Mode! Wenn das jetzt Mode wird. Das klingt irgendwie ... abgeschmackt.«

»Abgeschmackt sind diese Taten. Es ist ja schon schlimm genug, dass man sich auf der Straße die Schädel einschlägt, aber gezielte Mordanschläge. Übrigens haben sich zwei der Täter vierundzwanzig Stunden später selbst gestellt.«

»Und gestanden?«

»Den Mord? Nein. Sie seien betrunken gewesen. Hätten sich von ihren Gefühlen hinreißen lassen. Solche Ausflüchte kennt man. Aber interessant ist, dass sie mit einem hochkarätigen Anwalt kamen. Dr. Racke. Der verteidigt auch den Attentäter Pohl, der auf meinen Vorgesetzten geschossen hat.«

»Attentäter sind anscheinend seine Leidenschaft.«

»Das allein wird's wohl kaum sein.«

Weber trank in kleinen Schlucken seinen Grog aus. Hannchen schaute nachdenklich zum Fenster. Hinter den Gardinen schimmerte das diffuse ockerfarbene Licht der Hauslaternen. Draußen waren leise trippelnde Schritte zu hören, ab und zu gedämpftes Rufen, das ferne Klirren von Geschirr, da das Weinen eines Kindes, dort das Geschrei eines streitenden Paares. Die typischen Geräusche dieser kleinen Welt auf der Wohnterrasse, wo hart arbeitende Menschen und auch solche, denen man eine Brotarbeit verweigerte, sich im Überlebenskampf abrackerten und nichts weiter vom Schicksal verlangten, als ohne Angst über die Runden zu kommen. Vor einigen Jahren war da mehr Hoffnung gewesen. Die Wirtschaftskrise hatte vielen den Optimismus geraubt. Die Angst hatte Hochkonjunktur, Angst vor Hunger, Angst vor Obdachlosigkeit und Angst vor Gewalttaten, denn die Straßen waren unsicher geworden.

Sogar im Nachtbus auf dem Lande kann es dich erwischen, dachte Weber. Oder in der Polizeizentrale. Nicht mal Staatsbeamte sind mehr sicher. Wir, die wir aufgerufen sind, für die Sicherheit der anderen zu sorgen. Und deshalb müssen wir uns noch mehr anstrengen. Muss ich mich mehr anstrengen.

»Ach, du meine Güte, Alfred!«, rief Hannchen aus. »Du hast ja Sorgenfalten auf der Stirn!«

Weber schaute auf. »Ach was.«

»Und mir ist kalt. Lass uns mal unter die Decke kriechen.«

»Mir ist eher heiß«, sagte Weber.

Sie nahm ihm das leere Glas aus der Hand. »Dann zieh dich doch aus.«

Der nächste Tag im Stadthaus verging in lähmender Routine. Was nicht nur an seinem schweren Kopf lag und auch nicht an dem viel zu eifrigen Klindworth. Es war einfach zu viel Schreibkram zu erledigen. Papiere, Papiere, Papiere!

»Ein schlauer Mensch hat mal gesagt, ohne Bürokratie kein menschlicher Fortschritt«, brummte Weber vor sich hin.

»Entschuldigung, Herr Kommissar?« Klindworth schaute auf, diensteifrig, wissbegierig, lernbereit.

»Ich wage das zu bezweifeln. Würde eher sagen: Ohne Bürokratie kein Verbrechen, weil wir hier aufgehalten werden, während die Ganoven draußen sich ganz ohne amtliche Genehmigung und richterliche Verfügung einen Einbruch gönnen und über fremdes Eigentum verfügen.«

Klindworth schaute seinen Vorgesetzten stirnrunzelnd an.

»Entschuldigung«, sagte Weber. »Machen Sie einfach weiter.«

»Jawohl, Herr Kommissar.«

Draußen herrschte Waschküchenwetter vor. Feiner Sprühregen hing schon seit dem Morgen in der Luft. Als Weber zu Fuß von Hannchens Wohnung zum Stadthaus gegangen war, hatte er die kalte Nässe durchaus als belebend empfunden. Aber nun kam ihm alles drückend, trist und vernebelt vor.

Er hatte das Fenster einen Spaltbreit geöffnet, weil Klindworth den Kanonenofen viel zu doll aufgeheizt hatte. Nun zischelten die Alltagsgeräusche herein. Waschküche hin oder her, in Hamburg herrschte Aktivität. Dumpfes Hupen, feuchtes Quietschen, nasses Spritzen, Motorbrummen, Tram-Geklingel, dann und wann das Getrappel von Pferdehufen.

Zivilisation, dachte Weber, das ist, wenn das Organische, zum Beispiel ein Pferdefuhrwerk, ersetzt wird durch Mechanisches wie Motorkraft oder Elektrizität. Und wenn das Handschriftliche durch das Maschinenschriftliche ersetzt wird, das man sowieso viel besser lesen kann.

»Wieso haben wir eigentlich keine Schreibmaschine?«, murmelte er.

Klindworth, der überhaupt nicht gefragt war, antwortete vorlaut: »Weil keiner von uns so ein Gerät bedienen kann.«

»Werden Sie mal bloß nicht naseweis, Klindworth.«

»Nein, Herr Kommissar.«

»Ich muss eine Schreibkraft beantragen. Wir haben einfach zu viel zu bewältigen.«

»Jawohl, Herr Kommissar.«

Das mit der Schreibkraft ließ Weber dann doch bleiben, nachdem man ihm erklärt hatte, er müsse diesbezüglich einen schriftlichen Antrag in dreifacher Ausführung beim Leiter der Schreibkanzlei einreichen, jedenfalls, wenn er diese Position dauerhaft besetzen wolle. Ansonsten könne ihm stundenweise jemand zugeteilt werden. Oder er bemühte sich halt in den Schreibmaschinensaal, um persönlich zu diktieren usw.

Weber notierte doch lieber alles mit der Hand. Mitunter kamen ihm bei der Zusammenführung der Fakten, wenn es ihm gelang, sich Überblick über ein Geschehen oder die Zusammenhänge zu verschaffen, neue, entscheidende Ideen, die ihn der Lösung eines Problems näherbrachten.

Heute war das allerdings nicht der Fall.

Es ging ja auch bloß darum, alle Einzelheiten der Attentate auf Lassally und Henning möglichst akribisch zu notieren. Weil es Geschehnisse von herausragender Bedeutung waren. Wenn nämlich jemand ankam, Dr. Schlanbusch zum Beispiel oder gar Präsident Campe, dann wollte Weber zumindest seine Akten in Ordnung haben. Das war allererste Beamtenpflicht. Wenn man ihm keine weiteren Mitarbeiter zur Verfügung stellte, musste der Außendienst eben warten.

So verging der Tag. Webers Kopf wurde immer schwerer, draußen wurde es immer dunkler.

Dann kamen die Tagesberichte herein, die Weber müde überflog.

An einem handgeschriebenen Zettel mit einem Kurzbericht blieb er hängen. Von einem neuen verdeckten Treffpunkt der »Roten Marine« auf St. Pauli war da zu lesen, und dass die Internationale der Seeleute und Hafenarbeiter dort eine Kurier-Zentrale eingerichtet hatte. Weber kannte das Lokal sehr gut, es war der »Goldene Anker« in der Kastanienallee. Die Inhaberin der Kneipe hatte er sogar mal sehr gut gekannt. Lorenza die Energische, mit den blauen Augen und dem ironischen Lächeln.

Na dann …

Er war länger nicht mehr da gewesen, aber auf den ersten Blick hatte sich im Lokal nicht viel verändert. Noch immer hingen die Segelschiff-Modelle von der Decke inmitten dicker Rauchschwaden. Noch immer war das rustikale Mobiliar gut in Schuss gehalten und der reich verzierte Kachelofen verbreitete eine angenehme Wärme. Im Regal hinter dem Tresen waren Krüge und Gläser ordentlich aufgereiht, und in der Vitrine standen Brot, Wurst, Käse und Soleier für den kleinen Hunger bereit.

»Hallo Alfred, schön, dich mal wiederzusehen.« Lorenza kam ihm entgegen und gab ihm einen flüchtigen Kuss auf die Wange. Ihr Haar war etwas grauer geworden, aber sie wirkte frisch wie eh und je.

Sie musterte ihn freundlich, aber forschend, wie er fand. »Geht's dir gut?«

»Doch, ja, kann nicht klagen.«

»Freut mich zu hören. Darf's ein Bier sein?«

Weber nickte, stellte sich vor den Tresen und schaute ihr beim Zapfen zu. »Man hört ja eigenartige Dinge von dir«, sagte sie beiläufig.

»So?«

»Neulich in der *Schaukel* hätte einer dich hypnotisiert.«

»Unsinn.«

Sie lachte. »Aber ein guter Witz wäre es schon. Du sollst das Kommando zum Wegkippen von Bier gegeben haben.«

»Davon weiß ich nichts«, sagte Weber unwirsch.

»Es wird viel Unsinn erzählt auf St. Pauli«, lenkte Lorenza ein.

Sie sprachen übers Wetter, was sie früher nie getan hatten.

Bis sie, als sie das Bierglas vor ihn stellte, abrupt bemerkte: »Ich bin dir übrigens gar nicht böse, dass du hergekommen bist.«

»Hm?« Weber griff nach dem Bier. Schon der Anblick des frischen, quellenden Schaums und der Kondenstropfen auf dem Glas ließen seine Kopfschmerzen verschwinden.

»Wir wissen doch, dass Spitzel hier verkehren, die dir Meldung machen. Aber ich weiß auch, dass du korrekt bist.«

»Ja nun …« Er trank erst mal.

»Du warst es ja nicht, der den Internationalen Seemannsklub geschlossen hat. Und der Überfall des Reichsbanners auf den angeblichen Treffpunkt der Roten Marine am Kuhberg fand sicherlich nicht auf dein Betreiben statt, oder?« Sie schaute ihn durchdringend an.

»Nee … mit so was hab ich nichts zu tun.«

»Zumal du ja, wie du mir mal gesagt hast, deine Hauptaufgabe darin siehst, die Republikfeinde auf der rechten Seite in Schach zu halten.«

»Ja …«

»Und weil ich davon ausgehe, dass du mich nicht an der Nase herumführst, bediene ich dich weiter hier …«

»Obwohl du jetzt mit einem von der Roten Marine zusammen bist, wie man hört.«

»Hast dich erkundigt, hm?«

»Was sich herumspricht, spricht sich halt herum.«

Weber deutete auf einen unter der Decke hängenden Dreimaster. Der hatte jetzt eine rote Fahne am Heck, mit Hammer und Sichel.

»Und bei manchen Dingen gehen deine Ohren besonders weit auf.«

»Ach was.«

»Apropos Ohren auf: Was gedenkt ihr denn zu tun wegen des Mordes an Henning?«

»Die Tat selbst fällt in die Zuständigkeit der Bergedorfer. Aber ich kümmere mich um die politischen Zusammenhänge.«

»Dann kümmere dich mal ganz genau, du wirst dich wundern.«

Ein Mann, der Weber bekannt vorkam, trat zu Lorenza hinter den Tresen und legte ihr einen Arm um die Hüfte.

»Serge, das ist Alfred«, stellte Lorenza sie einander vor.

»Ich weiß«, sagte Serge mit rollendem R und unklarem Akzent. »Kommissar Weber. Geht ja auf unserer Terrasse ein und aus. Wohnt da quasi auf halber Arschbacke, der Liebe wegen.«

»Ach, sieh an«, sagte Lorenza mit gespielter Überraschung.

Jetzt fiel Weber auf, woher er den Kerl kannte. Ohne seine Ballonmütze sah er gar nicht mehr so verwegen aus, wie er tat. Das war der Kumpel von Fiete. Der hatte auch vor der Wäscherei herumgelungert. So jung und mit Lorenza zusammen? Die war doch fast doppelt so alt wie er. Und dann auch noch Rote Marine.

»Johanna ist im Mieterschutzkomitee«, sagte Serge. »Ich hoffe, das läuft nicht schief. Bei so einem Kontaktmann.« Er setzte eine drohende Miene auf.

»Warum sollte es schieflaufen? Es sind doch auch Sozialdemokraten drin, soweit ich weiß.«

»Ja, wir haben uns zusammengerauft. Einheitsfront.«

»Na bitte.«

»Alfred war schon immer für die Einheit, an vorderster Front sozusagen«, sagte Lorenza spöttisch.

Und da war Weber auf einmal sauer. »Was hat denn das Persönliche mit dem Politischen zu tun?«, rief er barsch.

»Oh, oh.« Lorenza hob abwehrend die Hände.

»Im Übrigen ist das nicht lustig!« Er knallte das Bierglas auf den Tresen.

»Ist ja schon gut.«

Außerdem, lag es Weber auf der Zunge, ist dieser Bengel viel zu jung für dich. Aber das brachte er dann doch nicht über die Lippen.

Er verabschiedete sich knapp und ging. Jetzt bloß schnell nach Hause.

Als er die Helgoländer Allee überquerte und die Grünanlage betrat, war seine schlechte Laune schon wieder verflogen. Über was hatte er sich überhaupt geärgert? Dass Lorenza jetzt mit den Kommunisten ging? Kommunisten gab es wie Sand am Elbstrand, über die stolperte man überall, was soll's. Dass dieser Serge zu jung für sie war? Wer hatte das Recht, darüber zu urteilen?

War es etwas anderes, das ihn wurmte? Vielleicht machte es ihm mehr aus, als er zugeben wollte, dass man ihn ständig auf seine Funktion als Polizist reduzierte. Wenn man nicht den Staat repräsentieren muss, ist man doch freier, dachte er. Ich bin im Korsett meines Berufs gefangen, als wäre ich von Ketten umschlungen. Und ich bin kein Houdini, mich daraus zu befreien.

»Nein, lassen Sie mich«, hörte er eine Stimme.

»Aber liebe schöne Frau …«

»Hören Sie auf!«

»Ich will Ihnen doch nur …«

»Hilfe!«

Was um Himmels willen war denn da schon wieder los? Weber blieb stehen und schaute sich um. Nur Schattenrisse kahler Äste von Bäumen und Sträuchern, dahinter der diffuse Lichterglanz von St. Pauli.

»Lassen Sie mich gehen!«

»Aber ich tue doch gar nichts.«

»Sie sind mir gefolgt!«

»Aber nein, nur zufällig ...«

Zwei Figuren zeichneten sich ab, wenige Meter entfernt. Eine große, schlanke Frau und ein etwas kleinerer Mann mit Homburg. Die Gesichter lagen im Dunkeln.

»Hallo! Was ist denn da los?«, rief Weber.

Die Frau stieß einen Schrei aus und rannte auf ihn zu. Dann besann sie sich und eilte rechts an ihm vorbei auf die U-Bahn-Station am Millerntor zu.

Weber drehte sich um. Der Mann war verschwunden.

Wirklich?

Später, als er im Bett lag, glaubte er sich zu erinnern, das Gesicht des Schattenmanns gesehen zu haben. Unter der Krempe des Homburg-Huts brannte ein Streichholz auf. Die rötliche Flamme beleuchtete sein Gesicht, wurde immer heller, verfärbte sich grellweiß. Das Gesicht des Mannes verzerrte sich zu einem höhnischen Grinsen, und er sagte: »Sie haben mich nie gesehen, Herr Kommissar.«

»Gewiss nicht«, murmelte Weber im Schlaf, »nie.«

Röchelndes Rasseln mitten in der Nacht.

Weber tastete nach dem Wecker auf dem Nachtschränkchen und schaltete ihn ab. Die Zeiger schimmerten in der Dunkelheit. Der kurze grüne Strich zeigte nach unten, der lange nach rechts.

Das röchelnde Rasseln ging weiter.

Viertel nach sechs. Es war viel zu früh zum Aufstehen. Oder hatte er den Wecker absichtlich so gestellt? Aber warum?

Das Ding war nicht abzustellen. Weber tastete nach dem Lampenschalter und warf dabei den Wecker um. Das passierte ihm ständig, denn der große runde Wecker mit dem schwarzen Zifferblatt und den goldenen Buchstaben stand wacklig auf drei kurzen Beinchen. Wenn er umkippte, klingelten die beiden großen Glocken scheppernd.

Trotzdem ging das röchelnde Rasseln weiter.

Klar. Scheiße. Das Telefon.

Wieso hing es überhaupt da draußen im Flur? Und wieso röchelte es neuerdings, anstatt klar und deutlich zu klingeln? Verdammt!

Weber tapste auf nackten Füßen aus dem Zimmer.

Meine Güte, war das kalt! Er sollte mal wieder den Ofen einheizen. Aber wie denn, wenn man den ganzen Tag unterwegs war?

Vielleicht war die Kälte dem Telefonapparat auf die Stimme geschlagen – diese modernen technischen Geräte waren ganz schön empfindlich.

Er riss den Hörer von der Gabel.

»Weber!«

»Gott sei Dank, Alfred!«, rief eine verzerrte weibliche Stimme.

»Wer ist denn dran?«

»Ich bin's, Alfred. Ich stehe hier im Flur bei Schütz im Vorderhaus. Ach herrje, es ist schrecklich!«

»Wer spricht denn da, zum Donnerwetter? Nennen Sie bitte den Namen und den Grund Ihres Anrufs!«

»Alfred, hör doch mal zu ...« Es rauschte im Hörer.

»Ihren Namen, bitte!«

»Johanna Willbrandt, aber ... mit wem spreche ich denn?«

»Hannchen? Was zum Teufel ...«

Es rauschte noch lauter.

»Hallo? Wer spricht denn da?«

»Hannchen? Was ist denn los? Wieso telefonierst du an?«

»Alfred? Bist du es denn?«

»Zum Donnerwetter, ja! Was ist denn los?«

Weber fror. Er ärgerte sich. Nicht wegen ihr, sondern wegen dieser albernen Situation. Oder doch wegen ihr? Wieso klingelte sie ihn denn am frühen Morgen aus dem Bett?

»Alfred, du musst sofort kommen, bitte!«

»Na, na, aber ...«

Sie sagte etwas, das aber im Rauschen und Knacken verloren ging.

»So schnell es geht, Alfred!«

Diese dumme Technik zerstörte wirklich jede Form der Verständigung.

»Was? Was denn? Ich verstehe nicht?«

Wäre es nicht so kalt gewesen, ihm wäre warm ums Herz geworden. Sie sehnte sich nach ihm.

»Es ist ganz wichtig ...«

Aber natürlich war es völlig übertrieben, ihn um diese Zeit anzurufen.

»Es ist etwas Schlimmes passiert!«

»Hör mal, so schlimm kann es nicht ...«

»Ein Mord!«

»Wie bitte?«

»Alfred, hier ist ein Mord passiert. Hilf uns!«

Eine andere Stimme war im Hintergrund zu hören. Dann Hannchen, die jetzt die Hand auf die Sprechmuschel gelegt hatte: »Nein, Frau Schütz, ich bin gleich fertig. Natürlich ersetze ich Ihnen die Kosten!«

»Wo ist ein Mord passiert?«, schrie Weber.

»Auf unserer Terrasse ... ich muss jetzt aufhören ... ja, Frau Schütz, ja doch ...«

Die Verbindung brach ab, als Weber rief: »Ich komme!«

Er zog sich in Windeseile an und stürzte aus dem Haus. Kaum hatte er die Tür abgeschlossen und sich umgedreht, ertönte drinnen wieder das röchelnde Rasseln.

Ich komme ja.

Er stieg die Treppe hinab und hastete durch die gepflasterten Gassen zu seiner Garage in der Böhmkenstraße. Immerhin regnete es nicht, aber von Osten her wehte ein eisiger Wind.

Trotz kurzer Schwierigkeiten mit dem Anlasser war er in fünf Minuten in der Wilhelminenstraße. Die Scheinwerfer des Fords glitten über die düsteren Fassaden der hohen Mietshäuser und warfen verzerrte Schatten von Laternenpfosten und abgestellten Karren auf die Mauern. Hier und da waren Hafenarbeiter auf dem Weg zur ersten Schicht.

Vor der Durchfahrt zur Lilienhof-Terrasse hatte sich eine Menschentraube zusammengefunden, Fenster und Türen der umliegenden Häuser standen offen, neugierige Köpfe beugten sich heraus. Undeutliche fragende Rufe, vage Antworten. Eine spürbare Spannung hing in der Luft. Ein Mann auf der Straße stritt mit einem anderen oben am Fenster. Im Nebenhaus wurde eine Hakenkreuzfahne eingeholt. Jetzt war nur noch die schwarz-rot-goldene Fahne des Reichsbanners mit dem Adler zu sehen.

Weber sprach einen ungefähr vierzehnjährigen Jungen an: »Du passt auf meinen Wagen auf, verstanden?« Und drückte ihm ein Geldstück in die Hand.

Der Junge salutierte: »Geht klar, Chef.«

Weber schaute sich suchend um. Hannchen war nirgendwo zu sehen. Er betrat die Terrasse. Auch hier hingen Fahnen, die meisten mit Hammer und Sichel, aber Schwarz-Rot-Gold war hier und da auch zu sehen.

»Stopp!«

Ein uniformierter Wachtmeister trat Weber in den Weg, schwere Stiefel, langer Mantel, breites Koppel, Tschako. Ein zweiter Polizist schälte sich aus dem Schatten.

»Kommissar Weber.« Er hielt seine Marke hoch. »Was ist denn passiert?«

»Ein Toter. Vermutlich Raubmord.«

»Wo?«

»Hinten links, letztes Haus, Dachwohnung. Bei Warnholz.«

Woher kenne ich den Namen?, fragte sich Weber. Er schaute sich um. Hier und da kleine Grüppchen. Gemurmel. Wo war Johanna?

Er dankte und schritt leicht beunruhigt über das gelbe, geriffelte Pflaster. Es war immer noch so dunkel, dass man Personen, die dicht zusammenstanden, nicht auseinanderhalten konnte.

Ein weiterer Schupo vor dem Hauseingang. Er salutierte, als Weber sich auswies.

»Wir haben dafür gesorgt, dass niemand sich entfernt.«

»Gut.«

»Obergeschoss rechter Hand.«

»Danke.«

Weber trat in den engen Hausflur. Rechts ein Mitteilungsbrett mit der Aufschrift »Putzdienst«, darunter sechs Namen: Brügge, Meyer, Irving, Ginster, Helms, Warnholz.

Ein verschiebbarer roter Rahmen markierte, wer in der jeweiligen Woche zuständig war: Diese Woche wäre Warnholz zuständig gewesen.

Er hat es nicht mehr geschafft, dachte Weber, als er die steile Holztreppe hinaufstieg. Aber vielleicht nahmen die Mieter den Putzplan sowieso nicht ernst.

Sand knirschte unter seinen Sohlen, Wollmäuse flüchteten vor dem Windhauch, den sein Mantelsaum verursachte, in schattige Ecken.

Oben vor dem Eingang zur Dachwohnung stand ein weiterer Kollege. Sein Bericht war knapp: »Vor einer halben Stunde Anruf von unbekannt auf der Revierwache. Sofort ausgerückt mit vier Mann. Als wir hochkamen, stand die Tür offen. Mehrere Personen lungerten vor und hinter der Tür herum. Ebenso unten vorm Haus. Zerstreuten sich auf Aufforderung. Zeugen im Haus werden festgehalten. Die Mieter von gegenüber haben sich nach kurzem Wortwechsel unerlaubt entfernt. Wollten zur Arbeit. Besser wir riskieren keine tätliche Auseinandersetzung, dachten wir. Die Leute in dieser Gegend sind schnell reizbar.«

»Und der Tote?«

Der Schupo zuckte mit den Schultern. »Ein alter Mann, Rentner. Viel kann der nicht gehabt haben, so wie die Wohnung aussieht. Alles wurde auf den Kopf gestellt.«

»Dann hat der Mörder etwas gesucht.«

»Was wird der schon gefunden haben? Ein paar Mark Erspartes vielleicht. Es ist eine Schande. Aber solche Überfälle kommen immer wieder vor.«

»Danke.«

Weber betrat die Wohnung. Die Einrichtung war noch karger, als er erwartet hatte. Die wenigen Möbel sahen größtenteils nach Eigenbau aus. Eine Wohnküche, ein Schlafzimmer, eine Abstellkammer. Es war bitterkalt. Die Dachschrägen sorgten dafür, dass alles noch enger wirkte, als es ohnehin schon war.

Die Schublade des Küchentischs lag auf dem Boden, die Geschirrregale waren abgeräumt, die Sachen standen auf dem Boden. Die Schuhschranktür stand offen, Stiefel mit kaputten Sohlen lagen herum. Die wenigen Vorräte, in Kisten, Dosen und

Flaschen, und ein paar Haushaltsutensilien waren aus der Kammer geholt und im kurzen Flur abgestellt worden.

Der Mörder war systematisch vorgegangen. Er hatte gewusst, wonach er suchte. Alle Dinge, hinter denen sich etwas verbergen konnte, waren ordentlich ausgeräumt und säuberlich beiseitegestellt worden.

Nur die Leiche des alten Manns fügte sich nicht ins Bild. Der alte Mann lag auf dem Rücken am Boden, die eine Hand hinter dem Rücken eingeklemmt, die andere über den Kopf erhoben, zur Faust geballt, als wollte er schimpfen. Sein Gesicht war verzerrt, als wäre er noch immer sehr zornig. Er trug eine Wolljacke und einen Schal über dem Schlafanzug und dicke Socken an den Füßen. Sein hinterer Schädel war eingeschlagen, auf dem Boden hatte sich eine Blutlache gebildet.

Webers Blick fiel auf das Bett. Die Matratze war von oben links nach unten rechts und von oben rechts nach unten links säuberlich aufgeschlitzt worden. Das Bettzeug war der Länge nach einmal durchgerissen, die Federn auf dem Bett ausgeleert worden. Offenbar war dies der letzte Ort gewesen, den der Mörder sich bei seiner Suche vorgenommen hatte. Auf dem zerfetzten Bettzeug stand eine große Zigarrenkiste. Daneben lag eine kleine Kladde. Weber schlug sie auf. Darin waren fein säuberlich die Namen der Nachbarn notiert, die dem alten Mann ihre Miete anvertraut hatten. In der Summe ergab sich eine beachtliche Geldmenge.

Weber schätzte, dass die Kiste bis oben hin mit Scheinen gefüllt gewesen sein musste. Nun war sie leer.

Kein Wunder, dass der Tote so wütend aussah.

Weber ging zur Wohnungstür und fragte den Schupo: »Wer hat ihn denn gefunden?«

»Der Mieter von gegenüber.« Der Beamte deutete auf die Tür

der anderen Dachgeschosswohnung. »Cord Helms, Arbeiter bei N. & K., Maschinenfabrik in Barmbek. Der kam zur Wache, meldete einen ›tödlichen Unfall‹ und nannte die Adresse. Sagte, er hätte die Tür offen stehen gesehen, habe nachgeschaut und den Nachbarn tot aufgefunden. Dann ging er zur Arbeit. Sagte noch, er könne sich nicht leisten, zu spät zu kommen, würde sonst die Entlassung riskieren. Der Wachhabende hatte keine Möglichkeit, ihn festzuhalten.«

»Und von nächtlichem Lärm wusste er nichts zu berichten?«

»Scheinbar nicht.«

»Andere Mieter?«

»Wir sind gerade gekommen, Herr Kommissar. Und die Leute hier reden nicht gern mit der Polizei.«

»Na schön.«

Weber stieg nach unten und verließ das Haus. Bewohner der Terrasse standen in kleinen Gruppen herum und beäugten misstrauisch die Schupos, die ihrerseits versuchten, möglichst teilnahmslos dreinzublicken.

»Wir wissen schon, wer dahintersteckt«, zischelte es irgendwo.

»Das gibt Krieg«, tönte es aus einer Ecke.

Hannchen eilte auf ihn zu, umarmte ihn und schaute ihn verzweifelt an. »Der arme alte Mann! Und das ganze Geld ist weg! Weißt du, was das bedeutet?«

Weber nickte: »Katastrophe.«

Der Fall Warnholz entwickelte eine seltsame Dynamik. Zunächst wurde Weber zurückgepfiffen. Gleich am Morgen, als der Raubmord geschehen war:

Weber war aus der Lilienhof-Terrasse auf die Wilhelminenstraße getreten. Auf der Terrasse und vor der Durchfahrt hatten sich inzwischen viele Anwohner versammelt, die neugierig oder beunruhigt wissen wollten, was da vorgefallen war. Schnell teilte sich die Menge in solche, die das Verbrechen höhnisch kommentierten, und solche, die hasserfüllt eine Verschwörung witterten. Erstere gehörten eher zu den Bewohnern des Vorderhauses und waren konservativ bis national orientiert, Letztere wohnten auf der Terrasse selbst und sympathisierten mit den Sozialdemokraten oder Kommunisten.

Niemand hatte eine Ahnung, wer der Täter gewesen sein könnte, also wurde wild spekuliert. Die unwahrscheinlichsten Gerüchte machten die Runde. Es dauerte nicht lange, da kam es zu Schuldzuweisungen, dann zu vereinzelten Beschimpfungen zwischen den verfeindeten Gruppen, dann zu lauterem Geschrei und schließlich zu einem Handgemenge.

Weber bahnte sich den Weg durch das Durcheinander und betrat den Laden eines Gemüsehändlers und telefonierte mit der Polizeizentrale.

Wenig später schickten die nächstgelegenen Polizeistationen alle verfügbaren Männer und sorgten dafür, dass die vereinzelten Prügeleien beendet wurden und die Menge sich zerstreute. Zwanzig Mann bezogen Posten auf der Terrasse und der Wilhelminenstraße. Die meisten Anwohner machten sich auf den Weg zur Arbeit.

Weber wartete nun auf die Kollegen aus dem Labor und auf Klindworth, mit dem er die Zeugenbefragungen durchführen wollte. So hatte Lassallys Stellvertreter Oberinspektor Urban ihn instruiert, mit den Worten: »Schließlich handelt es sich um ein Verbrechen in politischem Milieu.«

Aber dann fuhr eine schwarze Limousine vor und heraus stieg

Kriminalinspektor Recknagel von der Abteilung 1. Mit Lindgard, dem Gerichtsmediziner, im Schlepptau ging er mit großen Schritten auf Weber zu, gefolgt von einem weiteren Beamten und einem Kollegen von Hilbrecht, der Kamera und Stativ mit sich schleppte. Klindworth war nicht dabei.

Als er Weber bemerkte, der vor der Durchfahrt stand, lief Recknagel zielstrebig auf ihn zu, mit wehenden Mantelschößen, unter denen ein sportlicher grauer Anzug mit hellen Nadelstreifen zu sehen war. Er trug einen breitkrempigen Filzhut.

Weber hob grüßend die Hand an seine Mütze.

»Morgen, Weber!«

»Herr Inspektor ...«

»Wir übernehmen dann!«

»Die Befragung der Zeugen ...«

»Übernehmen wir!« Recknagel schaute über ihn hinweg in die Durchfahrt. »Raubmord, nicht wahr?«

»Nun ja ...«

»Wo?«

»Hinten links ...«

»Die Orpo hat alles im Griff?«

»Keine Gefahr im Verzug«, sagte Weber. Die Ironie entging Recknagel, wie immer.

Der Inspektor wandte sich an die Kollegen, die hinter ihm standen: »Folgen Sie mir!« Er nickte Weber zu: »Guten Tag.«

Die Kripo-Beamten gingen an Weber vorbei. Lindgard trug wie üblich einen weißen Kittel unter dem Mantel und seinen Arztkoffer. Hilbrechts Kollege zwinkerte Weber im Vorbeigehen zu.

Na schön, dachte Weber, ich kann ja später privat noch mal vorbeischauen und ein paar »zufällige« Erkundigungen einholen.

Er ging auf seinen Wagen zu. Auf dem Trittbrett saß Fritz

Klindworth und schaute ihm erwartungsvoll entgegen. Neben ihm stand der Junge, den Weber beauftragt hatte, auf seinen Wagen aufzupassen. Er starrte Klindworth finster an.

»Ich hab ihm gesagt, dass er es mit der Polizei zu tun kriegt, wenn er da sitzen bleibt.«

Klindworth sprang auf und tat eifrig: »Zur Stelle, Herr Kommissar.« Er trug eine gelb-grün karierte Mütze, die ihm etwas zu groß war, wie Weber fand.

»Hier herumzuhocken nennen Sie zur Stelle sein?«, brummte Weber mürrisch.

»Sie waren nirgendwo zu sehen ...«

»Steigen Sie ein, wir streichen die Segel. Zurück ins Stadthaus!«

»Was? Aber ich bin den ganzen Weg hierher zu Fuß ...« Klindworth schaute missmutig auf seine Halbschuhe. Beim linken löste sich die Sohle.

»Und deshalb glauben Sie, ein Anrecht auf diesen Sitzplatz zu haben?«

»Nein, aber ...«

Weber wurde jetzt richtig wütend. »Aber, aber, aber! Kennen Sie noch ein anderes Wort? Sie gehen mir auf die Nerven, Mann! Sie sind zu nichts zu gebrauchen. Nichts weiter als ein Trittbrettfahrer! Und mit so was soll man Ermittlungen durchführen! Einer, der sich zu fein ist für Schusters Rappen. Sie sind ja nicht ganz bei Trost, Mensch! Was glauben Sie denn, was die Haupttätigkeit eines Polizisten ist? Na? Das Herumlatschen, zum Donnerwetter! Dann schaffen Sie sich halt mal vernünftiges Schuhwerk an. Auf dem Weg zum Stadthaus kommen Sie sicherlich an einigen patenten Schuhmachern vorbei.«

»Aber ...«

»Weg von meinem Wagen! Wir sehen uns später!«

Weber setzte sich hinters Steuer und betätigte die Zündung. Der Ford ruckelte über die Bordsteinkante. Weber gab zu viel Gas. Klindworth musste zur Seite springen.

Der Junge, der auf den Wagen aufgepasst hatte, feixte und rannte davon.

Im Rückspiegel sah Weber, wie Klindworth ihm mit offenem Mund nachstarrte.

Ich hab ihn nur so heruntergeputzt, weil ich mich geärgert habe, dass Recknagel mir in die Quere gekommen ist, dachte er reumütig. Ich sollte mich nicht so gehen lassen.

In seinem Dienstzimmer angekommen, rief er sofort in Urbans Büro an. Der war nicht da. Also schickte er eine Notiz mit der knappen Mitteilung, dass Recknagel den Fall Warnholz übernommen hatte. Dann nahm er sich die Akten vor, die in seine Zuständigkeit fielen.

Die Hintergründe in Sachen Lassally und Henning waren immer noch nicht vollständig geklärt.

Zwei Stunden später kam Klindworth. Er trug jetzt klobige Schnürstiefel mit dicken Sohlen. Na also. Wenn er jetzt noch seine blöde Mütze wegschmeißt, können wir vielleicht miteinander auskommen, dachte Weber.

Er beauftragte Klindworth damit, die Namen der Zeugen im Fall Henning zu notieren und, sofern noch nicht bekannt, ihre Adressen zu notieren. Er selbst beschäftigte sich mit der Personalakte Pohl und schrieb sich dessen Werdegang im Polizeidienst in Stichworten auf.

Das Telefon klingelte. Oberinspektor Urban.

»Hören Sie, Weber, was den Mordfall in der Lilienhof-Terrasse betrifft ...«

»Ist Inspektor Recknagel zuständig, soweit ich weiß«, fiel Weber seinem Vorgesetzten barsch ins Wort.

»Ja und nein, hören Sie …« Täuschte er sich, oder sprach Urban mit deutlich gesenkter Stimme? Jedenfalls klang es beinahe verschwörerisch. Urban räusperte sich.

»Ich höre.«

»Die Inspektion I führt die Mordermittlungen durch. Da der Fall aber eine politische Dimension hat, ist Ihre Abteilung ebenfalls einbezogen. Aber, sagen wir mal, gewissermaßen separat, wenn Sie verstehen …«

»Separat?«

»Ihre Ermittlungsergebnisse reichen Sie bitte zuvörderst an mich weiter.«

»Die politischen Aspekte …«

»Alle Aspekte.«

»Jawohl.«

»Sie haben also verstanden?«

»Jawohl.«

Klick. Das war's. Weber starrte eine Weile nachdenklich aus dem Fenster.

Dann schweifte sein Blick durchs Dienstzimmer und blieb an seinem neuen Mitarbeiter hängen. Der schrieb fleißig, schaute kurz auf und dann hastig wieder aufs Papier. Weber zögerte, dann sagte er es doch:

»Hören Sie, Klindworth, nichts für ungut, aber wieso sind Sie überhaupt zur Politischen versetzt worden? Sie sind doch noch reichlich jung.«

Klindworth bekam einen roten Kopf. »Äh, mein Vater ist alter Sozialdemokrat und …«

»Und?«

»... und mit Senator Schönfelder seit vielen Jahren gut bekannt.«

»Schau an«, sagte Weber. »So ist das also.«

»Ich bitte um Entschuldigung?«

»Hier geht's also um Beziehungen.«

Klindworth runzelte die Stirn. »Man könnte es auch anders ausdrücken.«

»So?«

Der junge Mann dachte kurz nach. »Es geht um Vertrauen, Herr Kommissar. Das ist rar gesät in diesen Zeiten.«

»Oho, sieh an! Sie sind ja doch nicht so arg auf den Kopf gefallen.«

»Nur ganz leicht, Herr Kommissar, und das ist schon länger her.«

Weber lächelte zum ersten Mal an diesem Tag und sagte:

»Na, dann passen Sie mal auf! Ich kaufe Ihnen eine neue Mütze. Und dann machen wir Nägel mit Köpfen.«

Fünftes Kapitel
Die Eroberung der Luft

Ich weiß, was du jetzt denkst, ich weiß, was du jetzt fühlst. Wonach du dich sehnst. Du suchst die Lücke, durch die du entwischen kannst. Du suchst den Traum, der dir den Ausweg aus der Wirklichkeit weist. Ohne zu wissen, dass du ihn schon träumst. Der Traum sprießt in deinem Herzen, er ist eine Knospe, die sich zu voller Schönheit öffnen wird, wenn ein Sonnenstrahl sie weckt. Aber noch schlummert sie.

Jemand hat dir den Samen ins Herz gepflanzt, hat dafür gesorgt, dass das kleine Pflänzchen sich dort verwurzelt. Und seine Schönheit werde nur ich allein bewundern und zu schätzen wissen.

Aber du selbst musst gar nicht viel davon wissen, du musst es nur spüren. Gefühle sind eine unterschätzte Macht, genau wie Bilder. Beides treibt den Menschen zu Taten. Die Gefühle drängen dich, es zu tun. Die Bilder fordern dich heraus zu handeln. Die Welt ist nur ein Bild in deinem Kopf. Diese Bilder müssen nicht der Wirklichkeit entsprechen. Jemand kann die Bilder in deinen Kopf geschmuggelt haben.

Bilder und Gefühle können eine ungeheure Wirkung entfalten, egal, ob du sie selbst erzeugt hast oder jemand anderes. In deinem Fall wurden sie von außen in dich eingepflanzt. Ein Gott hat sie dir geschenkt. Ein Hermes, ein Götterbote. Der mit den Flügeln. Der so gern zusieht, wenn jemand fliegt. Der sogar ein Stück weit mitfliegt, um sich zu ergötzen, so wie ich jetzt.

Man muss nur den Traum finden, den jemand träumen möchte. Den Traum, nach dem ein Mensch sich sehnt. Dann ist es ganz einfach. Natürlich geht es auch anders. Aber warum Zwang ausüben? Es ist besser, wenn dein Opfer sich sein Schicksal selbst erkürt. Das ist der freie Wille.

Wie viel habe ich doch schon über die seltsamen Bedürfnisse der Menschen herausgefunden, ihre Sehnsüchte. Diese hier zum Beispiel, die da gerade auf die Hochbahnstation Millerntor zugeht, kleidet sich immer ganz in Schwarz. Bis vor Kurzem wusste sie gar nicht warum. Sie ahnte gar nicht, dass sie ihr Dasein als das einer Fliege empfunden hat.

Aber jetzt weiß sie es. War gar nicht so einfach, ihr das zu entlocken.

Erst als wir uns in dem letzten Gewächshaus befanden, das die Wirtschaftskrise in den Wallanlagen noch übrig gelassen hat, da brach es aus ihr hervor.

»Führen Sie mich doch in die Freiheit«, hatte sie unvermittelt gesagt. »Ich weiß, ich bin älter als Sie. Ich weiß, ich bin unscheinbar. Aber ich sehe doch Ihre Sympathie. Braucht es denn mehr? Mein ganzes Leben fühle ich mich gefangen. Sehen Sie die Fliege da am Fenster, die so gern den vergehenden Strahlen der Abendsonne entgegenfliegen möchte? Genau so geht es mir. Aber das Fensterglas ist dazwischen. Zwischen mir und der Freiheit. Und das schnürt mir das Herz ein. Das ist es, was Einsamkeit ausmacht, mein lieber Freund: Es steht eine Glaswand zwischen dir und dem Licht und der Wärme. Aber jetzt ... wer weiß ...«

Was für eine Gefühlsaufwallung bei diesem späten Mädchen!

Sie hatte sogar versucht, meine Hand zu ergreifen. Nur das nicht! Aber genau das war der Moment.

Es war nur eine minimale Suggestion nötig. Nachdem wir das Glashaus verlassen hatten, holte ich mein Zigarettenetui hervor und die Zündhölzchen. Mehr als ein kurzes Aufbrennen, ein langsames Hin- und Herbewegen der Flamme war nicht nötig, um ihren Blick einzufangen. Ich führte sie in eine stille Ecke.

»Zigarette?« Ich wusste, dass sie nicht rauchte, aber jetzt steckte sie sich linkisch eine Zigarette zwischen die Lippen. Es sah lächerlich aus, wie bei einem Kind, das eine Erwachsene mimt. Nur dass dieses Kind schon über vierzig Jahre alt war.

»Oh, danke. Bitte entschuldigen Sie meinen Gefühlsausbruch eben ... dort drin.«

»Aber nein, nicht doch. Sie haben recht, da ist Sympathie.«

»Ach, Sie ahnen gar nicht, welche Freude Sie mir machen, welches Glück Sie mir bescheren ...«

Das Streichholz.

Ratsch.

»Sehen Sie diese Flamme, meine Liebe?«

»Ja ... ja!«

»So brennt mein Herz für Sie. Aber rein, verstehen Sie, ohne irdisches Begehren.«

»Oh ja, oh ja.«

»Diese Flamme wird den Samen der Freiheit in Ihr Herz pflanzen. Und der wird aufgehen. Sie werden sich unendlich frei fühlen. Und die Glasscheibe wird nicht mehr da sein. Nie mehr. Sie fliegen einfach durch sie hindurch. Und auf der anderen Seite, dort, wo die Sonne strahlt und ihre fürsorgliche Wärme zu spüren ist, dort werde ich auf Sie warten. Und wenn Sie gelernt haben zu fliegen, werden wir uns vereinen ... in Freiheit und Reinheit.«

»Ja ... ja!«

Man muss so einem Tierchen nur den Leim hinschmieren, auf dem es dann kleben bleibt.

Ich war neugierig darauf, wie es diesmal funktionieren würde.

»Gehen Sie nun«, forderte ich sie auf.

Sie lächelte puppenhaft mit leeren Augen und ging summend davon. Eine Fliege zur falschen Jahreszeit, die aus dem Treibhaus der eigenen Sehnsüchte entfleucht war.

Sie ging, besser gesagt, sie flog den geschwungenen Weg entlang. Ich folgte ihr. Ein, zwei Personen, die ihr begegneten, schauten sie erstaunt an und gingen kopfschüttelnd weiter. Andere bemerkten das Summen gar nicht.

Am Ausgang Millerntor hätte ich beinahe eingreifen müssen, denn es gelang ihr nicht, die Lücke zwischen den schmiedeeisernen Torflügeln zu finden. Eine Weile sprang sie vor dem Gitter auf und ab, als wollte sie daran hochsteigen, es überfliegen, der sinkenden Sonne im Westen entgegen. Und prallte doch immer wieder gegen den für sie unsichtbaren Widerstand.

Ein albernes Spiel, aber für sie war es ernste Realität. Sie summte immer lauter vor Anstrengung. Es machte mich traurig, ihr zuzusehen.

Ein Spaziergänger half ihr aus der Patsche. Er schob den linken Torflügel weit auf und führte sie behutsam hindurch. Dann ließ er sie kopfschüttelnd ziehen. Vielleicht hatte er sie für eine Blinde gehalten oder für eine Irre. Beides traf ja zu – wie auf alle Menschen. Dass man die Augen auf hat und frei zu sein glaubt, ist nicht weiter von Bedeutung.

Nun ging sie zielstrebig auf den Eingang zur U-Bahn-Haltestelle Millerntor zu. Kurz fürchtete ich, sie könnte sich von den Blütenmotiven des schmiedeeisernen Gitters oder den Fruchtkörben auf den Kapitellen beirren lassen. Aber sie war keine Fruchtfliege! Ohne zu zögern, betrat sie das Eingangsportal mit den Spalier stehenden Jugendstilsäulen und trippelte flink die Treppe hinunter.

Summend löste sie ihren Fahrschein. Wenn sie mir nur nicht versucht, die Keramikwände hinaufzusteigen!

Aber nein, die tut, was ich von ihr erwarte: Als der Zug aus Richtung Feldstraße einrollt, hockt sie auf allen vieren auf den Gleisen und schaut ihm aus ihren leblosen Insektenaugen furchtlos entgegen. Als er schon ganz dicht vor ihr angekommen ist, versucht sie kühn davonzufliegen, springt nach oben, aber die Flügel fehlen. Das ist Pech. Nun kullert ihr Kopf mit den leeren Augen über die Bahnschwellen.

Das Quietschen der Bremsen und das Kreischen der Zuschauer waren nervtötend. Ich verließ eilig die Station.

Das Polizeihaus II der Orpo lag an der Bundesstraße zwischen Papendamm und Sedanstraße. Die ehemalige Infanteriekaserne bestand aus einem mächtigen zweihundertfünfzig Meter langen Komplex aus fünf zusammenhängenden Gebäuden. Die Sandsteinportale mit ihren martialischen Reliefs waren Relikte aus der Kaiserzeit und verströmten einen abgestandenen imperialen Geist, aber der Hamburger Regen hatte die Löwenfratzen und das steinerne Flechtwerk, das an Lorbeerkränze erinnern sollte, abgeschliffen. Soldaten wohnten hier keine mehr, aber der militärische Geist war weiterhin vorhanden, denn die Ordnungspolizei war wie ein Regiment organisiert, und wer aus der Armee hierher übertrat, wurde entsprechend seinem dortigen Rang eingestuft.

Ein Einbeiniger auf Krücken stand am Straßenrand und schaute sehnsüchtig die Backsteinmauern hinauf.

Weber trat durch den Haupteingang, stieg einige Marmorstufen hinauf, die erstaunlich hoch waren, ging durch eine schwere Schwingtür und meldete sich beim Pförtner. Der Leutnant grüßte zackig, als Weber seinen Namen und den Dienstgrad nannte.

Na schön, dachte Weber müde, dann spielen wir zur Abwechslung mal wieder das alte Spiel.

»Ich habe antelefoniert. Es geht um eine Personalsache.«

»Jawohl, Herr Kommissar!« Der Leutnant fuhr mit dem Zeigefinger über eine Liste und fand den entsprechenden Vermerk und griff nach dem Telefon. »Einen Augenblick, bitte.«

»Ein Kommissar Weber von der Kriminalpolizei ist hier, für Hauptmann Stegmeier ... Jawohl!« Er schaute auf. »Sie möchten bitte einen Moment warten.«

Weber nickte. Es war ihm nicht entgangen, dass er von einem Hauptmann empfangen werden sollte, obwohl er um ein Gespräch mit Major Rössner ersucht hatte. Außerdem dauerte es. Nach fünf Minuten setzte er sich auf eine glatt polierte, harte Holzbank.

Nach weiteren fünf Minuten erschien ein zweiter Leutnant und salutierte noch zackiger als der Pförtner. »Kommissar Weber?«

Weber nickte.

»Wenn Sie mir bitte folgen möchten.«

Weber lief neben dem Polizeileutnant her, der peinlich darauf bedacht war, nicht zu weit vorauszueilen. Es ging eine Treppe hinauf, durch einen Verbindungskorridor, dann einen breiten Gang entlang, von dem zahlreiche Türen abgingen, von denen einige offen standen. Die graue Farbe blätterte in großen Stücken ab. Das waren die durchnummerierten Mannschaftsräume. Betten, Spinde, Tische, Stühle, Hocker und Garderobenständer mit Uniformjacken und Koppeln waren zu sehen, abgetretene Holzböden, Männer in Uniformen oder Hemdsärmeln. Gesprächsfetzen, Gelächter. Es roch nach Tabakrauch, Kohleöfen, Schweiß, ranzigem Leder, nassen Mänteln und sonstigen Ausdünstungen. Wie gut wir es doch bei der Kripo im Stadthaus haben, dachte Weber.

Es ging eine halbe Treppe hoch, um mehrere Ecken, bis sie einen kurzen Flur betraten. Auf blitzweißen Kärtchen in Metallhaltern standen Namen und Rang der Personen, deren Dienstzimmer sich hinter frisch gestrichenen Türen verbargen.

»Da wären wir.« Der Leutnant klopfte, wartete auf ein gebelltes »Herein!«, schob die Tür auf und trat beiseite.

Ein kräftiger Mann in makelloser grau-grüner Uniform mit glänzenden Stiefeln. Gezwirbelter Knebelbart, kahlrasierter Schädel. Dennoch nicht unsympathisch, wie Weber fand. Vielleicht lag's daran, dass er Weber ganz genau musterte, er schien am Menschen interessiert zu sein, der ihm gegenüberstand.

»Kommissar Weber ...«

Er erinnert mich an diesen einen Kameraden im Schützengraben, dachte Weber. Ich weiß seinen Namen nicht mehr, aber er schrieb Gedichte über Heimat und Liebe und Natur. Das Wohlbefinden seiner Kameraden lag ihm sehr am Herzen – immerzu wollte er wissen, ob es ihnen auch gut ging und wie er helfen könnte. Zuletzt hatte Weber ihn gesehen, wie er mit seinem Bajonett einen noch lebenden feindlichen Soldaten ausgeweidet hatte, das Gesicht zu einer wütenden Fratze verzerrt – bis sein Schädel zerborsten war. Wer hatte auf ihn geschossen, Freund oder Feind?

»Kommissar Weber, geht's Ihnen gut?«

»Oh, bitte entschuldigen Sie. Mir war gerade ein Gedanke gekommen. Hauptmann Stegmeier?«

»Ein Kriminaler ist immer am Kombinieren, was? Bei uns hier

geht's mehr um Hand- und Fußarbeit«, lachte der Hauptmann. Er verbeugte sich ironisch. »Hauptmann Stegmeier, zu Diensten, Herr Kommissar.«

»Ich habe nur einige Fragen …« Weber war immer noch irritiert, weil er auch diese Art von Ironie von diesem ehemaligen Kameraden kannte. Aber, meine Güte, das war doch ewig her. Und längst vergessen!

»… in Sachen Oberleutnant Pohl, ich bin unterrichtet. Aber nehmen Sie doch Platz. Zigarette? Zigarre? Die Zigarren kann ich nicht empfehlen, die bekam ich von der Mannschaft zum Geburtstag. Scheußliche Stumpen. Taugen mehr zum Ausräuchern.« Er lachte.

»Vielen Dank, aber ich rauche nicht.«

»Wie's beliebt. Aber es macht Ihnen doch nichts aus, wenn ich …?«

Weber schüttelte den Kopf.

Es roch hier ganz angenehm nach Leder, Stiefelfett und Waffenöl. Der Hauptmann verfügte über einen großen Armstuhl und ein kleines Schreibpult. Es gab noch so einen Stuhl und noch ein Pult. Außerdem einen Kleiderschrank und einen Kanonenofen, eine verschlossene Registratur und ein Regal mit ein paar Büchern, darunter das allseits bekannte Bändchen mit den Dienstvorschriften.

Hauptmann Stegmeier zündete sich mit routinierter Eleganz eine Zigarette an. »Unerfreuliche Sache, das mit dem Pohl. Man geht doch nicht ins Stadthaus und ballert herum, nur weil einem die Nase des Vorgesetzten nicht gefällt. Hatte er denn Ärger?«

»Vorwurf der SA-Mitgliedschaft. Wussten Sie, dass er Mitglied der NSDAP war?«

»War er das? Nein, wusste ich nicht. Im Übrigen sollen wir

uns aus der Parteipolitik heraushalten, nicht? Also tun wir das. Aber ich kann nicht jedem hinterherrennen, von dem ich glaube, er hat das falsche Parteibuch. Das ist ja wohl auch Ihre vornehmliche Aufgabe.« Stegmeier warf Weber einen ironischen Blick zu, als wollte er sagen: Ich kann mir auch eine bessere Existenz vorstellen.

»Wieso ist der Pohl denn entkaserniert worden? So alt war er doch gar nicht.«

»Offiziell auf eigenen Wunsch. Er wollte in den Revierdienst. Das ist ja ein normaler Vorgang. Viele haben irgendwann genug vom Kasernenleben. Man macht es uns ja auch nicht leicht. Wir haben hier 433 Beamte auf engstem Raum. Die Mannschaftsstuben sind überbelegt, die Öfen ziehen schlecht, was im Winter eine Tortur ist, und die Männer hocken da zu siebt oder acht aufeinander. Wenn man bedenkt, wie wichtig wir für den Bestand der Republik sind, behandelt man uns erstaunlich schlecht. Seit zehn Jahren soll hier umgebaut werden. Zentralheizung wurde uns versprochen. Was ist passiert? Nichts. Im letzten Jahr wurden endgültig die Gelder gestrichen. Aber wer muss den Kopf hinhalten beim nächsten Aufstand? Wir natürlich.«

»Zurück zu Pohl ...«

»Ja, eben, das hat was damit zu tun! Geht einer zur SA, wird er besser behandelt. Die haben vergleichsweise luxuriöse Unterkünfte.«

»Ist er also der SA beigetreten?«

»Weiß ich nicht.«

»Revierdienst hat er jedenfalls nicht geleistet. Wann ist er denn hier ausgeschieden?«

»Vor drei Monaten. Und wurde nirgendwo eingeteilt, wie Sie sagen. Da muss man sich nicht wundern, zumal ...«

»Zumal, was?«

»Der brauchte eine harte Hand, sonst war er zu gar nichts zu gebrauchen. Leider war er bestimmten Frauen allzu sehr zugetan, wenn ich das mal so sagen darf. Und dem Alkohol. Mag ja sein, dass das manchen egal ist, aber ich habe ein mulmiges Gefühl, wenn ich einen Kerl mit Karabiner oder Handgranaten am Gürtel losschicke und der kann sich kaum auf den Beinen halten. So einer soll mal lieber den Verkehr lenken.«

»Also wollten Sie ihn loswerden?«

»Er war mehrfach ermahnt worden. Zuletzt nach dem Einsatz gegen die Fabrikbesetzung bei N. & K. in Barmbek. Da hat er einen Sonderwagen gegen die Fabrikmauer gelenkt. Dabei hätte er gar nicht fahren dürfen. Klug war das nicht.«

Weber erinnerte sich an den Vorfall, der kurz, aber nur in der Presse der Arbeiterparteien, und ohne Namen zu nennen, erwähnt worden war: Der Fahrer des schweren Panzerwagens hatte angeblich versucht, einen Streikführer zu zerquetschen. Wenn das wirklich der Pohl gewesen war …

»Dem Wagen ist nichts weiter passiert, aber die Mauer hat er eingerissen.«

»Und da gab's ein Disziplinarverfahren?«

»Nein, es gab ja keine Zeugen. Die Kameraden hielten dicht.«

»Und die Arbeiter?«

»Wurden nicht befragt. Die lügen uns doch sowieso bloß die Hucke voll.« Stegmeier drückte seine Zigarette in den Aschenbecher.

»Aber loswerden wollten Sie den Pohl dann schon«, hakte Weber erneut nach.

Stegmeier wehrte ab. »Er ging von selbst. Also war der Fall erledigt.«

Na klar, dachte Weber. Ein scharfer Hund ist nicht zu bändigen, also schwatzt man ihn einem anderen auf, anstatt ihn an die Kette zu legen. »Vielleicht kann ich ja mal mit dem Leiter des Kommandos sprechen, dem er zuletzt unterstellt war?«

»Oberleutnant Kosa?« Stegmeier tat so, als würde er nachdenken, dann schüttelte er den Kopf. »Nein, die sind raus. Müssen eine Großveranstaltung sichern. Tut mir leid.«

»Sonst noch etwas, das Ihnen zu Pohl einfällt?«

»Nicht dass ich wüsste.« Stegmeier nahm eine neue Zigarette aus dem Etui und klopfte damit auf seinen Handrücken.

»Danke, dass Sie mir Ihre Zeit geopfert haben.«

»Keine Ursache.« Der Hauptmann steckte die Zigarette zurück ins Etui. »Ich bringe Sie raus.«

Diesmal gingen sie draußen am Mannschaftsgebäude entlang. Stegmeier deutete auf die verschiedenen Gebäude und erklärte ihre Funktion: Exerzierhaus, Pferdestall, Turnplatz, Waffenkammer, Feldfahrzeugschuppen. (»Da stehen die Panzerwagen, die heil geblieben sind, haha.«) Aus einer Tür des Hauptgebäudes kamen dreißig Männer in voller Montur gerannt und stellten sich auf dem großen Platz auf. Einsatzwagen fuhren vor, Kommandos wurden gebrüllt, man stieg ein. Dreißig Mann, mit schweren Karabinern bewaffnet, machten sich auf den Weg, um irgendwo in der Stadt für Ordnung zu sorgen.

»Aufstandsbekämpfung ist unsere Sache«, sagte Hauptmann Stegmeier zum Abschied. »Für die zivilen Feinheiten sind Sie zuständig, Herr Kriminalkommissar.«

Und lächelte ironisch dabei.

Weber betrat das Dienstzimmer und stellte zufrieden fest, dass Klindworth auch schon da war. Allerdings machte der junge

Mann einen leicht verstörten Eindruck. Die naive Zuversicht, die er sonst ausstrahlte, war verschwunden.

Sein Lockenkopf war noch mehr in Unordnung als sonst, seine Krawatte hing schief, der obere Knopf der Weste war abgerissen und er hatte den Hemdkragen abgeknöpft. Der hing jetzt an der Garderobe, wie Weber bemerkte, als er seinen Mantel aufhängte. Klindworth hatte den Kragen gewaschen, nun sollte er wohl trocknen. Aber die Lippenstiftspuren waren nicht ganz verschwunden. Vielleicht hätte ich ihn nicht allein nach St. Pauli schicken sollen, dachte Weber.

»Na, Klindworth, waren Ihre Erkundigungen von Erfolg gekrönt?«, fragte er leutselig.

»Das darf man wohl behaupten«, erwiderte Klindworth. Er war eindeutig um einen sachlichen Ton bemüht. Vor ihm lag das Formular für den Einsatzbericht, das er zugunsten eines Schmierzettels beiseitegeschoben hatte, offenbar, um erst einmal vorzuformulieren. Der Zettel war zu drei Vierteln vollgeschrieben, aber von dem Geschriebenen war über die Hälfte durchgestrichen.

»Muss ich denn alle Details erwähnen?«, fragte er unbehaglich.

»Nur das, was für den Fall und zur Beschreibung der Täterperson erforderlich ist.«

»Nicht die Einzelheiten, wie ich die Informationen erhalten habe?«

»Nicht unbedingt, aber natürlich müssen die Zeugen, die Sie gesprochen haben, mit Namen genannt und ihre Adresse vermerkt werden.«

Klindworth nickte kurz, schaute auf seinen Zettel und las vor: »Ich ging in das Haus in der Jägerstraße 41, wo Oberwachtmeister Pohl zuletzt zur Untermiete wohnte. Dort befragte ich zwei

Damen, die mit Pohl bekannt waren. Es handelte sich hierbei um die fünfundfünfzigjährige Erna Harmelin, von Beruf Schneiderin, und eine wesentlich jüngere Person namens Mimi, die ihren bürgerlichen Namen nicht nennen wollte und sich weigerte, einen Ausweis zu zeigen. Stattdessen ...«

»Soll es denn ein Roman werden?«, unterbrach Weber.

»Bitte?«

»Wenn Sie alles so ausführlich beschreiben, werden es noch hundert Seiten. Wer soll das lesen? Und wie lange wollen Sie daran arbeiten? Es wäre sicherlich besser, Sie schreiben bloß die Tatsachen auf, die Sie herausgefunden haben und die für unseren Fall wirklich wichtig sind.«

Klindworth griff nach dem Federhalter und machte einen dicken Strich quer über die Seite.

»Wenn es Ihnen hilft, machen Sie eine Liste. Schreiben Sie alle neuen Erkenntnisse einfach untereinander, am besten nummeriert. So mache ich es auch immer.«

Klindworth nahm sich einen neuen Zettel und schrieb oben links »1.«, dann dachte er nach und kaute auf dem Federhalter herum.

»Was ist denn eigentlich mit Ihrem Kragen passiert?« Weber war neugierig, er konnte es nicht mehr erwarten.

Klindworth lief knallrot an. »Das war eine Ungeschicklichkeit.«

»Ungeschicklichkeit oder Unschicklichkeit?«, stichelte Weber.

»Ach, Herr Kommissar.«

»Also raus damit!«

Klindworth legte den Federhalter beiseite und verschränkte die Hände. »Das betreffende Haus in der Jägerstraße hat fünf Stockwerke und ist in kleinen Teilen vermietet.«

»In kleinen Teilen?«

»Die Wohnungen waren mal größer, jetzt sind sie unterteilt. Zu einem großen Teil zimmerweise vermietet. Das heißt auch, manche Personen teilen sich eine Wohnung mit der dazugehörigen Küche. So auch der Oberwachtmeister Pohl, der hier ein Zimmer bewohnt. Das allerdings ist fast leer, bis auf ein Feldbett und einen Schrank. Einen Stuhl hat er noch, aber keinen Tisch. Ein paar persönliche Dinge in einer Kiste, sonst nichts. Er hat sich wohl nur zum Schlafen dort aufgehalten.«

»Aha, und wo war er sonst?«

»Sonst hält er sich in der Wohnung der Dame auf, die sich Mimi nennt. Die hat zwei Zimmer. Oder er besucht die Gaststätten in der Umgebung.«

»Hatte er was mit dieser Mimi?«

»Hm, wie soll ich das sagen ... ja und nein.«

»Hat er sie bezahlt, damit er was mit ihr hatte?«

»Wohl auch. Das hat zumindest Frau Harmelin behauptet. Wohingegen Fräulein Mimi kategorisch erklärt hat, sie sei nicht käuflich, sondern ...«

»Na?«

Klindworth wurde wieder rot. »... sondern ein Geschenk für jeden, der es wert sei.«

»Und Pohl war es ihr wert?«

»Nein, eben nicht. Sie wollte ja gar nicht, dass er zu ihr kam.«

»Er kam aber trotzdem?«

»Ja, offenbar ständig. Die haben ihm übrigens nicht geglaubt, dass er Polizeibeamter ist. Sie hielten ihn für einen Angeber und seine Uniform für gestohlen. Allerdings wunderten sie sich, dass er immer Geld hatte, wo er doch offenbar nichts tat. Frau Harmelin hat ihm sogar mal gedroht, sie würde ihn anzeigen, weil er immer wieder in Uniform herumgelaufen ist und die Leute angeschnauzt hat. Meistens war er betrunken. In der Uniform hat er dann auch Fräulein Mimi belästigt. Die hat ihn nämlich an eine Freundin weitergeben wollen, die nicht so wählerisch ist, wie sie sagte, aber Pohl habe das nicht gewollt. Er hat die Freundin verprügelt und rausgeworfen. Dann ist er zu Fräulein Mimi gegangen und hat sich bei ihr ausgeweint. Die hat Frau Harmelin geholt, damit sie ihn rauswirft. Da ist er die Harmelin so hart angegangen, dass die weggelaufen ist. Sie rief dann einen Polizisten. Dem zeigte der Pohl seine Dienstmarke und entschuldigte sich, dass er betrunken sei. Da ging der Beamte wieder. Verstehen Sie jetzt, warum es so schwierig ist, diesen Bericht zu schreiben, Herr Kommissar?«

»Allerdings. Aber nur weiter, wir kriegen das schon irgendwie hin.«

»Fräulein Mimi hat sich dann nicht anders zu helfen gewusst, als sich, wie sie sagte, einen ›Aushilfsloddel‹ zu engagieren.«

»Was soll das denn sein?«

»Hab ich sie auch gefragt. So einen mit Muckis, hat sie gesagt, der mal kurz klar Schiff macht. Der sollte mit Pohl reden und ihn überzeugen.«

»Kann mir schon denken, wie das vonstattenging.«

»Nicht so, wie Fräulein Mimi es sich erhofft hatte.«

»Der Pohl blieb?«

»Nein, den hat der … Gehilfe von Fräulein Mimi … also, es war ein Matrose … Der hat ihn ziemlich schnell auf die Straße befördert. Und Frau Harmelin hat ihm gleich auch die Kündigung ausgesprochen. Da lag er draußen im Rinnstein. Normalerweise, sagte Fräulein Mimi, funktioniere so etwas, der Betreffende würde dann das Weite suchen.«

»Na, die verfügt ja über einen reichhaltigen Erfahrungsschatz.«

»Zweifellos, Herr Kommissar.« Klindworth seufzte leise. »In diesem Fall jedoch kam es anders als erhofft. Als Fräulein Mimi später mit dem Matrosen ausging, gewissermaßen aus Dankbarkeit, und um den Erfolg zu feiern, trafen sie ihn wieder. In einem Café in der Seilerstraße. Offenbar hatte er ihnen aufgelauert und war ihnen gefolgt. Er kam dann kurz rein und pöbelte herum. Die Kellner mussten ihn vor die Tür setzen. Er drohte dann noch, er werde den Matrosen ein für alle Mal erledigen ...« Klindworth blickte unglücklich drein.

»Und?«

»Am nächsten Tag wurde der Matrose ins Hafenkrankenhaus eingeliefert. Messerstiche.«

»Auch das noch.«

»Und dann wurde ein Brandanschlag auf das Haus von Frau Harmelin verübt. Der Eingang brannte aus.«

»Wann war das?«

»In der Nacht, bevor Pohl auf Lassally schoss. Außerdem wurden an die Hauswand Beschimpfungen geschmiert. ›Judensau‹ stand da und Hakenkreuze wurden aufgemalt.«

»Puh, mir scheint, das wird doch ein verdammt langer Bericht«, sagte Weber.

»Ja, ich schreib ihn jetzt sofort. So kurz und knapp wie möglich, Herr Kommissar.« Klindworth nahm sich ein leeres Blatt.

»Und was ist sonst noch vorgefallen?«, fragte Weber nach kurzer Pause.

Klindworth tat unschuldig. »Sonst noch?«

»Der Kragen!«

»Oh, na ... nichts Wesentliches ...«

»Raus damit!«

»Nun, Frau Harmelin und Fräulein Mimi waren sich plötzlich einig, dass sie nun besonderen Schutz benötigten. Also wandten sie sich an mich. Fräulein Mimi machte mir ein unmissverständliches Angebot. Wohl auch aus ... hm, persönlicher Sympathie. So drückte sie es aus. Als Frau Harmelin erklärte, sie ließe uns jetzt allein, damit wir das Geschäftliche besprechen könnten, merkte ich, wohin der Hase lief, und versuchte, das Zimmer zu verlassen ...«

»Versuchten nur?«

»Fräulein Mimi schloss blitzschnell ab und steckte den Schlüssel weg.«

»Und Sie sollten ihn wiederfinden.«

»So ungefähr.«

»Und? Haben Sie ihn gefunden?«

»Ja, nach größerer Anstrengung, Herr Kommissar.«

»War's denn wenigstens amüsant?«

Klindworth war jetzt rot wie ein Apfel aus dem Alten Land. »Es war nicht so lustig, wie Sie vielleicht denken, Herr Kommissar. Ich mag Frauen gegenüber keine Gewalt ausüben, auch wenn sie kratzen und schlagen. Aber ich musste die Situation doch bewältigen. Also habe ich mich diplomatisch verhalten.«

»Bravo, Klindworth! Und nachdem Sie den Schlüssel gefunden hatten, sind Sie sofort nach draußen gestürmt und haben sich in Sicherheit gebracht?«

»Fast sofort, Herr Kommissar.«

»Sie sind wirklich ein Ausbund an Tugend.« Weber deutete zur Garderobe. »Aber den verschmutzten Kragen nehmen Sie sofort dort weg, sonst kommt noch jemand auf falsche Gedanken.«

Weber ging auf die Durchfahrt zur Lilienhof-Terrasse zu.

Vielleicht hat Hannchen ja was gekocht, freute er sich. Wenn nicht, gehen wir rüber zu Schmidt und lassen es uns bei einem Gulasch mit Nudeln gut gehen. Bevor wir losgehen, heizen wir den Ofen noch mal ordentlich ein, besorgen uns auf dem Rückweg ein paar Flaschen Bier und machen es uns so richtig gemütlich.

Er hatte überlegt, ob er ihr einen Radioapparat schenken sollte. Er selbst besaß seit zwei Jahren einen und erfreute sich abends immer an den Musiksendungen. Am schönsten war es natürlich, wenn man an einem freien Sonntagmorgen faul im Bett liegend oder genüsslich am Frühstückstisch sitzend das »Hafenkonzert« hören konnte. Zu zweit war das noch viel angenehmer als allein.

Da Hannchen sich leider bislang standhaft weigerte, bei ihm einzuziehen, verbrachte er viele Abende bei ihr zu Hause und verpasste deswegen so manche Sendung, die er gerne gehört hätte. Das wäre überhaupt das Beste gewesen – Hannchen ganz für sich zu haben –, aber sie weigerte sich. »Ich bin eine selbstständige Frau und werde es auch bleiben«, hatte sie oft genug erklärt. Es war wirklich nicht einfach mit den Frauen heutzutage.

Trotzdem, das mit dem Radioapparat war eine gute Idee. Und sie hatte ja bald Geburtstag, Ende April schon. Er sollte sich beizeiten nach einem geeigneten Gerät umschauen. Vielleicht ein ganz modernes Röhrengerät. So was war nicht gerade billig, aber Hannchen war ihm ja auch lieb und teuer. Und er musste ihr nicht auf die Nase binden, was es gekostet hatte.

Weber ging die Terrasse entlang. Es war erstaunlich ruhig heute Abend. Nur wenige Fenster standen offen, nur wenige Lichter waren eingeschaltet.

Vor Hannchens Wohnungstür angelangt, musste er zweimal klingeln, bis sich drinnen eine Stimme meldete: »Johanna?«

»Hier ist Alfred«, rief er.

»Oh, Moment ...«

Drinnen tapsten nackte Füße über den Fußboden, es dauerte einen Moment, dann ging die Tür ein Stück weit auf. Franzi, mit der Hannchen sich die Wohnung teilte, hatte sich einen Mantel über den Unterrock geworfen und hielt ihn mit einer Hand zu. Sie war groß und mager und machte immer einen sorgenvollen Eindruck.

»Sie ist nicht da.« Durch den Türspalt kam der Duft nach Pfefferminztee.

»Nanu ...«

»Es gibt eine Versammlung bei ›Schmidt‹, da ist sie hin. Ich bin krank und will gerade ins Bett ...« Sie schob die Tür schon wieder zu.

»Eine Versammlung?«

»Mieterversammlung ... die Sache mit der Streikkasse ...«

»Ah ja, danke. Also dann ... gute Besserung.«

»Gute Nacht.«

Missmutig stieg Weber die Treppe hinab. Es gibt kein Entrinnen, dachte er, mein Beruf holt mich überall ein. Und gleichzeitig hatte er ein schlechtes Gewissen, weil er in der Mordsache Lilienhof-Terrasse gar nichts weiter unternommen hatte. Na gut, dann fangen wir eben jetzt damit an!

Die Gaststätte »Schmidt« lag schräg gegenüber des Durchgangs zur Lilienhof-Terrasse an der Wilhelminenstraße. Das Speise- und Bierlokal hatte einen großen Saal, in dem gelegentlich Musikdarbietungen, Aufführungen eines Amateurtheaters oder Tanzveranstaltungen stattfanden. Weber hatte dort schon zweimal mit Hannchen einen bunten Abend verbracht, einmal an Silvester und kürzlich zum Fasching.

Heute aber wurde ihm der Zutritt verwehrt. Vor dem Eingang der Kneipe standen zwei junge Kerle, die Arme vor der Brust verschränkt. Den einen kannte Weber schon. Fiete. Ausgerechnet der. Die Mütze schief ins Gesicht gezogen, die Hände in den Hosentaschen, lehnte er links neben dem Eingang an der Hauswand. Sein Kumpan in ähnlich provozierender Haltung rechts davon. Als Weber sich näherte, zischelte Fiete ihm was zu. Beide rückten vor die Eingangstür und nahmen die Hände aus den Taschen.

»'n Abend, Herr Kommissar«, sagte Fiete, ohne die Zigarette aus dem Mundwinkel zu nehmen.

»Guten Abend. Darf man eintreten?«

»Nein.«

»Das ist doch ein öffentliches Lokal.«

»Heute geschlossene Gesellschaft. Versammlung.«

»In der Gaststätte oder im Saal?«

»Überall.«

»Na schön, ich will teilnehmen.«

»Läuft nicht.«

»Meine Freundin ist schon drin.«

Fiete schüttelte den Kopf. »Es wurde ausdrücklich beschlossen, keine Polizei reinzulassen.«

»Ich bin privat hier.«

»Privatpolizei gibt's nicht.«

»Wie wollt ihr denn den Mörder finden, ohne die Kripo?«

»Euch brauchen wir gar nicht, wir wissen schon, wer's war.«

»Wer denn?«

»Den Namen wissen wir noch nicht, aber wir haben ein Bild.«

»Ein Bild? Wie das?« Weber war ehrlich verwundert.

Fiete genoss den Moment, hob theatralisch die Schultern und paffte angeberisch mit seiner Zigarette.

»Sehen Sie? Es geht auch ohne Udel.«

»Na ja.« Weber machte eine geringschätzige Handbewegung. »Und was habt ihr vor? Rotfront-Razzia?«

»Warum nicht?«

»Ach komm, das ist doch Unsinn. Außerdem könnt ihr mir viel erzählen.«

»Glauben Sie mir nicht?«

»Nee. Angeben kann ich selber.«

»So? Na, dann warten Sie mal. Hier bitte ...« Fiete kramte in seiner Jackentasche und förderte ein leicht vergilbtes Blatt zutage. Er faltete es auseinander und hielt es Weber hin. Zog es aber gleich wieder weg, als der danach greifen wollte.

»Ich kann ja gar nichts erkennen.«

»Nicht anfassen!« Fiete hielt es ins Licht der Lampe, die das Gaststättenschild beleuchtete.

»Was ist das denn für ein Gekritzel?«, stichelte Weber.

»Von wegen ...« Fiete hielt es ihm dicht vors Gesicht.

»Darauf kann man doch nichts Besonderes erkennen. Davon gibt's Tausende.« Aber das stimmte nicht, denn Weber hatte das Gesicht schon erkannt. Trotzdem tat er so, als würde es nichts taugen. »Da hat einer eine künstlerische Ader, na schön, aber wieso soll das hier das Gesicht des Mörders sein?«

Fiete faltete das Blatt wieder zusammen, tat aber weiterhin großspurig. »Weil der Mann hier, den niemand dort kennt, kurz vor dem Mord auf unserer Terrasse gesehen wurde. Jan Maschen hat das gezeichnet, und der ist bekannt für seine Porträts. Der hat sogar schon Bilder in der Arbeiter-Illustrierten veröffentlicht.«

»Porträts aus dem Gedächtnis taugen nicht viel«, sagte Weber.

Jetzt trat Fietes Genosse nach vorn und sagte wütend: »Sehen Sie? Genau deswegen dürfen Sie nicht rein. Weil Sie nämlich überhaupt keine Lust haben, den Mörder vom alten Warnholz zu finden. Weil Ihnen ein toter Arbeiter mehr oder weniger scheißegal ist. Weil Sie mit den Kapitalisten und den Faschisten gemeinsame Sache machen. Und deshalb kotzen Sie uns an, Kommissar Weber!«

»Na, na.«

»Los, hauen Sie schon ab, Weber. Sie haben hier nichts zu suchen.«

Weber nickte, drehte sich um und ging davon. Er war sehr zufrieden mit dem Verlauf dieses Gesprächs. Das konnten die sich ja nicht zurechtgelegt haben, so eine Porträtzeichnung lässt man nicht mal eben anfertigen, um einen Polizisten in die Irre zu führen. Nein, das Gesicht darauf war echt. Den Mann, den Jan Maschen da porträtiert hatte, gab es wirklich. Das wusste Weber nur allzu gut. Er fragte sich nur, was es mit diesem Pohl auf sich hatte, der ganz offenbar eine Blutspur hinter sich herzog.

Die Eingangshalle des Geschäftshauses, in dem das »Büro Dr. Racke« seinen Sitz hatte, sah aus wie ein Bahnsteigzugang der Hochbahn. Jedenfalls war das Webers Assoziation. Natürlich war das nur ein erster Eindruck, denn auf den zweiten Blick zeigte sich deutlich, dass die hier verwendeten Materialien wesentlich teurer waren als diejenigen, die im öffentlichen Raum eingesetzt wurden. Glitzernde Chromgeländer statt Metallstäbe, echte Mahagoni-Tafeln statt gebeizten Holzplatten, handbemalte Keramik aus Portugal statt bedruckte Kacheln aus der heimischen Fabrik.

Aber ein Kabuff, das einem Schaffnerhäuschen ähnelte, und

darin ein Uniformierter mit Schirmmütze. Das Chromgeländer diente als Sperre, damit kein Unbefugter den mit allerlei blank poliertem Jugendstil-Zierrat ausgestatteten Aufzug mit den goldenen Türknöpfen betrat, ohne sich vorher zu identifizieren.

»Guten Tag, Sie wünschen?«, fragte der alte Mann im Kabuff, der mit seinem nach beiden Seiten ausufernden Schnurrbart aussah wie ein Hindenburg-Imitator. Er hockte breit und bräsig auf seinem Drehstuhl.

Weber, der heute Morgen irgendwie aufgekratzt war, sagte augenzwinkernd: »Einen Fahrschein in den zweiten Stock bitte, Station Racke.«

»Sind Sie angemeldet? Ihren Namen bitte!«

»Nicht angemeldet, aber von der Kriminalpolizei. Ich möchte zu Dr. Racke.«

»Ausweispapiere?«

Weber zog seine Marke aus der Manteltasche und hielt sie hoch.

»Ausweis*papiere*«, wiederholte der Pförtner schnarrend.

Weber seufzte und kramte im Sakko nach dem Ausweis.

Der Ersatz-Hindenburg nahm ihn entgegen und schrieb scheinbar alles ab, was auf dem Ausweis geschrieben stand. Den Notizzettel rollte er anschließend zusammen, schob ihn in eine überdimensionale Pillendose, steckte diese durch einen Schlitz in ein Rohr, verschloss den Schlitz und drückte auf einen Knopf. Es zischte und klapperte.

Der Ersatz-Hindenburg schaute kurz nach oben, als hätte er eine Silvesterrakete gestartet.

»Ich möchte ja nicht aufdringlich erscheinen, Herr Hinzpeter«, sagte Weber nach kurzem Blick auf das Namensschild, das vor dem Pförtner stand, »aber ich hätte gern meinen Ausweis zurück, bevor er womöglich auch noch in den Himmel geschossen wird.«

Der Pförtner reichte ihm den Ausweis, ohne aufzusehen. Dann verschränkte er die Hände und starrte tatenlos vor sich hin.

Weber schaute auf die große Uhr hinter dem Ersatz-Hindenburg, über deren Ziffernblatt ein roter Sekundenzeiger kroch. Jedes Mal, wenn er die Zwölf erreichte, blieb die Zeit stehen, denn er hielt kurz inne und wartete ab, bis der Minutenzeiger – er stand eben auf der Sieben – zum nächsten schwarzen Strich vorgerückt war. Weber fragte sich, was es mit dieser Verzögerung auf sich hatte: Lief der Sekundenzeiger etwas schneller, als die Zeit verging, um sich diesen kurzen Moment des Verschnaufens auf der Zwölf leisten zu können? Oder war es einfach so, dass die Zeit grundsätzlich nicht kontinuierlich verging, sondern zu jeder Minute kurz stoppte und dann mit einem Ruck weiterlief. Falls das so war, würde das so manches Stocken und Rucken im Alltag erklären. Womöglich gab es Lücken in der Zeit und somit in der Wirklichkeit – hatte nicht Albert Einstein den Nobelpreis bekommen, weil er das Vorhandensein solcher Lücken in Raum und Zeit berechnet hatte? Und ich muss bloß mal auf die Uhr schauen, dachte Weber.

Das Postrohr klapperte, es gab einen dumpfen Knall und ein leises Klingeln ertönte. Der Ersatz-Hindenburg schob die Klappe auf, griff nach der Pillendose und zog den Zettel heraus, auf den nun etwas Zusätzliches gekritzelt worden war.

»In Ordnung.« Er nickte vor sich hin, drückte auf einen Knopf, die Chrombarriere ruckte zur Seite und gab einen Durchgang frei. Weber ging auf den Aufzug zu.

»Zweite Etage«, sagte der Ersatz-Hindenburg.

»Weiß ich, weiß ich.« Weber drückte auf den Knopf. Die

Chrom-und-Glas-Tür des Aufzugsschachts fiel zu, eine Falttür aus Nussbaum spreizte sich vor seiner Nase und mit einem Ruck ging's nach oben.

Jetzt bin ich der Rohrpostbrief, dachte Weber. Interessant, wie schnell man zu einem Transportobjekt wird. In einer Großstadt kann man ohnehin den Eindruck gewinnen, dass es das höchste Ziel des Menschen ist, transportiert zu werden. Hin und her, auf und ab.

Die Falttür zog sich zusammen, Weber schob die Tür auf und stand auf weiter Flur: Der Korridor verlief endlos lang in beide Richtungen. Grüner Teppich, dunkles Eichenholz, Lüster und Wandlampen aus Hirschgeweihen mit grünen Schirmen, hier und da gekreuzte Degen und Dolche, dazwischen Gemälde mit Jagdszenen.

Ein junger Mann, der trotz zivilem Anzug wirkte wie ein Burschenschaftler, marschierte auf Weber zu und grüßte steif.

»Wenn Sie mir bitte folgen möchten, Herr Kommissar.«

Am Ende des Flurs wurde er in ein Besprechungszimmer geleitet. Fauteuils, Rauchertisch, noch mehr Halali an den Wänden. Der Bursche verschwand. Eine breite Fensterfront gab den Blick auf das gegenüberliegende Rathaus frei. Dahinter, praktisch angeklebt, die Börse. Das »Büro Dr. Racke« lag in trauter Nähe zur Macht.

Racke ließ lange auf sich warten. Weber döste ein wenig in seinem Ledersessel. Dann ging die Tür wie von einem Windstoß bewegt auf und Racke trat ein, heute im kobaltblauen Zweireiher – die Farbe biss sich gnadenlos mit dem Grün des Teppichs.

»Herr Inspektor ...«

»Kommissar.« Weber erhob sich.

»Oh, man kommt doch immer wieder durcheinander.«

»Es gibt alle naslang eine Dienstgradreform, um es noch komplizierter zu gestalten, Herr Dr. Racke.«

»Wohlan.«

Sie gaben sich die Hand und nahmen Platz. Weber fiel erst jetzt auf, dass Racke erstaunlich mager war, mit der Physiognomie eines Totenschädels.

»In welcher Angelegenheit darf ich Sie beraten, Herr Kommissar?«

»In Sachen Oberwachtmeister Pohl.«

»Ah ja. Gibt es denn neue Entwicklungen?«

»Das kann man wohl sagen. Pohl hat sich noch so einiges geleistet. Und sollte sich besinnen, sonst liegt er demnächst unterm Fallbeil.«

»Na, na, das klingt ja arg dramatisch. Zigarre, Herr Kommissar?« Racke klappte die Kiste auf.

»Nein, ich danke.«

Racke klappte die Kiste zu. »Also?«

»Es gibt Zeugenaussagen, dass Pohl zwei Frauen auf St. Pauli verprügelt haben soll. Außerdem steht er im Verdacht, einen Brandanschlag auf ein Wohnhaus angestiftet zu haben.«

»Sind Sie denn sicher? Sie sprechen da von einem Polizeibeamten.«

»Mehrere Zeugen, Herr Dr. Racke.«

»Na ja, Frauen auf St. Pauli ... was da so alles passiert und hinterher war doch alles bloß Geschrei.«

»Trotzdem wäre es besser, wenn Pohl wieder in Erscheinung träte. Ich würde ihn gern sprechen.«

»Hm.«

»Es gibt da nämlich noch eine Sache.«

»So?«

»Mord an einem älteren Mann. In der Lilienhof-Terrasse. Es gibt Zeugen, die Pohl belasten.«

»Sie beschuldigen allen Ernstes einen Beamten der Ordnungspolizei des Mordes?«

»Wir haben genügend Anlass, ihn zu befragen.«

»Aber warum sollte Oberwachtmeister Pohl denn einen Menschen umbringen?«

»Hat er das nicht auch mit Lassally versucht?«

»Das war eine Provokation, auf die er allzu aufbrausend reagiert hat.«

»Ach ...«

»Aber ja, es ist eine Kleinigkeit. Man wird sich auf Disziplinarmaßnahmen einigen. Und die Sache in der Lilienhof-Terrasse ist sicherlich ein Missverständnis.«

»Es war Raubmord, es ging um Geld, viel Geld.«

»Na, da sehen Sie, wie albern diese Beschuldigung ist. Ein verdienter Beamter wie Pohl und ein Raub.« Racke schüttelte seinen Totenkopf. »Ich konnte nicht erkennen, dass er überhaupt Geld hat.«

»Ja, eben, deshalb wundert es mich ja, dass Sie ihn vertreten.« Weber schaute demonstrativ um sich. »So schnieke, wie das hier aussieht. Oder machen Sie das aus Nächstenliebe?«

Dr. Racke stand abrupt auf. »Meine Motive müssen Sie nicht interessieren, Herr Kommissar.«

Doch, dachte Weber, die interessieren mich sehr. Und laut sagte er: »Sind Sie eigentlich Mitglied einer Partei?«

»Wie bitte?«

»Weil Sie sich so sehr um Herrn Pohl sorgen, der ja angeklagt ist, nationalsozialistische Sympathien zu hegen.«

Der Totenkopf lächelte kalt. »Es ist unsere Aufgabe, die

Belange unserer Mandanten zu vertreten. Darin sind wir natürlich parteiisch. Das ist unsere vorderste Pflicht.«

»Nun gut, meine vorderste Pflicht ist es, Personen aufzuspüren, die sich eines Verbrechens oder Vergehens gegen die politische Ordnung unserer Republik schuldig gemacht haben. Wenn Oberwachtmeister Pohl seine Situation nicht noch mehr verschlimmern will – und wie mir scheint ist er ein Charakter, der dazu neigt –, sollte er sich möglichst schnell den Behörden stellen.«

Dr. Racke wies ungeduldig zur Tür. »Ich habe verstanden, was Sie mir mitteilen wollten, Herr Kommissar.«

»Ich werde die betreffenden Berichte meiner Abteilung jedenfalls unverzüglich an den zuständigen Staatsanwalt weiterleiten. Es sei denn Pohl kommt und klärt die eine oder andere Angelegenheit auf.«

»Meiner Ansicht nach, Herr Kommissar, haben Sie sich, was Oberwachtmeister Pohl betrifft, völlig verrannt. Aber es ist ja kein Geheimnis, dass es eine Säuberungswelle in der Polizeibehörde geben soll.«

Weber war verblüfft. »Soll es? Nicht dass ich wüsste. Und selbst wenn – was hat das damit zu tun?«

»Es ist jetzt gut, Herr Kommissar. Ich bitte Sie, meine Zeit ist kostbar.«

»Und meine erst ...«

Draußen auf dem Flur wurde Weber wieder von Rackes Adjutanten in Empfang genommen und zum Aufzug geleitet.

Als er unten aus dem schmucken Aufzugkasten trat, stand der Ersatz-Hindenburg schon neben der geöffneten Chromschranke bereit, um darauf zu achten, dass Weber das Haus zügig verließ.

Weber deutete auf die große Uhr im Kabuff des Pförtners: »Ist

Ihnen eigentlich aufgefallen, dass Ihre Uhr immer wieder zögert. So als wüsste sie, dass es eine Lücke in der Zeit gibt. Über diese Lücke müssen die Zeiger jede Minute springen, deshalb halten sie kurz inne. Schauen Sie nur.« Der rote Zeiger stoppte kurz, der schwarze ruckte, der rote lief weiter.

»Aber wenn Albert Einstein recht hat und Raum und Zeit zusammengehören, dann muss es doch, wenn es Lücken in der Zeit gibt, auch Lücken im Raum geben. Und dann ist Vorsicht geboten. Passen Sie auf, wo Sie Ihren Fuß hinsetzen, mein Guter!«

»Einstein ist ein Jude, und das ist alles Geschwätz«, knurrte der Ersatz-Hindenburg und schlurfte zurück in sein Kabuff.

Draußen auf dem Rathausmarkt taten sich keine Lücken auf, sondern Regenschirme. Ein Graupelschauer peitschte über den Platz.

Traute Zweisamkeit in der Dienststelle. Klindworth schrieb einen seitenlangen Bericht über die Mieterstreikversammlung, bei der man Weber den Zutritt verwehrt hatte. Ihm hingegen war es gelungen, sich als Arbeiter verkleidet hineinzuschmuggeln. Einzige wirklich bedeutsame Erkenntnis seiner Anwesenheit war, dass derartige Mieterstreiks in letzter Zeit sehr häufig in der Stadt ausgerufen wurden und dass jedes Mal die Kommunisten ihre Hände mit im Spiel hatten. Weber wiederum stöberte Akten durch und notierte Anhaltspunkte über mögliche politische Verbindungen von Rechtsanwalt Racke. Interessant dabei war, dass der Jurist nirgendwo Mitglied war, auch nicht in irgendwelchen juristischen Klubs oder Wirtschaftsvereinigungen, aber offenbar alle Welt kannte und Verbindungen in höchste Gesellschaftskreise hatte. Bis vor eineinhalb Jahren hatte er vor allem bürgerliche Klienten vor Gericht vertreten, ausschließlich in ökonomischen Angelegenheiten. Inzwischen aber betreute seine Kanzlei verstärkt Personen in Strafprozessen, und zwar solche aus der rechten politischen Ecke und aus der Halbwelt. Damit konnte man eigentlich nicht reich werden, aber dem »Büro Dr. Racke« ging es offenbar blendend. Von den diversen Kleinganoven, die Racke in der letzten Zeit verteidigt hatte, konnte man keine Kanzlei in Nachbarschaft zum Rathaus finanzieren. Auch nicht indem man die wirtschaftlichen Interessen von Inhabern verschiedener Vergnügungsetablissements auf St. Pauli gegen staatliche Auflagen verteidigte. Tatsächlich gehörte das Büro Dr. Racke zu den teuersten Kanzleien der Stadt, wie Weber durch Nachfrage in der Anwaltskammer erfahren hatte.

Weber seufzte. Er war müde und unkonzentriert. Die Wanduhr tickte. Sein Sitzfleisch schmerzte. Ich will hier raus, dachte er. Ich hasse diesen Aktenkram, ich will draußen im wirklichen Leben ermitteln! Lieber einen Schwall Schneeregen ins Gesicht kriegen und Spritzwasser vorbeifahrender Autos auf die Hose als das hier. Lieber von einer Dirne oder einem betrunkenen Luden angepflaumt werden, als hier drin vermodern. Lieber in einer Kneipe hocken! Am liebsten ein Bier trinken. Er schaute zur Uhr: Es war dreiviertel drei, na ja …

Das Telefon schepperte. Klindworth ging ran und reichte Weber den Hörer mit ernstem Blick.

»Guten Tag, Alfred!«

Weber war verdutzt. »Mathilde? … Guten Tag …«

»Ich wollte dich nur kurz an etwas erinnern, das du sicherlich vergessen hast, oder?«

»Was denn?« Weber überlegte fieberhaft.

»Na siehst du, ich dachte es mir doch!«

»Ich verstehe dich sehr schlecht, Mathilde.«

»Das war schon immer so.«

»Hallo? Was ist denn?«

»Der Geburtstag deines Vaters. Und jetzt wundere dich gerne, dass ausgerechnet ich dich daran erinnern muss.«

Weber schwieg.

»Sicherlich hast du auch vergessen, dass Erika kommendes Wochenende bei dir unterkommen soll.«

Weber wusste nichts zu erwidern.

»Also dann, auf Wiederhören.«

Die Verbindung brach ab.

»Ach«, sagte Weber leise.

Klindworth sah auf: »Neuigkeiten?«

Weber schüttelte den Kopf. »Nein, gar nicht. Im Gegenteil. Trotzdem, ich muss kurz weg. Machen Sie doch bitte die Berichte über die Mieterstreiks fertig und geben Sie die weiter. Ich bin bald zurück.« Er warf sich den Mantel über und stürzte nach draußen.

Eine Freude war es nicht, mit dem Automobil durch den stürmischen Schneeregen zu fahren, aber es musste sein. Er wollte keinesfalls noch mal den Geburtstag seines Vaters verpassen! Das war ihm erst letztes Jahr passiert, als der alte Mann siebzig geworden war.

Auf dem Weg hielt er kurz vor der »Bacchus-Kellerei« an der Dammtorstraße, um eine Flasche Rotspon zu kaufen, die er in Geschenkpapier verpacken und mit einer Schleife versehen ließ. Als er damit wieder in den Wagen stieg, fühlte er sich schon viel besser. Noch eine Zigarre? Nein, der Alte hatte ja auf Anraten seines Arztes das Rauchen aufgegeben.

Auf dem Weg nach Eimsbüttel kam Weber an der Orpo-Kaserne in der Bundesstraße vorbei und musste an den flüchtigen Pohl denken und an seinen Anwalt Dr. Racke und an die Tatsache, dass die beiden überhaupt nicht zusammenpassten. Auch die Übernahme der Verteidigung der Mordverdächtigen im Fall Henning – alle drei niedrige SA-Schergen – passte nicht ins Bild.

Sein Vater bewohnte eine kleine Zwei-Zimmer-Wohnung in einem halbrunden Gebäudekomplex aus dunklem Klinker und war stolz darauf, in der Wohnanlage der Bauarbeiter-Genossenschaft als »Arbeiter unter Arbeitern in einer Arbeiterwohnung« zu leben, wie er es einmal formuliert hatte.

Georg Wilhelm Friedrich Weber, von seinen Freunden schlicht »Schorsch« genannt, hatte einen dichten weißen Haarschopf und trug seinen Vollbart mit Kinnspitze, ganz im Stil von August Bebel.

Die Wohnung lag im Erdgeschoss und der alte Schorsch öffnete persönlich. Weber schloss ihn in die Arme, wie er es sich nur an Festtagen traute, und übergab sein Geschenk. Sie gingen in die Küche, denn nicht einmal an seinem Geburtstag wollte Webers Vater seine karge Rente dafür verschwenden, Kohlen im Ofen im Wohnzimmer zu verheizen.

Gemütlich war es hier nicht, denn die Küche war von der Genossenschaft sehr modern eingerichtet worden, hell, klar und funktional nach den neuesten Reformideen – etwas karg, wie Weber fand. Und sein alter Vater passte seiner Ansicht nach in diese Küche gar nicht rein, dem hätte etwas mehr barocke Üppigkeit, etwas mehr Biedermeier und verschnörkeltes Beiwerk ganz gutgetan. Aber der alte Schorsch mochte die Küche. »Die kann man gut sauber halten«, war sein üblicher Kommentar, wenn das Thema darauf kam.

Zur Feier des Tages stießen sie mit Niebuhrs Doppelkorn »Bullerjahn« an und der Vater fragte nach Frau und Kind, was Weber immer wieder peinlich und lästig war, denn der Alte ignorierte einfach, dass sie längst geschieden waren. Als Weber darüber klagte, Mathilde würde die Tochter neuerdings mit deutschnationalem Gedankengut bekannt machen, wiegelte sein Vater ab: »Nordisch« hieße doch bloß, Norwegen und Skifahren, »und wenn einer ›germanisch‹ sagt, meint er doch bloß Wotan und Konsorten, und die sind mir allemal lieber als diese verlogenen christlichen Tugendbolde«.

Darauf stießen sie an. Dann setzte Schorsch, der offenbar schon ein paar Mal an diesem Tag auf seine Gesundheit getrunken hatte, noch einen drauf: »Die Nazis sind einfach nur blöde, denen kann man beinahe nichts übel nehmen, bei so viel stramm organisierter Dummheit. Ach, du meine Güte, was für ein armseliges Völkchen! Aber die Kommunisten, das ist was anderes, die haben doch denken gelernt. Und trotzdem gehen sie diesem Führerkult auf den Leim. Also ich bitte dich, einen Lenin einbalsamieren! Was ist denn das für ein Quatsch! Fehlt noch, dass sie ihm eine Pyramide bauen! Haben wir Bebel einbalsamiert oder Marx oder Engels, den alten Liebknecht? Ebert? Nix! Wir sind hier doch nicht bei den Hottentotten!«

Weber nickte. Er kannte derartige Ausführungen seines Vaters schon. Der war der festen Überzeugung, dass der menschliche Fortschritt unaufhaltsam war und damit auch der geistige Fortschritt. Was natürlich bedeutete, dass alle, die rückschrittlich dachten, so wie die Nazis, auf verlorenem Posten standen und niemals eine Chance haben würden. Weber war da etwas skeptischer.

»Glaubst du denn«, ereiferte sich der Vater, nachdem sie noch zwei »Bullerjahn« gekippt hatten, »diese Trottel um den Obertrottel Hitler können ein zivilisiertes Land regieren? Wie denn? Indem sie Wotan bitten, Blitze zu schleudern, wenn sie Elektrizität brauchen? Ach, komm! Die haben keine Ahnung, die können das alles nicht überblicken. Sieh dir mal so eine Großstadt wie unser Hamburg an: Alles funktioniert nur mit hochmoderner Technik, alles muss bis ins Kleinste organisiert sein und mit Sachverstand angetrieben werden. Und wer treibt das alles an mit seinem Sachverstand? Der Arbeiter! Der fachkundige ... Fachmann, der sein ... Fach versteht und mit Fach-, also Sachverstand alles lenkt. Und wer ist das wohl? Der gebildete Arbeiter. Und wie denkt so ein gebildeter Arbeiter? So-zi-al-demokratisch denkt er! Weil er gebildet ist! Der Ungebildete denkt national. Aber wer ungebildet ist, kann den Staat nicht lenken und die moderne Gesellschaft nicht am Laufen halten. So einfach ist das. Und deshalb bin ich Optimist!«

»Na schön, aber ...«, versuchte Weber einen Einwand, kam aber gar nicht zum Zuge.

Webers Vater schlug energisch mit der flachen Hand auf den Tisch.

»Mein Lebenswerk ist das beste Beispiel.« Weber nickte müde, er wusste schon, was jetzt kam.

»Wer hat die Hochbahn gebaut, dieses Wunderwerk der Technik, dieses Denkmal menschlicher Begabung? Ich war das! Selbstredend nicht allein. Deshalb muss es natürlich heißen: Wir waren das. Wir die Arbeiter! Wir haben die stählernen Viadukte errichtet, wir haben die unterirdischen Tunnel für die Gleise angelegt! Wir haben dieser Stadt die Zukunft beschert!«

»Ja, ja, das weiß ich doch, Vater.«

»Na also. Hätten die Nazi-Deppen das hingekriegt? Niemals, sage ich!«

»Ist ja schon gut, Vater, ich weiß doch.«

»Dann sag das Mal deiner Frau, wenn sie dir wieder mit Wotan und Konsorten kommt!«

»Ja, aber sie ist doch gar nicht mehr …« Weber wurde schlagartig müde. Die Stimme seines Vaters dröhnte in seinem Kopf.

Der wurde nun plötzlich leiser und beugte sich vor. »Aber eins macht mir nun doch Sorge«, sagte er.

Weber hatte schon die Hände auf die Tischplatte gelegt, um sich hochzustemmen und zu gehen. »Was denn noch?«, fragte er ungeduldig.

»Diese Todesfälle in der Hochbahn. Was ist da los? Das gab's doch früher nicht, dass Leute auf die Gleise stürzen. Wofür gibt's Sperren und Aufsichtspersonal? Wie kann das sein?«

»Mit dieser Sache hab ich nichts zu tun.«

»Wenn da mal nichts Verbrecherisches dahintersteckt. Durch diese Vorfälle wird doch das Ansehen unserer Hochbahn befleckt.«

»Vor allem sind Menschen gestorben, Vater.«

»Ja, aber warum, wie kann das sein? Von vier Toten wurde in den Zeitungen berichtet, ich habe es genau verfolgt. Es betrübt mich sehr, muss ich sagen. Ich frage mich doch jetzt, ob die auf mein Konto gehen …«

»Jetzt übertreibst du aber. Du warst doch nur Arbeiter, nicht Architekt.«

»Ha! Er sagt, ich übertreibe, weil ich doch nur Arbeiter war, nicht Architekt – ohne Arbeiter wäre aber gar nichts gebaut worden!«

»Schon gut, Vater, du hast ja recht.« Weber schaffte es endlich aufzustehen. »Ich muss los. Der Dienst ruft.«

»Na schön«, sagte der Alte unwirsch. Und versöhnlicher: »Ich bring dich zur Tür.«

Dort angekommen, nach einer linkischen Umarmung und ein paar Abschiedsworten, fügte Webers Vater noch hinzu: »Was mir auch zu denken gibt, ist, dass es sich ausschließlich um Frauen handelt.«

»Wo handelt es sich um Frauen?«

»Die Hochbahn-Unfälle. Nur Frauen.«

»Ja nun ...« Weber hob die Schultern.

Der alte Schorsch machte eine abwehrende Handbewegung. »Sei's drum. Und danke für den Rotspon, da freut sich meine Nachbarin.«

Wie hat er das denn nun wieder gemeint, fragte Weber sich, als er in seinen Ford einstieg.

Sechstes Kapitel
Geisterschenke

Vor dem Haus in der Jägerstraße 41 stand ein krummer alter Mann in einem zerschlissenen Regencape mit einem Eimer gelblicher Farbe in der einen und einem Pinsel in der anderen Hand. Der Schneeregen hatte aufgehört, der Wind nachgelassen, aber ob dies das richtige Wetter war, um eine Außenwand anzustreichen, wagte Weber zu bezweifeln. Andererseits konnte man verstehen, dass die Hausbesitzerin es dringlich fand, die an die Wand geschmierten Unflätigkeiten möglichst schnell wieder loszuwerden. Von »Judensau« waren nur noch die letzten beiden Buchstaben zu sehen, und die drei Hakenkreuze waren schon mal so weit ergänzt worden, dass jetzt jeweils vier zusammenhängende Rauten daraus geworden waren. Hübscher sah die Schmiererei trotzdem nicht aus, die Farbe war nach unten gelaufen.

Weber grüßte den Alten, der mit dem Pinsel winkte und dem Kommissar beinahe ein paar Farbtropfen auf den Mantel geschleudert hätte. Weber stieg die Treppe ins Hochparterre hinauf und stand, nachdem er durch die unverschlossene Tür getreten war, unversehens vor einer Portiersloge. Über dem Schiebefenster stand das falsch geschriebene, französische Wort »Consièrgée« und sollte wohl für Pariser Flair sorgen. Hinter dem Fenster saß eine dicke Frau in einem schwarzen langen Rock und einem Norwegerpullover, um dessen Rollkragen sie noch einen dicken Schal geschlungen hatte. Über ihre Beine, die aus klobigen Stiefeln ragten wie Säulen, hatte sie Wollstrümpfe gezogen. Nicht nur die Kleidung machte sie voluminös.

Sie schob das Fenster beiseite und fragte mit schriller Stimme: »Guten Tag, was wünschen der Herr?«

»Na, Frau Harmelin, Sie kennen mich nicht mehr?«, fragte Weber leutselig.

»Ach du liebe Güte! Der Herr Wachtmeister. Oder Ober-Ober-Wacht ...«

»Kommissar inzwischen.«

»Da haben Sie ja nicht nur äußerlich zugelegt, mein Guter.« Sie lispelte leicht.

»Man tut, was man kann.« Weber warf einen anerkennenden Blick auf ihre Oberweite.

Frau Harmelin zupfte zufrieden an ihrem Pullover, kniff dann aber skeptisch die Augen zusammen: »Sie sind doch jetzt nicht etwa bei der Sitte?«

Weber wehrte ab. »Aber nein, ich bin solide geblieben.«

Da lachte sie, besann sich aber schnell wieder: »Einen Grund wird's wohl doch haben, dass Sie hier am helllichten Tag aufkreuzen, hm?«

»Einer Ihrer Mieter, Frau Harmelin.«

Sie seufzte. »Männlich?«

Weber nickte. Sie atmete auf.

»Ein gewisser Pohl.«

»Der Kollege von Ihnen? Sollen Sie den diszip-li-nieren?« Das letzte Wort fiel ihr sichtlich schwer, wegen des Lispelns.

Weber nickte. »Er hat sich einiges geleistet, ja.«

»Kann man wohl sagen. Zum Glück ist er weg. Und er soll sich hier bloß nicht mehr blicken lassen«, sagte Frau Harmelin finster. »Im Übrigen war auch schon ein Kollege von Ihnen wegen ihm da.«

»Wir haben ihn aber noch nicht, und deshalb bin ich jetzt gekommen.«

»Seh ich.«

»Und will mal sein Zimmer sehen.«

»Das hat er nicht mehr.«

»Nichts zurückgelassen?«

»Nur'n ollen Seesack.«

»Den würde ich mir gern anschauen.«

»Pff… dann müssen Sie sich aber um die Ecke bemühen.« Frau Harmelins ausgestreckter Finger zeigte auf einen blauen Sack, der unter dem Fenster stand.

Weber ging also um die Ecke herum in die Loge, wo es nach Rosenwasser roch, und nahm sich den Sack vor. Zwei zerknitterte Hemden, eine Leinenhose, etwas Unterwäsche, Socken, Rasierzeug, Halbschuhe mit löchrigen Sohlen, eine halb aufgerauchte Packung Zigaretten Marke »Juno« – *Dick und Rund* wie Frau Harmelin. Außerdem ein Mitgliedsausweis der NSDAP. Womit bewiesen war, dass Lassally recht gehabt hatte und Pohl aus dem Dienst entlassen gehörte. Aber inzwischen wurde der Mann ja wegen weiterer Vergehen gesucht. Ein grellgelbes Päckchen »Sicherheits-Sturm-Zündhölzer« fiel Weber noch in die Hände. Darauf war am Rand mit dünnem Bleistift eine Telefonnummer notiert. Wenn man das Päckchen drehte, stand am anderen Rand mit dickerem Stift ein Name notiert und dahinter eine dreistellige Zahl.

»Mimi«, las Weber vor. »2–0–3.«

Frau Harmelin stöhnte. »Was ist denn nun wieder mit ihr los?«

»Ist das ihre Zimmernummer?«

»Ja! Aber da gehen Sie mir jetzt nicht rauf.« Das Lispeln verstärkte sich.

»Warum?«

»Weil sie arbeitet, deshalb. Und weil das hier ein anständiges Haus ist, wo es nicht geduldet wird, Menschen bei der Arbeit zu stören, auch nicht wenn's die Polizei ist.«

»Aha.« Weber las die sechsstellige Zahl vor, die auf dem Päckchen stand. »Ist das Ihre Nummer?«

»Nee.«

»Hat Fräulein Mimi Telefon?«

»Sie machen mir Spaß. Was sollen denn diese unsinnigen Fragen?«

»Darf ich mal telefonieren?«

Frau Harmelin hielt Weber ganz offensichtlich für total begriffsstutzig und schrie ihn an: »Sie hat kein Telefon, Mensch!«

»Ich hab's gehört. Ich will bloß mal telefonieren. Woanders hin.«

»Ortsgespräch?« Sie blickte ihn misstrauisch an.

»Aber ja doch. Diese Nummer hier.« Er tippte auf die Schachtel.

Frau Harmelin deutete auf einen Apparat hinter sich an der Wand unter einer großen runden Uhr, die nach Bahnhof aussah. Neben dem klobigen schwarzen Kasten hing ein Schild mit der Aufforderung: »Fasse dich kurz!«

Weber las die Nummer von der Schachtel mit den Zündhölzern ab und drehte die Wählscheibe. Frau Harmelin beobachtete ihn misstrauisch.

»*Klub Amphore*«, meldete sich eine heisere Frauenstimme.

Weber nickte vor sich hin. Den Schuppen kannte er, jedenfalls von außen.

»Hallo, Max hier, kann ich Pohl sprechen?«

»Können wir nicht mit dienen.« Es wurde aufgelegt.

»Das war kurz«, murmelte Weber.

Frau Harmelin schaute ihn pfiffig an. »Sie heißen doch gar nicht Max, sondern Alfred.«

»Max ist mein Bruder.«

»Ach ja?« Sie wurde abgelenkt, denn schwere Schritte kamen die Treppe herunter. Ein Mann ging vorbei, mit gesenktem Blick, ohne hereinzuschauen.

»Auf Wiedersehen, beehren Sie uns bald ... ach was.« Sie schüttelte den Kopf. »Ich kann es nicht leiden, wenn die Herren sich so verkrümeln. Was ist denn schon dabei, wenn die Natur ihr Recht verlangt? Aber da sehen Sie mal, was für ein Glück Sie haben, Herr Kommissar. Fräulein Mimi ist jetzt frei. Aber lassen Sie ihr noch ein Momentchen Zeit, damit sie zu sich kommen kann.«

Wenn die Natur ihr Recht verlangt, dachte Weber, als er fünf Minuten später die Treppe in den zweiten Stock hinaufstieg. Was hat denn die Natur damit zu tun? Die ist doch seit Adam und Evas Sündenfall aus dem Spiel, oder?

Er klopfte an die Tür mit der Nummer 203 und eine fröhliche Stimme rief: »Jaha! Immer hereinspaziert!«

»Oh«, entfuhr es Weber, als er eingetreten war.

»Auch oh«, sagte sie, »ich dachte, es ist ... Sie wünschen?«

»Kommissar Weber.«

»Oh-je!« sagte sie theatralisch.

Weber versuchte, nicht beeindruckt zu sein, aber diese kleine schmale Person erinnerte ihn an eine Schauspielerin, die er heimlich bewunderte, eine Amerikanerin, die auch in deutschen UFA-Filmen mitgewirkt hatte, Betty Amann. In einer ihrer berühmtesten Rollen hatte sie eine durchtriebene Diebin gespielt, die einen Polizisten dazu verführte, einen Nebenbuhler umzubringen. Na, da war der junge Klindworth ja noch mal davongekommen.

»Es geht um die Sache mit Pohl«, erklärte Weber. »Wir haben ihn immer noch nicht aufgespürt.«

Er bemühte sich weiterhin, sich nicht beeindruckt zu zeigen. Aber dieses von pechschwarzem Haar umrahmte schmale Gesicht mit der kecken Stirnlocke, dieser kleine Kirschmund und die großen effektvoll geschminkten Augen, dazu noch dieser zarte Körper unter der fließenden Kunstseide, der bestimmt sehr biegsam war ... Sie strich um ihn herum wie eine Katze, trat an den kleinen Tisch neben dem hastig gemachten Bett und zündete sich mit einem klobigen Feuerzeug eine Zigarette an, die sie vorher auf ein langes Mundstück gesteckt hatte. Die billige Perlenkette, die über ihren Ausschnitt fiel, wirkte beinahe echt. Und nur die wenigen Sommersprossen auf ihrer Brust deuteten darauf hin, dass dieses Püppchen nicht aus reinem Alabaster gefertigt war. Weber stand kurz die Szene vor Augen, wie diese Kleine den armen Klindworth angesprungen hatte, für den dieser Moment bestimmt höchste Angst und höchstes Glück in einem gewesen war.

Fräulein Mimi tat empört: »Das ist wirklich ein Armutszeugnis!«

»Es würde uns helfen, wenn wir wüssten, an welchen Orten und in welchen Lokalen er verkehrt.«

»Glauben Sie denn, ich bin mit ihm herumgezogen?«

»Ein wenig vielleicht schon.«

»Er wird doch wegen Mordversuchs und anderer Gewaltverbrechen gesucht?«

»Ganz recht.«

»Sehen Sie, mit solchen Leuten pflege ich nicht herumzuziehen.« Sie blies theatralisch den Zigarettenrauch aus. Ganz die ehrbare Dirne.

»Gut möglich, dass er noch mal hier vorbeischaut, um seinen Seesack abzuholen.«

»Na und?«

»Dann will er sich vielleicht bei Ihnen bedanken.«

»Wofür?«

»Na eben.«

Das kunstseidene Kleidchen rutschte über die linke Schulter, dazu ein Augenaufschlag, der den Satz kommentierte: »Sie sind gar nicht nett. Fangen Sie ihn doch!«

»Nichts, was ich lieber täte. Helfen Sie mir dabei?«

»Ach, ich kann ja nicht viel ...«, hauchte ihr Schmollmund.

»Kennen Sie den Klub *Amphore*?«

Sie prallte geradezu zurück. »Na, hören Sie mal!«

»Sind Sie schon dort gewesen?«

»Jetzt machen Sie aber mal einen Punkt!« Sie schaute ihn böse an, als ob er sie beleidigt hätte.

»Mit Pohl vielleicht?«

Sie stemmte die Fäuste in die Hüften und paffte wie eine Lokomotive. »Ganz bestimmt nicht.« Sie betonte jedes Wort.

»Warum denn nicht?«

Sie drehte sich um und schaute desinteressiert aus dem Fenster. »Rutschen Sie mir doch den Buckel runter.«

»Aber er war da?«

Sie sah weiter aus dem Fenster und sagte: »Erst hat er mit Geld um sich geworfen, dann hatte er keins mehr. Erst hat er den Charmeur gespielt, dann wurde er garstig. Erst hat er mich ins Theater eingeladen, dann wollte er da hin. So schnell, wie's mit dem bergab gegangen ist, das muss man erst mal schaffen.«

»Und da haben Sie ihn rausgeworfen.«

»Dreimal täglich.«

»Und dann der Matrose.«

»Um den tut es mir wirklich leid. So eine Sauerei. Geliehene Schläger. Hinterrücks. Und dann noch die Schmierereien.«

»Danke, dass Sie mir geholfen haben«, sagte Weber.

Sie drehte sich um und ihr gelang dieser melancholisch-verführerische Betty-Amann-Blick. Der war vielleicht kein Goldstück wert, aber ein paar Kupfermünzen schon. »Solange der Pohl noch da draußen rumläuft, ist mir gar nicht wohl. Schicken Sie mir doch Ihren Kollegen mit den feschen Locken zum Schutz, Herr Kommissar.«

Und dann lachte sie ganz unbefangen.

Weber lachte mit und verabschiedete sich herzlich. Er mochte diese Mädchen von St. Pauli.

Die *Amphore* war ein Lokal in Schieflage und befand sich in einer heruntergekommenen Häuserzeile unterhalb des Kirchhofs am Pinnasberg, einer Straße, die so schräg verlief, dass sie wie eine Rampe wirkte. Taxifahrer mieden diese Gasse, weil die Löcher zwischen den dicken Pflastersteinen so tief waren, dass man einen Achsenbruch riskierte, wenn man schneller als zehn Kilometer pro Stunde fuhr. Aber wer rief schon ein Taxi in diese vergessene Ecke?

Das schmale gelbe Haus mit immerhin drei Stockwerken sah aus, als könnte es sein ausladendes Dach nur mit Mühe vor dem Herunterrutschen bewahren. Die Fenster hatten eine blaue Umrandung, die oben einen Bogen andeutete, um ein südländisches Flair zu erzeugen. Ein breites Schild, dessen blaue Farbe schon abblätterte, wurde von einer Hauslaterne nur unzureichend beleuchtet. Seine Ränder waren mit geometrischen Ornamenten verziert und der Schriftzug *Amphore* war leicht verschnörkelt aufgemalt, damit er irgendwie griechisch aussah.

Die Fenster waren vernagelt, die Bretter ebenfalls blau bemalt und mit Ornamenten und den Umrissen von Amphoren versehen. Das Wort »Kabarett« war überklebt worden. Jetzt stand dort »Klub«. Die Eingangstür zeigte die stümperhafte Imitation eines klassischen Gemäldes, das einen Satyr zeigte, der sich mit übermütigen Nymphen vergnügt. Das Bild war stark verkratzt, der Türknauf klebrig.

Weber holte tief Luft und schob die Tür auf. Sie ging schwer. Kaum war er eingetreten, war ihm klar, warum Fräulein Mimi mit so großer Abneigung von diesem Lokal gesprochen hatte. Hier roch es nach Moder und Staub zugleich, nach schlechtem Tabak, und der Duft von billigem Parfüm mischte sich mit Fuseldunst. Die Wände waren mit schwarzem Stoff tapeziert, und Samt konnte man das dünne Zeug wirklich nicht nennen. Dazwischen Verzierungen aus Lametta, das für Silber stehen musste, und Lampen aus Messing, das Gold imitierte. Ramponierte Kübel, die antike Vasen darstellen sollten, beherbergten künstliche Pflanzen aus Pappmaschee, denn hier hätte nicht mal ein Kaktus länger als vierundzwanzig Stunden überlebt.

Runde Tische, wacklige Stühle, ein U-förmiger Tresen, daneben eine sehr kleine Bühne. Die Bar war der hellste Ort. Ansonsten war es so dämmrig, dass Weber nur die Umrisse der Gäste erkennen konnte. Eine Person rutschte vom Barhocker und kam auf ihn zu. Dem lasziven Gang und den gewölbten Umrissen nach zu urteilen, handelte es sich um eine Frau.

»Hallo, guten Abend, mein Herr«, sagte sie heiser. »Darf es etwas zu trinken sein? Champagner?«

»Ha!«, entfuhr es Weber. Das Gesicht der Dame war kaum zu erkennen.

»Wenn Sie Champagner bestellen, sparen Sie die Mitgliedsgebühr für unseren Klub und haben Zugang zu den oberen Etagen«, sagte die heisere Stimme.

Weber schob sich den Homburg in den Nacken. Den Filzhut hatte er extra für diese Exkursion aufgesetzt, sozusagen zur Tarnung.

»Oder einen Sekt von der Krim? Wenn Sie es ganz exklusiv mögen.«

Die Dame drängte ihn mit ihrer Hüfte zur Bar.

»Das ist mein Lieblingsgetränk, wissen Sie. Ich komme nämlich aus Russland. Man hat mich vertrieben. Nur weil ich einen Adelstitel hatte.«

»So?«

»Gräfin Aglaia Tschenstochowa die Dritte.«

Weber musste leise lachen und schüttelte den Kopf. »Entschuldigung, aber das ist doch kein russischer Name.«

Im Licht der Leuchter, die über der Bar hingen, war zwar nicht ihr Gesicht, aber doch ihr Oberkörper zu sehen.

»Vielleicht nicht, aber die Gräfin ist echt, mein Kleiner.«

Sie hatte die Brüste so zusammengequetscht, dass sie beinahe aus dem Dekolleté hüpften. Die Arme waren faltig, die Hände runzlig. Als hätte sie es bemerkt, rutschte die Dame in den Schatten.

»Und diese Gräfin war am Zarenhof beschäftigt und hat ihr Handwerk vom bösen Rasputin gelernt.« Sie hob ihr Bein an, damit der Stoff auseinanderrutschte und einen Netzstrumpf freigab.

»Eine Flasche?«, sagte die heisere Stimme. »Dann erzähle ich

Ihnen, wie Rasputin es geschafft hat, die Zarin gefügig zu machen.«

Weber blieb allmählich wegen ihres billigen Parfums und ihres schlechten Atems die Luft weg und er beeilte sich zur Sache zu kommen. »Eigentlich suche ich einen Freund.«

»Aber nicht doch«, sagte die Gräfin. »Jetzt, wo Sie eine Freundin gefunden haben?«

»Doch, tatsächlich soll er hier ...«

Das Gesicht näherte sich. »Oder soll ich Ihnen ein Freund sein? Das kann ich auch. Wir trinken Wodka.«

Weber schüttelte den Kopf. »Schluss jetzt. Der Mann, den ich suche, hat hier Unterschlupf gefunden, wenn Sie verstehen. Ich muss ihn sprechen.«

»Ach? Hat hier einer Unterschlupf gefunden?«

»Ja, ganz recht. Und es geht darum, ihm zu helfen.«

Die Stimme changierte von heiser zu rauchig. »Ihm helfen? Tatsächlich? Wie wollen Sie ihm denn helfen?«

»Indem ich ihm einen besseren Unterschlupf verschaffe.«

Das Gesicht im Schatten tat empört. »Etwas Besseres als hier soll es geben?«

»Etwas Besseres als den Tod kann er allemal finden«, sagte jemand.

Weber drehte sich um und schaute in ein Gesicht, das ganz weiß und konturenlos war bis auf zwei große Augen.

»Den Tod?«, fragte Weber.

Das Gesicht kam näher, löste sich auf, bis nur noch ein Augenpaar zu sehen war. Blutunterlaufene Augen. Ein stechender Blick. Ein Streichholz flammte auf.

»Zigarette?«

»Nein, danke«, sagte Weber.

Das Streichholz bewegte sich hin und her. Weber folgte ihm. Eine Hand griff nach seinem rechten Arm und riss ihn nach oben. Weber war milde erstaunt, was das nun sollte. Die Russin – war sie es überhaupt? – schaute ihm tief in die Augen und hielt gleichzeitig seinen Arm fest.

»Ihr Arm wird steif und starr wie aus Marmor und bleibt in der Luft stehen«, sagte die Stimme und wiederholte es noch mehrere Male.

Das Streichholz erlosch, ein zweites flammte auf. Es war der einzige Lichtpunkt, der noch übrig geblieben war. Alle anderen Lichtquellen waren offenbar erloschen.

»Sie müssen Ihre Augen schließen«, sagte die Stimme. »Sie können sie nicht mehr aufhalten. Die Augenlider sind ganz schwer. Sie werden noch schwerer. Und schwerer. Sie können die Augen nicht mehr aufhalten. Sie fallen zu. Es ist unmöglich, sie wieder zu öffnen.«

Tatsächlich war es unmöglich, denn das Licht der Streichholzflamme war ungeheuer hell und grell.

»Gut so. Und nun lassen Sie Ihren Arm ganz langsam herabsinken, ganz langsam. Und mit dem Arm sinken auch Sie tief hinein ins Nichts.«

Weber fand es ganz angenehm, ins Nichts zu sinken. Da unten waren ... Türen und Gänge und endlose Fluchten und Flure, genau das Richtige für einen Kriminalisten, der Erkundigungen einziehen möchte über das Wesen und Unwesen des Menschen ... was war das Wesen, was das Unwesen, und was war eben gerade passiert ...?

Die Russin blies das Streichholz aus und zog an ihrer Zigarette. Die rote Glut leuchtete auf. Ihre Lippen waren voll und dick geschminkt, aber ihre Mundwinkel hingen herab. Ihr ganzes

Gesicht sah aus, als wäre es von einem unbegabten Bildhauer aus schlechtem Gips modelliert worden.

»Hat er schon einen Bart, der Pohl?«, fragte Weber.

»Wie bitte?« Ihr Mund verzog sich schief und sie blies Weber den Rauch ins Gesicht.

Weber holte den Rasierer aus der Tasche, bei dem er vorsichtshalber die Klinge entfernt hatte, und legte ihn auf den Tresen. »Das gehört ihm.«

»So?«

»Das hier auch.« Weber legte die Packung »Juno« dazu.

»Wem soll das gehören?«

»Dem Pohl, hier sehen Sie mal ...« Weber legte die Schachtel mit den Sturm-Zündhölzern dazu, sodass die »Gräfin« die aufgekritzelte Telefonnummer sehen konnte.

»Sie haben am Nachmittag angerufen«, stellte sie fest.

»Ich meine es gut mit ihm«, sagte Weber. »Hier, das hat er auch verloren.« Er zog Pohls Parteiausweis aus der Tasche und hielt ihn hoch. »Wenn dies in falsche Hände gerät, kriegt er noch mehr Schwierigkeiten, als er ohnehin schon hat.«

Sie streckte die Hand aus. Er steckte den Ausweis wieder ein. »Kriegt er persönlich überreicht.«

Sie dachte kurz nach, hob die Hand und machte dem Barkeeper ein Zeichen. »Wir gehen mal nach hinten.«

Weber folgte ihr durch eine Tür in ein enges Treppenhaus, das von wenigen Funzeln beleuchtet wurde. Sie deutete die Treppe hinauf.

»Oben unterm Dach links. Gehen Sie lieber allein. Wenn er mich sieht, wird er fuchsteufelswild. Das muss ja nicht sein.«

Weber stieg hinauf. Die Treppe knarrte erbärmlich und war so steil, dass er schon nach kürzester Zeit außer Atem war. An den Wänden hingen Bilder, die erotische Motive aus dem antiken Griechenland zeigten, die Tapete war gelblich-grau gestreift und fleckig.

Weber griff unter sein Sakko und zog die Pistole aus dem Halfter, steckte sie in die Manteltasche, behielt sie in der Hand, den Finger am Sicherungshebel.

Und noch eine Treppe und noch eine. Oben angekommen, war nicht klar, was lauter war, sein Schnaufen oder das Ächzen der Holzbohlen auf dem schmalen Treppenabsatz zwischen den Dachschrägen.

Die Tür auf der linken Seite ging auf. Das Gesicht von Oberwachtmeister Pohl erschien. Erst grinste er verkniffen, dann erkannte er Weber und riss ängstlich die Augen auf.

Weber zog die Waffe aus der Tasche und trat einen Schritt auf ihn zu. Der wird ja wohl nicht so blöd sein und versuchen, übers Dach zu entwischen, dachte er.

Dann steckte er die Waffe wieder weg und zog stattdessen Pohls Parteiausweis heraus. »Hier, bitte. Ihre anderen Dinge hat die russische Gräfin bereits in Empfang genommen. Dies hier, da es sich um ein Dokument handelt, wollte ich Ihnen persönlich überreichen.«

»Das ist ja nett von Ihnen, Herr Kommissar.«

»Selbstverständlich.«

Pohl riss ihm den Ausweis aus der Hand. »Schönen Dank auch.«

»Bitte sehr, keine Ursache. Ich empfehle mich dann.«

Weber drehte sich um. Ein kalter Lufthauch schlug ihm entgegen und er schaute nach oben. War da nicht sogar der sternenklare Himmel zu sehen? Aber das Dach sah hier oben noch viel schräger aus als von unten. Jeden Moment konnte es abrutschen und alle Anwesenden unter sich begraben. Weber beeilte sich, die Treppe wieder hinabzusteigen.

Unten in der *Amphore* rief ihm die russische Gräfin zu: »Und? Alles erledigt?«

»Zu vollster Zufriedenheit«, erklärte Weber stolz.

»Na, dann beehren Sie uns bald wieder. Das nächste Mal trinken wir dann eine Flasche Krimsekt miteinander.«

»Gern«, sagte Weber. »Auf Wiedersehen.«

Draußen ging er mit weit ausholenden Schritten die schräge Straße hinab, bog nach rechts und verlor sich im Grenzgebiet zu Altona.

Wo er war und wohin er lief und warum er das tat, wusste er nicht. Bis er heftig zusammenschrak, als ein Türsteher in der Großen Freiheit ihn anpflaumte »Na, was denn nun, der Herr. Aber ja doch, ich garantiere: Die entblättern sich, die entblättern sich!«

Weber starrte in den Schaukasten eines Nachtklubs. Auf Fotos waren Tänzerinnen zu sehen, die ihre Blöße mit großen Blumen bedeckten.

»Um Himmels willen!«, rief er erschrocken aus und winkte einem Taxi.

Der Türsteher lachte abfällig.

Die hintere Tür des Taxis schwang auf und Weber starrte in das zornige Gesicht eines Mädchens von höchstens siebzehn Jahren.

»Steigen Sie ein, Kommissar Weber«, sagte die Frau neben dem Mädchen.

Weber erkannte sie nicht sofort, denn sie trug einen großen runden Hut mit breiter Krempe, nicht gerade elegant, aber Teil der Berufskleidung der Beamtinnen der weiblichen Kriminalpolizei. Kriminalobersekretärin Finke.

Das Mädchen trug einen dünnen Mantel, darunter ein dünnes knappes Kleid und hatte eine Federboa um den Hals geschlungen. Ihr blonder Haarschopf war arg durcheinandergeraten und sie hatte rote Striemen auf der linken Wange. Als Weber sich neben sie setzte, drückte sie den Rücken durch und schaute starr nach vorn, leicht angewidert.

»Wir fahren zuerst zum Holstenwall«, sagte Finke und beugte sich leicht vor, um Weber anzuschauen. »Wenn Sie nichts dagegen haben.«

»Gar nicht.« Weber fühlte sich unendlich erschöpft.

»Wir müssen die junge Dame erst noch bei der Fürsorgestelle abliefern.«

»Ist mir recht«, sagte Weber.

Das Taxi fuhr an.

»Ich hab sie Thalstraße, Ecke Schmuckstraße auf dem Transvestitenstrich angetroffen. Sie wollte nicht freiwillig mitkommen, daher ...« Finke deutete auf die Wange mit den roten Striemen. »Ist sonst nicht meine Art.«

»Wenn sie da gestanden hat, wäre noch zu fragen, ob es sich wirklich um eine Person weiblichen Geschlechts handelt«, sagte Weber.

Das Mädchen schien sich in seiner Ehre gekränkt zu fühlen und schnaubte erbost.

»Oh, das denke ich schon«, sagte Finke. »Kratzbürstig, wie die ist.«

Das Taxi bog auf die Reeperbahn und überholte eine Straßenbahn. Auf dem Spielbudenplatz huschten tiefschwarze Schatten an grellen bunten Leuchtreklamen vorbei.

»Sie sind ja allein unterwegs«, stellte Weber fest.

»Ist mir manchmal lieber so.«

»Ja …« Weber konnte sich nicht so recht konzentrieren. Was hatte er eigentlich in der Großen Freiheit zu suchen gehabt? »Wie spät ist es überhaupt?«, fragte er nach kurzem Schweigen.

»Kurz nach halb zwei.«

»Schon, herrje …« Er schüttelte den Kopf.

»Ist alles in Ordnung, Kommissar? Geht es Ihnen gut?«

»Ich weiß nicht …«, sagte Weber. »Das alles ist eigenartig.« Bruchstücke von Erinnerungen des Geschehens in der *Amphore* schossen ihm durch den Kopf. Unzusammenhängende Bilder, die keinen Sinn ergaben. Wieso hatte er dort mit einer russischen Gräfin gesprochen?

»Russische Gräfinnen gibt es gar nicht«, murmelte er.

»Wie bitte?«

»Ach nichts.« Weber starrte aus dem Fenster. Sie passierten die U-Bahn-Station Millerntor. War da nicht neulich ein Unglück geschehen?

Finke beugte sich wieder vor und schaute ihn an. »Herr Weber?«

»Ja?«

»Wo sind Sie denn gewesen?«

»Ich war … jedenfalls … also bevor ich es nicht mehr so genau weiß … in einem Klub namens *Amphore* am Pinnasberg … Und dort …« Er zuckte mit den Schultern.

»Ah, das Lokal kenne ich. Ziemlich düster. In so ein Etablissement geht man … doch nicht allein?« Sie formulierte es wie eine Frage. Vielleicht wollte sie ihm nicht zu nahe treten. Aber Weber hatte gar keinen Sinn dafür. Er fragte sich gerade, ob es sein könnte, dass er den flüchtigen Pohl dort gesehen hatte. Allein in so einem Etablissement?

»Ist mir manchmal lieber so«, sagte er mechanisch.

Finke lachte kurz, schien aber nicht wirklich amüsiert zu sein.

Das Taxi hielt vor einem düsteren Backsteinhaus im neugotischen Stil. Über dem Eingang im Hochparterre brannte eine Lampe, rechts davon war hinter Fenstern mit Butzenscheiben Licht zu sehen.

»Ich bringe die junge Dame kurz hinauf«, sagte Finke, schob die Tür auf, stieg aus und packte dann das widerspenstige Mädchen am Oberarm, um sie herauszuzerren. »Wenn Sie kurz warten möchten?«

»Ja, gern«, sagte Weber und sah zu, wie Frau Finke das Mädchen, offenbar mit eisernem Griff, zum Eingang führte und läutete. Die Tür ging auf, die beiden verschwanden im Haus.

Der Taxifahrer schaute Weber durch den Rückspiegel an: »Gibt es jetzt neuerdings Frauen bei der Polente? Äh, also, ich meine bei der Polizei.«

»Gibt es.«

»Ist ja verrückt.« Der Fahrer schüttelte den Kopf.

»Schon seit vier Jahren.«

»Hab ich nicht mitgekriegt. Ist ja ein Ding.«

»Wieso?«

»Na ja, Frauen halt. Hat die eine Pistole?«

»Beamtinnen dürfen keine Waffen tragen.«

»Na, ist auch besser so.« Der Fahrer lachte leise.

»Würde Ihnen das Angst machen?«

Der Fahrer lachte lauter. »Ja, genau, da kriegte man es doch mit der Angst zu tun, was?«

Weber antwortete nicht. So langsam kam die Erinnerung wieder. Die Bruchstücke des Geschehens in der *Amphore* setzten sich in seinem Gedächtnis allmählich wieder zu einem erkennbaren Bild zusammen.

Finke kam aus dem Haus und stieg ein. »Zum Stadthaus?«, fragte sie.

Weber nickte. »Ich möchte Ihnen gerne etwas erzählen.«

Sie nickte.

In wenigen Minuten waren sie dort. Der Dienstraum, den Finke sich mit zwei Kolleginnen teilte, war verlassen. Sie hängten ihre Mäntel und Hüte an den Garderobenständer und Finke schob Weber einen Stuhl hin.

Weber geriet ins Grübeln. Wie sollte er anfangen?

»Ich kann schweigen«, sagte Finke.

»Ja, das ist gut ...«

»Ihnen ist etwas zugestoßen, Herr Weber. Ich merke es daran, wie Sie atmen. Als würde es Sie besonders viel Kraft kosten. Und doch etwas zu schnell. Als hätten Sie Angst, nicht genug Luft zu bekommen.«

»Ja, es schnürt mir die Brust ein.«

»Sie atmen zu kurz. Richten Sie den Oberkörper auf. Holen Sie tief Luft. Lassen Sie Ihre Schultern langsam herabsinken ...«

Ihr geduldiges Zureden half ihm, sich zu entspannen. Und mit der Entspannung kehrte auch die vollständige Erinnerung zurück. Er berichtete ihr alles haarklein bis zum Schluss.

»... und dann habe ich ihm den Ausweis übergeben. Das Beweisstück, das uns geholfen hätte, ihn der verbotenen Parteimitgliedschaft zu überführen! Und hatte eine schreckliche Angst und wusste nicht wovor!«

»Weil jemand Sie zu einem willenlosen Objekt gemacht hat. Hatten Sie vielleicht auch das Bedürfnis, in diesem Treppenhaus über das Geländer zu klettern und in die Tiefe zu springen?«

»Nein. Aber dazu wäre es auch viel zu eng gewesen.«

»Nachdem Sie das Haus verlassen hatten?«

»Nein, auch nicht. Ich wollte nach Hause. Aber ich bin in die ganz falsche Richtung gegangen und mehrfach im Kreis. Bis ich dann in der Großen Freiheit vor dem Schaukasten stand und mich fragte, was ich da überhaupt wollte.«

»Sie waren in einer Trance. Man hat Sie hypnotisiert.«

»Unsinn! So etwas gibt es doch gar nicht. Das ist doch Quacksalberei. Vielleicht habe ich ja einfach nur Fieber.« Er legte eine Hand auf seine Stirn. »Hypnose gibt es nicht«, sagte er voller Überzeugung. Und gleichzeitig erinnerte er sich, gelesen zu haben, dass sogar Dr. Freud, der berühmte Psychoanalytiker aus Wien, mit Hypnose gearbeitet hatte. Und Freud, das wusste er, war ein seriöser Wissenschaftler.

Und dann fiel ihm del Gracio ein. Der Druck um seine Brust nahm wieder zu. Er atmete schneller.

»Was ist?«, fragte Finke besorgt.

»Nichts ... das ist einfach ... lächerlich. Scharlatanerie! Ein Trick vom Rummelplatz!« Und dann erzählte er ihr in hastigen Worten von seinem seltsamen Erlebnis in der *Schaukel*.

»Das ist lachhaft, nicht wahr, ein schlechter Scherz? Und eigentlich ... harmlos.«

»Mag sein. Bier wegzukippen ist vielleicht lustig. Aber es nicht aus freien Stücken zu tun, weniger.«

»Na ja ...«

»Aber ich denke an eine ganz andere Sache. Die Frauen, die unter mysteriösen Umständen in der Hochbahn Selbstmord begehen.«

»Selbstmord? Das waren doch Unfälle.«

»Sehr eigenartige Unfälle ...«

»Und das soll etwas mit Hypnose zu tun haben?«

»Wer weiß ...«

»Und del Gracio, dieser Scharlatan, steckt dahinter?« Weber lachte abfällig. »Das kann doch nicht sein. Es macht auch gar keinen Sinn. Was hätte er denn davon?«

»Ja, da haben Sie recht. Es macht wirklich keinen Sinn«, sagte Finke.

»Ich gehe jetzt nach Hause, mir dreht sich der Kopf.«

»Schlafen Sie gut, Herr Kommissar.«

Weber saß ausgeschlafen am Frühstückstisch und pfiff vor sich hin. Er schlug mit dem Löffel auf die Kuppe seines zweiten Frühstückseis, das wie das erste perfekt weich gekocht war. Er pulte die Schale ab, streute etwas Salz darüber und biss, bevor er den ersten Happen davon nahm, in die von geschmolzener Butter triefende Brotscheibe, die er auf dem Küchenherd knusprig geröstet hatte. Gleich noch zum Abschluss eine dicke Scheibe Rosinenstuten, dick mit Leberwurst bestrichen, und der Tag konnte beginnen.

Ja, Weber verspürte so etwas wie Tatendrang, und war so gut gelaunt, dass er sich noch nicht mal fragte, wieso er heute alles so positiv sah, nachdem gestern doch alles noch so finster gewesen war.

Wir werden ganz einfach alle Einzelheiten des Falls Lassally mit den Einzelheiten des Falls Warnholz kombinieren, denn beide Fälle sind über die Person des Täters miteinander verknüpft. Und dieser Täter, Oberwachtmeister Pohl, ist ein ekelhafter Widerling, der im Beruf und bei den Frauen versagt hat und den es deshalb nach Rache dürstet. Daher der Anschlag auf Lassally. Und die Sache mit dem alten Warnholz erklärte sich einfach durch Geldgier. Pohl zu finden, war nur eine Frage der Zeit, so ungeschickt wie der sich verhielt. Die Tatsache, dass dieser Kerl ihn gestern in der *Amphore* hereingelegt hatte, bedeutete gar nichts. Das konnte nur passieren, weil ich zu viel getrunken hatte, dachte Weber. Ich werde jetzt alle Beweise zusammenstellen, und wenn wir ihn haben, gibt es keine Gnade mehr, sondern nur noch das Fallbeil!

Das Eidotter war heute besonders lecker, das knusprige Röstbrot knackte zwischen seinen Zähnen, und der Bohnenkaffee belebte ihn zusätzlich.

Das Telefon klingelte. Womöglich haben sie ihn schon gefasst, dachte Weber zuversichtlich.

Tatsächlich war es Klindworth, sein Mitarbeiter. Und tatsächlich sagte er: »Guten Morgen, Herr Kommissar. Ich habe eine gute Nachricht! Der Mörder von Warnholz hat sich freiwillig gestellt.«

»Bravo, dann lassen Sie ihn nicht wieder entwischen!«

»Na ja, wieder ...«

»Und lassen Sie auf keinen Fall Dr. Racke zu ihm, bevor ich nicht mit ihm gesprochen habe! Ich mache mich gleich auf den Weg.«

»Dr. Racke, wieso Dr. Racke?«

»Weil der uns schon mal dazwischengefunkt hat, dieser Nazi-Wolf im Anwaltsschafspelz!«

»Nazi? Aber Herr Kommissar, der Mann hier ist doch kein Nazi, sondern ein Kommunist.«

Weber war verwirrt. »Wer?«

»Na, der Kobbe!«

»Wer soll denn das jetzt sein?«

»Der Mörder! Friedrich Kobbe, genannt Fiete. Ein Kommunist, das hat er gleich zugegeben.«

Weber hatte das Gefühl, das Zimmer um ihn herum hätte sich ruckartig verkleinert. Vor allem die Decke schien sich zu senken, die Luft zusammenzupressen, die nun kiloschwer auf seinen

Schädel drückte. »Fiete Kobbe, Kommunist? Wo wohnt der denn?«

»Lilienhof-Terrasse, Herr Kommissar, in unmittelbarer Nachbarschaft.«

»Das gibt's doch gar nicht!«, stöhnte Weber.

»Herr Kommissar?«

»Ich bin auf dem Weg!« Weber knallte den Hörer auf die Gabel und schälte sich eilig aus seinem Morgenrock.

Vor dem Stadthaus angekommen, parkte er seinen Ford halbschräg auf dem Gehsteig, was den Posten vor dem Eingangsportal nicht sonderlich aus der Fassung brachte, denn das war man inzwischen von Weber gewöhnt.

Der Kommissar rannte hoch in den ersten Stock, eilte mit großen Schritten durch die verwinkelten Korridore und erreichte das Verhörzimmer, vor dem Klindworth zusammen mit einem uniformierten Beamten auf ihn wartete.

»Guten Morgen ... er hat gestanden«, sagte Klindworth sichtlich verwirrt, weil Weber mit dieser Feststellung offenbar überhaupt nicht zufrieden war.

Weber betrat das Zimmer. Ja, es war Fiete, der junge Kommunist aus der Lilienhof-Terrasse, der Freund von Anna, genannt »Lulu«, die wiederum mit Hannchen gut bekannt war, und das war Webers Lebensgefährtin.

Was für eine irrwitzige Situation.

Fiete hockte, leicht nach vorn gebeugt, auf einem Stuhl, die Hände in Handschellen auf dem Schoß.

»Moin, Fiete«, sagte Weber. »Was soll der Unsinn?«

Fiete grinste schief. »Oh, Herr Kommissar. Und ich dachte schon, der Lockenkopf hat geschwindelt, als er Sie ankündigte.«

Weber griff nach einem Stuhl, setzte sich und fragte barsch:

»Was soll dieser Quatsch mit dem Geständnis? Das ist doch absoluter Unsinn!«

Fiete starrte an ihm vorbei zur Wand. »Wollen Sie mir ein Verbrechen ausreden, das ich begangen habe?« Er lächelte wieder, aber irgendwie leer. »Was sind Sie denn für ein Polizist?«

»Mensch, Fiete! Du bist in der Partei, du bist im Streikkomitee, man kennt dich. Dir glaubt doch keiner, dass du ein Mörder bist. Hör auf mit dieser Schmierenkomödie.«

»Es ist eine Tragödie, Herr Kommissar. Aber es ist wirklich wahr. Ich habe ihn überfallen, ich habe ihm den Schädel eingeschlagen.«

»Ich glaube dir kein Wort. Aber ich verstehe nicht, was das soll. Du hast mir doch selbst das Bild gezeigt, auf dem der Mörder zu sehen ist. Ein Nazi. Pohl. Du hast mir das Bild doch gezeigt, Mensch!«

»Da wollte ich nur von mir ablenken.«

»Aber warum denn so ein Mord? Das macht doch gar keinen Sinn.«

»Wegen des Geldes, Herr Kommissar. Ich hab es wegen des Geldes getan. Es ist viel Geld.« Fiete sagte es, als hätte er es auswendig gelernt.

Weber lehnte sich zurück. »Na schön. Du hast den alten Warnholz also erschlagen, weil du das Geld haben wolltest, die Mieterstreikkasse.«

Fiete nickte mehrmals. »Ja, genau, ja.«

»Dann lässt sich die Sache ja schnell klären«, sagte Weber. »Wenn du das Geld genommen hast, und wenn du es noch nicht ausgegeben hast, dann muss es ja irgendwo sein, richtig?«

»Das stimmt.«

»Und wo?«

»In einem Versteck.«

»Sehr gut. Und wo ist dieses Versteck?«

»In einem Haus am Hafen, oben auf dem Dachboden.«

»Und wenn wir da jetzt hinfahren, dann finden wir es dort?«

»Ja, das stimmt.«

Weber schüttelte den Kopf. »Ich glaub dir kein Wort.«

Fiete lächelte leer. »Doch, doch.«

»Herr Kommissar«, meldete sich Klindworth, der knapp hinter ihm stand, »sollten wir nicht in diesem Haus nachschauen?«

»Schnauze!«, blaffte Weber ihn an. »Selbstverständlich schauen wir nach. Herrgott noch mal, was denken Sie denn!«

Klindworth prallte zurück.

Weber stand auf und baute sich vor Fiete auf. »Adresse?«

»Pinnasberg. Die Nummer weiß ich nicht. Aber es ist ein gelbes Haus.«

Weber holte aus und verpasste dem jungen Mann eine so heftige Ohrfeige, dass der vom Stuhl fiel.

»Herr Kommissar, um Himmels ...«

»Frechheit«, stieß Weber hervor.

Fiete stand auf und blieb leicht nach vorn gebeugt stehen. Die gefesselten Hände baumelten herab. »Pinnasberg, ein gelbes Haus, unten am Hafen«, wiederholte er.

»Da hast du das Geld versteckt?

Fiete nickte. »Da hab ich das Geld versteckt.«

»Bist du überhaupt schon mal da gewesen?«

Fiete starrte ihn an. Dann grinste er wieder schief. Er hob die gefesselten Hände, streckte den Zeigefinger aus und legte ihn unter das linke Auge, das er halb zusammenkniff. »Sie wollen mich aufs Glatteis führen, Herr Kommissar.« Er schüttelte den Kopf mit gespielter Empörung.

»Na schön«, sagte Weber unwirsch. »Dann fahren wir da jetzt hin. Klindworth, Sie kommen mit. Und der Wachtmeister da draußen auch.«

Letzterer musste dem geständigen Verbrecher die eine Handfessel abnehmen und sich selbst ums Handgelenk legen.

Dann ging's los. Sie nahmen Webers Auto. Fiete und der Wachtmeister stiegen hinten ein, Klindworth nahm auf dem Beifahrersitz Platz.

Auf der Fahrt zum Pinnasberg herrschte Schweigen. Weber war sehr bedrückt. Entweder ist das ein dummer Scherz oder eine Verschwörung des Schicksals oder ich bin gerade verrückt geworden, dachte er. Vielleicht träume ich auch bloß. Er zwickte sich ganz fest in den Unterarm. »Aua!«

»Herr Kommissar?« Klindworth warf ihm einen besorgten Blick zu.

Der Ford bog von der Reeperbahn in die Silbersackstraße ein, ließ auf dem Paulsplatz eine Straßenbahn vorbei, deren Räder in der engen Kurve laut kreischten, folgte ihr durch die Antonistraße und bog beim Pfarrhaus scharf rechts ab in den Pinnasberg.

Weber parkte mit dem linken Vorderreifen in einem tiefen Schlagloch direkt vor dem Klub *Amphore*. »Da wären wir.«

»Sie kennen das Haus?«, wunderte sich Klindworth.

»Es ist gelb«, sagte Weber. »Sonst sehe ich hier kein gelbes.«

Fiete schaute die Wand des schmalen Hauses hoch. »Ja ... das ... ist es.«

Die gelbe Farbe, die bläuliche Umrandung der vernagelten Fenster waren bei Tageslicht noch hässlicher, man sah jetzt deutlich, wie schludrig der schnörkelige Schriftzug auf dem Schild gemalt war, und die Kratzer, die das Bild von Satyr und Nymphen auf der Tür verunstalteten, schienen sich vermehrt zu haben.

Weber rüttelte am Türknauf, der sich immer noch klebrig anfühlte. Abgeschlossen.

Er drückte auf den rostigen Klingelknopf, klopfte an die Tür, rief laut »Aufmachen!«, aber es tat sich nichts.

»Hm, was nun?«, fragte Klindworth.

»Gehen Sie mal ein Stück zur Seite!« Weber hob den Fuß und trat mit aller Kraft gegen den Türknauf. Das Holz krachte und splitterte und die Tür sprang auf.

»Matroseneinstieg«, sagte Weber zu seinem Assistenten, der ihn entgeistert anschaute. Sie gingen rein.

Es war dunkel und stank erbärmlich nach allem, was die menschliche Nase reizt und beizt. Weber fand einen Lichtschalter, ein paar Funzeln gingen an. Er drehte sich zu Fiete um, der mit schief gelegtem Kopf um sich lugte.

»Also?«

»Auf dem Dachboden«, sagte Fiete.

»Wie kommen wir da wohl hin?«

»Wir müssen eine Treppe hinaufsteigen.« Fiete schaute sich um.

»Ich sehe keine«, sagte Weber.

»Da ...«, sagte Fiete und deutete auf eine Tür links neben dem Tresen.

Weber war etwas irritiert, weil er die Tür rechts neben dem Tresen vermutet hatte. Egal, es war sehr dunkel und unübersichtlich gewesen gestern Abend.

Fiete ging auf die Tür zu und drückte sie auf. Sie traten in das enge Treppenhaus und stiegen die Stufen hinauf, vorbei an den Bildern mit den erotischen Motiven aus dem alten Griechenland. Weber griff unter sein Sakko und zog die Pistole aus dem Halfter, steckte sie in die Manteltasche, behielt sie in der Hand, den Finger am Sicherungshebel. Von Stockwerk zu Stockwerk wurde es kälter und zugiger. Weber atmete schwer, ihm wurde schwindelig.

Oben auf dem Treppenabsatz unterm Dach angekommen, schaute Fiete sich um. Die Holzbohlen unter ihren Füßen knarrten. Fiete deutete auf die Tür auf der linken Seite: »Da.«

»Weiter«, sagte Weber.

Fiete schob die Tür auf und trat auf einen zugigen Dachboden. Er ging auf ein kleines Schränkchen mit Schublade und Türchen zu. Das Türchen hatte nur einen Knopf zum Öffnen, kein Schloss. »Da.«

Weber nickte Klindworth zu, der sich hinkniete, den Knopf umfasste und die kleine Tür aufzog. Darin lag eine kleine Aktentasche aus billigem Leder. Klindworth nahm sie heraus und klappte sie auf. Geldscheine rutschten heraus und segelten zu Boden.

»Da«, sagte Fiete.

Siebtes Kapitel
Der Andere

Klindworth trug die Tasche mit dem Geld, als sie die Treppe wieder hinunterstiegen.

Unten trafen sie auf eine Frau im geblümten Morgenrock, die sie halb ängstlich, halb zornig fragte, was sie denn da zu suchen hätten.

»Wer sind Sie denn?«, fragte Weber.

»Schumann, Ilse. Schumann ohne H. Die Inhaberin.«

Es war die Frau mit der heiseren Stimme, die Weber bei seinem letzten Besuch nur als vagen Schemen wahrgenommen hatte. Jetzt, im kalten Licht des Morgens, das durch die geöffnete Tür hereinfiel, sah die grauhaarige Inhaberin der *Amphore* aus, als wollte sie sich gleich an die Hausarbeit machen.

»Kennen Sie diesen Mann?«, fragte Weber und deutete auf Fiete.

»Ja klar, der war doch gestern hier ... zusammen mit Ihnen.«

»Mit mir?«

»Ja, ich erinnere mich. Sie standen zusammen an der Bar.« Sie deutete zum Tresen.

»Das kann nicht sein«, sagte Weber.

Sie zuckte mit den Schultern. »Ich weiß doch, wen ich bedient habe.«

»Er war gar nicht da. Ich habe mit einer Frau gesprochen, die behauptet hat, sie sei eine russische Gräfin ... Aglaia ... den Nachnamen weiß ich nicht mehr.«

Frau Schumann verzog das Gesicht, abfällig und ironisch: »Eine russische Gräfin? Aber ich bitte Sie, Herr ...«

»Kommissar Weber.«

»Herr Kommissar.«

»Ich bin mit der Dame nach hinten gegangen«, sagte Weber. »Und dann hinauf.« Klindworth sah seinen Chef zweifelnd an.

»Davon weiß ich nichts.« Sie deutete auf Fiete. »Der da ging hoch. Vielleicht sind Sie ihm ja nachgegangen.«

Weber schüttelte den Kopf. »Das ist doch alles gelogen.«

Frau Schumann verschränkte die Arme. »Warum waren Sie denn überhaupt schon wieder da oben? Mit ihm.« Sie machte eine Kopfbewegung zu Fiete.

»Er behauptete, er habe dort oben Geld versteckt.«

»Und? Haben Sie welches gefunden?«

»Ja.«

»Mir gehört es nicht«, sagte sie entschieden. »Aber immerhin beweist das, dass der Mann schon mal da oben gewesen sein muss, sonst hätte er ja nicht davon gewusst.«

»Vielleicht hat es ein anderer dort versteckt.«

»Wer denn dann? Sie vielleicht?« Sie grinste süffisant.

Weber schüttelte den Kopf. Wir drehen uns im Kreis, dachte er, ich drehe mich im Kreis!

»Wie auch immer«, sagte er unwirsch und wandte sich an Klindworth und den Wachtmeister. »Wir fahren zurück ins Stadthaus.« Dann wieder an Frau Schumann gerichtet: »Und Sie halten sich zur Verfügung.«

»Aber sicher doch, Herr Kommissar.« Sie deutete einen Knicks an.

Die Rückfahrt verlief schweigend. In der Zentrale angekommen, ließ Weber den Gefangenen in eine Arrestzelle bringen und schickte Klindworth in die Abteilung für schweren Diebstahl, die den Raubmord an Warnholz bearbeitete.

Nach vierzig Minuten kam Klindworth zurück und sagte: »Das Geld war falsch.«

»Was soll das heißen?« Weber schaute von seinem Pult hoch. Er hatte die ganze Zeit verzweifelt versucht, einen halbwegs objektiven Bericht über seine Ermittlungen in der *Amphore* zu verfassen. Es wollte ihm einfach nicht gelingen.

»In doppelter oder sogar dreifacher Hinsicht«, erklärte Klindworth eifrig. »Erstens war es der falsche Betrag, viel zu wenig. Zweitens waren es die falschen Scheine, viel zu große. Und drittens war es sowieso Falschgeld.«

Weber lehnte sich zurück und atmete erleichtert auf. »Falschgeld? Na, ein Glück!«

»Wieso?«, fragte Klindworth verwirrt.

»Weil das beweist, dass man uns in der *Amphore* an der Nase herumgeführt hat. Das war ein Ablenkungsmanöver.«

»Von was will man uns denn ablenken?«

»Das ist eben die Frage. Von dem Diebstahl der Mieterstreikkasse? Warum denn das? Oder will man uns von Pohls Fährte abbringen? Aber so wichtig ist der doch gar nicht.«

»Worum geht es also, Herr Kommissar?«

»Vorspiegelung falscher Tatsachen.«

»Aber was denn? Und wer? Und wozu?«

»Genau das müssen wir herausfinden, Klindworth. Die Frage ist nur, ob wir dann die Wahrheit gefunden haben oder die Lüge.«

»Das ist mir zu hoch, Herr Kommissar.«

Weber lächelte dünn. »Mir auch, Klindworth. Aber zunächst einmal lassen Sie den armen Fiete frei. Der hat bestimmt keine Druckerpresse für Falschgeld auf seiner Bude.«

Klindworth ging los und kam unverrichteter Dinge wieder zurück. Die Kollegen aus der Abteilung Schwerer Raub wollten ihn nicht gehen lassen.

»Die sagen, wenn einer so weit drinsteckt, muss er auch was Konkretes wissen, selbst wenn er nicht direkt an der Tat beteiligt ist, was aber noch die Frage wäre.«

Weber nickte missmutig vor sich hin. »Das bringt mich in Schwierigkeiten, fürchte ich. Hören Sie, Klindworth, tun Sie mir bitte den Gefallen und schreiben den Bericht über unseren Einsatz heute Morgen. Dann kann ich mich mit dem befassen, was letzte Nacht vorgefallen ist.«

Oder auch nicht vorgefallen ist, fügte er in Gedanken hinzu. Webers Erzählungen.

»Jawohl.«

Am Nachmittag, als er mit »Webers Erzählungen« fertig war, machte er sich auf den Weg in die Lilienhof-Terrasse. Halb dienstlich, halb privat. Leicht fiel es ihm nicht, denn er wusste, er würde sich rechtfertigen müssen.

Als er über die Terrasse zu Hannchens Hauseingang ging, wurden ihm aus Hauseingängen und durch Fenster feindselige Blicke zugeworfen. Die roten Transparente, die quer über die Gasse gespannt waren, flatterten zornig. Ostwind war aufgekommen. Es wurde wieder kälter.

Johanna hatte nur einen flüchtigen Kuss für ihn übrig. In ihrer Küche saß Anna mit verweinten Augen. Sonst die mondäne Lulu, war sie heute nichts weiter als ein Häufchen Elend. Sie schaute kurz auf und bedachte Weber mit einem knappen vorwurfsvollen Blick.

Ohne sich um eine komplizierte Einleitung zu bemühen, sagte er: »Ich wollte ihn gehen lassen, aber die Kollegen waren dagegen. Er braucht einen Anwalt.«

»Sie hat jetzt die Rote Hilfe informiert«, sagte Johanna.

Auch das noch, dachte Weber, aber andererseits wussten die Kommunisten mitunter recht effektiv für ihre Leute zu sorgen.

»Es ist ein Fall von Klassenjustiz«, sagte Anna.

»Solche Parolen helfen uns jetzt bestimmt nicht weiter«, sagte Weber.

»Vielleicht doch«, sagte Johanna entschieden. »Bezeichnend ist doch, dass Fiete uns bei unseren Streikvorbereitungen in der Wäscherei unterstützt hat. Kaum war es ihm gelungen, ein Streikkomitee zu gründen, wird er auch schon angeschwärzt und verhaftet. Und was für ein absurder Vorwurf! Dass er sich an der Mieterstreikkasse vergreift und noch dazu einen Mord begeht – das ist ja völliger Wahnsinn.«

»Er kann es niemals gewesen sein«, sagte Anna. »Und wenn ich sage, dass er bei mir war, die ganze Nacht?«

Weber seufzte. »Eine Falschaussage macht es nur schwieriger. Es ist sowieso längst schon erwiesen, dass man ihm eine Falle gestellt hat.« Oder mir, schoss ihm dabei durch den Kopf.

Annas Augen leuchteten hoffnungsvoll. »Eine Falle?«

»Das Geld, das er angeblich versteckt hat, war falsch. Die Sache stinkt zum Himmel.«

»Dann kommt er bald frei?«

»Sie halten ihn noch fest wegen möglicher Komplizenschaft.«

»Aber das dürfen sie doch gar nicht ...«

»Eine Weile ...«

Johanna, die sich gerade dem Herd zugewandt hatte, um den pfeifenden Wasserkessel vom Feuer zu nehmen, schob ihn jetzt nur an den Rand und rief: »Es war falsches Geld?«

Weber nickte. »Blüten.«

»Aber wo ist dann das richtige?«

»In den Händen des wahren Mörders.«

»Und woher kommt das falsche Geld?«

»Das ist eine gute Frage.«

Und Anna sagte: »Wer soll denn das verstehen?« Sie schüttelte den Kopf. »So viel Mühe und Umstände, so viel Betrügerei, so viel Falsches, so viel ...«

»Gaukelei.« Johanna griff nach dem Kessel und goss das heiße Wasser in die bereitstehende Kaffeekanne. Der würzige Geruch nach Zichorie breitete sich in der Küche aus.

Weber lief ein kalter Schauer über den Rücken. Kurz sah er sich und Fiete und auch Pohl hilflos herumzuckend in einem Spinnennetz kleben. Doch welche Spinne war hier am Werk? Dieses Bild gefiel ihm gar nicht. Wie kam er überhaupt darauf?

»Fiete war ...« Weber zögerte, wie er es ausdrücken sollte.

»... ziemlich durcheinander. Er wird sich bestimmt bald genauer erklären können.«

»Wieso denn durcheinander?«

»Ich weiß es nicht.«

Sie horchten auf. Im Hausflur trampelten schwere Stiefel die Treppe hinauf. Es klingelte. Zweimal. Energisch.

Johanna stellte den Kessel zurück auf den Herd und ging in den Flur. Kurz darauf kam sie mit einem Mann in einer Cabanjacke zurück.

Weber erkannte ihn nicht sofort, weil er den Kragen aufgestellt und die Ballonmütze tief ins Gesicht gezogen hatte.

Der Mann hob grüßend die Hand. Es war Serge, der Freund von Fiete – und von Lorenza aus dem *Goldenen Anker*.

»Ach, der Herr Kommissar ist auch schon da«, stellte er grinsend fest. »Das passt ja gut, dann sind wir ja gleich an der richtigen Adresse.«

Anna sprang auf und rief: »Ach, Serge, sei gegrüßt. Bringst du uns Hoffnung?«

Serge knöpfte sich die Jacke auf und schaute sich um. »Habt ihr mal was Warmes für mich? Ah, ich sehe Kaffee.«

Johanna schenkte ihm eine große Tasse ein. Serge legte seine breiten Hände darum, um sie zu wärmen.

Heute kam er Weber solider vor. Nicht mehr wie ein großspuriger jugendlicher Draufgänger, sondern wie jemand, der wusste, wo sein Platz im Leben war und auf welcher Seite er stand. Wenn man seine Hände ansah, konnte man sehen, dass er schon viel gearbeitet hatte und anpacken konnte.

»Hoffnung bringe ich doch immer«, sagte er, ohne das Gesicht zu verziehen. »Mit Grüßen aus Moskau.«

Weber fragte sich, ob das ein Zitat war.

Serge trat direkt vor ihn und sagte: »In der Nacht, als der alte Warnholz umgebracht wurde und jemand die Mieterstreikkasse mitgehen ließ, war Fiete unten im Hafen schwer beschäftigt.«

»Mitten in der Nacht?«

»Im Schutz der Dunkelheit und im Auftrag des Internationalen Propagandakomitees hat er von Genossen der Internationale der Seeleute und Hafenarbeiter Agitprop-Material von einem russischen Frachter geholt, das für die Rote Gewerkschaftsopposition gedacht war.«

Weber und die beiden Frauen sahen ihn begriffsstutzig an. »Und was heißt das jetzt ganz genau?«

»Die Sache ist aufgeflogen. Die Hafenpolizei und der Zoll sind dazwischengegangen. Fiete und einige Genossen wurden verhaftet. Die waren bis sieben Uhr morgens im Revier am Veddeler Damm festgesetzt. Das heißt, Fiete konnte gar nicht hier gewesen sein. Sie müssten sich bloß mal mit Ihren Kollegen von der Hafeninspektion in Verbindung setzen, Herr Kommissar, und schon wäre Fiete wieder raus.«

Anna klatschte in die Hände. »Ach, dass ich mal froh darüber sein würde, dass er verhaftet wurde.«

Weber nickte. Er war erleichtert, dass wenigstens diese Sache jetzt klar war. Im Fall Warnholz rückte das Pohl wieder in den Mittelpunkt.

Serge schien Ähnliches zu denken. Er sagte: »Wenn ihr von der Kripo die Sache mit Warnholz und der Mieterstreikkasse nicht bald geklärt habt, müssen wir das selbst in die Hand nehmen. Das ist Ihnen doch klar? Könnte sein, dass dann eine Menge Kleinholz anfällt.«

Das war eine deutliche Warnung. »Ich kümmere mich darum.«

»Das solltest du wirklich tun«, sagte Johanna.

Auch das klang beinahe wie eine Drohung.

Weber parkte seinen Ford am Paulsplatz, ging zurück in die Silbersackstraße und betrat die *Schaukel*. Jetzt, am frühen Abend, wirkte das Lokal mit den vielen bunten Plakaten an den Wänden und den verkratzten runden Tischchen wie ein Künstlercafé. Ein paar Männer lasen Zeitung und tranken eine der »Wienerischen Caféspezialitäten«, die auf der Tafel über dem Tresen angeboten wurden – »Melange«, »Großer Brauner« oder »Einspänner«. »Heute Buchteln!« stand dort geschrieben.

Weber, der eine eigenartige Abneigung verspürte, dieses

Lokal zu betreten, holte tief Luft und ging schnurstracks zur Bar, vorbei an einer jungen Dame mit Baskenmütze, die eine kleine Meerschaumpfeife rauchte und in einem Buch las. Sie schaute kurz auf und blickte sinnierend durch ihn hindurch. Der Vorhang vor dem Durchgang zum Theatersaal war zugezogen. Daneben stand ein Plakat mit der Ankündigung: »Del Gracio – der große Hypnotiseur – heute Abend 22 Uhr«.

Der muskulöse Kerl mit der platten Nase stand wieder hinter dem Tresen. Er erkannte Weber offenbar und verzog das Gesicht zu einem wehmütigen Lächeln. Seine Augen wanderten hektisch hin und her. Ganz wohl schien er sich nicht zu fühlen. Eine Hand ging unwillkürlich zum Zapfhahn, unter dem ein halb volles Bierglas stand. Aber auf halbem Weg hielt er inne und wischte nun mit dem Handtuch ein paar Wassertropfen vom Rand der Spüle.

»Guten ... Abend, Herr ... Kommissar«, sagte er zögernd.

»Sie kennen mich also noch.«

»Ja ... doch, natürlich. Nach dem ...«

»... was neulich passiert ist?«

»Ja.« Der Kellner wischte Tropfen weg, die gar nicht da waren.

»Nach diesem Mummenschanz.«

»Das ist das richtige Wort, Herr Kommissar. Man darf so etwas nicht ernst nehmen. Möchten Sie etwas trinken?«

»Kommen Sie mir bloß nicht damit! Ich will del Gracio sprechen.«

»Ah ...« Der Kellner polierte den Zapfhahn. »Hm, der ist noch nicht da.«

»Wo ist er denn?«

»Hm ...« Er polierte den zweiten Zapfhahn, dann wieder den ersten. »Vielleicht in seinem Hotel.«

»Welches ist das?«

»Das *Excelsior*, um die Ecke.«

»Danke.« Weber wandte sich ab und verließ das Lokal. Als er an der jungen Frau mit der Baskenmütze vorbeiging, schaute sie auf, lächelte ihn an, schlug die Beine übereinander und entblößte ein Knie im Seidenstrumpf. Von wegen Künstlerin.

Querstraße rechts. Das »Hotel Excelsior« war ein weißes hohes Gebäude und lag in einer schmalen Gasse zwischen unscheinbaren Backsteinhäusern. Es hatte eine klassizistische Fassade und runde Balkone mit schmiedeeisernen Geländern, die hier und da vergoldet waren. Der Eingang wurde von griechischen Säulen mit verschnörkelten Kapitellen gesäumt. Das sah alles sehr edel aus, aber im Vergleich zu anderen Gebäuden herrschten hier besondere Proportionen. Alles war durchweg zehn Prozent kleiner, als es sein müsste. Wer daran vorbeiging oder die Hotellobby betrat, fühlte sich, als wäre er gewachsen. Warum das so war, wusste niemand. Auf St. Pauli erzählte man sich, das läge daran, dass die Baulücke zehn Prozent kleiner gewesen war, als der Architekt zunächst gedacht hatte.

Auch Weber fühlte sich größer, als er zwischen barocken Spiegeln über den schmalen Läufer auf das Empfangspult zuging. Die Lobby hatte zwar einen Kamin, war aber sehr eng. Ein Lüster hing etwas zu niedrig von der Decke und man musste aufpassen, dass man nicht über die zwei Sessel stolperte, die den Raum verstellten.

Der Portier wirkte in dieser Umgebung, als wäre er massig, dabei war er schmaler als Weber. Er trug eine graue Uniform.

Weber zeigte seine Dienstmarke und sagte: »Guten Abend, ich möchte Herrn del Gracio sprechen.«

»Hm«, sagte der Portier. »Wer soll das sein?«

»Der Hypnotiseur, der in der *Schaukel* auftritt.«

»Ah, dann meinen Sie vielleicht Dr. Neulen, den Schauspieler. Der hat zurzeit dort im Theatersaal ein Gastspiel.«

»Dr. Neulen?«

»Rudolf Neulen, Zimmer 23.« Der Portier schaute zum Schlüsselbord. »Er ist oben. Soll ich ihn herunterbitten?«

»Ich gehe hoch«, sagte Weber.

»Äh, er hat anscheinend Besuch ... von einer Dame.«

»Das macht nichts.«

Die mit einem roten Läufer bedeckten Treppenstufen waren schmal, der Korridor im zweiten Stock war erwartungsgemäß eng und niedrig, es gab nur vier Zimmer pro Etage. Weber holte tief Luft und klopfte an die 23. Schau ihm nicht in die Augen, nahm er sich vor. Lass dir nichts vorgaukeln. Vorsicht, wenn er eigenartige Bewegungen mit den Händen macht. Halte dich fern von Lampen oder brennenden Streichhölzern. Weber lachte leise auf. Wie albern, dachte er: Sei hübsch ordentlich und fromm, bis ich aus dem Zimmer komm.

»Ja, bitte?« Die Tür ging auf und der Kopf mit den spitzen Konturen und dem Victor-Emanuel-Bärtchen erschien. Schwarze Hose, schwarzes Hemd, herunterhängende Hosenträger.

»Kommissar Weber, ich muss mit Ihnen sprechen!«

»Das passt jetzt nicht.« Del Gracio alias Rudolf Neulen schüttelte den Kopf und schob die Tür zu.

Weber stellte den Fuß dazwischen, drückte die Tür auf und drängte sich rein. Ein schriller Schrei ertönte und eine nackte Frau verschwand hinter einem Paravent. Del Gracio taumelte zurück und warf dem Kommissar einen empörten Blick zu.

Nicht in seine Augen schauen, ermahnte sich Weber und schlug die Tür hinter sich zu. Kurz musterte er das Zimmer. Kitschiger schnörkeliger Barock herrschte vor, die Möbel waren weiß und gelb gestrichen, die Tapete hatte weiße und grüne Streifen. Ein Waschbereich war mit einer dünnen Wand abgeteilt. Der Wasserhahn vom Bidet lief. Del Gracio ging hin und drehte ihn aus. Dann knöpfte er sich den Hosenlatz zu.

»Darf die Dame sich nicht anziehen?«, fragte er mit finsterem Blick.

»Doch. Sie darf sogar gehen.«

Eine junge Frau mit Bubikopf und breiten Hüften erschien und zog sich vor den Augen der Männer hastig an. Ihre Kleider hatten vor dem Bett gelegen. Sie raffte alles zusammen – grüner Mantel, weinroter Schal, blauer Hut und braune Handtasche – und hielt del Gracio die offene Hand hin.

»Da kommt noch was dazu«, sagte sie. Del Gracio zögerte, holte dann aber einige Scheine aus der Tasche und reichte sie ihr.

Sie verließ das Zimmer, ohne weiteren Kommentar.

»Es ist nicht erlaubt, auf diese Weise unbefugt in ein Zimmer einzudringen«, sagte der Hypnotiseur.

»Sie haben mich doch hereingebeten«, sagte Weber trocken.

»Keineswegs.«

»Vielleicht ja doch«, sagte Weber. »Wer weiß heutzutage schon, was er tut oder was mit ihm getan wird? Auch ein Hypnotiseur kann hypnotisiert werden.«

Del Gracio grinste süffisant.

»Darf ich mal Ihren Ausweis sehen?«

»Gern.« Er ging zur Garderobe, holte eine Brieftasche aus dem Mantel und zog einen Personalausweis heraus.

Der Ausweis war 1927 von der Polizeiverwaltung Stettin ausgestellt worden, Stettin war auch als Wohnort angegeben. Als Geburtsort stand dort: Landsberg. Geburtsdatum: 17. April 1889.

»Sie sind also Arzt, Herr Neulen?«

»Ja.«

»Haben Medizin studiert?«

»Ja.«

»Wie kommt es dann, dass Sie sich als Schauspieler verdingen?«

»Das Schicksal hat es nicht gut mit mir gemeint.«

»Haben Sie denn je als Arzt gearbeitet?«

»Im Krieg. Und danach einige Jahre. Dann geriet ich in wirtschaftliche Schwierigkeiten.«

»Und haben sich auf Hypnose verlegt?«

Del Gracio verzog angewidert das Gesicht. »Man hat mir Scharlatanerie vorgeworfen, weil ich Medizin und Hypnose verbinden wollte, daher ...«

»... haben Sie sich auf die reine Scharlatanerie verlegt?«

»Was wissen Sie denn davon!«, sagte del Gracio unwirsch.

»In meinem Beruf wird einem sehr schnell beigebracht, dass alle menschliche Tätigkeit in Scharlatanerie enden kann. Aber ich weiß auch, dass Dr. Freud in Wien mit Hypnose gearbeitet hat. Aus seriösen Gründen.«

Del Gracio schien überrascht, dass ein Polizist so etwas wusste. »Er hat aufgegeben, weil es ihm unbeherrschbar erschien. Da hat er sich getäuscht. Er hätte Mesmer und Puységur ernster nehmen sollen. Es kommt auf das magnetische Fluidum an. Positive Energien sind der Schlüssel, nicht die negativen. Das Beharren auf den Möglichkeiten des Missbrauchs unserer Heilkunst hat uns in eine verdächtige Ecke gedrängt. Er hätte nicht auf Charcot hören dürfen.«

»Und ich nicht auf Sie, Herr Dr. Neulen. Sie haben mich in ernste Bedrängnis gebracht. Und ehrlich gesagt, nehme ich Ihnen das sehr übel«, sagte Weber scharf.

»Ach was, das war doch nur ein Scherz. Trauern Sie etwa immer noch den vergossenen Bieren nach?«

»Der Illusion meines freien Willens trauere ich nach. Wie kann ich jetzt noch sicher sein, dass ich das, was ich tue, wirklich tun will?«

»Das ist doch ganz generell die Frage, Herr Kommissar, auch jenseits der Hypnose. Glauben Sie, die Menschen agieren aus wirklich eigenem Antrieb?«

Weber hob die Schultern.

»Ha!«, stieß del Gracio aus. »Es sind die Triebe, die sie treiben, tief sitzende lüsterne oder zerstörerische Zwangshandlungen. Nur dieses! Lust oder Zerstörungstrieb! Schauen Sie sich um und erklären Sie mir die Welt auf eine andere Art. Und das geschieht alles ohne Hypnose!«

»Na, so was«, sagte Weber. »Da sind Sie also aus Enttäuschung über die Menschheit zum Scharlatan geworden ... oder aus Rache?«

Ein Schatten huschte über del Gracios Gesicht, er presste energisch die Lippen zusammen, als wollte er verhindern, dass die Worte, die ihm gerade noch auf der Zunge lagen, ausgesprochen wurden.

»Es macht Ihnen wohl Spaß, die Menschen zu manipulieren und nach Ihrer Pfeife tanzen zu lassen?«

Der Hypnotiseur wehrte ab. »Ach was, Unsinn«, sagte er. »Ich muss meinen Lebensunterhalt verdienen, das ist alles.«

»Was hatte die Sache in der *Amphore* denn mit Ihrem Lebensunterhalt zu tun?«

»Was für eine Sache in welcher *Amphore*?«

»Das Lokal am Pinnasberg. Das war das zweite Mal, dass Sie mich in Trance versetzt haben. Und das war nicht so spaßig, weil es einem Kriminellen geholfen hat, sich der Verhaftung zu entziehen. Außerdem ist ein Beweismittel dabei verloren gegangen.«

Del Gracio schaute Weber verblüfft an. »In einem Lokal namens *Amphore* bin ich nie gewesen.«

»Würde mich schon mal interessieren, was die Damen, die dort arbeiten, dazu sagen ...«

»Wann soll ich denn dort gewesen sein?«

»Gestern Nacht zu später Stunde.«

Der Hypnotiseur schüttelte entschieden den Kopf. »Nein, ausgeschlossen. Und wenn Sie mir nicht glauben, fragen Sie den Portier unten. Er hat mir um drei Uhr morgens gedroht, mich auf die Straße zu setzen.«

»Warum das?«

»Die Dame, die bei mir ... zu Gast war, hat sich etwas zu laut amüsiert. Sie ist irgendwann durch den Flur getanzt. Es war mir peinlich. Die anderen Gäste haben sich zu Recht beschwert.«

»War es dieselbe Dame, die ich eben verjagt habe?«

»Nein, eine andere.«

»Sie haben ein Faible für Frauen«, stellte Weber fest.

»Wer hat das nicht?« Del Gracio strich sich wohlgefällig über den Bart. »Man ist schließlich Mann.«

»Dass die Damen ein Faible für Sie haben, geschieht aber freiwillig?«

»Bei meiner Ehre!« Del Gracio legte eine Hand auf die Brust.

»Na schön«, sagte Weber, »wo sagten Sie noch, haben Sie Medizin studiert?«

»In Berlin.«

»Wo dort?«

»An der Friedrich-Wilhelms-Universität.«

»Und Ihren Doktortitel haben Sie auch dort erworben?«

»Selbstverständlich.«

»Zu welchem Thema haben Sie denn Ihre Arbeit verfasst?«

»Die medizinischen Möglichkeiten der Hypnose, das ist mein Fachgebiet.«

»Und wo haben Sie praktiziert?«

»Nun, zunächst im Krieg und später dann zumeist im Ausland.«

»Zumeist?«

»Gänzlich.«

»Na gut.« Weber zögerte. Eine merkwürdige Frage war ihm gerade gekommen.

»Herr Kommissar, es ist schon spät. Ich möchte mich jetzt gern auf meinen Auftritt vorbereiten. Wenn Sie dann fertig wären?«

»Ja, ich denke schon. Aber sagen Sie ... kann man sich eigentlich auch selbst hypnotisieren?« Er musste selbst ungläubig lächeln über diese eigenartige Frage.

Sein Lächeln wurde offenbar missverstanden. »Sie wollen sich lustig machen über mich!«

»Nein, nein, entschuldigen Sie.«

Weber verabschiedete sich.

Als del Gracio schon dabei war die Tür zu schließen, sagte er noch: »Übrigens ... ja, man kann sich auch selbst hypnotisieren.«

Weber ging kopfschüttelnd den zu engen und zu niedrigen Flur entlang. An was kann man sich denn noch halten, wenn alles nur Einbildung ist, fragte er sich.

Er ging die etwas zu knapp bemessenen Treppenstufen nach unten und fragte den Portier hinter seinem etwas zu klein geratenen Empfangspult: »Hat Dr. Neulen manchmal lauten Damenbesuch?«

Der Portier nickte. »Erst letzte Nacht ist eine kreischend durch den Flur gerannt. Ich weiß nicht, was er mit ihr angestellt hat.«

»Rufen Sie die Polizei, wenn's zu bunt wird.«

»Na, so schlimm war's dann auch wieder nicht.«

Klindworth sprang von seinem Pult auf, als Weber ins Dienstzimmer trat und Mantel, Schal und Mütze schwungvoll an die Garderobe hängte. Er blickte unglücklich drein, als er sagte: »Man ist nicht sehr zufrieden mit uns, Herr Kommissar.«

Weber ließ sich ächzend auf den Lehnstuhl fallen. »Ich schon.«

»Wegen der Ermittlungsergebnisse im Fall Warnholz. Es kam ein Anwalt und der bestand darauf, dass dieser junge Kommunist freigelassen wird.«

Weber nickte. »Gut.«

»Aber damit ist alles umsonst gewesen! Die ganzen Ermittlungen, die vielen Berichte!« Er deutete auf die Flut von beschriebenen Zetteln und ausgefüllten Formularen auf seinem Tisch.

»Ach was. Wir haben herausgefunden, dass Fiete Kobbe nicht der Mörder sein kann. Damit haben wir einen Unschuldigen entlastet. Nun ist er wieder frei, wie es sich gehört. Gut.«

Klindworth senkte die Stimme. »Aber weiter oben ...« Er schaute demonstrativ zur Decke. »... hat man sich offenbar geärgert. Weil nun kein Ergebnis da ist.« Jetzt flüsterte er nur noch: »Der Bürobote hat so was läuten hören.«

»Die ärgern sich nur, weil es so bequem und politisch nützlich gewesen wäre, wenn's ein Kommunist getan hätte. Wegen der Sache mit Henning. Die Kommunisten machen ihn zum Märtyrer. Die wissen, wie man so was für die Propaganda nutzt. Aber wenn wir die Sache Warnholz weiterverfolgen, müssen wir uns auf den

Pohl konzentrieren. Und damit werden wir uns noch unbeliebter machen. Darauf können Sie sich schon mal gefasst machen, Klindworth.«

»Aber wieso denn, wenn wir doch nur unsere Arbeit machen?«

»Der Pohl hat auf Lassally geschossen, na schön, dann ist das halt eine interne Angelegenheit der Polizei. Ein Oberwachtmeister dreht durch, bekommt ein Disziplinarverfahren, wird des Dienstes enthoben und zu irgendwas verurteilt. Anschließend geht man zur Tagesordnung über. Aber wenn so ein Oberwachtmeister da draußen herumgeistert und Leute umbringt, dann wird's haarig, Klindworth. Dann werden Fragen gestellt, die der Polizei unangenehm sind: Wie kommt es, dass ihr solche Leute in euren Reihen habt? Seid ihr eine Verbrecherorganisation? Und so weiter.«

»Dann wäre es ja besser, der Pohl würde auf Nimmerwiedersehen verschwinden«, meinte Klindworth zaghaft und schaute, diesmal eher unabsichtlich, wieder zur Decke.

Weber kniff die Augen zusammen: »Sie haben ja schon viel gelernt. So denken die da oben.« Er imitierte Klindworths Deckenblick. »Aber ein Polizist ist ein Polizist und kein Politiker. Und selbst wenn die da oben die Gesetze dehnen oder quetschen, arbeiten wir streng nach dem Wortlaut und den Vorschriften, verstanden?«

»Jawohl, Herr Kommissar.«

»Ein Verbrecher ist ein Verbrecher, egal welcher politischen Farbe. Und ein Unschuldiger ist unschuldig! Und Beweise müssen erbracht werden, das ist unsere Arbeit. Ob uns die Nase von irgendjemandem gefällt oder nicht, ist schnurzpiepegal. Und was denen da oben gefällt oder nicht ebenfalls.«

»Jawohl.« Klindworth schaute seinen Chef mit einer Mischung

aus Ehrfurcht und Unglauben an, so wie man einen Draufgänger bewundernd anschaut, der gerade erklärt hat, er werde zu einer lebensgefährlichen Mission aufbrechen, zu einer Nordpolexpedition oder der Bezwingung des Matterhorns zum Beispiel.

»Nun«, fügte Weber listig hinzu, »es kann aber auf keinen Fall schaden, den anderen immer eine Nasenspitze voraus zu sein.«

»Und wie ...«

Allgemeine Lektion Polizeidienst Nummer zwei, dachte Weber und erklärte freundlich lächelnd: »Immer mehr wissen als die Vorgesetzten. Und deshalb hängen wir uns jetzt ans Telefon. Sie finden heraus, wo Pohls Eltern wohnen. Und ich versuche mal mein Glück in Berlin.«

Es dauerte seine Zeit, sich zu den zuständigen Stellen durchzutelefonieren. Erwartungsgemäß war ein Herr Dr. Rudolf Neulen an der Friedrich-Wilhelms-Universität in Berlin nicht bekannt. Ein Rudolf Neulen hatte dort weder studiert noch promoviert. Auch beim Meldeamt war dieser Name mit oder ohne Doktortitel nicht bekannt, ein Vittorio del Gracio schon gar nicht. Beim Standesamt in Landsberg war die Geburt eines Rudolf Neulen weder am 17. April 1889 noch zu einem anderen Datum vermerkt. Das Meldeamt Stettin hatte auch noch nie von diesem Herrn gehört.

Damit war der Tatbestand der Falschaussage, der Urkundenfälschung und sehr wahrscheinlich der Hochstapelei gegeben. Grund genug, den Hypnotiseur in Gewahrsam zu nehmen, um ihm genauer auf den Zahn zu fühlen.

Weber stand auf und griff nach dem Mantel. »Auf, auf, Klindworth, stecken Sie Ihre Handschellen ein. Wir holen uns jetzt diesen Gauner del Gracio!«

Klindworth kritzelte noch etwas auf einen Zettel. Er schrieb sehr langsam und in bemüht schnörkeliger Schönschrift.

»Na los doch!« Weber stand schon in der Tür.

»Bin schon fertig.« Klindworth steckte gedankenverloren den Zettel in die Hosentasche und riss seinen Mantel von der Garderobe.

Als Weber seinen Ford in die Querstraße lenkte, war es bereits dunkel geworden. Die Scheinwerfer glitten über die düstere Fassade der Häuser. Nur das *Hotel Excelsior* wurde von seinen zahlreichen Laternen hell beleuchtet.

Weber zog die Handbremse an und sagte: »Sie beziehen Posten am Eingang. Ich gehe rein. Behalten Sie die Balkone im Auge. Womöglich ist der Kerl auch noch Akrobat. Wir haben schon die tollsten Kunststücke gesehen.«

Zum zweiten Mal an diesem Tag betrat Weber das unterdimensionierte Hotel. Ein anderer Portier, offenbar ein halber Asiate, der von den Körpermaßen besser hierhin passte, stand jetzt hinter dem Empfangspult.

Auf Webers knappe Frage schüttelte er den Kopf: »Tut mir leid, Herr Kommissar, der Herr ist vor zwei Stunden ausgezogen. Er hat keine Folgeadresse angegeben.«

Fluchend verließ Weber das Hotel. »Los, kommen Sie!«, sagte er zu Klindworth und rannte voraus in die Silbersackstraße.

Auf das vor dem Vorhang zum Theatersaal der *Schaukel* aufgestellte Plakat, das del Gracios Auftritt ankündigte, war ein Zettel geklebt worden: »Vorstellung fällt aus!«

Weber rannte trotzdem in den Saal und durchsuchte sogar die Garderobe.

Blinder Eifer.

Nun war er wütend. Die junge Dame mit der Baskenmütze und den kunstseidenen Strümpfen nahm amüsiert die Meerschaumpfeife aus dem Mund, als er an ihr vorbeitrampelte, und zwinkerte

Klindworth zu, der eine Sekunde zu lange auf ihr entblößtes Knie gestarrt hatte.

»Gottverdammt«, blaffte Weber seinen Assistenten an, der durch das Fenster zurück in die *Schaukel* spähte. »Was glotzen Sie denn da!«

»Ich äh ...« Hob sich da eine schmale Hand zum Abschiedsgruß?

Weber fuchtelte ungeduldig. »Sie haben doch einen Zettel eingesteckt. Was hatten Sie da notiert?«

»Äh ...« Klindworth kramte in seinen Hosentaschen. »Die Adresse von Pohls Eltern?«

»War das eine Frage oder eine Antwort?«

»Herrgott, ja, das ist die Adresse seiner Mutter.« Klindworth hielt den Zettel hoch.

»Dann nehmen wir den jetzt hoch.«

»Aber ...«

»Kein aber!« Weber stürmte schon wieder voran.

»Woher wollen Sie denn wissen, dass er dort ist?«, fragte Klindworth, als sie wieder im Auto saßen und Weber den Gashebel umfasste.

»Das sagt mir mein kriminalistischer Instinkt. Adresse!«

Klindworth las sie im Schein der Hotellaternen ab, und Weber fuhr los. Kurz hielt er vor der Davidwache, um sich von den Kollegen einen Stadtplan vorlegen zu lassen. Auenweiherweg 37 war eine kleine Straße in Hamm. Weber prägte sich den Weg ein und verabschiedete sich.

Als sie in Hamm von der 2. Sievekingsallee in den Auenweiherweg abbogen, stieß Weber einen Fluch aus.

»Was denn?«

»Jetzt sehen Sie sich das doch an! Wohnt die etwa in einem

Schrebergarten? Wie kann man hier denn offiziell gemeldet sein?« Weber bremste scharf ab und löschte die Scheinwerfer. »Na schön, dann schauen wir uns das halt an. Gucken Sie mal ins Handschuhfach, da müsste eine Taschenlampe sein.«

Die letzte Straßenlaterne lag ein Stück weit hinter ihnen, auf den Wegen zwischen den Parzellen gab es keine Lampen. Sie mussten jeden Eingang anleuchten, um die Nummern zu sehen. Manche Gartentore hatten gar keine. Bei anderen waren Briefkästen mit Namen angebracht, offenbar wohnten nicht wenige Menschen hier.

Bei der Nummer 37 gab es sowohl ein Namensschild, auf dem in säuberlichen Druckbuchstaben der Name Pohl geschrieben stand, als auch einen Briefkasten. Darauf stand »Erna Pohl«.

Die Klinke quietschte leise, aber die Tür war abgeschlossen. Weber holte einen Schlüsselbund aus der Hosentasche. Daran war auch ein kleiner Dietrich, mit dem das Schloss problemlos aufzuschließen war. Auch die Tür quietschte leise.

Vor ihnen eine kleine Wiese mit zwei Obstbäumen, dahinter eine Hütte mit geschlossenen Fensterläden. Aber es roch nach Holzfeuer, drinnen wurde geheizt.

»Sie gehen hinten rum, falls es noch eine Tür gibt«, sagte Weber.

Er ging zur Vordertür, steckte ganz langsam den Dietrich ins Schloss, um kein Geräusch zu verursachen, drehte ihn, drückte die Klinke herunter.

Es knallte hinter dem Haus. Ein Schuss und dann noch einer.

Weber rannte los, ums Haus herum, die Taschenlampe in der Hand.

Zwei Schatten, einer kniete, der andere hatte die rechte Hand ausgestreckt. Der eine fluchte, der andere stöhnte.

Die ausgestreckte Hand richtete sich auf Weber. Es knallte wieder. Er sprang zurück hinter die Hauswand. Holz splitterte.

Der aufrechte Schatten sprang an ihm vorbei. Weber rannte hinterher.

Sie hätten mal besser das Gartentor wieder geschlossen, aber so konnte der Flüchtende den Weg zwischen den Parzellen erreichen. Weiter zur Straße. Der Flüchtende rannte nach rechts.

Weber stieg in den Ford, startete den Motor und gab Gas.

Der Flüchtende hörte das Geräusch, blieb stehen, hob die Hand und schoss dreimal.

Eine Kugel pfiff über die Windschutzscheibe. Die nächsten beiden zischten knapp am Kotflügel vorbei.

Weber duckte sich und zerrte seine Pistole aus dem Halfter, richtete sich auf, spähte über das Armaturenbrett. Auf der Straße war niemand mehr zu sehen.

»Mistkerl.« Schon wollte er Gas geben, da fiel ihm sein Kollege ein. Er schaltete den Motor aus und rannte zurück zur Gartenlaube.

Klindworth lehnte an der Hauswand, neben ihm stand eine kleine alte Frau im Kittel.

»Was ist los, Klindworth?«

»Die Schulter, Herr Kommissar, es blutet ein bisschen. Und das Bein, glaube ich.«

»In der Nachbarschaft gibt es einen Samariter, soll ich den holen?«, fragte Erna Pohl.

»Was für einen Samariter?«, fragte Weber.

»Einen von der SA.«

»Nein, danke.«

Weber stützte seinen Kollegen und half ihm durch den Garten. Die Schüsse hatten einige Nachbarn angelockt. Sie standen

Spalier auf dem Weg, vier rechts, vier links, in braunen Uniformen.

»Kriminalpolizei, lassen Sie uns durch«, sagte Weber.

»Was ist mit Pohl?«, fragte einer.

»Getürmt«, sagte ein anderer.

Gelächter.

Weber hievte seinen Assistenten auf den Beifahrersitz und brachte ihn ins Allgemeine Krankenhaus in St. Georg.

Was für eine Nacht! Aber geschlafen hatte er dann doch ganz gut, nur leider viel zu kurz. Armer Klindworth, so ein Pechvogel! Na, der wird schon wieder. Aber nun brauche ich einen neuen Mitarbeiter, dachte Weber, als er sich den Mantel anzog und die Mütze aufsetzte. Oder lieber nicht? Wer weiß, wen sie mir zuweisen. Vielleicht sollte ich alles auf meine eigene Kappe nehmen.

Er schaute in den Garderobenspiegel und zog sich die Schirmmütze schräg in die Stirn, was verwegen aussah, und grinste schief. Manchmal spielte er aus Spaß für Hannchen den harten Burschen und sie lachte darüber und sagte: »Mensch, Alfred, als Ganove würdest du auch was hermachen, wirklich.« Und dann markierte er noch ein bisschen mehr die eine oder andere bekannte Gestalt aus den einschlägigen Spelunken und sie lachten sich schief darüber.

Ist doch schön, wenn man sich trotz allem Elend in der Welt gemeinsam über solchen Blödsinn amüsieren kann, dachte Weber und zog die Haustür auf.

Und da stand sie. Rechts und links von ihr jeweils ein Koffer. Erika, elf Jahre alt, dünn wie eine Bohnenstange, im langen Mantel, Bommelmütze auf dem Kopf, darunter quollen die schönen kastanienbraunen Haare hervor und fielen über den hellen Schal.

Sie hat die schmale Nase ihrer Mutter und die hohen Wangenknochen von mir – nicht unbedingt unvorteilhaft, dachte er überflüssigerweise.

Und dann: Verflixt! Ist es heute so weit? Ich hab das kleine Zimmer ja noch gar nicht hergerichtet, das Bett ist auch nicht bezogen!

Tatsächlich sah Erika aus wie bestellt und nicht abgeholt. Unter den Arm geklemmt trug sie eine Schachtel, eingepackt in rotes Papier mit einer silbernen Kordel. Die Schachtel nahm sie nun und hielt sie ihm hin. Das wirkte eigenartig, denn er stand ja noch oben auf der Treppe.

»Oh, oh, aber, aber«, meldete sich hinter ihr eine Stimme. Da stand Kollege Hilbrecht vor seinem Opel-Viersitzer, der sein ganzer Stolz war. Auf dem Kopf trug er einen Homburg, der so gar nicht zu seinem breiten fleischigen Gesicht passen wollte, sondern eine Nummer zu klein wirkte. Er kam näher und blieb hinter Erika stehen. »Immer langsam, junge Dame. Ein alter Mann ist doch kein D-Zug. Das Geschenk übergibst du ihm, wenn du drinnen bist.«

Erika ließ die Schachtel wieder sinken.

»Ihr seid doch verabredet«, stellte Hilbrecht fest.

Was Weber nur bestätigen konnte. »Ja, so ist es wohl.«

»Und in drei Tagen geht's in den Skiurlaub!« Hilbrecht klatschte in die Hände.

Erika nickte mechanisch.

»Na fein. Dann mal rein in die gute Stube!« Hilbrecht griff umständlich um sie herum nach den beiden Koffern und musste dabei in die Hocke gehen und die Arme weit ausstrecken. »Ich bring euch noch schnell das Gepäck hoch.« Als er sich aufrichtete, gab er Erika einen Schubs, ob absichtlich oder aus Versehen war nicht erkennbar, aber sie setzte sich in Bewegung und kam die Treppe hoch.

Ohne ihn anzusehen, ging sie weiter in den Hausflur.

Als Hilbrecht vor Weber ankam, flüsterte er: »Hast du denn nicht mit ihr gerechnet? Mathilde sagte, es sei so abgesprochen. Erika hat gar nichts gesagt. Was ist denn los bei euch?«

Bei uns?, dachte Weber, uns und wir gibt's doch schon lange nicht mehr.

»Was soll schon los sein?«, brummte er und streckte die Hände nach den Koffern aus.

»Aber dass Mathilde auf einem Kongress ist, weißt du schon.«

»Ja, das weiß ich, leider.« In Webers Stimme schwang sehr viel Verachtung mit.

»Was du immer hast«, sagte Hilbrecht. »Ist doch großartig, dass sie sich gesellschaftlich engagiert.«

Weber lachte abfällig, drehte sich um und ging zurück ins Haus. Hilbrecht stolperte mit den Koffern hinterher.

Wo war denn Erika jetzt?

Weber schaute ins Wohnzimmer, da war sie nicht. Sie saß im kleinen Zimmer auf dem Bett mit der unbezogenen Matratze. Das kalte Licht der Frühjahrssonne, das durch das schmale Fenster fiel, ließ sie bleich und zerbrechlich erscheinen. Auf dem Schoß lag die Schachtel, die sie mit beiden Händen umklammerte.

Hilbrecht schaute über Webers Schulter ins Zimmer hinein. »Na, Fräulein, wollen wir uns nicht lieber in die gute Stube setzen?«

Erika zuckte mit den Schultern.

»Geh du mal vor«, flüsterte Hilbrecht in Webers Ohr.

Weber wandte sich ab und hörte, wie Hilbrecht zu Erika sagte: »Na komm schon, wir haben uns doch was vorgenommen.«

»Ich kann nicht.«

»Ach was, nur Mut. Ich doch auch …«

Weber setzte sich im Wohnzimmer an den Tisch und wartete eine ganze Weile. Ich will zur Arbeit, dachte er, aber kann ich das überhaupt, wenn das Mädchen hier ist?

Die beiden kamen rein. Hilbrecht schob Erika vor den Tisch. Sie sah aus wie drei Tage Regenwetter. Der massige Hilbrecht selbst wirkte so verkniffen und verkrampft, wie Weber ihn noch nie erlebt hatte. Er stupste sie am Oberarm an.

Sie streckte Weber die Schachtel entgegen. Weber nahm sie und schaute die beiden fragend an.

»Na aufmachen!«, sagte Hilbrecht aufgekratzt. »Das ist ein Geschenk deiner Tochter!«

Weber zerriss das Papier und eine »Arnotti«-Pralinenschachtel kam zum Vorschein.

»Nanu?«, sagte Weber.

»Hat Erika selbst erstanden vom Taschengeld«, sagte Hilbrecht.

»Das ist ein Friedensangebot«, sagte Erika mechanisch. »Ohne Alkohol.«

»Ohne Alkohol?«

»Ohne Alkohol, für einen besseren Lebenswandel«, sagte Erika stockend.

Hilbrecht sog hörbar die Luft ein.

Weber roch Lunte. »Was soll das denn?«

»Eine Geste«, sagte Hilbrecht. »Sie freut sich darüber, dass du dich nun auch mal kümmerst. Vaterpflicht. Gute Sache. Weiß ich aus Erfahrung, glaub mir. Nur zu, weiter so.«

Es klang hohl und dämlich und verlogen. »Lebenswandel?«, fragte Weber.

»Na ja«, sagte Hilbrecht bemüht locker. »Wir wollen dich wieder für uns gewinnen.«

»Wir?«

»Na, die deinen, deine Familie, deine Freunde, deine Kollegen auch. Es sind ja viele Gerüchte im Umlauf, die solltest du zerstreuen.«

»Das hat Mathilde euch wohl eingeimpft?«, rief Weber empört.

»Aber nein.«

Weber sprang vom Stuhl und stemmte die Fäuste in die Seiten. »Nun hör mal zu, Gustav. Mein Lebenswandel geht dich einen feuchten Kehricht an. Genau wie Mathilde auch. Und was Erika betrifft ...«

So ist das etwas ganz anderes, hatte er sagen wollen. Aber Erika hatte sich schon umgedreht und rannte in den Flur und aus der Haustür, die hinter ihr lautstark zuknallte.

Hilbrecht sah ihn entsetzt an. »Du bist ja ein ...«

»Halt den Mund und geh!«

Hilbrecht machte einige hilflose Gesten, die eines Stummfilmschauspielers würdig gewesen wären. Dann wandte er sich ab.

Draußen versuchte er, während Weber von der Treppe aus zusah, Erika zum Bleiben zu bewegen. Aber die saß stocksteif auf dem Beifahrersitz des Opels und kniff die Lippen zusammen.

Hilbrecht kam zurück. »Sie weigert sich. Was nun?«

Weber hielt ihm die Koffer hin. »Zwei, drei Tage wird sie auch bei euch unterkommen.«

Hilbrecht schaute ihn entgeistert an. »Du bist grausam, Alfred.«

»Ja, das bin ich«, sagte Weber und schloss die Tür hinter sich.

Er fühlte sich so schlecht und böse und gemein wie noch nie.

Draußen schnappte eine Tür zu, dann eine zweite, dann heulte der Motor auf und der Opel fuhr davon.

Weber versuchte sich einzureden, er habe aus politischen Gründen mit seiner Familie gebrochen, und wusste, wie verlogen das war, denn darum war es gar nicht gegangen. Oder doch? Mathilde im Deutschen Frauenorden, Erika in der nordisch-völkischen Jugend – das sollte seine Familie sein?

Achtes Kapitel
Der Mann, der den Mord beging

Ah! Was für ein schöner Tag für einen heimtückischen Mord! Ein Hauch von Frühling liegt in der Luft. Die ersten Knospen sprießen, die Sonnenstrahlen wärmen dein Gesicht. Ich weiß, was du jetzt denkst. Du bist glücklich. Ich weiß, was du jetzt fühlst. Du bist verliebt.

Du glaubst, du hast jemanden kennengelernt, der zu dir passt. Vielleicht sogar für immer.

Du glaubst, dein Leben wird nun in neue Bahnen gelenkt. Alles wird sich ändern, sogar du selbst. Wer an die Tugend glaubt, wer die Tugend lebt, wird belohnt. Man muss sich nur hingeben. Vorausgesetzt man weiß, dass er der Richtige ist. Und das weißt du. Ganz gewiss.

Du stellst ihn dir jetzt gerade vor. Was für ein Bild von einem Mann! Welterfahren ist er zweifellos. Er ist Pilot. Aber nicht so einer, der ein dickes träges Luftschiff lenkt. Nein, er lenkt keine Zigarre und raucht auch keine Zigarren! So hat er es dir augenzwinkernd erklärt. Er schäkert gern. Graue Schläfen. Ein Schnurrbart, knapp bemessen, wie es die Mode verlangt. Er trägt sportliche Anzüge, gut geschnitten und tailliert, denn das kann er sich leisten bei seiner Figur. Ja, er trainiert, hat er dir gesagt, man muss seine Form wahren. Das war eine witzige Bemerkung. Ja, er kann so herrlich witzig sein! Und er kitzelt dich gern und streichelt dich wie ein Kätzchen und du schnurrst.

Ein Pilot also. »Nimm mich mit, Luftkapitän, auf die Reise«, hast du für ihn gesungen. Reich ihm die Hand und steige zu ihm hinauf in seine Junker-Maschine. Du möchtest direkt hinter ihm sitzen, möchtest zusehen, wie er mit seinen kräftigen Händen dieses Wunderwerk moderner Technik lenkt. Und du fragst ihn kühn: »Wohin geht die Reise, mein Kapitän der ›Luft Hansa‹?«

Ja, zu diesem neuen Unternehmen gehört er nämlich. Und er befliegt ganz Europa. Hamburg – Berlin – Königsberg – Stockholm, auch Wien und Budapest. Er war sogar schon im Orient. Beim Schah von Persien in diplomatischer Mission!

»Nimm mich mit, Kapitän!« Du hörst nicht auf ihn, als er behauptet, ein Luft-Kapitän dürfe sein Liebchen nicht mitnehmen. »Es ist doch kein Schiff!«, sagst du. »Außerdem wäre ich einfach nur Passagier. Wie auf einem Vergnügungsdampfer.« Und keck fügst du hinzu, dass du auf St. Pauli durchaus über Erfahrungen mit Seeleuten verfügst. »Aber sieh mal«, sagst du mit verführerischem Augenaufschlag zu ihm: »Es ist doch was ganz anderes, einen Kapitän zu lieben als einen Matrosen. Weißt du, Matrosen, die sind rau und roh. Ich aber mag es, wenn der Mann seine Hände maniküren lässt.«

Das hat ihm gefallen, nicht wahr?

Und du magst es auch, wenn er vom Krieg erzählt. »Erzähl mir noch ein bisschen vom Krieg!«, hast du ihn immer wieder angebettelt. »Wie soll ich als Frau denn wissen, wie das ist, wenn du es mir nicht erzählst«, hast du ihn gelockt. Und er hat es gern erzählt. Wie mutig er war im Luftkampf. Wie er die Franzosen bekämpft hat. Wie er hoch über den Wolken im Duell auf den Erzfeind zuschoss in seinem eisernen Pegasus reitend wie ein Ritter im Mittelalter und das Maschinengewehr auf den Feind richtete wie eine Lanze, um ihn zur Erde hinabzuschleudern. Er war ein Held, der edle Streiter einer himmlischen Heerschar.

Aber jetzt ist er verbittert, weil es keine himmlische Heerschar mehr geben darf. Man hat es den Deutschen verboten. Was für eine Schande!

So stellst du ihn dir vor, so ist es dein Traum. Und noch mehr: Der Kapitän, dein Ritter, wird dich erretten. Er wird dich von deinem traurigen Dirnenleben erlösen. Er wird aus dem Aschenputtel eine Prinzessin machen. »Warum denn nicht?«, hat er dir gesagt, als du seine Absichten angezweifelt hast. »Du bist ein süßer Fratz«, hat er gesagt. Er wird dich erlösen! Und in die mondäne Welt der Flugkapitäne und Diplomaten einführen. Natürlich musst du vorher noch dein Deutsch ein bisschen aufpolieren. Plattdeutsch oder Missingsch ist in Berlin nicht gefragt. Da spricht man Hochdeutsch, da achtet man auf die Nuance! Er wird's dir beibringen.

»Jeder kann was werden, man muss es nur möglich machen«, hat er gesagt und dir versprochen, wenn du dich artig beträgst, dich nicht nur zur Mätresse, sondern sogar zur Frau zu machen. »Moral?«, hat er gesagt, »ach, weißt du, Kindchen, wer den Krieg erlebt hat, fragt nicht mehr nach Moral.«

Und überhaupt leben wir jetzt in einer neuen Zeit, wir haben das Frauenwahlrecht und keinen Kaiser mehr, und alles ist erlaubt, was Spaß macht.

So denkst du jetzt gerade, ich weiß es. Ich kann in deinen Kopf schauen, ich kenne deine Gedanken. Denn die sind nicht frei, o nein! Ganz und gar nicht. Zerstörung und Vernichtung lauern überall, sogar in deinem Kopf. Weil ich deine Gedanken gekapert habe wie ein Pirat! Weil ich nicht zerstört und vernichtet werden will! Weil ich die Zerstörung und die Vernichtung zerstören und vernichten muss. Immer wieder.

Und weil es Spaß macht! Aber ja, es wäre schäbig, das nicht zuzugeben. Meine sehr verehrten Damen und Herren, ich verkünde hiermit erstens: Alles ist erlaubt! Zweitens: Die Gedanken sind nicht frei! Und drittens: Spaß muss sein! Aber was ich Ihnen nicht gestehe, verehrtes Publikum, ist das, was viertens über alledem steht: Mein ist die Rache! Nein, das verrate ich nicht. Dann wäre der Spaß ja viel zu schnell vorüber.

Wie bitte? Aber ja doch, keine Sorge, ich erzähle Ihnen das kleine Märchen vom Aschenputtel auf St. Pauli selbstverständlich noch zu Ende. Bitte sehr, hören Sie gut zu, jedes Drama wird nur einmal aufgeführt:

Es war einmal eine Dirne, die lebte in einem kleinen Zimmerchen in einer Seitenstraße der Reeperbahn. Einst war sie vom Lande in die Stadt gekommen, um hier ihr Glück zu finden. Sie wollte hart arbeiten und für sich selbst aufkommen, denn daheim im Kehdinger Land hätte sie doch bloß einen Bauerntölpel abbekommen und dicke Schwielen an den Händen. In der großen Stadt gibt es für fleißige Mädchen, die mehr wollten als ein Leben zwischen Hühnerstall und Schweinekoben, viel zu tun. Arbeit gibt's da genug. Hatte sie gedacht. Aber dann kam die Wirtschaftskrise. Und die verquere Logik war nun plötzlich: Du verdienst kein Geld, aber du musst weiter Miete zahlen und Essen und Trinken sind auch nicht umsonst. Tja, und früher oder später geht's dann ans Eingemachte. Da stellst du dich an den Straßenrand und zehrst von deiner Substanz. Das kann man übrigens lernen. Es ist ein Anlernberuf wie jeder andere.

Aschenputtel hatte Glück, ihr Traum vom Aufstieg in den siebten Himmel ging doch noch in Erfüllung. Denn eines Tages trat ein fescher Mann zu ihr an die Bordsteinkante und lud sie ein in ein teures Hotel. Einfach so, weil sie ihm gefiel. Und er gefiel ihr. Ein Pilot der »Luft Hansa«, mit grauen Schläfen und den Manieren eines Weltmannes. Sogar im Bett. Da musste sie sich natürlich verlieben. Und Hochdeutsch lernen. Vor allem aber, und das ist der entscheidende Punkt, sehnt sie sich heute, nachdem sie ihn eine Weile nicht gesehen hat, so sehr nach ihm, dass sie ihm nachfliegen will.

Wie ein Vogel so frei!

Sie hört nur noch das Quietschen der Bremsen, spürt aber gar nicht mehr, wie die stählernen Räder der Hochbahn verschiedene Körperteile abtrennen, denn ihr Kopf ist schon zuvor gegen den Puffer geprallt. Sie war bewusstlos, als sie noch durch die Luft wirbelte. Bewusstlos kam sie auf den Gleisen auf. Sie spürte nicht, wie der Wagen über sie hinwegrollte. Der Vogel war längst in den Himmel entfleucht.

Ich trete kurz an die Bahnsteigkante und schaue mir das Malheur an.

Jemand sagt: »Unglaublich! Sie ist einfach vor den fahrenden Zug gesprungen. Mit voller Absicht!«

»Sie hat es bestimmt nicht so gemeint«, sage ich zu dem Herrn und verabschiede mich. Eine Zeugenaussage gegenüber der Polizei kommt nun wirklich nicht in Frage.

»He, Sie!«, ruft jemand.

Ich drehe mich um. Verdammt!

Hannchen kroch unter der Decke hervor, legte den Kopf auf Webers Brust und schnurrte: »Noch einen ›steifen Grog‹, der Herr?«

»Na, na«, sagte Weber, »das wäre ja dann schon der vierte.«

»Na und?« Hannchen stützte sich auf den Ellbogen. »Ist es etwa verboten, mehr als drei Grogs am Tag zu trinken?«

Weber betrachtete interessiert die beiden Schweißtropfen, die über ihre prächtigen Brüste kullerten und auf seinen Brustkorb fielen. »Frag mal die Prohibitionisten.«

»Wen?«

»Abstinenzler. Die gibt's jetzt nicht mehr nur in Amerika, sondern auch bei uns. Sogar auf St. Pauli. Die Deutsche Prohibitionspartei. Ich bin zufällig an ihrem Hauptquartier vorbeigekommen. Da steht einer in Uniform vor dem Haus und macht Werbung wie ein Türsteher in der Großen Freiheit. Nur wirbt er für nichts. Er gab mir einen Zettel, darauf stand: Enthaltsamkeit ist das erste Gebot im Staat.«

»Das klingt wirklich schlimm.« Hannchens Finger spazierten über Webers Brust.

»Er wollte mich gar nicht gehen lassen. Redete immer weiter auf mich ein. Vernunft und Rausch passten nicht zusammen. Nur ein abstinenter Mensch sei ein guter Mensch und nur ein abstinenter Staat sei ein guter Staat.«

»Da bin ich aber froh, dass wir keine guten Menschen sind«, sagte Hannchen.

»Und auch gar nicht vernünftig, wie mir scheint ...« Weber schaute das leere Grogglas auf dem Nachtschränkchen an.

»Nein, so gaaar nicht«, sagte Hannchen gedehnt.

»Also noch einen Grog.«

»Also zwei.« Hannchen sprang aus dem Bett und huschte in die Küche.

Ich bin wirklich ein Glückspilz, dachte Weber, als er ihre üppigen Rundungen betrachtete, während sie sich den Hausmantel überwarf. Ein Rubens hätte mich um meine Muse beneidet, doch leider bin ich kein Maler, sondern ein Kriminaler. Was muss das für ein wunderbares Leben sein, wenn man immerzu das malen darf, das man liebt? Aber gibt es solche Maler noch? Heutzutage malt man die Brüste grün und den Hintern blau. Das mag ja spannend sein, aber ehrlich gesagt … Und überhaupt, sich immerzu damit beschäftigen, was man liebt, anstatt mit Gewalt, Tod, Politik … Er döste ein.

»Holla!«, rief Hannchen, als sie mit dem Tablett hereinkam, auf dem die dampfenden Groggläser standen. »So kommst du mir nicht davon!«

Sie stellte das Tablett auf der Kommode ab und warf sich aufs Bett, dass es ächzte und knarrte.

Weber schreckte auf und musste wohl ein urkomisches Gesicht gemacht haben, jedenfalls brach Hannchen in lautes Gelächter aus und neckte ihn noch eine Weile.

Dann setzten sie sich auf, tranken den Grog, und Hannchen wurde mit einem Mal sehr ernst.

»Ein schlechtes Gewissen habe ich schon«, sagte sie und schaute zum Fenster.

»Ach, vergiss doch die Enthaltsamkeit«, sagte Weber.

Sie schüttelte den Kopf. »Das meine ich nicht. Die anderen auf unserer Terrasse haben nicht so viel zu lachen wie ich.«

»Das kann schon sein, aber …«

»Sollte das Geld aus der Mieterstreikkasse wirklich futsch sein, dann müssen nicht wenige hungern, wenn die Miete irgendwann eingefordert wird. Und die Sache mit dem alten Warnholz. Wie schlimm es doch gekommen ist in unserer Welt, wenn solche Dinge passieren.«

»Die sind immer schon passiert.«

»Mir kommt's aber so vor, als würden wir mehr und mehr verrohen. Dabei ist der Krieg doch schon viele Jahre vorbei. Aber es macht den Eindruck, als wollten alle jetzt auf Teufel komm raus einen Krieg im Innern führen.«

Weber war jetzt ein bisschen schwummrig vom Alkohol. »Man muss die Ungerechtigkeiten beseitigen ...«, sagte er lahm.

Hannchen drehte sich zu ihm und sah ihn ernst an. »Sag mal, Alfred, wenn die Kommunisten die Macht übernehmen, wirst du dann auch noch Polizist bleiben?«

»Die KPD an der Macht, du träumst wohl!«

»Fiete meint, es würde nicht mehr lange dauern.«

»Der träumt auch.«

»Er sagt, wenn man die Arbeiter zum Generalstreik aufrufen würde und ...«

»Unfug, das ist doch völliger Blödsinn!«

Sie schlug mit der linken Faust spielerisch gegen seine Brust. »Sei doch nicht so besserwisserisch! Immerhin streiken wir auch. Und das ist wichtig!«

»Dieser Mieterstreik ist keine gute Idee, das hast du doch schon gemerkt. Das Geld ist weg und nun sitzt der Vermieter am längeren Hebel.«

Hannchen runzelte die Stirn. »Meinst du, es hat jemand den Auftrag zum Raubmord gegeben? So schlecht kann doch keiner ...«

Weber war wieder hellwach. Was für ein Gedanke! Sie hatte recht, so schlecht kann doch keiner sein. Aber die Kreise, in denen der Pohl verkehrte ... das waren Leute, denen man alles zutraute.

»Na, wir werden den Kerl schon schnappen«, versprach Weber.

»Und das Geld. Bringst du uns das dann zurück?«

»Wenn's noch da ist.«

Sie riss erschrocken die Augen auf. »Meinst du, der Mörder hat es schon verjubelt?«

Weber zuckte mit den Schultern.

»Na zumindest wird man uns beim Streik in der Wäscherei nichts stehlen können. Da müssen wir nämlich ohne Streikkasse auskommen.«

»Was?«

»Ist leider so, weil wir von der Gewerkschaft nicht unterstützt werden. Die weigern sich.«

»Es ist ja auch keine gute Idee.«

»Zehn Prozent Lohnkürzung ist keine gute Idee!«

»Ihr müsst im großen Rahmen denken. Ein Streik in einem Betrieb, das wird nicht funktionieren.«

»Ha! Jetzt redest du wie dieser Langweiler von der Gewerkschaft.« Sie schob ihn empört von sich.

»Herrgott, Hannchen!«

»Herrgott, Hannchen!«, äffte sie ihn nach.

»Du bist den Kommunisten auf den Leim gegangen.«

Jetzt war sie wütend. »Raus aus meinem Bett!« Sie drängte ihn weg. Weber fiel beinahe über die Kante.

»He!«

»Ich mag es nicht, wenn du so tust, als wäre ich ein Dummchen, das von Politik keine Ahnung hat!«

»Ist ja schon gut.«

»Du wolltest sowieso schon längst gegangen sein.«

»Entschuldige bitte, aber ...« Weber schaute sie unglücklich an.

»Geh! Du wolltest doch sowieso bei dir übernachten.«

»Na ja ...«

»Los, los, mach dich davon!« In ihren Augen sah Weber, dass sie es nicht ganz so ernst meinte. Und vielleicht hatte sie ja recht …

»Ich darf mich ja wohl noch waschen«, sagte er schmollend wie ein kleiner Junge.

»Heißes Wasser steht auf dem Herd.« Sie wandte sich ab und zog sich die Decke über den Kopf.

Weber ging in die Küche, goss sich Wasser in eine Schüssel und griff nach der Seife. Pfiff ein bisschen vor sich hin: »Wochenend und Sonnenschein, und dann mit dir im Wald allein …« Alles nur, um ein bisschen Zeit zu schinden, auch wenn er wusste, dass es nichts nützte.

Er hatte gerade nach dem Handtuch gegriffen, als jemand laut an die Wohnungstür klopfte und sie ohne auf Antwort zu warten aufschob. Stöckelschuhe klapperten durch den Flur, die Küchentür wurde aufgestoßen und vor ihm stand Anna mit ihrer Federboa, eine Zigarette im Mund, und ein paar Zetteln in der rechten Hand.

Die linke stemmte sie jetzt in die Hüfte, rief »Hoppla, Herr Kommissar!« und lächelte amüsiert.

Weber stand da, tropfnass und schutzlos wie der nackte Adam.

»Donnerwetter, Herr Kommissar!«, rief Anna und nahm die Pose der verführerischen Lulu ein. Sie ließ ihre Augen genussvoll über seinen Körper gleiten.

»Sieh mal an!«

»Hören Sie …« Weber schaute hilflos zur Tür von Hannchens Zimmer.

»Sie können sich ja sehen lassen, Herr Kommissar. Und ich dachte immer: So ein alter Knacker.«

Mit der freien Hand zog sie ganz langsam die Federboa von der Schulter und ließ sie über Webers Arm gleiten.

»Anna, bitte ...«

Sie strich um ihn herum. Die Federboa strich über seinen Rücken. »Die Staatsgewalt in ihrer ganzen Pracht ... ah!« Sie ging um ihn herum und sang leise: »Ich bin von Kopf bis Fuß auf Liebe eingestellt ...«

»Hören Sie auf ...«

Die Tür zu Hannchens Zimmer wurde aufgerissen. »Was ist hier los!«

Anna prallte zurück, als sie sah, wie Hannchen in die Küche preschte und schrie: »Was hast du hier bei meinem Mann zu suchen!«

Anna fiel die Zigarette aus dem Mund. Sie landete leise zischend in der Waschschüssel. »Gar nichts.«

Hannchen ballte die Fäuste. »Du Flittchen!«

»Hör mal, er steht doch so hier rum, nicht ich!«

»Du hast ihn mit diesem Ding da berührt!« Hannchen deutete auf die Federboa.

Anna brach in Gelächter aus. »Ich wollt's ihm doch bloß umlegen, damit er sich nicht genieren braucht.«

Hannchen schaute sie misstrauisch an.

»Ehrlich«, sagte Anna.

Weber nutzte den Moment und rannte mit dem Handtuch in Hannchens Zimmer, wo er sich blitzschnell abtrocknete und anzog.

Die Frauen stritten sich noch kurz, dann wurde der Ton versöhnlicher:

»Morgen um neun Uhr. Pünktlich. Fast alle kommen mit. Du bist doch auch dabei?«

»Ja, natürlich.«

Kurz darauf kam Hannchen mit einem Zettel in der Hand ins Zimmer und sagte: »Es war wegen morgen. Die Beerdigung von Henning. Es soll eine große Demonstration werden. Tausende Arbeiter werden kommen. Unsere Terrasse marschiert geschlossen.« Sie schaute auf das Flugblatt und las vor: »Mord über Deutschland! Der Abgeordnete der KPD Ernst Henning wurde hinterrücks und feige erschossen! Nazis schützen die Mörder! Und der SPD-Senat verbietet kommunistische Zeitungen und Versammlungen! Arbeiter und Arbeiterinnen, steht auf! Entfacht den Massensturm gegen die braune Mordpest! Gebt dem Helden der Arbeiter ein letztes Geleit!«

»Um Himmels willen«, sagte Weber. »Da willst du wirklich mitgehen?«

»Ja, ganz genau. Weil Henning ein guter Mensch war. Und du, kommst du mit?«

Weber verzog zweifelnd das Gesicht. »Das wird wohl kaum gehen, selbst wenn ich wollte. Außerdem habe ich morgen Wichtiges zu tun.« Er zögerte kurz. »Hannchen, überleg dir das noch mal genau!«

Hannchen wedelte mit dem Zettel. »Das hier ist mir wichtig. Sehr wichtig sogar.«

Weber nickte. »Na gut, dann gehe ich jetzt ...«

»Alfred!«, rief Hannchen, als er schon im Flur war.

»Ja?«

»Wehe, wenn ich dich noch mal mit einer Federboa erwische!«

Lächelnd stieg er die Treppe hinunter und verließ das Haus.

Weber schaute aus dem Fenster des Dienstzimmers. Der Himmel über Hamburg strahlte blau, und er bildete sich ein, dass die ersten Zugvögelschwärme aus dem Süden zurückkamen. Wildgänse sogar – oder waren das Enten?

Seine Gedanken schweiften immer wieder ab. Aber Vögel hin, Frühling her, der Papierkram musste erledigt werden. Und dafür war er leider wieder allein zuständig, denn Klindworth fiel für längere Zeit aus. Zum Glück würden die Schussverletzungen bei ihm keine bleibenden Schäden hinterlassen, nur ein paar Narben. Weber hatte ihn im Krankenhaus besucht, und der junge Beamte hatte ihm dreimal versichert, er werde »bei der Truppe bleiben«. Wenn einer mehrfach auf eine Frage antwortete, die ihm gar nicht gestellt wurde, hatte er viel über sie nachgedacht. Vielleicht kam er doch nicht mehr zurück.

Weber fragte sich, ob er im Polizeidienst geblieben wäre, wenn gleich zu Beginn seiner Laufbahn jemand auf ihn geschossen hätte. Was wäre dann wohl aus ihm geworden?

Die Tür wurde aufgerissen und ein freundliches »Guten Tag, Kommissar Weber!« ertönte.

Weber schreckte hoch. Kriminalobersekretärin Finke trat zögernd ein.

»Ich hatte geklopft«, sagte sie.

Wie immer trug sie ein dunkles, langes Kleid, war bis unters Kinn zugeknöpft und hatte eine schwere Jacke darüber, die wie eine Uniform wirkte. Ihre auf Hochglanz polierten Schnürstiefel waren das einzig Elegante an ihr. Aber sie strahlte Autorität aus. Die nächtliche Taxifahrt mit ihr fiel ihm ein, als er einen ziemlich derangierten Eindruck gemacht hatte. Die Erinnerung daran war ihm peinlich.

Weber gelang ein zurückhaltendes Lächeln und machte eine einladende Handbewegung: »Guten Morgen.«

Finke deutete auf die Uhr und lachte. »Schon halb zwölf.«

Weber schaute auf die Papiere, die vor ihm lagen. In den letzten zwei Stunden hatte er nicht gerade viel bewältigt.

Finke blickte ihn erwartungsvoll an.

»Entschuldigung, ich war gerade beschäftigt.« Weber deutete auf das Durcheinander aus Notizzetteln und Formularblättern.

»Ich kann auch später noch mal kommen.«

»Nein, nein ... schon gut. Nehmen Sie doch Platz.«

Sie schloss die Tür, nachdem sie einen kurzen Blick in den Flur geworfen hatte, und setzte sich auf Klindworths Stuhl. Sie legte die Hände übereinander in den Schoß, überlegte kurz und sagte dann: »Ich will gleich in medias res gehen, Herr Weber, auch wenn es heikel ist. Wir hatten uns neulich ja schon darüber unterhalten.«

Weber war leicht verunsichert. Hoffentlich kam sie ihm jetzt nicht wieder mit dem Thema Hypnose.

Jedes Mal, wenn er an sein Erlebnis in der *Amphore* dachte, wurde ihm flau im Magen. Klammheimlich hatte er entschieden, dass es nie passiert war – dass ihm das, was passiert war, nicht so passiert sein konnte, wie er es in Erinnerung hatte, denn das war absurd. Es musste ganz anders gewesen sein. Das kannte man doch von Tatzeugen – jeder hat eine andere Erinnerung an das Geschehen. Das menschliche Gedächtnis taugt nicht für objektive Wahrheiten. Was für eine beunruhigende Feststellung.

»Herr Weber?«

»Ja?« Er schaute sie an, bemüht um Konzentration.

»Die Sache mit den Toten in der Hochbahn«, sagte sie.

Verdammt, dachte Weber, doch das.

»Wir von der WKP sind damit befasst, wie Sie wissen. Es gab wieder ein Opfer ...« Sie schaute ihn eindringlich an, als wäre sie nicht sicher, ob es ihn interessierte.

»Diesmal handelt es sich um eine Prostituierte aus St. Pauli, die sich auf der Kell-Jung-Linie vor einen Zug gestürzt hat.«

Weber lief ein kalter Schauer über den Rücken. Er dachte an del Gracio und das Mädchen in seinem Zimmer im Hotel Excelsior.

»Junge Frau mit Bubikopf. Grüner Mantel, weinroter Schal, blauer Hut und braune Handtasche«, sagte er.

Finke nickte. »Ja, richtig. Sie haben die Akte gelesen?«

»Nein, ich bin der Frau begegnet. Sie war im Hotel bei del Gracio, dem Hypnotiseur. Beruflich. Sie ... Also, sie hat dort ihren Beruf ausgeübt.«

»Und jetzt ist sie tot.«

»Das stützt Ihre Theorie.«

»Hypnose, ja.«

Weber merkte, wie ihn eine Abneigung gegenüber diesem Fall überkam.

Doch Finke ging zum Glück nicht weiter auf dieses Thema ein. »Sie wissen, wo del Gracio wohnt? Dann nehmen wir ihn fest. Dank Ihrer Beobachtung haben wir allen Grund dazu.«

»Es gab auch andere Gründe, weshalb wir es schon versucht haben. Aber er hat Lunte gerochen und ist geflüchtet. Mir gegenüber hat sich dieser Jahrmarktsscharlatan übrigens als Dr. Rudolf Neulen ausgegeben, geboren in Landsberg, wohnhaft in Stettin, promoviert in Berlin. Alles gelogen. Deshalb wollte ich ihn festsetzen.«

»Und jetzt ist er verschwunden?«

»Ich habe ihn zur Fahndung gemeldet. Aber der Bursche ist gewieft. Vermutlich wird er uns entwischen.«

Finke schüttelte entschieden den Kopf. »Das darf nicht sein! Er hat fünf Frauen auf dem Gewissen!«

»Waren es in den anderen Fällen auch Prostituierte?«, fragte Weber.

»Nein. Frauen aus unterschiedlichen Berufen, meist jünger. Alle alleinstehend.«

»Fünf Morde in relativ kurzer Zeit«, überlegte Weber. »Wir haben es mit einem gemeingefährlichen Irren zu tun, der wahrscheinlich die Stadt verlassen hat. Wir müssen ihn zur reichsweiten Fahndung ausrufen.«

Finke warf einen Blick zur Tür, zögerte kurz und sagte dann: »Vielleicht hat er die Stadt gar nicht verlassen.«

»Das wäre sehr töricht von ihm.«

»Töricht oder nicht ... Die Frage nach dem Motiv ...«

»Ein Wahnsinniger braucht kein Motiv, der tut es einfach!«

Finke lächelte. »So simpel ist es nie, Herr Weber, das wissen Sie auch. Es gibt immer Gründe oder Ursachen. In diesem Fall allerdings ...« Sie brach ab.

»Was ist in diesem Fall?«

Wieder der Blick zur Tür, bevor sie antwortete. »Ich habe einem Gespräch meiner Vorgesetzten beigewohnt. Einem recht eigenartigen Gespräch.« Sie lachte kurz. »Nun sind Gespräche zwischen Frau Erkens und Dr. Schlanbusch immer eigenartig, weil die beiden wie Hund und Katze sind. Entweder sie gehen aufeinander los, wegen des ewigen Kompetenzgerangels, oder sie reden aneinander vorbei. In diesem Fall redeten sie aneinander vorbei. Wenn es kein so schwerwiegendes Thema gewesen wäre, hätte man darüber lachen können. Oder weinen.«

»Sie haben gelacht?«

»Mir war nach weinen, aber ich durfte mir ja nichts anmerken lassen. Ich saß im Nebenzimmer, die Tür war offen. Ich bekam es nur zufällig mit.«

»Worum ging es denn genau?«

»Um eine vertrauliche Anweisung von Präsident Campe an die Leiter der betroffenen Dienststellen wegen der Todesfälle in der Hochbahn. Dr. Schlanbusch sollte das offenbar weitergeben, auch an die weibliche Kriminalpolizei, also meine Chefin Frau Erkens. Das hat er also getan, allerdings hat er es mit einem Kommentar versehen.«

»Das tut er doch immer unterschwellig, wenn er eine Anweisung von Campe bekommt.«

»Mag sein. Hier war es nicht unterschwellig, sondern deutlich. Er sagte wörtlich: ›Das kann der Campe nur von Schönfelder bekommen haben. Politische Gründe? Wir haben es hier mit Unfällen zu tun! Man sollte die Sicherheitsvorkehrungen in der Hochbahn überprüfen. Wäre hier nicht die Verkehrspolizei zuständig? Eine Verschwörung zu wittern, ist vollkommen abwegig. Frauen fallen doch nicht aufgrund politischer Machenschaften vor die Hochbahn.‹ Das sagte Dr. Schlanbusch. Und Frau Erkens antwortete wie aus der Pistole geschossen: ›Wenn mehrfach der gleiche Unfall geschieht und es sind immer Frauen betroffen, dann handelt es sich selbstverständlich um eine politische Verschwörung.‹ So hat sie es ausgedrückt. Ich habe nicht genau verstanden, wie sie das meinte. Vielleicht war es als Provokation gedacht. Falls dem so war, dann ist Dr. Schlanbusch darauf hereingefallen. Er erwiderte nämlich: ›Und wenn eine Frau sich beim Strümpfestopfen mit der Nadel sticht, sich beim Kaffeekochen verbrüht oder beim Kuchenbacken verbrennt, dann ist das Ihrer Ansicht nach wohl auch ein Verbrechen der Männer an den Frauen?‹ Darauf wäre mir keine Antwort eingefallen, aber Frau Erkens schon. Sie sagte: ›Ein Verbrechen ist es, dass Frauen diese ganzen Zwangsarbeiten im Hause machen müssen und nicht einmal dafür bezahlt werden.‹ Und Schlanbusch: ›Für Hausarbeit bezahlt werden, das ist ja verrückt.‹ Worauf Frau Erkens ihm unterstellte, er würde sie für eine Verrückte halten, nur weil sie eine Frau sei, und das könne er sich nicht mehr erlauben, wenn sie erst mal mit ihm gleichgestellt wäre, was nur noch eine Frage der Zeit sei, und so weiter. Es ging wieder hoch her.«

»Na schön«, sagte Weber, der den Faden verloren hatte. »Von diesen Streitereien habe ich auch schon gehört, aber ...«

»Sie meinen, worum es mir eigentlich geht in diesem Zusammenhang?«

»Ja.«

»Dass Präsident Campe und vielleicht auch Senator Schönfelder den Gedanken haben, es könnte sich bei den Todesfällen in der Hochbahn um eine politische Verschwörung handeln.«

Weber war leicht verwirrt. »Aber wir haben doch gerade del Gracio alias Rudolf Neulen als Verdächtigen in Betracht gezogen.«

»Eben. Wenn wir also recht haben ...«

»Dann ist das mit der Verschwörung völliger Unfug. Wie könnte ein Jahrmarktsgaukler wie del Gracio verschwörerische Motive haben?«

»Vielleicht hat ihm jemand den Auftrag erteilt.«

»Wer erteilt denn einem Irren einen irren Auftrag und zu welchem Zweck? Sie drehen sich im Kreis mit Ihren Spekulationen!«

»Ich weiß nicht ... aber ... Gut, womöglich haben Sie recht. Ja, ich merke, es klingt reichlich verstiegen.« Finke schien sich über ihre eigenen Gedankengänge zu wundern und schüttelte den Kopf. »Man verbeißt sich manchmal wirklich in die seltsamsten Sachen«, sagte sie mehr zu sich selbst.

»Sei's drum. Del Gracio, oder wie er auch heißt, muss gefunden werden. Wir sollten im Austausch bleiben deswegen.«

»Ja, das wäre angebracht.« Finke stand auf, verabschiedete sich und ging.

Weber wandte sich wieder seinen Papieren zu, schrieb Berichte zu Ende, füllte Formulare aus und heftete alles ab.

Irgendwann begann sein Magen zu grummeln. Er schaute zur Uhr. Und da klopfte es auch schon und sein Freund Hilbrecht riss die Tür auf.

»Abmarsch zu *Windhorst*, Essen fassen!«, rief er leutselig und streckte die Hand aus, in der er einen Umschlag hielt. »Das hier soll ich dir geben, der Bote kam gerade vorbei.«

Hilbrecht bemühte sich offenbar so zu tun, als wäre das neulich vor Webers Haus nicht passiert. Als hätte es seinen und Erikas Auftritt und das moralinsaure Ermahnen bezüglich seines Lebenswandels nicht gegeben. Na schön, tun wir mal für den Moment so, als wäre alles wie zuvor, entschied Weber.

Er öffnete den Umschlag. Es war eine handschriftliche Dienstanweisung von Oberinspektor Urban:

»Politische Dimension tödliche Vorfälle Hochbahn? Ermittlungen koordinieren – WKP! Gemeinsame Fahndung. Verdacht Verschwörung?«

»Mich laust der Affe«, entfuhr es Weber.

Hilbrecht lachte und rief fröhlich: »Bei Lausbefall empfehlen wir jeweils einen Humpen Bier! Auf geht's, Alfred!«

Wenn er mir nur nicht wieder auf die moralische Tour kommt, hoffte Weber inständig. Sonst ist es aus zwischen uns.

Hilbrecht aber umschiffte während des ganzen Mittagessens das Thema Familie so weiträumig, dass sehr oft peinliches Schweigen zwischen ihnen ausbrach.

Weber und Finke sprachen jetzt von »Morden« in der Hochbahn, ohne sich darauf verständigt zu haben.

Offiziell wurden die mysteriösen Todesfälle weiterhin »Unfälle« genannt, von Politikern auch »tragische Vorfälle«. Die Öffentlichkeit sprach von »Selbstmorden«, was die meisten Zeitungen übernommen hatten. Nur das Satireblatt »Große Glocke« sprach von »Schwalben mit Todessehnsucht« und das sensationslüsterne »Mittagsblatt« von einer »Selbstmord-Epidemie«. Über die Opfer selbst wurde wenig geschrieben, es handelte sich immer um alleinstehende Frauen, die in ihrem Umfeld niemandem als besonders melancholisch aufgefallen waren. Ihre Biografien waren so langweilig – es handelte sich bei den ersten vier Toten um einfache Arbeiterinnen und Angestellte, nur das letzte Opfer kam aus dem Rotlicht-Milieu –, dass die Zeitungen nicht viel zu berichten hatten.

Vom Stadthaus zum Stephansplatz war es nicht weit, mit der Straßenbahn waren sie im Nu dort.

Als sie ausgestiegen waren, deutete Finke auf das niedrige, lang gezogene Flachdachgebäude, das auf der nördlichen Seite eine elegante Rundung aufwies: »Ich mag dieses Gebäude wirklich sehr. Es ist so wundervoll schlicht und modern. Es hat einen gewissen architektonischen Schick, finden Sie nicht? Diese schmalen Fensterbänder, die sich unter dem Dach entlangziehen …«

»Architektonischer Schick schön und gut«, brummte Weber. »Aber dieses schlichte und moderne Dach beherbergt zuallererst einmal eine öffentliche Bedürfnisanstalt.«

»Und einen Zeitungskiosk.«

»Mit all diesen Schmierenblättern, die uns Inkompetenz vorwerfen.«

Finke lachte: »Sie sind ja prächtiger Laune heute, Herr Weber.«

»Entschuldigen Sie, ich musste nur gerade an die fünf toten Frauen denken. Und an diesen del Gracio. Und an unsere Vermutung, dass er sie auf dem Gewissen hat. Man fragt sich doch, in was für einer wahnsinnigen Welt wir leben, wo so etwas geschieht.«

Sie gingen auf den U-Bahn-Eingang zu. »Gegen Anfälle von Schwermut kann ich Ihnen ein probates Mittel empfehlen, Herr Weber.«

»Tatsächlich? Einen Schnaps vielleicht?«

»Aber nein. Ich rate zur ruhigen Betrachtung der Tatsachen und ihrer logischen Zusammenhänge und ursächlichen Hintergründe.«

Eine lange steile Treppe, beleuchtet von ins Mauerwerk eingelassenen eckigen Leuchten, führte hinab in die Schalterhalle.

»Logische Zusammenhänge und ursächliche Hintergründe«, wiederholte Weber mehr für sich selbst.

Kurz geriet er aus dem Tritt und musste sich am Treppengeländer festhalten. Eisern und eiskalt fühlte es sich an. Um sie herum war alles blau getäfelt.

Sie kamen im Zwischengeschoss an, auf halbem Weg zum Bahnsteig. Sowohl vor dem Schalter für den Billettverkauf wie auch vor dem Fahrkartenselbstverkäufer hatten sich Schlangen gebildet.

Neben der Treppe, die zum Bahnsteig führte, hatte sich der Haltestellenwärter postiert und beobachtete mit versteinerter Miene den Fahrgaststrom.

Neben ihm stand ein Sperrgitter bereit für den Fall, dass zu viele Personen zu den Zügen drängten. Über ihm hing ein Schild mit dem Hinweis: »Damen mit unverdeckten Haarnadelspitzen sind von der Beförderung ausgeschlossen.«

Weber zeigte seine Dienstmarke, stellte Kriminalobersekretärin Finke vor, und der Beamte salutierte: »Zu Diensten, Herr Kommissar!«

Wie bei der Polizei wurden auch bei der Hochbahn vorwiegend Männer eingestellt, die zuvor in der Armee gedient hatten, und so war es kein Wunder, dass auch bei diesen zivilen Beamten ein zackiger Ton vorherrschte. Die Schirmmütze, die schweren Stiefel und der lange zweireihige Mantel mit den Messingknöpfen unterstrichen, dass es sich beim Stationswärter um eine amtliche Respektsperson handelte.

»Wir kommen wegen des Unfalls. Die Frau, die vor den Zug gefallen ist.«

»Jawohl, Herr Kommissar. Wenn ich mir eine Bemerkung erlauben darf: Sie ist nicht gefallen, sondern gesprungen.«

»Ja, davon gehen wir auch aus. So steht es auch im Bericht über den Vorfall.«

»Jedoch ...«, sagte der Haltestellenwärter und zögerte.

»Ja?« Finke schaute ihn aufmunternd an. Sie holte ein Notizbuch aus der Manteltasche und zog den Bleistift heraus. Vielleicht um den Beamten zu animieren, Bericht zu erstatten. Weber machte sich selten Notizen, er schrieb lieber alles im Nachhinein auf, nachdem er die Aussagen im Kopf geordnet hatte. Behauptete er jedenfalls. In Wahrheit vergaß er immer seinen Stift oder verlor ihn bei jeder sich bietenden Gelegenheit.

Der Beamte setzte eine gewichtige Miene auf und sprach betont langsam. »Es gibt Anlass zu der Vermutung, dass die Frau, die vor den Zug gestürzt ist, nicht gefallen oder gesprungen ist, sondern dass sie gestoßen wurde.«

»Gestoßen?«, fragte Weber. »Wie kommen Sie denn darauf?«

»Es handelt sich nicht um meine Beobachtung, sondern um die des Aufsichtspostens auf dem Bahnsteig.«

»Aha. Waren Sie zum Zeitpunkt des Vorfalls auch hier im Dienst?«

»Jawohl.«

»Was ist Ihnen dabei aufgefallen?«

»Die Frau ist mir aufgefallen. Sie kam herunter und benahm sich eigenartig.« Der Beamte schaute zu, wie Finke mitschrieb, und nickte zufrieden.

»Wie denn?«, fragte Weber.

»Nun, zunächst ging sie direkt hier auf die Treppe zu und wollte nach unten. Ich habe ihr den Zugang verwehrt, da sie kein Billett gelöst hatte. Wenn der Andrang so groß gewesen wäre wie augenblicklich, hätte ich sie vielleicht nicht bemerkt. So aber fiel sie mir auf. Ich zeigte ihr den Schalter dort und den Selbstverkaufsautomaten gegenüber. Und da wurde es eigenartig.«

»Hat sie eine Fahrkarte gekauft?«, fragte Finke, die mit ihrer Kurzschrift durchaus mitkam.

»Nein, eben nicht, jedenfalls zunächst nicht. Sie ging bloß hin und her. Zwischen dem Verkaufsschalter und dem Automaten. Hin und her. Verträumt, dachte ich zunächst. Dann fiel mir auf, dass sie währenddessen vor sich hin flüsterte. Vielleicht eine Schauspielerin, die einen Text übt, dachte ich. Wissen Sie, wir haben manchmal die eigenartigsten Fahrgäste in den Bahnen. Als ich noch in der Verbindungsbahn eingesetzt war, gab es dort einen Geiger, Mitglied des Opernorchesters, der auf dem Weg zum Dammtorbahnhof die Partitur aufschlug und übte. Allerdings ohne die Töne zu spielen, nur den Fingersatz, verstehen Sie?«

»Ja, ja«, sagte Weber ungeduldig. »Und die Frau?«

»Sie ging hin und her und flüsterte und lächelte dabei. Das Lächeln hat mich misstrauisch gemacht. Wissen Sie, lächeln sieht man hier selten jemanden. In dieser Hektik. Die Menschen in der Hochbahn sind eher schlecht gelaunt. Aber sie lächelte und ging hin und her. Mir kam der Gedanke, dass sie vielleicht eine Irre vom Hamburger Berg sein könnte, verstehen Sie?« Der Beamte schaute Weber prüfend an, als würde er ihn für schwer von Begriff halten. »Es ist ja so: In Fällen von geistiger Abwesenheit müssen wir einschreiten. Aber dann stutzte ich. Wegen ihrer Kleidung. Sie war ja recht ... farbenfroh gekleidet. Übertrieben. Und als ich sie schon ansprechen wollte, ging sie schnurstracks auf den Schalter zu und löste ein Billett. Dann stieg sie nach unten. Damit war sie aus meinem Zuständigkeitsbereich. Ich denke, ich hab mir nichts vorzuwerfen. Eine Vorschrift, wie man sich in solchen ungewöhnlichen Fällen verhalten muss, habe ich in den Dienstanweisungen nicht gefunden. Ich habe extra nachgeschaut. Und außerdem war da ja noch dieser Mann, aber darüber weiß ich nichts. Hierzu müssen Sie den Bahnsteigwärter befragen. Genügt das?«

»Ich denke schon«, sagte Weber.

»Haben Sie alles notiert?«, wandte sich der Beamte an Finke.

»Alles.«

»Muss ich dann unterschreiben?«

»Nein, wenn es offiziell protokolliert ist, werden wir Sie ins Stadthaus rufen, um Ihre Aussage zu unterzeichnen. Nur Ihren Namen noch, bitte.«

Finke notierte auch dies.

Sie verabschiedeten sich und stiegen die Treppe hinunter. Hinter sich hörten sie Metall über Stein kratzen und dann krachte das Sperrgitter ins Schloss.

Der Bahnsteig verlief in der Mitte, die Gleise kamen rechts und links der Treppe aus dem Tunnel und führten am anderen Ende wieder rechts und links des Aufgangs in einen Tunnel, der zum Jungfernstieg führte. Schilder über den Bahnsteigen gaben die Richtung an und die jeweilige Endhaltestelle: Kellinghusenstraße oder Jungfernstieg. Allerdings war bei den Schildern auf der rechten Seite das Wort Jungfernstieg überdeckt worden und es stand das Wort »Endhaltestelle« darauf. Die Linie war noch nicht ganz fertiggestellt. Seit zwei Jahren wartete Hamburg darauf. Der Baustopp sei eine Folge des Börsencrashs, sagten die einen, aber in der Presse hatte es auch gelegentliche Berichte über mehrfache Wassereinbrüche in der Baustelle unterhalb des Jungfernstiegs gegeben.

Der Aufseher stand neben seinem Abfertigungskasten und nahm Haltung an, als Weber und Finke sich vorstellten. Auf den ersten Blick sah er seinem Kollegen sehr ähnlich, was natürlich an der Dienstkleidung lag, aber er trug keinen Bart und war größer und schlanker und hatte ein hageres Gesicht.

Noch bevor Weber eine Frage stellen konnte, fuhr ein Zug aus Richtung Kellinghusenstraße ein. Die Türen öffneten sich und ein Schaffner sprang heraus und rief: »Stephansplatz Endhaltestelle, alles aussteigen! Alles aussteigen!«

Der Bahnsteigwärter beäugte misstrauisch die aussteigenden Fahrgäste, die in die eine oder die andere Richtung strömten, gab Auskunft, welcher Weg einzuschlagen sei, und marschierte dann den ganzen Zug entlang, um sich zu versichern, ob alles in Ordnung war. Er besprach sich kurz mit dem Schaffner, dann schlossen sich die Türen und der Zug rollte knirschend in den Tunnel.

»Ich dachte, da geht es nicht weiter«, sagte Weber zum Aufseher, als der wieder vor ihnen stand.

»Nein, da ist eine Weiche, und der Zug fährt zurück aufs andere Gleis und dann wieder zur Kellinghusenstraße.«

»Ah …«

»Unter den Colonnaden steht mal wieder das Wasser knietief. Seit einem Jahr versucht man das zu beheben, aber es passiert immer wieder. Vielleicht sollten sie mal die Baustelle am Jungfernstieg schließen, wenn's da immer reinregnet.«

Weber nickte pro forma. Auch er wusste, dass die Hamburger sich seit einiger Zeit darüber aufregten, dass ein hässliches Bauloch die schöne Promenade an der Binnenalster verunzierte. »Sollen wir da unsere Groschen reinwerfen, um die Fertigstellung zu finanzieren?«, hatte ein Kommentator im »8-Uhr-Abendblatt« kürzlich gefragt.

»Erzählen Sie mal, wie der Unfall neulich hier abgelaufen ist«, sagte Weber.

Und Finke zückte ihr Notizbuch. Das wirkte wieder. Der Aufseher schaute kurz zur Decke des Tunnelgewölbes und begann seinen Bericht. Kurz und knapp und sachlich schilderte er, wie er auf die Frau aufmerksam geworden war, die wenig später vor den Zug stürzen sollte. Er beschrieb ihre farbenfrohe Kleidung und erlaubte sich das Urteil, dass er sie »unter normalen Umständen für ein wenig frivol gehalten hätte«. In diesem Fall aber sei sie ihm eher verstört vorgekommen. Sie sei nämlich immer wieder den Bahnsteig entlanggelaufen und hätte mehrere Züge abfahren lassen, ohne zuzusteigen. Zunächst habe sie auch den richtigen Bahnsteig abgeschritten, die Seite also, wo die Züge zurück zur Kellinghusenstraße abfuhren. Irgendwann habe sie dann gewechselt und sei nun auf der anderen Seite hin und her gegangen.

»Ich wollte ihr schon entgegentreten, aber es herrschte sehr großer Fahrgastverkehr, weshalb ich ständig in Beschlag genommen wurde«, erklärte der Bahnsteigwärter. Schließlich hätte er, als es kurzzeitig ruhiger wurde, weil in der Schalterhalle die Sperre wieder zugezogen worden war, noch etwas Eigenartiges bemerkt: Ein Mann habe die Frau beobachtet. »Zunächst dachte ich, weil sie ein bisschen wie ein Flittchen aussah, aber er näherte sich nicht, sondern blieb auf Distanz. Dass Frauen sich bei uns über Zudringlichkeiten beklagen, kommt ja durchaus vor. Hier aber schien eine andere Situation vorzuliegen, die ich mir nicht erklären konnte.«

»Beschreiben Sie den Mann«, sagte Weber.

»Er war ganz in Schwarz gekleidet und sehr bleich. Eher klein und schmächtig. Spitze Nase, markantes Kinn, ein Bärtchen. Seine Augen fielen mir auf, sie waren sehr groß und eindringlich. Als er mich kurz musterte, fühlte ich mich wie ertappt.«

»Del Gracio.« Weber warf Finke einen kurzen Blick zu. »Weiter!«, forderte er den Wärter auf.

»Ich wurde wieder abgelenkt, Abfertigung, Auskünfte, Ermahnungen wegen Rangeleien beim Einsteigen – auf dieser Seite.« Er deutete auf den Abfahrtsbahnsteig. »Die beiden verdächtigen Personen befanden sich währenddessen weiterhin auf jener Seite.« Er deutete auf den Ankunftsbahnsteig. »Nur hatte der Mann sich jetzt der Frau genähert. Von hinten. Sehr nah. Er stand dicht hinter ihr. Sie schien ihn jedoch nicht zu bemerken. Sie wirkte sehr abwesend. Er flüsterte ihr etwas zu. Das habe ich genau gesehen. Dann trat er zurück. Und jetzt ging alles sehr schnell: Der nächste Zug fuhr ein, die Frau lief abrupt los und stürzte sich kopfüber auf die Gleise und wurde überfahren. Ich war wie vom Donner gerührt. Als ich den Schreck überwunden hatte, sah ich, wie alle wartenden Passagiere zur Unglücksstelle rannten. Es war ein großes Durcheinander, Rufe und Schreie ertönten. Nur einer löste sich aus der Menge und strebte der Treppe zu – der Mann, der der Verunglückten etwas zugeflüstert hatte. Ich rannte hinter ihm her, rief, er solle stehen bleiben. Und da er offenbar ahnte, dass ich ihn beim Hinaufsteigen der Treppe erreichen würde, bog er nach rechts ab und sprang hinunter auf das Gleis und flüchtete in den Tunnel. Ich wollte schon hinterher, aber der Tumult, der Notfall auf dem Bahnsteig erforderte mein Einschreiten.«

»Er ist in den Tunnel geflüchtet?«, fragte Weber.

»Ja.«

»Und nicht mehr herausgekommen?«, fragte Finke.

»Nein. Ich habe ja die Polizisten unterrichtet, die dann kamen. Sie haben im Tunnel gesucht, ihn aber nicht gefunden.«

»Kann man denn ganz durchgehen bis zum Jungfernstieg?«

»Ja, aber dort ist eine Baustelle. Es gibt keinen Ausgang. Nicht mal einen Bahnsteig.«

»Und er hat der Frau etwas ins Ohr geflüstert?«, fragte Finke.

»So sah es jedenfalls aus. Zu hören war nichts.«

»Danke.«

Auf dem Weg nach oben, blieb Weber jäh in der Schalterhalle stehen und rief: »Wir müssen meinen Vater besuchen!«

Finke schaute ihn irritiert an. »Wie bitte?«

»Ich erklär's Ihnen unterwegs«, sagte Weber.

»Meine Frau – deine selige Mutter, Alfred – hat mich immer Maulwurf genannt.« Der alte Weber warf einen kurzen Blick auf das Porträtfoto über der Anrichte, auf dem eine Dame mittleren Alters mit hochgesteckten Haaren zu sehen war. Ihre Lippen umspielte ein – den Eindruck hatte Weber immer gehabt – amüsiertes fragendes Lächeln.

»Aber …« Der alte Weber lehnte sich zurück und verschränkte

die muskulösen Arme über seinem runden Bauch. »... Maulwürfe arbeiten nicht bei Tageslicht.«

Sie saßen in der guten Stube. Zu Webers großer Verwunderung hatte sein Vater sie dorthin eingeladen, nach kurzem Blick auf Frau Finke, die offenbar Eindruck auf ihn machte. Also wollte er selbst auch beeindrucken und inszenierte seinen Vortrag auf die übliche Weise, die Weber schon seit seiner Kindheit kannte. Als kleiner Junge hatte er das gemocht.

»Wir aber schon«, ergänzte Webers Vater.

»Aber der Tunnelbau muss doch unterirdisch erfolgt sein.«

»Nein, nein, Tagebau, wenn Sie so wollen. Wir hatten einen gigantischen Aushub.«

»Bitte?«

»Wir haben uns durch die Straßen gebuddelt. Tiefe Baugruben mussten ausgehoben werden. Die U-Bahn ist ja nicht so tief angelegt, dass ein unterirdisches Graben möglich gewesen wäre. In der Tiefe lauert das Wasser. Es war also kein Untertagebau. Wir haben die ganze Tunnelstrecke unter freiem Himmel gebaut, in großen Gruben. Sie glauben ja nicht, welche Mengen Erde wir bewegt haben. Musste alles mit Loren abtransportiert werden, auf extra dafür angelegten Bauzugstrecken. Das war die Bahn, die vor der Bahn gebaut wurde.«

»So tiefe Gruben?« Finke schüttelte ungläubig den Kopf.

»Ach was, tief! Stellenweise liegen zwischen der Straßenoberfläche und dem Tunneldach nur zwei Meter Erde. Spüren Sie nicht manchmal, wie es unter Ihren Fußsohlen rumpelt, wenn Sie die Mönckebergstraße entlangspazieren? Die dortige Haltestelle Barkhof, die haben wir im Februar 1912 dem Verkehr übergeben. Weißt du noch, Alfred? Im ersten Zug vom Barkhof zum Rathausmarkt durften die Arbeiter und ihre Angehörigen fahren. Damals hätte es mir gefallen, der Junge wäre zur Hochbahn gewechselt, aber er wollte ja nicht. Na ja, dann kam der Krieg und die Karten wurden neu gemischt.«

»Ja«, sagte Weber nachdenklich, »wäre ich nicht Soldat gewesen, wäre ich vielleicht gar nicht zur Polizei gekommen.«

»Bei der Hochbahn wär's auch ein sicherer Posten gewesen.«

»Übrigens haben wir den Tunnel unter der Mönckebergstraße schon 1901 gebaut, als die Straße selbst angelegt wurde. Alles in einem Aufwasch. Damals war die Linie schon geplant. Elf Jahre hat's gedauert, bis dann wirklich unterirdisch gefahren wurde. Gut Ding will Weile haben.«

»Wir sind vor allem an der Konstruktion der Tunnel interessiert«, sagte Finke.

»Ja, da war höchste Präzision gefragt! Graben Sie mal eine so große Grube! Rechts und links hohe Häuser mit tiefen Gebäudefundamenten. Die Baugrube hinterm Rathaus war eine große Herausforderung. Wassereinbruch am Mönkedamm! Enge Kurven bei gleichzeitigem Höhenunterschied in der Großen Johannisstraße. Unwägbarer Grund. Was glauben Sie, was die Eiszeit hier alles an Ablagerungen hingeschoben hat? Und dann das ehrwürdige Rathaus direkt daneben. Und die Börse!«

»Vater, entschuldige bitte.«

Weber hob die Hand, um ihn zu unterbrechen, aber der Alte war wieder in seinem Element.

»Die Börse!« Er schüttelte missbilligend den Kopf. »Die wurde als noch bedeutender angesehen als das Rathaus. Deshalb hat man das gesamte Gebäude abgetragen und nach den Tunnelarbeiten wieder neu errichtet. Was wären die Kapitalisten ohne ihren Finanztempel!«

»Die Tunnelkonstruktion, Vater ...«

»Ich sagte ja, eine nie da gewesene Herausforderung! Wenn das Erdreich ins Rutschen gekommen wäre, na dann gute Nacht, liebe Großmutter. Also musste der Untergrund stabilisiert werden. Zuerst wurden schwere Eisenträger in die Erde gerammt. Anschließend konnte die Grube ausgehoben werden. Holzbohlen zwischen die Träger, damit das Erdreich nicht nachrutscht. Natürlich haben die umstehenden Gebäude einen enormen Druck auf die Grubenwände ausgeübt. Der musste mit schräg gestellten Balken ins Erdreich abgeleitet werden. Querträger stützten die Wände. Was da für Kräfte wirkten! Und wir mittendrin! Dann wurde betoniert. Boden, Wände und Decke aus Stampfbeton. Ein richtiger Betonkasten ist so ein Tunnel, wobei es auch Gewölbekonstruktionen gab, die ...«

»Vater, entschuldige, wenn ich einhake, aber uns geht es speziell um die Kell-Jung-Linie.«

Der alte Weber brach irritiert ab. »Die Kell-Jung-Linie? Das war später, nach meiner Zeit. »

»Was weißt du darüber? Führt da nicht ein Teil des Tunnels unter der Alster hindurch? Wie wird da denn gebaut?«

»Schwierig, soweit man hört. Deshalb verzögert es sich auch. Ständig muss gestoppt werden. Obwohl die es eigentlich leichter haben, weil die Technik viel ausgereifter ist. Heute muss die Grube nicht mehr allein per Hand von den Arbeitern ausgeschachtet werden. Man hat jetzt Greifbagger auf Schienen, die über der Baugrube verlaufen. Die Bagger heben die Erde auf Förderbänder, die abtransportieren. Die Loren werden von Elektroloks gezogen und fahren über Straßenbahngleise. Mechanische Betonmischer ersetzen die menschliche Handarbeit. Mit diesen technischen Möglichkeiten schafften sie die schwierige Strecke unter den Colonnaden in nur achteinhalb Wochen. Weiß der Teufel, wie lange wir mit unseren antiquierten Methoden gebraucht hätten. Aber der Fortschritt ist unaufhaltsam, das ist ein Gesetz der Menschheitsgeschichte! Und das ist unser Glück!«

Die Augen des alten Weber leuchteten vor Begeisterung.

»Nun kommen sie scheinbar doch nicht weiter«, sagte Weber. »Die neue Station am Jungfernstieg sollte doch längst in Betrieb sein.«

»Wassereinbruch, Schlammeinbruch. Kein Wunder. In der Alster liegen riesige Findlinge. Wenn du da die Spundbohlen einrammen willst und auf so einen Brocken triffst, werden die verdrückt und schon hast du ein Leck. Die müssen sogar mit Tauchern arbeiten! Aber vor allem die Tiefe der Station ist ein Problem. Sechseinhalb Meter unterhalb der Alsterflusssohle. Ich bin froh, dass ich da nicht mehr mitschuften muss.«

»Aber die Baustelle ist doch trotzdem offen«, stellte Weber fest.

»Ein Teil davon, und vor allem tief, mein Lieber. Es ist ein wahres Labyrinth. Ein Kollege, den ich früher mal angelernt habe und der es weit gebracht hat inzwischen, hat mich mal mit runtergenommen. Zahllose Ebenen, Gänge und Winkel, verschachtelt wie der Frachtraum eines Ozeanriesen. Wie sie es schaffen wollen, in diesem Wirrwarr eine Station mit überschaubaren Gängen und Bahnsteigen zu bauen, wo die Menschen sich nicht andauernd verirren, ist mir ein Rätsel. Klare Linien sollen einmal dort vorherrschen, heißt es. Davon hab ich nichts gesehen.«

Finke meldete sich zu Wort.

»Wenn jetzt jemand in der Station Stephansplatz in den Tunnel springt und Richtung Jungfernstieg läuft ...«

»Wird er überfahren«, sagte der Alte.

»Es fahren doch noch keine Züge dort«, warf Weber ein.

»Was ich meine«, fuhr Finke unbeirrt fort, »ist, ob es Ausgänge gibt. Unterhalb der Colonnaden zum Beispiel.«

»Nein, natürlich nicht! Wohin denn, in die Häuser?«

»Das heißt, wenn einer da reinläuft und nicht mehr zurückkommt, muss er bis zur Baustelle weitergehen. Und dort, in diesem Labyrinth, kann er dann womöglich unbemerkt nach oben steigen und verschwinden.«

»Ja, aber warum sollte einer das tun?«

»Del Gracio hat es getan.«

Der Alte riss die Augen auf: »Wer?«

»Der Hochbahnmörder«, sagte Weber. »Er hat in der Station Stephansplatz bewirkt, dass eine Frau vor den Zug stürzt.«

»Bewirkt?«

»Jedenfalls ist er für ihren Tod verantwortlich«, sagte Finke.

»Und dann ist er in den Tunnel geflüchtet. Und womöglich bis zum Jungfernstieg gegangen.«

»Das muss ja ein Wahnsinniger sein. Da unten ist es stockdunkel.«

»Ja, ein Wahnsinniger vielleicht.« Weber erhob sich. »Wir müssen dann wieder, Vater. Vielen Dank für die Auskünfte.«

»Gern geschehen. Ihr müsst diesen Hochbahnmörder finden. Das alles ist ja eine Schande für unsere Stadt.«

»Wir werden ihn finden.«

Der alte Weber begleitete seine Gäste zur Tür. Er reichte Frau Finke zum Abschied die Hand und verbeugte sich leicht: »Hat mich sehr gefreut, gnädige Frau.« Seinem Sohn gab er einen aufmunternden Klaps auf die Schulter: »Tschüs, Alfred.«

Neuntes Kapitel
Im Geheimdienst

Menschentrauben in der Wilhelminenstraße. Im Licht der Straßenlaternen waren rote Fahnen und Transparente zu sehen, manche eingerollt, die meisten aber wurden noch kämpferisch in die Höhe gehalten. An den Wänden klebten frische Plakate.

»Wir trauern um Ernst Henning!«

»Tod der faschistischen Mörderbande!«

»Nieder mit dem Schönfelder-Regime!«

»Rache für den Arbeitermord!«

»Nazi-Bande = Mörderpack«

Menschengruppen diskutierten lautstark. Die Stimmung war aufgeheizt. Schon im Stadthaus hatte Weber mitbekommen, dass es nach der Beerdigung des KPD-Abgeordneten Henning in Ohlsdorf und Barmbek zu schweren Auseinandersetzungen zwischen Kommunisten und der Orpo gekommen war. Vorsichtshalber hatte er seinen Ford schon am Paulinenplatz geparkt, nicht ganz vorschriftsmäßig auf einem Grünstück hinter dem dicken Stamm einer Eiche.

Nun ging er zwischen den Menschentrauben hindurch auf den Durchgang zur Lilienhof-Terrasse zu und hoffte, dass niemand ihn als das erkannte, was er in ihren Augen war: ein »Scherge des Schönfelder-Regimes«. Wie konnte ich mich bloß in eine Frau aus diesem Milieu verlieben, dachte er. Man kann sich das Leben doch auch auf andere Weise schwer machen. Andererseits gab es auf der Terrasse auch eine stattliche Zahl von Sozialdemokraten, und Hannchen war bis jetzt noch nicht in die KPD eingetreten. Bloß das nicht!

»He, Kommissar!«, rief eine Männerstimme, kaum dass er auf der Terrasse war. Fiete winkte ihm zu. Neben ihm stand Anna, heute zum Glück ohne Federboa. Stattdessen hatte sie sich eine rote Fahne umgehängt und so drapiert, dass der rote Stern mit Hammer und Sichel auf ihrer Schulter lag.

Und neben ihr Hannchen. Nicht so modisch schick, aber in gut geschnittenem Rock und Mantel – »maßgeschneidert«, wie sie gern angab, »von mir selbst«.

Sie eilte auf ihn zu und fiel ihm um den Hals. Es war aber nicht so ganz klar, ob sie einfach nur froh war, ihn zu sehen, oder noch immer in Gefühlswallung wegen der aktuellen Geschehnisse.

»Fünfzigtausend Menschen sind dem Sarg von Henning gefolgt, Alfred! Fünfzigtausend! Es war eine machtvolle Demonstration.«

»Aha.«

»Seine Tochter hat gesprochen. ›Das Testament meines Vaters ist Rache!‹ hat sie am Schluss gerufen.«

»Tja, und nun brennt's in Barmbek. Ist das eine Lösung?«

»Die Orpo hat doch angefangen!«

»Hannchen, du sollst nicht alles glauben, was man erzählt.«

»Aber ich hab's doch gesehen!« Jetzt schmollte sie.

»He, Kommissar!« Fiete rückte an, mit Anna im Arm. Ihre lasziven Bewegungen sollen wohl den Hüftschwung der Revolution symbolisieren, dachte Weber. Sie sollte zum Theater gehen.

»Ganz schön mutig, dass Sie hier auftauchen«, sagte Fiete. »An so einem Tag ... keine Angst, gelyncht zu werden?«

»Sie lesen zu viel Karl May.«

Fiete lachte. »Wir sind die Rothäute!« Er nuschelte leicht.

Anna bemühte sich, ihn durchdringend anzusehen, und verzog dabei ironisch das Gesicht. Aber ihre Augenlider waren so schwer, dass es nicht sonderlich aufregend wirkte. Die sind ja betrunken, stellte Weber fest.

Hannchen hängte sich bei Weber ein, vielleicht um den Umstehenden zu signalisieren, dass er dazugehörte. Steckte eine Hand zu seiner in die Manteltasche. Das fühlte sich angenehm an.

»Wo ist unsere Streikkasse, Herr Kommissar?«, fragte Fiete mit schwerer Zunge. »Die Leute hier stehen bald auf der Straße, wenn sich nichts tut. Der Vermieter droht mit Zwangsräumung. Es gibt Krieg, wenn das Geld nicht wieder auftaucht.«

»Nun übertreib mal nicht gleich. Wenn ich das Geld finde, bringe ich es euch zurück«, sagte Weber und merkte sofort, dass dies ein sehr riskantes Versprechen war.

»Jede Wette, dass ihr Udel die Piepen selbst einsteckt«, stieß Anna hervor.

Nanu, dachte Weber, was ist denn mit der los?

Hannchen sprang für ihn in die Bresche: »Wenn Alfred was verspricht, hält er es auch.«

Anna lachte hämisch und sang leise und falsch: »Es war einmal ein treuer Husar ...«

Weber wäre am liebsten weggegangen, wollte aber Hannchen nicht blamieren. »Wenn das Geld noch irgendwo ist«, begann er, »dann ...«

Fiete unterbrach ihn barsch: »Wo wird's wohl sein? Beim Mörder! Und wo ist der? Bei seinen Nazi-Freunden! Und wer schützt die Nazi-Bande? Die Polizei!«

»Das stimmt doch gar nicht!«

»Dann beweisen Sie mal das Gegenteil! Wieso habt ihr den Pohl noch nicht?«

»Weil er sich versteckt hält.«

»Weil ihr euch die Augen zuhaltet!«

»Das ist gelogen!«

»Ihr lügt, so ...«, keifte Anna und holte mit ihren kleinen Fäusten aus, um Weber eins auf die Nase zu geben. Aber sie war so betrunken, dass sie ins Taumeln geriet und Fiete sie auffangen musste.

Hannchen zog ihn weg. »Komm jetzt, Alfred.« Und zu Anna sagte sie vorwurfsvoll: »Also wirklich, was soll das denn? Willst du, dass Fiete wieder verhaftet wird? Willst du in den Knast? Und was ist dann mit morgen?«

»Schon gut, schon gut, ich lass ihn dir am Leben«, lallte Anna hinter ihrem Rücken. »Alles klar, und morgen geht's richtig zur Sache.«

Sie gingen auf Hannchens Haustür zu.

»Er ist übrigens gut gebaut, dein Alfred!« Anna lachte schrill hinter ihrem Rücken.

»Still jetzt, du dumme Pute!«, brüllte Fiete sie an.

Weber fragte: »Was ist denn morgen?«

»Das erkläre ich dir, wenn wir oben sind.« Sie schob ihn ins Treppenhaus.

Aber oben angekommen, ging sie zielstrebig in die Küche und holte eine Flasche Rum aus dem Schrank. »Erst mal einen Grog!« Sie griff nach zwei Gläsern und goss den Rum hinein. Stellte den Wasserkessel auf den Herd.

»Zieh dir doch erst mal den Mantel aus«, sagte Weber.

»Ja, ja, gleich, mir ist kalt. Ich war den ganzen Tag draußen.« Sie wich seinem Blick aus.

»Was ist nun also morgen?«

»Ach, du weißt schon.« Sie befühlte den Wasserkessel. »Das kann ja ewig dauern.« Sie griff nach den Gläsern und hielt ihm das eine hin. »Komm, den trinken wir jetzt so, das wärmt auch schon ein bisschen.«

Weber kippte den Rum in einem Zug herunter, sie auch. »Was weiß ich schon?«

»Na, wegen dem Streik. Morgen geht's los.«

»Das ist keine gute Idee, Hannchen!«

Sie stemmte eine Hand in die Seite und schaute ihn entschlossen an. »Gute Idee? Ist doch egal. Es muss sein! Sie haben nicht nur die Löhne gekürzt. Jetzt sind auch fünf Frauen entlassen worden. Deren Arbeit sollen wir auch noch übernehmen. Mehrstunden und keine zusätzliche Bezahlung! So geht's doch nicht. Wir streiken jetzt!«

Dazu fiel Weber nichts ein außer der müden Warnung: »Lasst euch nicht von den Kommunisten in eine aussichtslose Situation treiben.«

»Hör mal, Alfred, wir haben das selbst entschieden! Wir hatten eine Versammlung und alle haben dafür gestimmt. Wir sind froh, dass Fiete und seine Genossen uns unterstützen, weil's sonst nämlich niemand tut!« Sie lachte kurz auf. »Aber selbst die waren erstaunt, wie entschlossen wir waren. Morgen früh noch vor der ersten Schicht besetzen wir die Wäscherei und legen alles lahm. Da wird der Reents sich aber wundern!«

»Morgen früh?«

»Um vier! Ich muss als eine der Ersten da sein. Ich hab den Schlüssel!«, sagte sie stolz. »Den haben wir nachmachen lassen.«

»Warum denn so früh? Und mit einem nachgemachten Schlüssel? Das ist ja praktisch Einbruch.«

»Ach, Alfred, du bist und bleibst ein braver Polizist. Aber brav darf man nicht sein in diesen Zeiten. Ab morgen gehört die Wäscherei uns!«

»Quatsch, Eigentum ...«

»... ist Diebstahl!«

»Hannchen!«

»Und warum so früh? Das kann ich dir sagen! Weil der Reents nämlich schon seine Streikbrecher angefordert hat. Eine aus dem Büro hat das Telefonat mitgehört. Die Angestellten machen nämlich auch mit, stell dir nur vor!«

Webers Gefühle schwankten zwischen Verständnis für ihren Zorn und Angst um sie.

Lautes Pfeifen ertönte. Das Wasser im Kessel kochte. Hannchen goss noch zwei sehr »steife Grogs« auf. Als sie ihm sein Glas reichte, drängte sie sich an ihn und sagte schnurrend: »Den trinken wir jetzt und dann legen wir uns hin und du machst mir ein bisschen Mut. Und dann bleibst du, bis ich in der Frühe gegangen bin. Und hältst dicht, ja?« Damit zog sie ihn ins Schlafzimmer und summte dabei:

Und als er zum Herzliebchen kam
ganz leise gab sie ihm die Hand,

Die ganze Hand und noch viel mehr,
die Liebe nahm kein Ende mehr.

Weber schlief dann sehr unruhig, eigentlich kaum.

Als sie um Viertel nach drei schon wieder aufstand, stellte er sich schlafend, dachte aber: Ich halte also dicht. Ich bin wirklich ein treuer Husar.

Dann nickte er ein und träumte sehr schlecht das Ende vom Lied:

»Grüß Gott, grüß Gott, Herzliebste mein!
Was machst du hier im Bett allein?«
»Hab Dank, hab Dank, mein treuer Knab'!
Mit mir wird's heißen bald: ins Grab!«

Er wachte auf, als die Sonne schon so steil stand, dass ein paar blasse Strahlen durchs Fenster fielen. Er lag allein im Bett, das Zimmer war leer, im Haus war es still. Selbst draußen auf der Terrasse herrschte Ruhe.

Er nahm sie gleich in seinen Arm,
Da war sie kalt und nimmer warm.

Am helllichten Tag kann's dir unheimlich sein, dachte Weber und schlug die Decke auf.

Das schmiedeeiserne Tor, über dem das Schild »Dampf-Wäscherei Reents« hing, war geschlossen, gesichert mit einer schweren Kette mit überdimensionalem Schloss. Große Plakate aus Pappe waren mit Drähten am Gitter befestigt, darauf stand nur ein einziges Wort: STREIK. Vor dem Tor und rechts und links davon an der Mauer standen jüngere Männer und ein paar Frauen mit roten Plakaten: »RGO unterstützt den Streik in der Wäscherei Reents«. Die Frauen verteilten Handzettel an Passanten. Die RGO-Leute gehörten nicht zur Wäscherei. Die Arbeiterinnen hatten sich drinnen auf dem Werkhof versammelt und schauten durchs Gitter. Hier und da war ein Transparent zu sehen: »Keine Lohnkürzungen! Keine unbezahlten Überstunden!« Von der Allgemeinen Gewerkschaft war niemand zu sehen.

Weber blieb auf der gegenüberliegenden Straßenseite stehen. Da drin war Hannchen und kämpfte für ihr Recht. Rechts vom Tor stand Fiete mit einigen seiner Genossen zusammen. Als er Weber bemerkte, hob er lässig die Faust und grinste. Sie trugen grobes Arbeitszeug und schweres Schuhwerk. Ein paar Meter von ihnen entfernt bemerkte Weber Eisenrohre und Holzknüppel, die wie zufällig vor der Mauer herumlagen.

Von der Großen Gärtnerstraße bog ein Lieferwagen mit dem Schriftzug der Wäscherei in die Straße ein und rollte langsam auf das Tor zu. Die Posten der RGO stellten sich davor auf und hakten sich unter. Einer schrie kurz etwas durchs Gitter und auf dem Werkhof sammelten sich die Streikenden und kamen nach vorn. Niemand rief etwas, es waren keine Parolen zu hören, die Transparente und Plakate wurden schweigend in die Höhe gehalten. Angespannte Ruhe breitete sich aus.

Der Lieferwagen fuhr vor das Tor und hielt an. Ein Mann in weißem Kittel, auf dem Rücken ebenfalls den Wäschereischriftzug, stieg aus und ging auf die Streikposten zu. Es folgte ein Wortwechsel, den Weber nicht verstand, dann ging der Mann im weißen Kittel zurück zum Lieferwagen, stieg ein, startete den Motor und verließ das Gelände.

Kurz darauf fuhr eine Limousine vor, ein Wanderer W10, viertürig, dunkelblau. Ein Mann mit modischem Filzhut saß hinter dem Steuer, der Beifahrer trug einen grauen Homburg. Sie stiegen aus. Beide hatten sich weiße Kittel mit dem Schriftzug »Wäscherei Reents« auf dem Rücken übergezogen. Darunter trug der Fahrer eine Weste, Stresemannhosen und glänzende Stiefeletten, der andere einen schlichten grauen Anzug. Zweifellos waren dies der Besitzer Reents und sein Prokurist.

Sie verlangten Einlass, er wurde ihnen verwehrt. Fiete erklärte ihnen gestikulierend und grinsend, dass gestreikt würde. Es gäbe aber ein Komitee der Arbeiterinnen, das bereit sei, mit der Firmenleitung zu verhandeln.

Reents schüttelte den Kopf, sein Prokurist imitierte ihn, und dann gingen sie zur Limousine zurück, wendeten und fuhren wieder davon. Die Streikposten lachten, hoben die geballten Fäuste und drohten fröhlich. Von drinnen traten zwei Frauen ans Gitter und besprachen sich mit ihnen.

Na, das kann ja eine längere Geschichte werden, dachte Weber, zog die Taschenuhr aus der Jackentasche und schaute drauf. Er müsste längst im Dienst sein. Er ging zu Fiete rüber, um kurz mit ihm zu sprechen. Der erklärte, niemand gehe rein oder raus. Man warte auf eine Delegation der Firma. Man werde unnachgiebig bleiben. Man sei vorbereitet, den ganzen Tag und die kommende Nacht hier zu verbringen, für Essen und Trinken sei gesorgt. Reents werde bald einlenken, denn er mache horrende Verluste pro verlorenem Arbeitstag, die Gaststätten und Hotels würden ihm schon bald aufs Dach steigen. »Alles eine Frage der Zeit, Herr Kommissar. Ich werd Ihr Liebchen grüßen, wenn ich sie sehe. Oder lass es durch Anna ausrichten.« Fiete zwinkerte fröhlich.

Weber wandte sich ab. Was blieb ihm übrig? Wohl war ihm nicht, Hannchen in den Reihen der RGO zu wissen, aber das Leben ist voller Unwägbarkeiten. Vielleicht schafften es die Arbeiterinnen ja, wenn sie gut zusammenhielten.

Er wollte gerade in die Gustavstraße einbiegen, um seinen Wagen am Paulinenplatz abzuholen, als er einen Lastwagen bemerkte, der auf ihn zukam. Ein Opel Blitz. Auf der Ladefläche standen dicht gedrängt junge Männer in grobem Zeug mit Wollmützen und Lederkappen. Hinter dem Lastwagen in größerem Abstand der Lieferwagen und die Limousine von Reents.

Der Lastwagen fuhr im Schritttempo auf das Tor der Wäscherei zu. Lieferwagen und Limousine blieben am Ende der Straße Am Brunnenhof stehen. Wie zwei schaulustige Automobile, die gespannt warteten, was ihnen geboten werden sollte.

Als der Laster an ihm vorbeifuhr, konnte Weber einen Blick ins Führerhaus werfen. Der Mann hinterm Steuer trug eine Schirmmütze, die er in den Nacken geschoben hatte. Sein Gesicht war deutlich zu erkennen.

Weber eilte zurück, rief Fiete eine Warnung zu, aber da ging es auch schon los.

Die Männer sprangen von der Ladefläche des Lasters, hoben Knüppel und behandschuhte Fäuste und stürmten auf die Streikposten zu. Die rannten zur Seite und schnappten sich die Eisenrohre und Knüppel. Gleichzeitig kletterten von drinnen weitere Streikposten über die Mauer, die bisher nicht zu sehen gewesen waren, und bewaffneten sich ebenfalls. Die Schlägerei begann. Bald war die ganze Straße zu einem Schlachtfeld sich prügelnder Männer geworden. Wutschreie, Schmerzensschreie und Gebrüll. Fluchen, Ächzen, Stöhnen, Jammern, Keuchen, Heulen, Kotzen. Die ersten wälzten sich schon im Dreck.

Weber ging mit großen Schritten auf den Lastwagen zu. Er stand mit laufendem Motor gegenüber vom Werkstor. Die Beifahrertür wurde aufgestoßen und ein Mann mit einer großen Zange sprang heraus und bahnte sich seinen Weg durch die prügelnden Männer. Ein zweiter folgte ihm, er hielt einen schweren Vorschlaghammer in den Händen.

Beim Laster angekommen, riss Weber die Fahrertür auf, stieg auf das Trittbrett, packte den Kerl, der dort saß, am Arm und zog ihn heraus. In der linken Hand hielt er schon die Handschellen bereit. Pohl fiel ihm praktisch entgegen.

»Sie sind verhaftet!«, schrie Weber ihm ins Gesicht, als der auf ihn fiel und mit zu Boden riss.

Aus dem Augenwinkel sah Weber, wie der Mann mit der Riesenzange sich an der Kette am Tor zu schaffen machte, während sein Begleiter den Hammer hob und gegen das Vorhängeschloss schmetterte. Drinnen wogte die Menge der streikenden Frauen nach vorn, um das Tor zu schützen.

Es gelang ihm nicht, Pohl zu fesseln, der Kerl wand sich wie ein Aal, stieß, knuffte, schlug und biss. Schließlich hatte Weber ihn doch unter sich und fast schon die Fesseln um seine Handgelenke gelegt, da knallte es hinter ihm. Einmal. Dann noch einmal. Pause.

Schreie des Entsetzens. Und wieder. Einmal, zweimal.

Noch mehr Schreie. Das Tor war jetzt aufgebrochen. Die Menge im Hof wich zurück.

Vor dem Tor standen zwei Männer mit gezogenen Pistolen. Zwei weitere, ebenfalls mit Schusswaffen, schoben das Tor auf. Am Boden lagen drei Verletzte.

Die Streikenden rannten davon, suchten Schutz im Gebäude der Wäscherei.

Kurz wurde Weber vom Geschehen abgelenkt. Pohl nutzte die Gelegenheit, riss sich los und rammte ihm die Faust ins Gesicht. Weber ließ ab, die Handschellen fielen ihm aus der Hand. Pohl sprang auf und kletterte ins Führerhaus des Lastwagens.

Wieder fielen Schüsse. Jetzt im Werkhof. Panische Schreie. Weber spürte, wie eine Riesenangst um Hannchen ihn erfasste. Er war hin- und hergerissen, rappelte sich auf, taumelte in die eine, dann in die andere Richtung, hörte, wie der Motor des Lastwagens hinter ihm aufheulte, wirbelte herum, sprang auf das Trittbrett und erhielt noch einen Schlag gegen die Schläfe.

Rückwärts stürzte er auf den Asphalt und rollte hastig zur Seite, um nicht von den Rädern des Lasters überrollt zu werden.

Bevor ihm schwarz vor Augen wurde, sah er noch das Nummernschild des davonrasenden Fahrzeugs: HH-72513.

Als er wieder die Augen öffnete, stand ein Paar glänzender Stiefeletten vor ihm. Eine Hand streckte sich ihm entgegen.

»Darf ich ihnen aufhelfen, Herr Kommissar?«

Es war Reents, der Wäschereibesitzer. In der anderen Hand hielt er Webers Dienstausweis, den er offensichtlich gerade eingehend studiert hatte.

»Tut mir sehr leid, dass Sie hier in ... äh ... Mitleidenschaft gezogen wurden. Es wäre gleichwohl nicht nötig gewesen einzugreifen.«

Weber rappelte sich auf und klopfte sich den Straßenschmutz von Mantel und Hose. Er atmete schwer, sein Herz pochte. Er schaute durch das Tor der Wäscherei. Dort schien alles ruhig zu sein.

»Da sind Schüsse gefallen!«, sagte er mit gepresster Stimme.

Reents hob beschwichtigend die Hände. »Kein Grund zur Panik. Es ist alles in bester Ordnung.«

»Das nennen Sie Ordnung?« Weber starrte dem Wäschereibesitzer ins ovale glatte Gesicht und sah eine platte Nase, ein rundes Kinn, einen dünnen Mund und eng stehende Augen hinter einer Nickelbrille. Er trug immer noch den weißen Kittel und den Homburg.

»Sie haben eine Nazi-Schlägertruppe dort reingeschickt!«

»Gewiss nicht, Herr Kommissar. Das war unser Werkschutz, der eine kritische Situation bereinigt hat.«

»Bereinigt? Es wurde geschossen! Es gab Verletzte!«

Reents schüttelte entschieden den Kopf. »Das waren nur Schreckschüsse, Herr Kommissar. Und Verletzte kann ich keine sehen.« Er schaute sich um.

Das Tor stand weit offen, die Kette und das zertrümmerte Schloss lagen auf dem Boden, ebenso vereinzelte Knüppel und Eisenrohre.

Weber deutete auf eine Blutlache.

»Die kommunistischen Eindringlinge haben Gewalt angewendet. Aber nun ist alles wieder in Ordnung gebracht.«

»Kommunistische Eindringlinge? Und was ist mit den Streikenden?«

»Ein Streik? Das war doch ein Überfall!«

Weber schaute auf den Werkhof.

»Wo sind die denn alle hin?«

»Die Einbrecher konnten vom Werkschutz durch den Hinterausgang hinausgedrängt werden. Gott sei Dank ist der Spuk jetzt vorbei.«

»Und wo sind Ihre Wäscherinnen jetzt?«

»Die kommen erst noch.«

»Aber nein, die waren doch drin!«

Reents schob den Hut nach hinten, hob den Arm und deutete

ans Ende der Straße: »Sehen Sie mal! Da kommen meine Arbeiterinnen.«

Ein Lastwagen näherte sich, wieder ein Opel Blitz. Auf der Ladefläche standen dicht gedrängt, ernst oder sogar ängstlich dreinblickende Frauen, die weiße Kittel trugen oder Schürzen umgebunden hatten. Weber kannte keine Einzige davon.

Der Lastwagen hielt an, die Frauen stiegen ab und gingen durch das Tor auf den Werkhof, verschwanden im Gebäude der Wäscherei.

Reents rieb sich die Hände. »So, nun kann das Geschäft weitergehen.«

Der Opel Blitz hatte das Nummernschild HH-72513. Weber merkte, wie sich ein dumpfer Schmerz von seinem Hinterkopf bis nach vorn zur Stirn ausbreitete.

Er ging in eine Apotheke, kaufte sich eine Packung Aspirin, ließ sich ein Glas Wasser geben und schluckte zwei Tabletten.

Wieder Versammlung in der Gaststätte *Schmidt* in der Wilhelminenstraße, diesmal wegen des Streiks in der Wäscherei. Und wieder wurde Weber der Zugang verweigert. Diesmal nicht von Fiete, sondern von zwei raubeinigen Burschen mit Striemen und Prellungen im Gesicht. Sie waren sehr schlecht gelaunt und dementsprechend rüpelhaft, drohten ihm Schläge an. Weber bat darum, Hannchen zu sagen, sie solle herauskommen. Der eine Posten warf kurz einen Blick ins Lokal und schüttelte den Kopf: »Nichts zu machen, die redet gerade.«

Also geht's ihr offenbar gut, dachte Weber, aber wieso um Himmels willen hält sie jetzt auch noch eine Rede? Warum überhaupt tut sie sich mit diesen Bolschewiken von der Gewerkschaftsopposition zusammen? Sie hat doch mich. Über den letzten Gedanken schüttelte er selbst den Kopf: Wie naiv ich manchmal bin!

Er bat, Grüße von ihm auszurichten, die Männer versprachen es und grinsten dabei hämisch, wie ihm schien. Im Weggehen fragte Weber sich, wo sein Privatleben abgeblieben war. Musste alles mit Politik vermengt werden? War es nicht mal mehr möglich, sein kleines Glück abseits der sozialen Kämpfe zu finden?

Zurück im Stadthaus, war es keine große Sache, den Besitzer des Opel-Blitz-Lastwagens anhand der Zulassungsnummer ausfindig zu machen. Aber überrascht war Weber schon, als er in der Registratur die Auskunft bekam, der Lastwagen würde einer Frau Hedwig Maaß gehören. Diese Frau Maaß war die »Ros'l« aus dem *Bräu Ros'l* am Spielbudenplatz, genauer gesagt schon die dritte »Ros'l« seit Bestehen des Lokals.

Weber parkte seinen Ford vor der Davidwache. Es war früher Nachmittag und eine hellgraue Wolkendecke am Himmel sorgte für kaltes Licht. Reeperbahn und Spielbudenplatz sahen blass und kränklich aus, alle Farben waren wie ausgeblichen, sogar die Passanten wirkten bleich und schmal, ihre Kleider farblos.

Im *Bräu Ros'l* herrschte eine dumpfe Stimmung. Keine Musik. Die langen Tische mit den Bänken waren spärlich besetzt, die Kellnerinnen langweilten sich. Nur wenige Gäste sprachen gedämpft miteinander, die meisten saßen vereinzelt und einsam über den großen Raum verteilt, dessen Skihütten-Dekoration schäbig und jämmerlich wirkte.

Weber durchquerte das Lokal und trat an den Tresen, hinter dem eine kräftige, stark geschminkte Frau im Dirndl mit trägen Bewegungen Bier zapfte. Sie hatte ein grobes, kantiges Gesicht, die flachsblonden Zöpfe um den Kopf gelegt und sah aus wie eine Bäuerin von der Alm – ihre nackten Unterarme waren allerdings mit maritimen Tätowierungen übersät: vom Anker bis zum Walfisch mit Fontäne, vom Segelschiff bis zum Matrosen.

»Ich möchte zu Frau Maaß«, sagte Weber.

»So?« Die Frau im Dirndl sah ihn kaum an.

»Kriminalpolizei.«

»Na und?« Sie zapfte weiter.

»Es geht um den Lastwagen.«

»Ach.«

»Holen Sie die Dame mal her, bitte.«

»Ich kann hier nicht weg.«

»Dann rufen Sie sie.«

»Schreien soll ich?« Die Kellnerin nahm einen Spatel und strich den überflüssigen Schaum vom Krug. »Nee.«

»Schicken Sie nach ihr.«

Die Kellnerin schaute in den Saal. »Niemand abkömmlich.«

»Wo ist sie denn?«

»Oben, wo sonst?«

»Wo ist oben?«

Die Kellnerin schaute zur Decke.

»Wie komme ich da hin?«

»Gar nicht.«

Erst in diesem Moment erkannte Weber, dass die Frau im Dirndl ein Mann war. Das machte ihn schlagartig so wütend, dass er sich über den Tresen beugte, den Kerl im Nacken packte und über den Ausguss zog.

»He!«

»Ich will zur Chefin, und zwar jetzt!«

Die flachsblonden Zöpfe verrutschten, das Dirndl wurde vom Abwaschwasser getränkt.

Der Kellner grinste: »Schlag zu, das erste Mal ist gratis.«

Weber riss ihm die Perücke vom Kopf, tauchte sie ins Wasser und klatschte sie dem Mann wieder auf den Schädel.

Der war jetzt empört. »He! Das …«

»Das was?« Weber drückte seinen Kopf nach unten.

»He, he, ist ja schon gut. Verstehen Sie keinen Spaß?«

»Nein.«

Der Mann hob einen Arm und deutete auf eine Tür hinterm Tresen. »Da. Ich zeig's Ihnen.«

Weber ließ ihn los und ging um den Tresen herum. Der Kellner im Dirndl führte ihn durch die Küche, in der ein missmutiger Koch Leberknödel formte. Dann ging's durch einen Flur und eine Treppe hoch.

Auf dem Weg nach oben dachte Weber: »Man verroht immer mehr in dieser beschissenen Welt. Ich selbst bin fast schon ein Verbrecher.«

Der Kellner klopfte an eine Tür, blieb aber im Weg stehen, als von drinnen ein »Herein« ertönte, und sagte: »Ich bin nicht immer so wasserscheu, Herr Polizist.«

Weber schob ihn zur Seite. »Hau ab.«

»Stets zu Diensten.« Der Mann ging.

Weber schob die Tür auf.

Hedwig Maaß saß hinter einem Schreibtisch aus Metall, bei dem die weiße Farbe abblätterte. Ein paar Thonetstühle standen herum, eine Chaiselongue und zwei Aktenschränke.

»Was denn?«, fragte Frau Maaß.

Weber zeigte seine Plakette und stellte sich vor.

»Ja, und?«

»HH-72513«, sagte Weber.

»Wie bitte?«

»Ein Opel Blitz.«

»Was?«

»Das ist ein Lastkraftwagen.«

»Entschuldigen Sie bitte, Sie sprechen in Rätseln, Herr Kommissar.«

»Ein Opel-Blitz-Lastkraftwagen mit der Zulassungsnummer HH-72513 hätte mich beinahe überfahren.«

Frau Maaß starrte ihn begriffsstutzig an.

»Ich übertreibe nicht, wenn ich behaupte, dass der Fahrer des Wagens es darauf abgesehen hatte.«

»Das ist schlimm, Herr Kommissar. Aber was bitte habe ich damit zu tun? Sie schneien hier herein und ...«

»Der Opel Blitz ist auf Ihren Namen zugelassen.«

Einen Moment wirkte sie völlig entgeistert, dann fiel offenbar der Groschen und sie setzte eine strenge Miene auf. Wie einstudiert. Das Gesicht für brenzlige Situationen.

»Nun, nun«, sagte sie, »was behaupten Sie denn da?«

»Dass jemand versucht hat, mit Ihrem Lastkraftwagen einen Polizeibeamten umzufahren, und zwar mutwillig.«

»Das kann natürlich gar nicht sein.«

»Wo ist der Wagen denn jetzt?«

»Na ... unterwegs.«

»Wo?«

»Wo?«

»Ja! Von wo nach wo?«

»Na, auf der Straße.«

»Zu welchem Zweck?«

Frau Maaß' Miene entspannte sich. Das Drumherumreden schien ihr zu gefallen. »Zum Zwecke des Transports, Herr Kommissar, es ist ein Lastkraftwagen, wie Sie richtig erkannt haben.«

»Wer fährt den Wagen?«

»Jemand mit einer ordnungsgemäßen Fahrlizenz will ich doch hoffen.«

»Ein wegen Mordes gesuchter flüchtiger Krimineller saß hinterm Steuer, als der Wagen mich beinahe überrollt hätte.«

»Jetzt wollen Sie mich verkohlen, Herr Kommissar.«

Frau Maaß gelang ein Lächeln, das gleichzeitig verschlagen und verblüfft aussah.

»Was ist das für ein Transportgeschäft, das Sie betreiben, Frau Maaß?«

»Gar keins. Ich habe einen großen gastronomischen Betrieb. Da muss man schon mal Sachen transportieren.«

»Ich meine das Transportgeschäft mit Menschen.«

»Mit Menschen?«

»Ja. Auf dem Lastwagen wurden zunächst Männer transportiert, und zwar zu einer Adresse in der Straße Am Brunnenhof.«

Nun war ihre Verblüffung echt.

»Die stiegen dort ab. Dann fuhr der Lastwagen fort und kam mit einer Ladung Frauen zurück. Gleiche Adresse. Die Frauen stiegen auch ab.«

Darauf konnte sie sich offensichtlich keinen Reim machen.

»Wäscherei Reents«, sagte Weber. »Sie wissen nicht, was die Männer und Frauen dort gemacht haben?«

»Nein, muss ich denn?«

»Und Sie kennen keinen Herrn Pohl?«

»Warum sollte ich?«

»Der saß hinterm Steuer. Er wird übrigens wegen des Mordes an einem Rentner und des Mordversuchs an einem Polizeibeamten gesucht.«

Ihr Gesicht drückte Ratlosigkeit aus, dann Unbehagen, schließlich kam ein Anflug von Furcht hinzu.

»Ich kenne keinen Herrn Pohl.« Sie betonte es fast wie eine Frage.

»Dann sollten Sie Ihren Lastkraftwagen als gestohlen melden.«

»Jetzt? Bei Ihnen?«

»Nein, dazu müssen Sie sich an die zuständige Stelle wenden. Ich bin für andere Straftaten zuständig.«

»Welcher Art, wenn ich fragen darf.«

»Politische Straftaten.«

Das schien sie noch mehr zu beunruhigen. Sie rieb sich nervös die Hände.

»Wir schließen Lokale, in denen sich staatsfeindliche Elemente zusammenrotten.«

Sie riss sich zusammen und rief: »Ich habe mir nie etwas zuschulden kommen lassen. Nie.«

»Dann finden Sie heraus, wo Ihr Lastkraftwagen ist, oder melden ihn gestohlen. Bis morgen. Kommissar Weber mein Name. Auf Wiedersehen.«

Sehr mit sich zufrieden, stieg Weber die Treppe hinunter. Im Flur sah er, dass es einen Hinterausgang gab. Dort ging er hinaus und stand nun auf der Kastanienallee. Er postierte sich ein Stück weiter rechts an der Ecke zur Davidstraße und wartete.

Zehn Minuten später kam Frau Maaß aus dem Haus und wandte sich nach links. Weber folgte ihr in die Taubenstraße und über die Reeperbahn in die Sophienstraße.

Vor einem schmalen hohen Haus, hellblau mit übertriebenen Jugendstilornamenten, blieb sie stehen. Über dem Portal stand in schnörkeligen goldenen Buchstaben auf einem schwarzen Schild: *Privat-Klub Sophia*. Frau Maaß klingelte, ein Mann in grauem Frack und Zylinder öffnete und ließ sie ein. Nach einer Viertelstunde kam sie wieder heraus und ging mit finsterer Miene zurück Richtung Reeperbahn.

Weber stieg die vier Stufen zum Portal hinauf und drückte auf die Klingel.

»Guten Tag, der Herr«, sagte der Mann im grauen Frack.

»Guten Tag.« Weber hielt seine Marke hoch. »Ich würde gern mit dem Inhaber sprechen.«

»Haben Sie eine Klubkarte?«

»Nein, ich bin Polizist und habe ein paar Fragen.«

»Tut mir leid, hier haben nur Klubmitglieder Zutritt.«

»Melden Sie Kriminalkommissar Weber.«

Der Mann im Frack schüttelte den Kopf. »Nein, das widerspricht den Regeln. Dies ist ein privater Klub. Nur für Mitglieder.«

»Wem gehört denn der Klub?«

»Den Mitgliedern, werter Herr, auf Wiedersehen!«

Die Tür fiel ins Schloss.

Zurück im Stadthaus, suchte Weber die Kollegen von der Inspektion D auf, die für die Gaststättenüberwachung zuständig waren. Dort erfuhr er, dass Frau Maaß das *Bräu Ros'l* von einem Unternehmer gepachtet hatte, dem viele Gebäude auf St. Pauli gehörten, darunter auch das Haus, in dem sich der *Privat-Klub Sophia* befand. Carl Claussen, der Weber vor vielen Jahren als rauflustiger Türsteher »Charly« aufgefallen war, hatte sich während der Goldenen Zwanziger in relativ kurzer Zeit vom Hinterzimmerzocker zum angesehenen Unternehmer hochgearbeitet. Sein Erfolgsrezept war einfach: Er besaß Kapital und konnte kleinen und großen Lokalen auf dem Kiez Unterstützung anbieten, wenn sie in eine wirtschaftliche Schieflage geraten waren. Nach dem Börsenkrach am 24. Oktober 1929 waren nicht wenige Bars, Kabaretts, Klubs,

Cafés und Kneipen unter seinen Einfluss geraten. Die besten übernahm er, die anderen hielt er in Abhängigkeit. Gerüchten zufolge plante er inzwischen sogar, den *Trichter* am Millerntor, einen der angesehensten Vergnügungspaläste, zu übernehmen.

Wer den *Privat-Klub Sophia* betrieb, schien allerdings nicht so ganz klar zu sein. Es gab tatsächlich einen Verein, der offenbar eine private Organisation war, deren Mitglieder unbekannt waren. Die Frage, wie so etwas offiziell geduldet werden konnte, stellte sich Weber gar nicht erst. Auf St. Pauli gab es immer Mittel und Wege.

Ein Bürobote zitierte Weber zu seinem Vorgesetzten Dr. Schlanbusch.

Als Weber in dessen Zimmer Platz nahm, wurde ihm mal wieder unangenehm bewusst, wie schäbig er in seinem verbeulten dunkelgrauen Anzug aussah. Die Kreidestreifen von Schlanbuschs braunem Dreiteiler sahen aus wie mit dem Lineal gezogen. Die Brillengläser des Chefs der Kriminalpolizei blinkten hell auf im Licht der Art-déco-Lampe auf seinem Schreibtisch. Als Weber die Arme verschränkte, spürte er unter seinem rechten Ellbogen einen Riss im Stoff des Sakkos. In seinem Schädel pochte ein dumpfer Schmerz.

»Ich habe hier Ihre letzten Berichte vorliegen und werde nicht ganz schlau daraus«, sagte Schlanbusch und deutete auf die beiden aufgeschlagenen Aktenordner. »Ihre Ermittlungen im Fall Pohl stellen ein unübersichtliches Durcheinander dar.« Schlanbuschs Brillengläser blitzten auf.

»Ich hatte ihn beinahe«, murmelte Weber.

»Wie bitte?«

Weber berichtete von dem Vorfall mit dem Opel Blitz während des Streiks in der Wäscherei Reents.

»Wie konnten Sie diesen Einsatz denn allein durchführen? Wie kamen Sie überhaupt auf den Gedanken?«

»Es war nicht geplant, ich kam zufällig vorbei.«

»Zufällig?«, fragte Schlanbusch ungläubig.

»Ich hörte davon. Wilder Streik. Angezettelt von den Kommunisten. Wollte mir ein Bild machen. Dann tauchte auf einmal der Lastwagen auf, mit Pohl am Steuer. Angeblich waren Angehörige vom Werkschutz auf der Ladefläche. Aber es waren zweifellos SA-Leute.«

»Das konnten Sie sehen? Trugen die Uniformen trotz des Verbots?«

»Nein, aber es war ziemlich klar.«

»Ziemlich klar ...« Schlanbusch machte sich einige Notizen. »Wieso aber haben Sie nicht Unterstützung hinzugezogen? Wenn erstens klar war, dass Angehörige einer verbotenen Organisation in der Öffentlichkeit auftreten, und zweitens ein gesuchter Mörder sich unter ihnen befindet. Mit umsichtigem Handeln hatte Ihr Eingreifen nichts zu tun.«

»Nein.«

»Wie konnte es dazu kommen?«

»Es ... war ... impulsiv. Ich dachte, ich hätte eine Chance.«

»Impulsives Handeln ist nicht gerade das, was wir von unseren Beamten erwarten.«

»Nein.«

»Impulsives Handeln scheint aber in letzter Zeit das zu sein, was Sie antreibt, Kommissar Weber.«

»Ich versuche mein Bestes.«

»Ihr Bestes scheinbar nicht. Wenn ich das richtig sehe, ist Ihnen Pohl schon mehrfach entkommen, unter dubiosen Umständen. Das macht nicht nur mich stutzig.«

»Was!«, rief Weber empört. »Glauben Sie etwa, ich habe ihn jedes Mal absichtlich laufen lassen?«

Schlanbusch hob beschwichtigend die Hand. »Es geht nur um die Tatsache, dass es mehrfach passiert ist. Ich schreibe das Ihren, gelinde gesagt, ungewöhnlichen Ermittlungsmethoden zu. Die haben sich als nicht sehr effektiv erwiesen. Würden Sie das nicht auch so sehen, Kommissar Weber?«

Weber schwieg.

»Ich ziehe Sie also von dem Fall Pohl ab. Die Fahndung läuft, er wird uns früher oder später ins Netz gehen. Wir haben Steckbriefe an alle Polizeidienststellen in und um Hamburg verteilen lassen. Es ist nur eine Frage der Zeit.«

»Sie ziehen mich ab? Jetzt? Wo ich erste Verbindungen in diesem Spinnennetz sehe? Pohl und der Anschlag auf Lassally, das war eine gezielt politische Tat. Pohls Raubmord an dem alten Mann in der Lilienhof-Terrasse ebenfalls. Pohl und seine SA-Kumpane, die den Wäschereibesitzer Reents unterstützen, was ist das anderes als eine politische Aktion? Dazu kommt der Mord am Bürgerschaftsangehörigen Henning. Das geht plötzlich Schlag auf Schlag, als wäre ein System dahinter!«

Wieder blitzten Schlanbuschs Brillengläser auf. »Sie sehen selbst, wie Sie sich verrannt haben, Weber. Sie sehen den Wald vor lauter Bäumen nicht mehr.«

»Weil ich mittendrin stehe!«

»Eben. Ich verstehe auch, dass Sie überfordert sind. Das ist ja kein Wunder. Sie haben sich völlig aufgerieben. Sehen Sie sich doch mal an! Sie sollten erst mal wieder zur Ruhe kommen. Ein paar Monate Innendienst werden helfen, dass Sie zu Kräften kommen. Es gibt genügend Akten, die dringend bearbeitet werden müssen.«

»Aber nein, hören Sie …«, versuchte Weber zu protestieren.

»Sie hören, Kommissar Weber! Ich erkenne Ihre Begabung an, Verbindungen und Zusammenhänge zu finden, wo andere sie nicht erkennen. Das kann nur von Nutzen sein, wenn es darum geht, ein Gesamtbild der politischen Verbrechen der letzten Jahre bis heute zu zeichnen.« War da die Andeutung eines süffisanten Lächelns in Schlanbuschs Mundwinkeln zu erkennen?

»Ich soll was?«

»Uns helfen durch den Blick aufs Gesamtgeschehen, die Einzelheiten besser einordnen zu können.«

»Das ist nicht Ihr Ernst!« Der schiebt mich aufs Abstellgleis und macht mich mundtot, indem er mich zum Märchenerzähler degradiert. Das ist eine völlig sinnlose Aufgabe!

»Das wird Ihnen auch helfen, sich vom kommunistischen Milieu wieder etwas mehr zu distanzieren«, sagte Schlanbusch wie nebenbei und fing demonstrativ an, in den Akten zu blättern.

»Das ist …« Weber blieb die Luft weg.

»Ja, das ist alles, Kommissar. Sie finden die entsprechenden Akten in Ihrem Dienstzimmer. Ich danke Ihnen. Auf Wiedersehen.«

Weber stand auf und verließ wortlos das Zimmer. Draußen kam es ihm vor, als würde er taumeln. Vielleicht lag es an seinem dröhnenden Schädel. Vielleicht an seiner dumpfen Wut.

Als er im Treppenhaus vor den Paternostern ankam, lief dort ein kleiner stämmiger Mann in schwarzem Zweireiher ungeduldig hin und her, die Hände auf dem Rücken verschränkt. Falls er auf den Paternoster wartete, hatte er gerade eine Kabine verpasst. Als er Webers Schritte hörte, drehte er sich um und nickte ihm zu. Deutete einladend auf den Aufzug. Oberinspektor Urban, Lassallys Stellvertreter. Was wollte der denn?

Urban schaute sich um. Es war niemand in der Nähe. Trotzdem sprach er mit gesenkter Stimme. »Kommissar Weber, auf ein Wort.« Und deutete wieder auf den Paternoster.

Eine Kabine war jetzt auf Einstiegshöhe, Weber umfasste den Haltegriff und trat hinein, Urban folgte. Leicht ruckelnd ging es nach oben.

»Sie waren bei Schlanbusch?«, fragte Urban.

»Ja.«

»Er hat Sie vom Fall Pohl abgezogen?«

»Ja.«

»Na schön. Ich soll Ihnen Grüße von Senator Schönfelder bestellen.«

»Bitte?«

»Ich habe ihm Zusammenfassungen Ihrer Berichte zukommen lassen. Er bittet Sie, weiterzumachen.«

»Weitermachen?«

»Sehen Sie es als Sonderaufgabe an. Sollte nicht an die große Glocke gehängt werden.«

Schaben und Knirschen ertönte. Ein rasselndes Rattern, das lauter wurde. Sie waren über das Obergeschoss hinaus. Der Paternoster ruckelte zur Seite, die Ketten des Antriebs wurden sichtbar. Sie glänzten gut geölt und rasselten trotzdem. Die Kabine senkte sich auf der anderen Seite, das Rucken hörte auf, das Schaben und Knirschen wurde leiser, sie glitten wieder hinab.

»Was soll ich?«, fragte Weber.

»Die Zusammenhänge beweisen. Sie sind der Einzige, der das kann, Weber.«

»Ich soll den Fall Pohl weiter bearbeiten?«

»Und die Vorfälle in der Hochbahn, Weber. Zusammenhänge. Sie wissen, was ich meine.«

»Und wer ist ...«

»Berichte direkt an mich!« Urban schaute nach draußen. Sie verschwanden unter dem nächsten Hausflur.

»Ja, aber ...«

»Die Finke«, sagte Urban hastig. »Geht's mit ihr?«

»Ich weiß nicht ...«

»Sie können ihr vertrauen, Weber. Sie ist instruiert.«

»Ja, gut ...«

»Machen Sie weiter, Weber! Es geht ums Ganze.« Urban packte den Haltegriff draußen auf der Etage und stieg aus. Er schaute nicht noch einmal zurück.

Weber war so verwirrt, dass er einmal durch den Keller fuhr. Erst danach gelang es ihm, auf seiner Etage auszusteigen. Mit zitternden Knien. Er hasste diese Paternoster.

Zehntes Kapitel
Das gestohlene Gesicht

Finke erwartete ihn in seinem Dienstzimmer. Sie saß am Pult von Klindworth, als wäre es ihr eigenes. Sie hatte offenbar gerade etwas notiert und drehte sich um, als er eintrat.

Weber knallte die Tür hinter sich zu und war selbst überrascht über die Wucht, mit der sie ins Schloss fiel. Er blieb unschlüssig in der Mitte des Raums stehen. Was sollte er ihr jetzt sagen, nach allem, was eben passiert war?

»Tja, äh ...«

Sie half ihm auf die Sprünge: »Haben Sie mit Urban gesprochen?«

Weber nickte.

»Mich hat er ebenfalls angesprochen. Beiseitegenommen, könnte man sagen.«

»Ich bin mit ihm Paternoster gefahren.« Weber schüttelte ungläubig den Kopf.

»Bei mir war's eine Besenkammer.« Finke lachte. »Stellen Sie sich das nur mal vor!« Ihr Gesicht wurde sofort wieder ernst. »Wir befinden uns in einer eigenartigen Situation.«

»Das kann man wohl sagen.« Weber war heiß, er lockerte den Hemdkragen.

Kurz schwiegen sie. Finke sah ihn freundlich an. Heute trug

sie eine silbergraue Bluse über dem schwarzen Rock, der etwas enger geschnitten war als sonst, und darüber eine hübsche, taillierte Weste. Sie sah zwar mehr nach Vorkriegszeit aus, aber lockerer als sonst.

Meine einzige Vertraute in diesem ganzen Irrsinn, dachte Weber, während er an sich herunterschaute. Sein Anzug war in einem erbärmlichen Zustand.

»Ich fürchte, wir haben einiges zu besprechen, Herr Kommissar.«

Weber nickte. »Aber nicht hier!«, stieß er heftiger als gewollt hervor. »Hier fehlt mir die Luft zum Atmen.«

»Gehen wir was trinken?«, fragte sie.

Weber nickte. »Wir gehen zu *Windhorst*.«

»Das ist mir sehr recht.« Finke stand auf und strich sich Rock und Weste glatt. Dann trat sie an die Garderobe und griff nach ihrem schrecklichen Hut.

In der Gaststätte *Windhorst* herrschte gerade genug Betrieb, dass man in einer Ecke unbeobachtet die Köpfe zusammenstecken konnte. Sie bestellten zwei Gläser Bier.

Finke nahm einen großen Schluck und seufzte zufrieden, als sie es absetzte.

»Wo kommen Sie denn ursprünglich her?«, fragte Weber, um das Gespräch irgendwie zu beginnen. Außerdem interessierte ihn das auf einmal tatsächlich.

»Aus Coburg in Franken. Ich war Fürsorgerin in Würzburg. Polizei habe ich in Frankfurt gelernt. Aber das ist viele Jahre her.«

»Was bringt eine Frau dazu, Polizistin werden zu wollen?«

»Was bringt einen Mann dazu?«

»Gute Frage.«

»So wie Sie aussehen, sollten wir eine Erörterung dieses Themas besser verschieben. Wir haben dringendere Sachen zu besprechen.«

»Ja ...« Weber war auf einmal wieder verunsichert. »Was hat Urban Ihnen denn gesagt?«

»Dass ich Ihnen zugeordnet bin und dass wir so schnell wie möglich die Vorfälle in der Hochbahn aufklären müssen. Rücksichtslos, hat er gesagt und das Wort noch mal zur Bekräftigung wiederholt. Und ich solle mich nicht von Querschlägern aus der unmittelbaren Umgebung verunsichern lassen. Wir seien gedeckt, aber ein gewisses Risiko bestünde schon wegen interner Querelen. Und da hörte er auf, weil ihm das, was er sagte, wohl selbst schon riskant vorkam.«

»Tja«, sagte Weber und griff nach seinem Bier, ohne es anzuheben.

»Sie wissen nicht, ob Sie mir vertrauen können«, stellte Finke fest.

»Nun ja ...«

»Ich bin Mitglied der SPD. Falls Ihnen das hilft.«

Weber nickte und sagte zögernd: »Wir sind gedeckt, solange Schönfelder noch Polizeisenator ist.«

»Bis zu den nächsten Bürgerschaftswahlen ...«

»Immerhin.«

»Allerdings wäre da noch eine Kleinigkeit. Haben Sie von den Gerüchten um den Senator gehört?«

»Welche Gerüchte?«

»Er soll ein uneheliches Kind mit einer Fürsorgerin haben. Davon spricht man überall im Stadthaus. Der Streiter für Recht und Ordnung hat angeblich ein unordentliches Privatleben. Flüsterpropaganda, aber es hat sich wie ein Lauffeuer in der Behörde verbreitet. In der WKP wurde schon spekuliert, wer es sein könnte. Dabei soll die angebliche Affäre sich in einer anderen Stadt abgespielt haben.«

»Kann ich mir nicht vorstellen. Aber falls es doch wahr ist, dann gute Nacht. Wenn Schönfelder fällt, fallen wir auch.«

»Es war schon in der Presse«, sagte Finke. »Im *Mittagsblatt*, im *8-Uhr-Abendblatt* und im *Tageblatt*.«

»Schmierenpresse! Die sind doch nicht ernst zu nehmen.«

»Das weiß man nie.«

Weber verzog das Gesicht. »Jedenfalls stecken wir tief drin in einem Sumpf aus Intrigen. Und alle anderen in unserer Behörde auch.«

Finke sah ihn fragend an. »Wegen der Lassally-Sache?«

Weber nickte. »Der Fall Lassally ist längst ein Fall Pohl geworden. Dann ist da noch der Mord an dem Abgeordneten Henning. Und die Vorfälle in der Hochbahn.« Er nahm einen großen Schluck von seinem Bier.

»Was hat die eine Sache mit der anderen zu tun? Sie wissen scheinbar mehr als ich, Herr Weber.«

Weber geriet ins Grübeln. »Na ja, zumindest weiß ich, dass ich nichts weiß oder dass ich weiß, dass ich etwas nicht weiß, ein bisschen aber schon.«

Finke deutete lächelnd auf Webers fast leeres Glas: »Sie brauchen bestimmt noch ein Bier, um klarer denken zu können, stimmt's?«

»Wenn Sie auch noch eins nehmen.«

»Gern.« Sie hob den Arm und machte der Kellnerin ein Zeichen.

»Zunächst ein Wort zu meiner Stellung«, sagte Weber nach kurzem Nachdenken. »Von Schlanbusch wurde ich in den Bürodienst versetzt. Von Urban mit unserer Sache betraut. Es wird daraufhinauslaufen, dass ich es mir mit Schlanbusch verscherze, und das könnte Folgen haben. Auch für Sie.«

Finke zuckte mit den Schultern. »Meine Chefin hat als Leiterin der weiblichen Polizei praktisch ununterbrochen Ärger mit Schlanbusch. Aber solange der Senator seine Hand über sie hält ...«

»Solange er noch kann!«

»Ich weiß.«

»Na schön, ich wollte es nur gesagt haben. Wir stehen ab jetzt mit einem Bein im Disziplinarverfahren.«

Finke nickte.

Die Kellnerin stellte zwei volle Krüge auf den Tisch und nahm die leeren mit. Weber und Finke stießen an. Todesmutig, wie er fand.

»Dann mal los«, forderte Finke ihn auf.

Weber überlegte kurz und sagte: »Fangen wir mal mit dem Fall Pohl an, der längst mehr ist als zunächst angenommen. Pohl schießt auf Lassally, angeblich weil er es nicht erträgt, dass ein Jude ihn wegen disziplinarischer Vergehen verhört. Pohl flüchtet, wird aufgegriffen und dann von Rechtsanwalt Racke vor der Haft bewahrt. Einem Rechtsanwalt, der, nebenbei bemerkt, sehr teuer ist. Daraufhin verschwindet Pohl und taucht auf St. Pauli unter. Wenig später wird ein alter Mann in der Lilienhof-Terrasse ermordet und die Mieterstreikkasse gestohlen. Zeugen behaupten, Pohl habe es getan, jemand hat sogar ein Täterbild gezeichnet, das Pohl sehr ähnelt. Das leichte Mädchen, das Pohl beherbergt hat, ist nicht so leichtherzig, ihn zu mögen, und schmeißt ihn raus. Daraufhin gibt es einen Brandanschlag auf das Haus, in dem sie wohnt.

»Das war auch Pohl?«

»Freunde von ihm, denke ich. Die hat er nämlich, wie sich mittlerweile herausgestellt hat. Zum einen in einer Laubenkolonie, wo er sich versteckt hielt. SA-Leute. Zum anderen war er beteiligt an einer Streikbrecheraktion in der Wäscherei Reents. Ich habe ihn gesehen, konnte ihn aber nicht festnehmen. Streikbrecher waren meiner Ansicht nach SA-Leute.«

»Der Fall ist ziemlich klar, oder? Ein Polizist gehört zur SA, wird deswegen diszipliniert, schießt auf einen Vorgesetzten und rutscht ab ins kriminelle Nazi-Milieu, wo er fortan mitmischt. Wir müssen ihn nur finden und er wird wegen Mordes verurteilt. Ganz einfach. Wo liegt dabei die Schwierigkeit?«

»Da ist noch die Sache mit der *Amphore* ...«, sagte Weber zögernd.

»Ja, ich weiß.«

»Dort traf ich unter eigenartigen Umständen auf Pohl und gab ihm seinen Parteiausweis zurück. Eine mehr als peinliche Sache.« Weber verzog das Gesicht. Wenn er daran dachte, wurde ihm immer noch eng in der Brust.

»Es könnte sein, dass Sie dort hypnotisiert wurden, Herr Weber. Sie trifft sicherlich keine Schuld.«

Weber lachte unfroh. »Ich müsste ja verrückt sein, oder? Ich lasse den Kerl nicht nur laufen, sondern gebe ihm den Ausweis zurück. Ein Beweisstück.«

»Das nun nicht mehr wichtig ist, denn wir haben Beweise für schwerwiegendere Straftaten als nur eine verbotene Parteimitgliedschaft.«

»Ja, aber nun wird's haarig. Der Lastwagen, den Pohl fuhr, als er an der Streikbrecheraktion beteiligt war, gehört einer Frau Maaß, der Pächterin des *Bräu Ros'l*. Und in diesem Lokal am Spielbudenplatz gehen Deutschnationale und Nazis ein und aus.«

»Passt doch alles zusammen«, sagte Finke. »Oder jedenfalls beinahe, sieht man einmal von der Hypnose ab.«

»Die würde passen, wenn es kein Zufall gewesen ist, dass ein paar Burschenschaftler aus dem *Ros'l* ins Theater in der *Schaukel* gingen, wo del Gracio auftrat.«

»Jetzt machen Sie aber ein zweites Fass auf, Herr Weber.«

Weber griff nach seinem Krug. »Nein, ich gieße nur noch weiteres Bier dazu.« Er nahm einen großen Schluck.

Finke schaute ihn skeptisch an. »Das kann doch alles Zufall sein. Das Einzige, was Ihre Annahme stützt, ist die Tatsache, dass Sie glauben, Pohl in der *Amphore* gesehen zu haben und dass bei dieser Begegnung Hypnose im Spiel war.«

»Ich wünschte, das wäre nie passiert«, sagte Weber grimmig. »Aber wenn es nicht passiert ist, dann leide ich unter Halluzinationen und bin unzurechnungsfähig.«

»Das können wir uns nicht leisten, lieber Herr Weber«, sagte Finke lächelnd und prostete ihm zu.

»Nein, wirklich nicht. Also gehe ich davon aus, dass ich unter Hypnose stand. Und das führt uns zu ...«

»... del Gracio.«

Weber nickte. »Richtig. Und der wiederum ...«

»... zu den Vorfällen in der Hochbahn, bei denen wir inzwischen doch davon ausgehen, dass es sich um Manipulationen, also letztlich um Morde handelt.«

»So ist es. Deshalb sollten wir uns zunächst auf das Aufspüren von del Gracio konzentrieren.«

»Dabei tappen wir leider im Dunkeln.«

Weber hob den Krug. »Es werde Licht.«

Sie stießen an.

Wenn ich sowieso schon mit einem Bein im Disziplinarverfahren stehe, kann ich mich auch bei den Kommunisten umtun, dachte Weber, als er am frühen Abend den *Goldenen Anker* in der Kastanienallee ansteuerte.

Der warme Bierdunst waberte schon aus der geöffneten Tür. Es war ziemlich voll, Rauchschwaden vernebelten den Blick auf die unter der Decke hängenden Segelschiffmodelle. Lorenza stand im engen Kleid mit nackten Unterarmen und tiefem Dekolleté hinter dem Tresen und bediente mit flinken Handbewegungen die Hafenarbeiter und Matrosen, die vor dem Zapfhahn Schlange standen.

Fast alle rauchten. Selbstgedrehte, Pfeifen oder stinkende Stumpen. Manche lasen Zeitungen oder Zeitschriften: »Hamburger Volkszeitung«, »Der Rote Stern«, »Die Rote Fahne«, »Arbeiter-Illustrierte«, »Norddeutsche Zeitung«, aber immerhin auch das sozialdemokratische »Hamburger Echo«, das »Volksblatt« und der »Vorwärts«, der allerdings ungelesen auf der Fensterbank lag.

Serge saß mit zwei jungen Männern neben dem viel zu heißen Kachelofen. Aufgekrempelte Hemdsärmel, in den Nacken geschobene Schiebermützen, halb leere Biergläser und ein Teller mit Schmalzbroten.

Als er Weber bemerkte, hob Serge die Hand und grinste fröhlich.

Weber ging erst mal zum Tresen. Als Lorenza ihn sah, zweigte sie ein Bier ab, das für einen anderen bestimmt war, und schob es ihm hin. Ihr Lächeln tat Weber gut. Wir sind zwar auseinander, aber nicht wirklich entzweit, dachte er, das ist schön.

Weber wandte sich um. Serge machte eine einladende Handbewegung. Der eine junge Mann stand auf und verließ das Lokal. Der andere mampfte weiter seine Schmalzbrote. Er schien großen

Hunger zu haben und nickte nur, als Weber ihn grüßte und sich setzte.

»Ihr solltet die Kneipe umbenennen«, sagte Weber. »*Roter Anker* wäre angemessener.

Serge lachte. »Seit ich hier bin, kommen immer mehr Genossen von uns, und eure schenken uns ein offenes Ohr.«

»Früher konnte man hier auch noch den ›Anzeiger‹ und den ›Correspondent‹ lesen.«

»Die Lektüre der bürgerlichen Presse lenkt die Arbeiter nur vom Wesentlichen ab.«

»Soso.«

»Wir nähern uns immer mehr der Entscheidung über die Zukunft. Bald geht es um alles. Dann muss man wählen, auf welcher Seite man steht – bei den Kapitalisten und Faschisten oder bei den Arbeitern.«

»Fällt mir nicht schwer.« Weber nahm einen Schluck von seinem Bier.

»Wir legen zu«, sagte Serge. »Ihr Sozialdemokraten solltet das nicht auf die leichte Schulter nehmen. Bei der nächsten Bürgerschaftswahl werden wir euch auf die Pelle rücken. Und dann müsst ihr entscheiden, ob ihr mit uns zusammengeht.«

Weber schüttelte den Kopf. »Das wird nie und nimmer was. Zumal so einer wie der Henning, den sogar meine Leute ernst genommen haben, jetzt weg ist.«

»Der Henning ist weg, aber wir haben auch noch andere Leute, die mitdenken können.«

»Dem Thälmann solltet ihr mal das Denken beibringen«, sagte Weber mürrisch. »Der sabotiert jede Zusammenarbeit auf höherer Ebene mit seiner dämlichen Parole vom Sozialfaschismus.«

»Ach, so ein Thälmann ist auch nicht ewig Vorsitzender.«

»Mir kommt's jetzt schon wie eine Ewigkeit vor. Außerdem kann ich mir das wirklich nicht vorstellen.«

»Was?«

»Kommunisten in der Regierung. Das stellt alles auf den Kopf.«

»Eben! Seid nicht so feige! Wieso wollt ihr nicht die Großkonzerne entmachten, die die Nazi-Partei finanzieren? Die Krautjunker enteignen und den Bauern das Land geben? Das Volk für das Volk arbeiten lassen.«

»Na ja ...«, sagte Weber. Und nun ging es eine Weile hin und her. Dazwischen musste noch ein Bier bestellt werden und noch eins.

Serge konnte sehr gut argumentieren und schien großen Spaß daran zu finden, Weber in die Enge zu treiben.

Der schüttelte schließlich entschieden den Kopf. »Alles schön und gut. Einheitsregierung der Arbeiterparteien. Aber das heißt auch Parlament und Wahlen. Aber ihr kommt uns ständig mit eurem Sowjetdeutschland. Und nur eine Partei, die alles von oben nach unten bestimmt, ist mir zu wenig.«

»Ach was, darüber lässt sich doch reden. Arbeiterdemokratie. Parlament in der Politik, Räte in der Wirtschaft!«

»Erzähl das mal eurem Stalin, da bin ich aber gespannt. Der rät seinen Räten, auf ihn zu hören, sonst gibt's eins aufs Maul.«

»Wir sind hier nicht in Russland, Weber!«

»Aber auch nicht in Sowjetdeutschland, und das hoffentlich nie!«

»Ich sagte doch ...«

»Ach was!«

Jetzt waren sie endgültig auseinander.

Inzwischen war es im *Goldenen Anker* ruhiger geworden. Die meisten Arbeiter waren nach Hause gegangen, denn am nächsten Morgen musste wieder geschuftet werden. Und Lorenza fand Zeit, sich zu ihnen zu setzen.

»Na, ihr Streithähne«, sagte sie und stellte drei Gläser auf den Tisch.

»Wir streiten uns nicht!«, sagten beide wie aus einem Mund.

Sie lachte. »Also tritt Alfred in die KPD ein und wird der erste kommunistische Kriminalkommissar von Deutschland.«

»Niemals!«, rief Weber.

»Eine rote Zelle in der Polizeizentrale wäre nicht schlecht«, fantasierte Serge.

»Wir haben braune Zellen, das ist schon schlimm genug!«, sagte Weber.

»Das wundert uns, oder?«, sagte Lorenza. »Wie die Nazis es schaffen, sich überall im Staat breitzumachen. Aber die Kommunisten, die schaffen das nicht.«

»Die sitzen doch auch in der Bürgerschaft«, sagte Weber.

»Und werden umgebracht! Siehe Henning«, sagte Serge.

»Das war doch nicht der Staat!«

»Aber der verhindert so was nicht!«, rief Lorenza.

»Wir klären auf, wir überführen, wir stellen Schuld fest und dann verurteilen die Richter den oder die Täter.«

»Schön wär's, wenn's immer so klappen würde.«

»Ihr könnt mir ja helfen.«

»Beim Verurteilen? Braune Zellen gibt's nicht nur bei der Polizei, sondern vor allem auch in den Gerichten«, sagte Serge aufgebracht.

»Ich kann nur da etwas tun, wo ich bin. Also aufklären.«

»Und wo können wir behilflich sein?«, fragte Lorenza.

»Der Polizist Pohl«, erklärte Weber, »der auf den Regierungsrat Lassally geschossen hat und auch meinen Kollegen verletzt hat, als wir ihn verhaften wollten, diesen Pohl habe ich während des Streiks in der Wäscherei Reents beobachtet.«

»Der Streik wurde sabotiert von einer Nazi-Truppe«, sagte Serge.

»Ja, ich hab's gesehen. Erst kam ein Lastwagen mit SA-Schlägern, dann der gleiche Lastwagen mit Frauen, die als Streikbrecherinnen angeheuert worden waren.«

»Eine verdammte Sauerei!« Serge schlug mit der Faust auf den Tisch.

»Sicher, aber was daran interessant war: Den Lastwagen fuhr Pohl. Ich habe versucht, ihn festzunehmen, leider ist es mir nicht gelungen. Aber ich konnte herausfinden, wem der Lastwagen gehört: Hedwig Maaß, der Inhaberin des *Bräu Ros'l*.«

»Die Ros'l geht mit den Nazis?«, sagte Lorenza erstaunt.

»Zumindest ist der Wagen auf ihren Namen zugelassen. Ich habe sie darauf angesprochen, aber sie behauptete, sie kenne keinen Pohl und sie wisse auch nichts vom Transport von Nazis oder Streikbrechern.«

»Klar, warum sollte sie das auch zugeben«, stellte Serge fest.

»Sie gab zu, den Wagen zu besitzen, aber sie schien mir doch ziemlich überrascht zu sein, dass er für diesen Zweck benutzt wurde.«

»Vielleicht hat sie ihn verliehen«, meinte Lorenza.

»Das hätte sie ja sagen können. Hat sie aber nicht. Und dann, als ich gegangen war. Da lief sie schnurstracks in die Sophienstraße und besuchte den *Privat-Klub Sophia*. Gleich nachdem ich bei ihr war und ihr diese unangenehmen Fragen gestellt habe.« Und jetzt, dachte Weber, nach einer so ausufernden wie nutzlosen politischen Diskussion und insgesamt drei Bieren, komme ich endlich auf den Punkt: »Deshalb würde mich interessieren, wer hinter dem Verein steckt, der diesen Klub betreibt.«

Serge zuckte mit den Schultern.

Lorenza sagte: »Das Haus gehört Charly Claussen.«

»Weiß ich«, sagte Weber, »aber wer betreibt den Klub?«

»Wenn's ein Verein ist ...«, brummte Serge desinteressiert.

»Es kann ja wohl kein Verein sein, der die Frauen dort beschäftigt«, sagte Weber, »das wäre allzu offensichtlich illegal.«

»Natürlich nicht«, sagte Lorenza. »Es ist so, wie es immer ist – eine Frau gibt sich dafür her.«

»Hedwig Maaß?«, sagte Weber ungläubig.

»Nein, eine alte Bekannte von dir, Alfred.« Lorenza sah ihn eindringlich an, ihre Augen leuchteten auf, warnend wie es Weber erschien, dann sagte sie: »Linda Lu.«

»Oh ...«

»Ja, oh«, sagte sie und ein wehmütiges Lächeln umspielte ihre Lippen.

Sie denkt immer noch, dass ich mit der etwas hatte, dachte Weber, so ein Unsinn!

»Was denn für eine Linda Lu?«, fragte Serge.

Aber Weber stand schon auf. »Dann will ich da mal nachhaken.«

»Tu das, Alfred«, sagte Lorenza. »Aber pass auf, dass du dich nicht verhakst.«

Als er in die Taubenstraße einbog und Richtung Reeperbahn ging, grübelte Weber über die Szene nach, die sich vor knapp vier Jahren bei ihm zu Hause abgespielt hatte. Damals hatte Lorenza ihn besucht und Linda Lu angetroffen, die Hilfe bei ihm gesucht hatte. Lorenza hatte die Situation missverstanden und es war zum Bruch gekommen.

Ja, sicher, er hatte Linda, die eurasische Schönheit, aufregend gefunden. Aber sie war damals mit einem Gangster liiert gewesen. Um den hatte sie Angst gehabt und ausgerechnet Weber um Hilfe angefleht. Aber Weber hatte Lindas große Liebe nicht retten können. Was vielleicht ganz gut gewesen war, denn der Mann hatte eine schwere Schuld auf sich geladen.

Wie auch immer, dachte Weber, ich bin nicht der Richter, ich bin nur der Polizist.

Danach hatte er Linda, die schöne zierliche Frau mit den schwarzen Haaren und den Mandelaugen, nicht mehr gesehen und auch nichts von ihr gehört. Hatte er von ihr geträumt? Ein-, zweimal vielleicht, aber das war lange her. Und nach dem Aufwachen hatte er sie sofort wieder vergessen.

Und nun leitete sie den *Privat-Klub Sophia*. Ob das Schicksal ihr damit gut oder schlecht mitgespielt hatte, würde er vielleicht jetzt erfahren.

Das Haus in der Sophienstraße machte nicht besonders auf sich aufmerksam. Die Fenster waren alle dunkel, wahrscheinlich von innen verhängt. Das schwarze Schild mit den schnörkeligen goldenen Buchstaben über dem Eingang wurde nur von einer kleinen Lampe beleuchtet, gerade so hell, dass man den Schriftzug lesen konnte.

Weber drückte auf den Messingklingelknopf.

Nach einer Weile ging die Tür auf und der Mann im grauen Frack und Zylinder, den Weber schon kannte, sagte reserviert: »Guten Abend.«

»Ich bin Kommissar Weber und möchte mit Frau Linda Lu sprechen. Sie kennt mich.«

Der Mann schaute Weber drei Sekunden lang durchdringend an, sagte »Moment« und schloss die Tür wieder.

Warten ist auch so eine Polizistentugend, dachte Weber. Es dauerte mindestens fünf Minuten, bis die Tür wieder geöffnet wurde, diesmal schwang sie weit auf und der Portier machte eine einladende Handbewegung.

Ein Flur. Dunkel gestreifte Tapete, nicht sehr helle Lampen, keine Spiegel, keine Garderobe.

»Für Diskretion wären wir Ihnen dankbar, Herr Kommissar«, sagte er. »Wenn ich Sie ins Kaminzimmer bitten dürfte.« Er deutete auf eine Tür und schob sie auf.

Weber nahm kurz zur Kenntnis, dass erstaunlich viele Türen von dem gar nicht so langen Flur abgingen. Er stand auf einem roten Läufer, der über eine Treppe zu seiner Linken nach oben in den ersten Stock führte und hinter einem barocken Geländer verschwand.

Es herrschte eine gedämpfte Atmosphäre, irgendwo war verhaltenes Lachen zu hören und das leise Klirren von Gläsern. Weber bildete sich ein, das Klackern von Eiswürfeln in einem Weinkübel zu hören. Vielleicht sogar Musik … einen Walzer … ganz oben im vierten Stock?

»Bitte sehr, Herr Kommissar«, drängte der Mann im grauen Frack.

Das Zimmer war in Bordeauxrot gehalten, bis auf den Rauchtisch aus dunklem Holz, der zwischen den großen Ohrensesseln stand, mit Blick auf den Kamin, in dem schwach und müde ein bläulich schimmerndes Gasfeuer brannte. Ein Ölgemälde über dem Sims zeigte Diana und ihre Nymphen beim Baden. Gegenüber des Kamins eine Tür. Schwache Lampen mit weinroten Schirmen an den Wänden spendeten nur wenig Licht.

»Nehmen Sie gerne Platz, Herr Kommissar.«

Na schön, dachte Weber, dem das Zimmer allerdings ein bisschen zu dunkel vorkam. Ihm war nicht ganz wohl zumute. Aber was konnte er schon fürchten? Höchstens einen Pfeil aus dem Köcher der Diana.

Die Tür zum Nebenraum ging auf, ohne dass Licht ins Zimmer fiel. Eine zierliche Gestalt huschte lautlos herein wie ein Geist. Als sie in den schwachen Schein der Lampe trat, schimmerten ihre feinen Gesichtszüge auf. Linda Lu war immer noch so schön und zerbrechlich wie vor vier Jahren.

Sie reichte Weber die schmale, kleine Hand und sagte: »Ich begrüße Sie, Herr Kommissar. Wer hätte gedacht, dass wir uns noch einmal begegnen.«

Sie setzte sich Weber gegenüber in den Sessel und schlug die Beine übereinander. So klein und zierlich wie sie war, so sinnlich wirkte sie doch in ihrem langen engen dunkelgrünen Kleid. Er bemerkte den Hauch eines verführerischen Parfüms.

»Ich freue mich sehr, Frau Lu«, sagte Weber schwerfällig.

Sie lachte kurz. »Wie schön, dass Ihnen nicht einfällt, mich Madame zu nennen. Ich erinnere, dass Sie mich damals, als wir uns kennenlernten, eher wie ein kleines Mädchen behandelt haben.«

»Das kann ich mir kaum vorstellen, Frau Lu.«

Ihr Gesicht verdüsterte sich. »Und Sie haben mir damals den Mann meines Lebens genommen ...«

»Das war nicht ich, es war ein Racheakt, ich konnte nichts tun ... Das zumindest müssen Sie zugeben ... und mir verzeihen.« Die letzten Worte verschluckte er, weil es ihm peinlich wurde, was er da redete.

»Na schön. Möchten Sie etwas trinken?« Linda Lu streckte die

Hand nach einem Knopf aus, der auf dem Rauchtisch angebracht war.

»Nein, danke.« Lieber nicht, dachte er.

»Aha, Sie sind also nicht privat gekommen. Das hatte ich auch nicht erwartet.« Zwinkerte sie ihm zu?

»Wohl kaum«, sagte Weber. »Eine Mitgliedschaft in so einem Klub wäre für mich bestimmt unerschwinglich.«

»Sagen Sie das nicht, wir haben auch Polizeibeamte darunter«, sagte sie, schelmisch wie ihm schien. »Aber die sind wahrscheinlich hochrangiger als Sie«, fügte sie hinzu. »Und bestimmt aus Altona.« Sie lächelte, aber es kam ihm nicht sehr freundlich vor.

Weber hatte einen trockenen Mund bekommen und fragte sich warum.

»Was darf ich also für Sie tun, Herr Kommissar? Suchen Sie nach einem gefallenen Mädchen?«

»Hedwig Maaß«, sagte Weber.

Sie runzelte die Stirn. »Hm, da müssen Sie aber woanders hingehen. Und ein paar Lederhosen anziehen.«

»Sie hat jemandem einen Lastwagen geliehen. Nachdem ich sie darauf angesprochen hatte, ging sie schnurstracks hierher. Nun frage ich mich warum.« Weber musste husten.

»Und ich frage mich, was das mit mir zu tun hat. Sie haben doch nicht etwa nach einem Vorwand gesucht, mich wiederzusehen?« Sie lächelte wie damals.

»Äh, nein. Gehört dieses Haus hier nicht einem Herrn Claussen?«

»Sie springen von einem Thema zum nächsten wie eine Gazelle, Herr Kommissar.«

»Ist er vielleicht auch der Geschäftsmann, der im Hintergrund dieses Privatklubs steht?« Weber musste wieder husten.

Linda Lu stand auf. »Ich hole Ihnen ein Glas Wasser.«

»Nein, bitte ...«

»Doch, doch. Ich habe selbst Durst. Es herrscht eine trockene Luft hier.« Damit verschwand sie ins noch immer dunkle Nebenzimmer.

Weber stand auf und warf einen Blick durch die Tür, die sie halb offen gelassen hatte. Nichts zu erkennen.

Er hörte ihre leisen Schritte. Sie kam zurück mit einem Tablett, auf dem zwei kleine und zwei große Gläser standen, außerdem eine kleine und eine große Karaffe.

»Einen Cognac, Herr Kommissar? Ich will Ihnen doch nicht nur Wasser auftischen.«

»Wenn Sie mit mir anstoßen ...«

Sie schenkte ein. Weber nahm erst einen Schluck Wasser, dann stießen sie mit dem Cognac an. Beide kippten sie ihn weg und seufzten anschließend wohlig auf.

Linda Lu schaute ihn auffordernd an: »Sie können Mitglied in diesem Klub werden, Herr Kommissar.«

»Und dann auf meine Vorgesetzten treffen.« Weber lachte. »Nein, danke.«

»Die Mitglieder müssen sich nicht zwangsläufig begegnen.«

»Ich würde gerne dem Mann begegnen, der im Hintergrund steht.«

»Im Hintergrund steht ein Verein von Personen, die anonym bleiben wollen. Deshalb haben sie mich als Geschäftsführerin eingesetzt.«

»Muss ich also im Vereinsregister nachsehen?«

Sie lächelte überlegen. »Dieser Verein ist in keinem Register verzeichnet.« Irgendwie hatte sie es geschafft, dass ihr langes Kleid das eine Knie freigab. »Übrigens hätten Sie als Mitglied auch das Privileg zur gelegentlichen Konversation mit der Geschäftsführerin, Alfred.«

Ihm wurde heiß. Er trank noch einen Schluck Wasser.

»Nein, vielen Dank. Ich weiß Ihr Angebot zu schätzen, aber ...«

»... aber Sie sind unabkömmlich?«

»In festen Händen.«

»So eine Wäscherin hat sicherlich kräftige Hände.«

»Sie wissen von ...«

Das Licht ging aus.

»Oh, verflixt, entschuldigen Sie bitte. Das passiert in letzter Zeit immer wieder. Bleiben Sie still sitzen, ich kümmere mich darum.«

Es war stockdunkel. Er hörte, wie sie aufstand und ins Nebenzimmer huschte. Zurück blieb der Hauch Parfüm.

Das Huschen kam zurück.

Ein kleines Licht flammte auf. Eine Taschenlampe. Er sah, dass sie jetzt eine Maske trug. Ein schwarzer Panther starrte ihn an. Das Licht wanderte dicht vor seinen Augen hin und her. Die Panthermaske wurde unsichtbar.

»Was soll das?«, fragte er benommen.

»Ganz ruhig«, sagte sie. Ihre Stimme schien von weit her zu kommen. War sie jetzt neben ihm? Hinter ihm? Nein, da war immer noch das kleine unruhige Licht und dahinter schemenhaft die Panthermaske.

»Bleib ruhig, Alfred, du bist hier gut aufgehoben. So sicher wie in Dianas Schoß. Das gefällt dir doch?«

»Ja«, sagte Weber. »Aber das Licht blendet.«

»Dann schließe die Augen.«

Er schloss die Augen. Aber das Licht war noch da, ganz nah,

direkt hinter seinen Augenlidern. Es glitt immer noch hin und her. Ruhiger jetzt, gleichmäßiger.

»Du bist sehr müde, Alfred.«

»Ja.«

»Hebe deine rechte Hand, strecke den Arm aus.«

Weber tat es.

»Spürst du mich?«

»Ja.«

»Höher, Alfred.«

Er hob die Hand so hoch er konnte. Und hatte dabei das Gefühl, ihre Aura zu berühren. Ihre Aura aus Parfüm.

»Was ist das für ein Duft, Linda?«, fragte er.

»*Fétiche* aus Paris, Alfred.«

»Oh.«

»Ich hab ihn für dich aufgelegt.«

»Schön.«

»Und nun senkst du den Arm ganz langsam. Und zählst dabei bis hundert. Und bei jeder Zahl sinkt dein Arm ein winzig kleines Stück nach unten.«

Weber zählte und sein Arm senkte sich in unendlicher Langsamkeit. Bis er, der ganze Weber, in ihrer Aura versunken war.

»So, Alfred, und nun hör mir zu.« Sie sprach sehr langsam. Trotzdem fiel es Weber schwer, die einzelnen Worte zu verstehen. Aber sie erreichten ihn auch, ohne dass er sie bewusst wahrnahm. »Ich erzähle dir eine Geschichte«, sagte sie mit samtener Stimme. »Sie handelt von uns beiden. Es ist die Wahrheit über uns. Eine schöne Geschichte. Sie handelt davon, wie wir gemeinsam unsere Freiheit erringen. Sie handelt davon, wie ich dir verzeihe und wie du bereust. Hör mir gut zu, wir fliegen ...«

Es war die schönste Geschichte, die Weber jemals gehört

hatte, und er spielte eine der beiden Hauptrollen darin. Und dann wurde ihm schwindelig und er stöhnte und begann schwer zu atmen ...

Als er wieder zu sich kam, stand er vor dem geschlossenen Gittertor der Hochbahnstation Millerntor. Hinter dem Gitter liefen die Steintreppen hinab in den schwarzen Tunnel. Weber rüttelte am Tor. Es ging nicht auf. Er rüttelte wieder und wieder, wurde immer wütender, stöhnte vor Anstrengung. Seine Muskeln schmerzten.

Ein Mann trat neben ihn. Er roch unangenehm nach Schnaps und Auswurf.

Er sagte: »He! Die Station ist geschlossen. Die Bahn fährt erst morgen früh wieder. Wo willst du denn hin, Mensch?«

Weber murmelte seine Adresse.

»Na, das ist doch gleich da drüben.« Der Mann deutete Richtung Altstadt. »Gleich hinterm Michel. Das schaffst du auch zu Fuß. Lass man das Gitter in Ruhe.«

Weber ließ davon ab, drehte sich um und schaute in die angezeigte Richtung.

»Und nun zeig mal, ob du noch gerade gehen kannst.«

Weber setzte einen Fuß vor den anderen.

»Na, siehst du, das klappt doch schon wieder ganz gut. Also dann, adschüs, min Jung!«

Weber schritt aus. Ja, natürlich, es war wirklich nicht weit.

Großartig! Fantastisch! Perfekt! Warum sollen Wunschträume nicht in Erfüllung gehen? Das Leben ist kurz, viel zu kurz für all die große, tiefe Leidenschaft, die in mir steckt! Ich bin kein Kind von Traurigkeit, bin es nie gewesen. Es ist ganz einfach, wie bei einer Schlange: Ich werfe die alte Haut ab, den ganzen Muff meines traurigen Daseins, und ergreife die Hand, die sich mir entgegenstreckt. Sehnsüchtig. Und warum auch nicht?

Es ist ein weites Feld. Ja, lach nur, es stimmt. Schau dich doch um! Ein freies Flugfeld. Sag nicht Acker, das ist ein Hafen! Ein Flughafen. Für Luftschiffe. Was für eine Errungenschaft der Menschheit, nicht nur Schiffe übers Wasser, sondern auch durch die Luft gleiten zu lassen.

»Und was für eine amüsante Ironie, dass man diese großen Luftschiffe mit ihren riesigen langen, silbrig glänzenden Leibern auch Zigarren nennt«, sagst du.

»Komm dem Ding bloß nicht mit einer Zigarre zu nahe, dann fliegt es nicht mehr durch, sondern in die Luft«, sage ich.

»Aber ich rauche doch gar keine Zigarren, Liebster«, sagst du. »Was denkst du denn von mir.«

Wir lachen herzlich.

»Herr Weber?«

Nun wird es Zeit, das vor zwei Jahren erbaute Terminal-Gebäude zu verlassen. Eine uniformierte Dame weist uns den Weg. Natürlich müssen wir nicht zu Fuß gehen. Schwarze Limousinen warten draußen auf uns. Sie werden uns zur großen Luftfahrthalle im nördlichen Bereich des Flughafens bringen. Der südliche ist den Flugzeugen vorbehalten.

»Ein Flugzeug kommt nicht in Frage!«, habe ich zu dir gesagt. »Mit denen habe ich schlechte Erfahrungen im Krieg gemacht.«

Ein Zeppelin muss es sein! Eine Zigarre.

Auf einem kleinen Lastkraftwagen stehen unsere Koffer zusammen mit denen unserer Mitreisenden. Ja, wir reisen mit Gepäck. Es soll ja kein läppischer Rundflug werden. Nein, wir wollen nach Berlin! Und anschließend weiter und weiter und immer weiter, wo das Luftschiff uns hintragen mag.

»Vielen Dank für die Einladung, meine Liebe.«

»Mit dir allein, die Welt umrunden in einer dicken Zigarre.«

»Ach Linda, wie lustig du doch bist!«

Und da liegt sie auch schon, die lang gestreckte, dicke fliegende Zigarre, auch LZ 127, besser bekannt als »Graf Zeppelin«. Knapp 237 Meter lang ist dieses Wunderwerk deutscher Ingenieurskunst, fest vertäut mit dicken Kabeln, damit es nicht vor der Zeit in den Himmel aufsteigt.

»Weißt du«, sagt Linda, »früher habe ich immer gedacht, man müsste die ganze Fahrt über in der Gondel verbringen. Aber man kann ja auch oben in der Zigarre herumspazieren. Ist das nicht lustig? »

»Ja, aber unsere Kabine ist in der Gondel.«

»Da wollen wir am Fenster stehen, hoch oben im Himmel, Hand in Hand und auf das Land hinabschauen, das unter uns dahingleitet.«

»Ja, das wollen wir.«

»Herr Weber?«

Der Wagen hält vor dem Zeppelin und wir steigen aus. Liebe Güte, wie groß ist dieses Ding. Da stehen auch der Kapitän und seine Mannschaft in den schmucken Uniformen der Luft-Hansa. Man begrüßt uns, ein Steward zeigt uns den Weg. Wir steigen in die Gondel. Es ist ein erhebender Augenblick.

Ich habe mich extra neu ausstaffiert für diese Reise. Akkurate Maßkleidung, ich habe mich nicht lumpen lassen. Man will ja was hermachen neben einer eleganten Dame.

Ach, Linda, Linda Lu! Unter deinem eleganten Mantel mit Pelzkragen trägst du ein schickes Kostüm wie eine Dame von Welt. Und du zeigst Knie, ja, du zeigst Knie, aber das weiß nur ich allein.

»Herr Weber, bitte!«

Wir klettern in die Gondel.

»Eigentlich ist es wie umgedreht. Wenn man sich ein Wasserschiff denkt, meine ich«, sagt Linda. »Die Aufbauten sind Unterbauten und der Rumpf liegt oben. Die Welt steht kopf in der Luft. Huch, da wird mir ja fast schwindelig.«

Sie fällt mir gespielt in die Arme. Der Pelzkragen kitzelt an meiner Nase. Sie duftet nach »Fétiche« aus Paris.

Frankreich werden wir auch ansteuern auf unserer Reise rund um die Welt. Und ob!

Dann heißt es: »Leinen los!«

Das sanfte Dröhnen der fünf Maybach-Motoren klingt wie Musik in unseren Ohren. Das Luftschiff steigt auf. Langsam, langsam, hoch und höher, bis die Stadt uns wie eine Miniatur zu Füßen liegt.

Nun wird das Dröhnen der Maybachs lauter, ein Zittern durchläuft den mächtigen Leib des Zeppelins. Und los geht's! Wir fahren durch die Luft und steigen immer weiter nach oben.

Wälder, Fluren und Felder unter uns. Wir sind im Himmel, wir fühlen uns wie Engel. Die Schwere des Daseins ist von uns abgefallen. Ganz allein stehen wir am Fenster und sind der Welt entrückt.

Eigenartigerweise hat der Steward vergessen, die Tür der Gondel zu verschließen. Sie pendelt auf und zu. Ich schaue nach.

Durch die offene Tür nach unten zu schauen ist noch viel aufregender. Ein kühler Luftzug schlägt uns entgegen.

Linda lacht laut auf. »Das ist nicht zu überbieten!«, ruft sie.

»Nein, wirklich nicht.«

»Wir haben es geschafft, wir sind ganz oben.«

»Wahrhaftig.«

»Mehr geht nicht. Niemals mehr.«

»Nein.«

Sie schmiegt sich an mich und ergreift meine Hand.

»Das ist der Moment, Alfred! Einen besseren finden wir nie. Das ist die Freiheit.«

»Für uns zwei.«

»Wir brauchen kein Luftschiff mehr, wir können selbst fliegen. Los, springen wir.«

Sie zerrt an meiner Hand. Sie zieht mich zur Tür. Sie tritt hinaus ins Nichts und zieht mich mit ...

»Herr Weber? Halt!«

... in die Freiheit ...

»Herr Kommissar!«

... Unendlichkeit, Schönheit ...

»Weber! Stopp!«

Jemand packt ihn am Arm, zerrt ihn herum. Ein Fuß kommt ihm in die Quere, zieht ihm das Bein weg. Ein Körper blockiert seinen Lauf, er wird hochgehoben, wirbelt durch die Luft, überschlägt sich ... und landet krachend auf dem Rücken. Ein bohrender Schmerz am Schulterblatt. Einen Moment lang bekommt er keine Luft mehr.

»Linda!«

Eine Ohrfeige rechts und links brachte ihn in die Wirklichkeit zurück. Er riss die Augen auf. Alles trübe und unscharf. Ganz allmählich gelang es ihm, die Person, die sich über ihn beugte, zu fixieren.

Kriminalobersekretärin Finke starrte ihn an. Eine Hand erhoben, bereit, ihm noch eine Ohrfeige zu verpassen.

»Alfred Weber, wachen Sie auf!«, schrie sie ihn an.

»Was ... ist denn ... los?«

Menschen versammelten sich um ihn herum, schauten auf ihn herab, wie er da auf dem Bahnsteig lag.

»Wo sind wir überhaupt?«

»Sind Sie wieder da?«, fragte Finke.

»Frau Finke, was zum Teufel geht hier vor?«

Finke stand auf und zeigte den Schaulustigen ihre Dienstmarke. »Polizei! Treten Sie bitte zurück. Sie sehen doch, der Mann ist gestürzt!«

Sie streckte eine Hand aus und half ihm auf, musste ihn stützen. Kurz wurde ihm schwarz vor Augen, er taumelte. Der Stationsvorsteher war jetzt auf der anderen Seite neben ihm. Beide packten ihn an den Armen und führten ihn zu einer Sitzbank.

»Gehen Sie doch weiter, Herrschaften. Sie sehen doch, es ist nichts. Dem Herrn ist nur unwohl. Hören Sie auf zu gaffen, Himmelherrgott!«, rief der Aufsichtsbeamte ungehalten.

Weber setzte sich. Finke nahm neben ihm Platz und sagte: »Ich kümmere mich um ihn, es geht schon, danke.«

Der Aufseher verschwand.

»Sie scheinen ja das ideale Medium zu sein«, sagte Finke.

»Wie bitte?«

»Man hat Sie schon wieder hypnotisiert.«

»Hören Sie ... ich glaube, ich muss Ihnen was mitteilen.«

»Den Eindruck habe ich auch, Herr Weber. Wer zum Beispiel ist Linda?«

Der Vorfall hatte sich in der Station Flurstraße ereignet, als Weber und Finke auf Hochbahn-Patrouille waren, ein eher hilfloser Versuch, herauszufinden, ob der »Hochbahn-Mörder«, wie er intern jetzt schon genannt wurde, wieder zuschlagen würde. Der Gedanke war gewesen, dass er ja zunächst sein Opfer aussuchen, ihm folgen und es an geeigneter Stelle hypnotisieren musste. So etwas konnte doch nicht völlig im Geheimen ablaufen, hatten sie gedacht und gehofft, ihn vielleicht auf frischer Tat zu ertappen. Aber nun hatte Weber unfreiwillig den Beweis dafür geliefert, dass es ganz anders ablief: Zwischen der Hypnose und dem »Unfall« konnte durchaus ein größerer Zeitraum liegen und der Hypnotiseur musste gar nicht in der Nähe seines Opfers sein!

Finke führte den ziemlich zittrigen Weber in ein kleines Café am Goldbekkanal und bestellte ihm einen Schnaps und ein Bier zur Beruhigung.

»Ich dachte, ich würde mit einem Zeppelin verreisen.«

»Zusammen mit einer gewissen Linda.«

»Ja, hören Sie, Frau Finke, das ist mir unendlich peinlich, auch wenn ich mir nichts zuschulden kommen ließ …« Weber begann, ihr von seinem Besuch im Privat-Klub zu erzählen. Das mit Linda Lu war natürlich nicht einfach zu erklären, sie hatte ja offensichtlich nicht nur in der Hypnose-Suggestion einen Platz, sondern auch in seiner persönlichen Fantasie. Finke half ihm, die brisanten Klippen zu umschiffen, indem sie nur nach sachlichen Zusammenhängen fragte.

Und so blieb am Schluss von dieser ganzen wahnsinnigen Angelegenheit ein karges Tatsachengerüst übrig: Weber war in den *Privat-Klub Sophia* gegangen, um herauszufinden, welche Verbindungslinien es zwischen dem Klub beziehungsweise der Betreiberin Linda Lu und Frau Maaß vom *Bräu Ros'l* gab, deren Lastkraftwagen der Mordverdächtige Pohl benutzt hatte, um einen Streik in der Wäscherei Reents mit Hilfe von SA-Leuten niederzuschlagen.

»Aber wie passt der Hypnotiseur del Gracio in diesen Zusammenhang hinein?«, fragte Weber am Schluss seiner Erklärung. »Was hat der denn damit zu tun?«

»Na, er hat mich doch hypnotisiert.«

»Er? Ich dachte sie. Linda Lu.«

»Nein, dass kann nicht sein.«

»Wie kommt's, dass Sie sich da so sicher sind, Herr Weber?« Finke schaute ihn ungläubig an.

»Ich weiß es nicht. Aber ich bin mir sicher, dass er es war.«

»Hinter der Maske?«

»Ja.«

»Wenn er dort Unterschlupf gefunden hat, wäre das Anlass für eine Razzia.«

»Und den Beweis liefert ein Polizist, der sich schon selbst fragt, ob er überhaupt noch bei Trost ist? Was genau ist denn passiert? Ist überhaupt etwas passiert?«

»Na, hören Sie mal, Herr Weber! Wirklichkeit und Suggestion lassen sich doch trennen!«

»Da bin ich mir gar nicht mehr so sicher.«

»Aber das darf nicht sein«, sagte Finke. »Niemals. Stellen Sie sich bloß vor, die Grenze zwischen Einbildung und Realität löst sich auf, dann ...«

»... dann können wir einpacken«, ergänzte Weber düster.

»Das darf nicht sein!«

»Und was Ihre Razzia betrifft«, sagte Weber zögernd. »Die Begründung könnte nur ich liefern. Und wenn das alles rauskommt, schmeißen die mich raus. Weil ich geisteskrank bin.«

»Herrgott, Weber! Warum sind Sie denn auch allein da reinmarschiert?«

»Ach, nun, Sie kennen mich doch.«

»Ja, eben, wir kennen uns doch! Das nächste Mal nehmen Sie mich mit.«

»Hmhm.«

»Versprochen?«

»Ja doch.«

»Gut.« Finke nickte zufrieden. »Und jetzt haben wir einiges zu tun. Auf geht's.«

Weber schaute fragend in ihr entschlossenes Gesicht. In seinem Kopf herrschte größtenteils neblige Leere.

Sie standen vor einem prächtigen weißen Bürgerhaus mit fünf Stockwerken, üppigen Jugendstilornamenten und breiten Balkonen an der Rothenbaumchaussee.

»Wenn Sie bitte entschuldigen, aber ich bin mir nicht sicher, ob ich da mit hineingehen möchte«, sagte Weber.

Finke schaute ihn erstaunt an. »Aber es handelt sich hierbei doch lediglich um eine medizinische Praxis.«

»Na ja ...« Weber deutete auf das Messingschild an der Wand. Darauf war in kantigen schwarzen Blockbuchstaben vermerkt: »Dr. Persson – Arzt für Nervenleiden, Termine nach Vereinbarung«.

»Warum zögern Sie? Es ist eine ganz normale medizinische Praxis. Der Mann ist eine Koryphäe.«

»Sie sagten, er sei Experte für Hypnose.«

»Deshalb sind wir ja hier, darum geht es.«

»Ich habe schreckliche Kopfschmerzen.« Weber schlug einen jammervollen Ton an, der ihm gleichzeitig peinlich war.

»Vielleicht kann Dr. Persson Ihnen helfen.«

»Aber ich habe kein Nervenleiden.«

»Natürlich nicht, Herr Weber. In unserem Fall geht es um Hypnose.«

»Ich will nicht noch mal hypnotisiert werden. Das ist entsetzlich.«

»Das wird nicht passieren. Wir wollen Informationen.«

»Ich möchte schlafen«, sagte Weber. Störrisch wie ein kleines Kind, wie er selbst feststellte. Er war immer noch nicht ganz bei sich.

Finke fasste ihn am Arm. »Dr. Persson hat sicherlich eine Pritsche, auf die Sie sich legen können, wenn es erforderlich sein sollte.«

Das gab den Ausschlag. Weber fügte sich. »Es ist erforderlich«, sagte er.

Sie traten in ein großes breites, mit weißem, grauem und rotem Marmor ausgekleidetes Treppenhaus. Im Vorraum hingen rechts und links hohe Wandspiegel. Weber warf im Vorbeigehen einen Blick hinein und sah sich und seine Kollegin bis in die Unendlichkeit vervielfältigt. Er erschauerte.

In einem mit Schnörkeln und Girlanden verzierten Aufzug aus Mahagoniholz fuhren sie nach oben in den dritten Stock.

Hier stand auf dem Schild neben der Tür zur Praxis von Dr. Persson zusätzlich: »Arzt für Nervenleiden, Psychoanalyse und Hypnose«. Weber blieb abrupt stehen und wollte schon umdrehen, da spürte er den eisernen Griff von Finke an seinem Oberarm.

Sie hatte sofort auf den Klingelknopf gedrückt. Nun ging die Tür auf.

»Kommen Sie!«, sagte Finke und zog ihn hinein.

Ob die Wände des scheinbar endlos langen Flurs in Blau oder Grün gehalten waren, konnte Weber nicht entscheiden, denn es war recht dunkel hier. Die Fenster an beiden Enden des Flurs waren mit Läden verschlossen. Zwar hingen Kronleuchter von der hohen Decke, aber sie spendeten nur schwaches Licht. Dunkles Parkett, dunkle Türen, drei links, zwei rechts. Vor der zweiten von rechts stand ein großer, kräftiger Mann in einem grauen Anzug, über den er einen weißen Kittel gezogen hatte. Er hatte eine eigenartige konkave Gesichtsform mit gewölbter Stirn, prägnantem Kinn und schmalen Wangen. Durchdringender Blick hinter einer Hornbrille, große, stark behaarte Hände.

»Kriminalkommissar Weber, Kriminalobersekretärin Finke«, stellte Finke sie vor.

»Alfred Leopold Otto Weber«, korrigierte Weber, ignorierte aber die ausgestreckte Hand des Arztes oder bemerkte sie gar nicht.

Dr. Persson warf Finke einen fragenden Blick zu.

»Ich hatte antelefoniert«, sagte sie.

Er bat sie ins Zimmer. Schreibtisch, Lehnstuhl, zwei Sessel und eine Pritsche. Das Fenster war geschlossen, eine Tisch-, eine Steh- und eine Wandlampe verströmten diffuses Licht.

Weber ging zur Pritsche und legte sich darauf, ohne etwas zu sagen.

»Mein Kollege wurde das Opfer einer unfreiwilligen Suggestion.«

»Diese Kopfschmerzen sind entsetzlich«, stöhnte Weber.

Dr. Persson nickte und trat neben die Pritsche. »Die Kopfschmerzen können wir kurieren, wenn Sie möchten.«

»Aber fangen Sie bloß nicht an, ein Licht vor meinen Augen hin und her zu schwenken. Dann gehe ich Ihnen an die Gurgel!«

»Kein Licht, Herr Kommissar. Schließen Sie einfach die Augen. Wir wollen Sie nur von den Kopfschmerzen befreien.«

Weber schloss die Augen. Er fand es sehr langweilig in diesem Zimmer. Warum also die Augen offen lassen? Das war viel zu anstrengend.

»Legen Sie Ihre Hände auf die Pritsche. Ihre Arme werden

immer schwerer ... Atmen Sie tief ein, ganz gleichmäßig ... Und nun sprechen Sie mir nach: Alfred ... Leopold ...«

Weber sprach seinen Namen nach. Anschließend zählte er ganz langsam rückwärts von zehn bis null. Dann schien er eingeschlafen zu sein. Glaubte er selbst auch, aber so war es nicht. Er hörte sehr genau, was Finke und Persson besprachen, nachdem sie sich in die beiden Sessel gesetzt hatten.

»Ich hätte nie geglaubt, dass so etwas möglich ist«, sagte Finke. »Aber mein Kollege wurde gegen seinen Willen hypnotisiert und hat dann versucht, sich vor eine Hochbahn zu werfen.«

»Das erste männliche Opfer«, stellte Persson fest. »Interessant.«

»Meiner Ansicht nach wurde er nicht ausgesucht, sondern ist dem Täter in die Quere gekommen. Der versuchte, ihn auf diese Weise auszuschalten.«

»Wieso hat er nur versucht, sich vor die Bahn zu werfen?«

»Ich habe ihn zurückgehalten.«

»Interessant.«

»Und ich dachte immer, Hypnose sei nur eine Jahrmarktsscharlatanerie«, schloss Finke ihren Bericht.

»Nein, Hypnose ist ein ganz natürlicher Vorgang. Mitunter geschieht es, dass jemand in Trance gerät, ohne Zutun eines anderen. Ein plötzliches Ereignis, ein Schreck, kann so etwas bewirken.«

»Aber dass jemand einen anderen mutwillig in Trance versetzt und ihn manipuliert? Ihm sogar eine ganze Geschichte einimpft, die ihm dann im Kopf herumspukt, als sei es eigenes Fühlen und Denken?«

»Er fühlt und denkt es ja auch, erlebt das Suggerierte. Man muss nur wissen, wer für welche Suggestion empfänglich ist.«

»Aber Kommissar Weber ist Polizist, er ist es gewohnt, auf der Hut zu sein. Wie kann es da jemand schaffen, ihn derart zu überrumpeln? Es ist ihm sogar zweimal passiert.«

»Manche Personen sind geeigneter für die Hypnose als andere. Manche sind sehr anfällig. Vielleicht hat es auch mit aktuellen Lebensumständen zu tun. Offenbar arbeitet der Hypnotiseur mit der Methode der Blitzinduktion. Dabei kann man einen Probanden – in diesem Fall sollten wir wohl von Opfer sprechen – in wenigen Sekunden in eine Trance versetzen.«

»Ich kann mir das nicht vorstellen!«

»Doch, doch. Das ähnelt einer Schreckstarre. Und die gibt es sogar im Tierreich. Wenn ein Individuum erst mal in diesem Zustand ist, ist es ein Leichtes, die Trance zu vertiefen. Ich wiederhole: Es ist ein völlig natürlicher Vorgang.«

Finke erzählte von Webers Luftschifffantasie.

»Wie kann denn jemand von einem Moment auf den anderen in einen Zustand geraten, dass er an solche Traumbilder glaubt?«

»Es hilft, wenn man die Schwächen und Leidenschaften des Probanden kennt, um die man eine Geschichte stricken kann. Hier handelt es sich um eine posthypnotische Suggestion, die zu einem bestimmten Moment ausgelöst wird. Auf ein Zeichen hin. Mitunter genügt ein Geräusch … die heranfahrende Hochbahn möglicherweise.«

»Eine ganze Geschichte wird jemandem in den Kopf geimpft?«

»Ja.«

»Etwas vollkommen Irreales?«

»Sehen Sie, genau genommen ist doch alle Wirklichkeitswahrnehmung nur eine Geschichte, die uns das Gehirn erzählt. Wir sehen die Welt, aber erst, indem wir ihr eine Geschichte überstülpen, wird sie für uns real, sonst gäbe es nur zusammenhanglose

Dinge zu sehen, mit denen wir nichts anfangen könnten. Wenn Sie so wollen, wird die Wirklichkeit erst durch die Fantastereien unseres Gehirns für uns zur realen Tatsache.«

»Aber eine vollkommen abseitige, an den Haaren herbeigezogene Geschichte ...«

»Die wurde dem Gehirn Ihres Kollegen suggeriert. Es glaubte daran. Ohne die Suggestionen des Gehirns keine Wahrnehmung.«

»Sie wollen doch nicht etwa behaupten, wir alle lebten ständig nur in einem Trance-Zustand?«

Dr. Persson lachte leise. »In gewisser Weise schon. Das Gute ist ja, dass wir uns auf eine gemeinsame Trance-Erfahrung geeinigt haben. Die individuelle Suggestion bei Ihrem Kollegen war eine Abweichung von der Norm und daher so kurios.«

»Kurios? Diese Suggestion hätte beinahe seinen Tod herbeigeführt!«

»Ja, in diesem Fall hat der Hypnotiseur verbrecherisch gehandelt. Es handelt sich um einen Mordversuch, diesem Urteil würde ich mich anschließen.«

»Ich weiß nicht, wie ich das meinen Vorgesetzten erklären soll«, murmelte Finke.

»Das dürfte schwer werden. Wenn ich Ihnen behilflich sein kann ...«

»Und was ist nun mit meinem Kollegen? Muss ich jetzt in jedem Augenblick befürchten, dass Kommissar Weber wieder in Trance gerät und vor einen fahrenden Zug springt?«

»Nein.« Dr. Persson stand auf. »Wir werden seine Suggestion aufheben.«

»Wie denn?«

»Indem wir ihm suggerieren, dass alles wieder so ist, wie es vorher war. Dass er, Alfred Leopold Otto Weber, ein Kriminalbeamter ist, der wie zuvor seiner Pflicht nachgeht, die er gewissenhaft erfüllt, und dass alle Suggestionen von außerhalb wirkungslos und bedeutungslos geworden sind und er fortan nur noch aus eigenen Antrieb handeln wird wie zuvor.«

»Jetzt widersprechen Sie sich aber.« Finke klang misstrauisch. »Ein eigener Antrieb widerspricht Ihrer Behauptung, alles wäre nur Suggestion.«

Persson lachte: »Einigen wir uns einfach darauf, dass eine Suggestion, die uns dazu bringt, den Hochbahnwagen erst anhalten zu lassen, bevor wir uns seiner bedienen, gesünder ist als die andere.«

»Jetzt möchte ich beinahe nicht mehr, dass Sie etwas tun.«

»Keine Angst. Betrachten Sie es einfacher: Wir werden Ihren Kollegen von seinen Kopfschmerzen und von seinem quälenden Albtraum befreien, indem wir ihn zuerst noch weiter in den Tiefschlaf versetzen. Dabei werden wir die fremden, falschen Ideen aus seinem Gedächtnis verbannen und ihn dann ganz langsam aufwecken.«

Fünf, vier, drei, zwei, eins, null. Als Weber die Augen wieder aufschlug, fühlte er sich erstaunlich frisch. Er lächelte Finke an und sagte: »Nanu, was machen Sie denn hier?« Er schaute sich um. »Wo sind wir überhaupt?«

»Beim Arzt«, sagte Finke. »Sie hatten einen kleinen Schwächeanfall.«

»Oh, jetzt geht es mir aber viel besser.« Weber setzte sich auf und schwang die Beine von der Pritsche. »Ich fühle mich wie neugeboren.« Er schaute den Arzt an: »Vielen Dank, Herr Doktor.«

»Keine Ursache.«

»Können wir gehen?«, fragte Weber ungeduldig.

»Gern«, sagte Finke.

Sie verabschiedeten sich. Im Fahrstuhl erklärte Weber begeistert: »Wissen Sie, als ich da im Halbschlaf auf der Pritsche lag, ist mir ein interessanter Gedanke gekommen.«

»Und zwar?«

»Dieser Hypnotiseur, del Gracio alias Dr. Neulen, der könnte doch sehr gut in diesem Privatklub in der Sophienstraße Unterschlupf gefunden haben. Was halten Sie davon?«

»Mir ist alles recht, solange Sie nicht wieder mit den Luftschiffen anfangen.«

»Wie bitte?«

»Na, zumindest ist diese Suggestion geplatzt.«

»Ich verstehe nur Bahnhof.«

»Ich fürchte, ich muss Ihnen da einiges erklären, Herr Weber.«

Elftes Kapitel
Das letzte Lied

Weber schaute zur Wanduhr, deren Sekundenzeiger munter verkehrt herum marschierte. Er schüttelte den Kopf. Man stelle sich nur vor, die Zeit würde von Zeit zu Zeit wirklich einmal rückwärtslaufen, dachte er. Einen Moment noch einmal erleben? Warum nicht. Wenn man sich den Moment aussuchen könnte.

Schmunzelnd drehte er sich um und schaute sein Spiegelbild an, über dem der Sekundenzeiger in die richtige Richtung wanderte. Wie aus dem Ei gepellt sah er aus. Der Bart war perfekt getrimmt, die Haare akkurat geschnitten. Hinter ihm hielt der Barbier den Spiegel so hin, dass er prüfen konnte, ob auch dort alles in der richtigen Façon war.

Anscheinend war der Mann heute ein bisschen unkonzentriert, jedenfalls hielt er den Spiegel so schräg, dass Weber nur den Schnitt an den Seiten prüfen konnte.

»Halt, Moment«, sagte Weber, als er den Spiegel schon beiseitelegen wollte, »ich hab noch nicht gesehen, wie's oben so aussieht.«

»Oben?« Der Barbier hielt den Spiegel noch mal hin. Weiter oben, aber nur ganz kurz.

»Langsam«, sagte Weber und stutzte jetzt. »Da ist eine Stelle, die scheint nicht ganz korrekt zu sein.«

»Bitte?«

»Halten Sie noch mal hin.«

Der Barbier tat es widerstrebend. Nun endlich konnte Weber seinen Hinterkopf betrachten.

»Da ist ja eine helle Stelle«, sagte er.

»Wo?«

»Na, dahinten.« Weber deutete mit dem Finger darauf.

»Aber nein.«

»Doch, doch, sehen Sie doch mal richtig hin!«

»Die Haare fallen doch sehr schön.«

»Eben nicht. Haben Sie da etwa zu viel weggeschnitten?«

»Wie bitte?«

»Das wirkt ja fast schon kahl.«

Mit beleidigter Miene griff der Barbier zum Kamm und strich Weber durchs Haar. »Zu viel weggeschnitten? Im Gegenteil. Sehen Sie doch, wie locker die Haare über die Stelle fallen, wo es etwas lichter geworden ist. Das war gar nicht so einfach.«

»Lichter?«

»Ja, aber keine Sorge, Herr Kommissar, den Damen ist das ganz gleich, denen imponiert vor allem ein männlicher Bart, so wie Sie ihn tragen.«

Weber war völlig perplex. Eine kahle Stelle!

»Es ist ein Zeichen von Reife, Herr Kommissar. Genau wie das zarte Grau an Ihren Wangen. Das macht wirklich Eindruck, zweifellos.«

»Sie sind mir ja ein Halunke!« Weber hob drohend den Zeigefinger, um die Situation zu überspielen, die ihm mit einem Mal überaus peinlich geworden war. »Wie lange täuschen Sie mich denn schon darüber hinweg?«

»Täuschen? Aber ich bitte Sie! Was man nicht bemerkt, ist

auch nicht da. Und ich finde …« Der Barbier strich ihm noch mal durchs Haar.

Weber sprang vom Sitz. Das reichte jetzt! Er schaute demonstrativ auf die verkehrt tickende Uhr und heuchelte Eile: »Oh, jetzt wird es aber Zeit!«

Mit unglücklicher Miene nahm der Barbier das Geld entgegen, und Weber verabschiedete sich hastig. Draußen setzte er sich die Mütze auf und eilte die Straße entlang Richtung Stadthaus.

Es war ein milder Tag, der Himmel leuchtete blau, die Sonne warf einen warmen Glanz auf die Fassaden und Dächer der hohen Gebäude der Innenstadt. Überall rege Geschäftigkeit.

Als Weber sein Dienstzimmer betrat, saß Frau Finke schon an ihrem Platz. Das Fenster stand einen Spaltbreit offen und ein erfrischender Lufthauch wehte herein.

Sie begrüßten sich. Weber setzte sich und nahm sich seine Akten vor.

Finke seufzte: »Wissen Sie, warum ich zur Polizei gegangen bin? Weil ich die Nase voll hatte von dem vielen Papierkram bei der Fürsorge. Und was haben wir hier? Papierkram. Man schreibt sich ja die Finger wund.«

»Bürokratie dient der Ordnung, und Ordnung muss sein«, sagte Weber. »Wir sind dazu da, die Ordnung zu erhalten. So erklärt sich das.«

»Da haben Sie auch wieder recht.«

»Wenn's Ihnen zu viel wird, können Sie mir was abgeben.«

»Danke.«

Sie schrieben. Irgendwann wurde Weber unruhig und spürte das Bedürfnis, sich die Füße zu vertreten. So war es immer, wenn er Papierkram erledigen musste. Spätestens nach einer Stunde brauchte er Bewegung.

»Bin kurz mal austreten«, sagte er und stand auf.

Es war eine gewisse Strecke zu den Toiletten. Er lief mehrere Korridore entlang und bog um viele Ecken, bevor er die Tür aufstieß, auf der seit April 1927, dem Gründungsmonat der weiblichen Kriminalpolizei, nicht mehr der Buchstabe »T« stand, sondern ein »H«. Es gab auch eine Toilette mit dem Buchstaben »W«, die sich ein Stockwerk tiefer befand.

Weber ging schnurstracks auf die Kabinen zu, hielt dann aber ruckartig inne, weil ihm im Vorbeigehen etwas aufgefallen war: Auf dem Spiegel über dem Waschbecken zu seiner Rechten klebte ein gelblicher Zettel. Was sollte das denn? Weber trat näher. Es sah aus wie ein Text in einzelnen Strophen.

Na, so was, dachte er, da hat jemand ein Gedicht geschrieben und auf den Spiegel geklebt. Wie eigenartig. Er beugte sich neugierig über das Waschbecken, las die Überschrift und den ersten Vers und prallte erschrocken zurück.

Das war unglaublich! Eine bodenlose Frechheit! Eine Beleidigung! Mehr noch: eine Schweinerei.

Vor Wut schnaufend, beugte Weber sich erneut nach vorn und las:

Die Ballade vom Kommissar Unrat

Und der Ochse, der hat Hörner
und die trägt er auf dem Kopf
Und der Weber hat ein Liebchen
die trägt am liebsten nur nen Zopf

Unser Udel hat ne Kleine
und die wäscht ihm alles rein

Und sorgt sie mal für sein Spätzchen
Muss das eben auch mal sein

Kommissar sein, das macht Freude
mal mit Weib, auch mal mit Wein
und wenn's kleckert kommt die Hanne
und wäscht schmutzig alles rein

Unrat soll der Weber heißen
unser Bock, der Kommissar
denn er steckt gern unter Decken
wo schon vorher einer war

Doch gehört es sich denn wirklich
dass der Unrat bei ihr pennt
Ist sie doch eine von denen
die ein jeder sehr gut kennt

Du wärst längst schon in der Gosse
raus aus deinem Lotterbett
hättest du nicht beim Senator
einen dicken Stein im Brett

Doch das wird sich sehr bald ändern
aus ist eure Kumpanei
denn euch Hurendemokraten
schlagen wir alle zu Brei!

Weber blieb die Luft weg. Das war kein Spaß, kein Unfug, auch keine Frechheit, das war ein Angriff auf seine Person!

Der Zettel war mit Klebstoff an den oberen beiden Ecken am Spiegel festgemacht. Voller Zorn riss Weber ihn ab und knüllte ihn zusammen.

Nun war er ratlos. Was sollte er damit machen? Wegwerfen? Den Täter zur Rechenschaft ziehen? Aber wer könnte das gewesen sein? Sollte er jetzt im ganzen Stadthaus umhergehen und fragen, ob jemand einen Kollegen beim Schreiben einer Ballade gesehen hatte? Das war ja verrückt. Und wäre peinlich, denn auf diese Weise würden alle davon erfahren. Dann würde man ihm unangenehme Fragen stellen.

Er steckte das Papierknäuel in die Tasche seines Jacketts, verließ die Toilette und ging zurück in sein Dienstzimmer. Nachdem er eingetreten war, blieb er unschlüssig stehen.

Finke schaute auf und runzelte die Stirn: »Was ist denn mit Ihnen? Sie sind ja ganz blass.«

Weber zögerte kurz, dann holte er das Papierknäuel hervor, zog es auseinander und reichte es ihr.

»Oh«, sagte sie nur, während sie las. Und als sie fertig war: »Wo haben Sie das her?«

»Toilette«, stieß Weber hervor. »Am Spiegel überm Waschbecken.«

»Hm. Waren da noch mehr?«

»Noch mehr?« Er schrie es fast.

»Ja, sehen Sie: Dieser Zettel ist hektografiert worden.«

»Was?«

»Sehen Sie doch, er wurde vervielfältigt. Es muss noch mehr davon geben.«

»Das kann doch nicht sein«, sagte Weber ungläubig.

»Auf den anderen Toiletten?« Sie schaute ihn fragend an.

»Woher soll ich das wissen?«

Sie stand auf. »Das sollten wir herausfinden, und zwar sofort!«

Weber lief ein Schauer über den Rücken, als er sagte: »Sie haben recht, ja, Sie haben recht!«

Sie gingen los. »Sie nehmen die unteren Stockwerke, ich die oberen«, sagte Weber.

Es stellte sich heraus, dass die Zettel nicht nur in Toiletten klebten, sondern auch über den Waschbecken, die hier und da in den Korridoren vorhanden waren. Außerdem in einigen Fensternischen. Und in mehreren Paternosterkabinen.

Als sie wieder beide im Dienstzimmer waren, zählten sie einundzwanzig Stück.

»Hoffentlich sind das alle«, murmelte Weber.

Finke sah ihn skeptisch an.

Es klopfte an der Tür und der Bürobote trat ein.

»Herr Regierungsdirektor Dr. Schlanbusch bittet Herrn Kommissar Weber unverzüglich zum Gespräch.«

»Verdammt«, sagte Weber.

»Soll ich mitkommen?«, fragte Finke.

Weber schüttelte den Kopf.

Im Treppenhaus kam ihm sein alter Freund Hilbrecht entgegen, trampelte schwerfällig die Steinstufen hinab, nahm manchmal zwei auf einmal und geriet dabei bedenklich aus dem Gleichgewicht. Als er Weber sah, blieb er auf dem Treppenabsatz stehen, stützte sich am Geländer ab und rang nach Luft. Als Weber bei ihm angelangt war, starrte er ihn gleichermaßen mitleidig wie vorwurfsvoll an.

»Alfred! Zu dir wollte ich gerade. Da ist etwas ...« Er hielt demonstrativ etwas in die Höhe. Es war der hektografierte Zettel.

»Kenne ich schon«, sagte Weber.

»Dieses Blatt hing an einer Wand. Ein Kollege hat eins oben bei uns in der Toilette gefunden. Das ist ja ungeheuerlich!«

»Ja, eine bodenlose Frechheit«, erklärte Weber betont ruhig.

Hilbrecht stutzte. »Wenn du es so siehst ...«

»Jemand will mich erledigen«, stellte Weber fest.

»Wie?«, sagte Hilbrecht erstaunt. »Wie meinst du das? Aber es ist doch wahr!«

»Was ist wahr?«

»Dein Lebensw..., dein Umgang ... also das ... was gewissermaßen eines Beamten nicht würdig ist.«

Weber riss ihm den Zettel aus der Hand und blaffte ihn an: »Willst du diesen Wisch etwa verteidigen?«

Hilbrecht wirkte jetzt etwas verdattert. »Aber ich wollte zu dir, um dir einen freundschaftlichen Rat zu geben. Wieso schreist du mich so an?«

»Einen Rat? Was denn für einen Rat?«

»Na ja, wenn wir die Zettel schnell alle einsammeln, ist der Schaden nur gering. Und wenn du dich entschließt, dein Leben zu ändern ...«

»Du meinst, ich unterwerfe mich dieser Verunglimpfung?«

»Na ja, es ist ein Gedicht, aber leider trifft es die Wahrheit.«

Weber schlug mit der Hand auf den Zettel. »Du willst mir ernsthaft erklären, dass die Leute, die diesen Dreck hier verbreiten, das aus moralischen Gründen getan haben?«

»Na ja, aber es ist doch so, dass ...«

»Dass was? Dass ich eine Frau kenne, die ihren Lebensunterhalt mit harter Arbeit als Wäscherin verdient?«

»Aber sie hat ja auch mal ...«

»Hat mal? Hat mal? Bist du neuerdings unter die Moralapostel gegangen?«

»Alfred, du musst doch an deinen Stand denken!«

»Stand und Dünkel, was? Das kommt ja alles flott aus deinem Mund.«

»So war es doch nicht gemeint.«

»Doch!«

»Nein, ich will dir helfen.«

»Nicht auf diese Art, mein Lieber. Außerdem ist es längst zu spät. Ich bin auf dem Weg zu Schlanbusch. Also lass mich bitte vorbei.«

Der Weg war sowieso frei. Weber ging um Hilbrecht herum und stieg weiter die Treppe hinauf.

»Aber Alfred, doch nicht so ...«, hörte er Hilbrecht hinter sich.

Du bist die längste Zeit mein Freund gewesen, dachte Weber verbissen, als er in den Korridor einbog und auf Schlanbuschs Büro zueilte.

Schlanbuschs Sekretärin starrte ihn an, als würde sie einen leibhaftigen Satyr vor sich sehen, und verschränkte schützend die Hände vor der Brust.

Die Tür stand offen, also ging er hinein. Der Leiter der Kriminalpolizei stand am Fenster.

»Schließen Sie die Tür, Weber«, sagte er. Dann drehte er sich um.

Und wieder blitzten die Brillengläser im Licht der einfallenden Sonnenstrahlen. Wie macht er das nur, fragte sich Weber, stellt er sich extra so hin?

Schlanbusch deutete zum Schreibtisch, in dessen Mitte, deutlich abgesetzt von den anderen Papieren, der hektografierte Zettel lag. »Was haben Sie sich denn eigentlich dabei gedacht, Kommissar Weber?«

»Entschuldigen Sie, Herr Regierungsdirektor, wobei?«

»Wir haben jahrelang Ihren extravaganten Lebenswandel geduldet. Ihre unpassende Scheidung, Ihre abenteuerliche Liaison mit einer Gastwirtin auf St. Pauli, Ihre Disziplinlosigkeit, Ihren Hang zum Alkohol. Ihre Verankerung im Milieu, so schien es uns, brachte Vorteile. Aber dies ist nun wirklich zu viel des Guten!«

»Eine Denunziation, eine Verunglimpfung mittels eines Schmähgedichts, das ...«

»Was heißt Denunziation, Weber? Ist es eine Denunziation, wenn die Wahrheit ausgesprochen wird?«

»Eine Herabwürdigung ist es, eine Beschimpfung, eine Hasstirade.«

Schlanbusch rückte die Brille zurecht, kniff die Lippen zusammen, strich sich mit dem Zeigefinger über sein Schnurrbärtchen und sagte mit eisiger Miene: »Es ist doch ganz gleich, welcher Ton angeschlagen wird, wenn es sich um die Wahrheit handelt, Weber! Und die Wahrheit ist nun mal, dass Sie mit einer ehemaligen Prostituierten verkehren.«

»Ich verbitte mir ...«

»Schweigen Sie! Es ist eine Tatsache. Die Spatzen pfeifen es von den Dächern.« Schlanbusch deutete auf den Zettel. »Die Sache an sich ist schon eines Kriminalbeamten unwürdig. Wir haben es geduldet, aufgrund bedeutender Verdienste in der Vergangenheit, und weil ... man Sie kennt. Aber wenn nun ein solches Pamphlet in die Welt gesetzt wird, muss gehandelt werden! Und deshalb verlange ich, dass Sie diese unpassende Liaison beenden.«

»Aber mein Privatleben ...«

»Ein Beamter hat kein Privatleben, Weber!«

»Doch, es ...«

»Nein, gerade in Ihrem Fall ist das nur allzu deutlich zu bemerken. Denn es handelt sich bei dieser Person, die Sie sich da auserkoren haben, nicht nur um eine Frau mit Vergangenheit, sondern auch um eine Kommunistin! Und das, Weber, bringt das Fass mehr als zum Überlaufen.«

»Kommunistin? Wie kommen Sie denn darauf?«

»Sie ist aktiv beteiligt an einem gesetzeswidrigen Mieterstreik, der von den Kommunisten organisiert wurde. Und, als ob das nicht schon genug Beweis wäre, sie macht gemeinsame Sache mit der roten Gewerkschaft bei einem ebenfalls gesetzeswidrigen Streik in einer Wäscherei. Ihr persönliches Umfeld spricht Bände: Allesamt Kommunisten der radikalsten Sorte.«

»Aber bei dem Mieterstreik sind doch auch Sozialdemokraten beteiligt.«

»Mag sein. Diese Sozialdemokraten haben sich von den Roten genauso einwickeln lassen wie Sie, Weber!«

Weber hielt kurz die Luft an, um nicht ausfallend zu werden. »Aber selbst wenn Kommunisten bei dieser Sache in der Wäscherei beteiligt sind«, erklärte er, um Sachlichkeit bemüht, »ist das Arbeitsrecht doch auf Seiten der Arbeiter.«

»Meinen Sie? Fabrikbesetzungen werden vom Arbeitsrecht nicht geduldet, soweit ich weiß.«

»Der Einsatz von SA-Schlägern auch nicht. Ganz zu schweigen davon, dass die SA verboten ist.«

Schlanbusch rückte sich wieder die Brille zurecht. »Das ist eine schwere Anschuldigung gegen einen verdienten Unternehmer, Herr Weber. Wenn Sie so etwas vorbringen, müssen Sie es beweisen können.«

»Ich habe es mit eigenen Augen gesehen.«

»Was hatten Sie denn bei dem Streik zu suchen?«

»Der gesuchte Mörder Pohl war an der Aktion beteiligt. Ich war ihm auf den Fersen.«

»Pohl?« Schlanbusch runzelte die Stirn.

»Ganz recht. Oberwachtmeister Pohl. Und da frage ich mich natürlich: Wie kann das sein, dass einer wie Pohl mit SA-Männern als Streikbrecher in eine Wäscherei einrückt? Wer hat das organisiert? Wer versteckt den flüchtigen Mörder? Wer setzt ihn ein? Was hat der Wäschereibesitzer Reents damit zu tun? Das ganze verdammte Nazi-Pack hängt da mit drin!«

»Ihre Wortwahl lässt sehr zu wünschen übrig, Weber«, meinte Schlanbusch.

»Entschuldigen Sie, Herr Regierungsdirektor, aber ich bin kurz davor, den Fall Pohl und alles, was damit zusammenhängt, aufzuklären.«

Schlanbusch schaute ihn erstaunt an. »Was gibt's denn da noch aufzuklären? Es ist doch nur noch eine Frage des Fahndungserfolgs.«

Die Wut und sein Eifer ließen Weber unvorsichtig werden. »Mir scheint, da steckt noch eine ganze Menge mehr dahinter«, sagte er.

»Noch mehr?«

»Ein ganzes Netz geheimer Verbindungen ...«

»Na, na.«

»Doch! Das heißt ...« Weber hatte mit einem Mal das Gefühl, zu viel ausgeplaudert zu haben. »Ich möchte nicht von einer Verschwörung sprechen, aber ...«

»Um von einer Verschwörung zu sprechen, fehlen Ihnen scheinbar die Beweise. Sonst hätte ich die doch schon auf dem Tisch und nicht das da ...« Schlanbusch warf einen Blick auf den Zettel.

»Vielleicht aber doch ... Ich brauche nur noch etwas Zeit, dann kann ich hieb- und stichfeste Beweise liefern.«

»Wirklich?« Der skeptische Blick seines Vorgesetzten brachte Weber wieder auf die Palme.

»Noch ein paar Tage, eine Woche, dann kenne ich die Hintermänner.«

Schlanbusch zögerte kurz, starrte ihn an. Weber hatte das Gefühl, wie von einem Röntgenapparat durchleuchtet zu werden. Dann schüttelte der stellvertretende Polizeichef den Kopf: »Nein, diese Zeit kann ich Ihnen nicht geben.«

»Wie bitte? Aber warum?«

»Weil ich Sie vom Dienst suspendiere, bis Sie Ihr Privatleben entsprechend der moralischen Anforderungen an Beamte im Staatsdienst wieder in Ordnung gebracht haben.«

»Aber ich stehe kurz vor dem Erfolg.«

»Das bezweifle ich. Mir liegt in dieser Hinsicht nichts Schriftliches von Ihrer Seite vor. Das ist auch etwas, das Sie vernachlässigen, Weber. Die Dokumentation Ihrer angeblichen Ermittlungserfolge. Und deshalb sind Sie bis auf Weiteres Ihrer Funktion enthoben. Sie halten sich trotzdem zur Verfügung. Und jetzt befehle ich Ihnen, Ihre Dienststelle zu verlassen. Gehen Sie nach Hause, Kommissar.«

Einen Moment war Weber wie betäubt, dann ging er. Auf dem Rückweg dachte er: Klar hat Schlanbusch nichts von mir vorliegen. Die Berichte gingen alle an Urban. Der muss jetzt für mich einspringen, unbedingt!

Er betrat sein Dienstzimmer und stürzte zum Telefon: »Ich muss sofort mit Urban sprechen!«

»Zu spät«, sagte Finke seelenruhig. Vor ihr lag ein Notizblock.

»Wie bitte?«

»Er hat eben angerufen.«

»Was?«

»Ich soll Ihnen etwas ausrichten. Ich hab's extra notiert, damit ich nichts Falsches sage.« Sie schaute auf den Block und las ab: »Suspendierung umgehen. Im Fall der Hochbahnmorde weitermachen wie bisher. Verbindungen aufdecken ohne Rücksicht. Berichte ausschließlich an mich. Also Urban.«

»Suspendierung umgehen?«, fragte Weber verdutzt.

»Ja.« Finke riss den Notizzettel vom Block ab, stand auf und ging zum Fenster. Sie zog den einen Flügel auf und zerriss den Zettel. So lange, bis nur noch ganz kleine Schnipsel übrig waren. Die warf sie nach draußen und ein Windhauch trug sie fort.

Sie drehte sich um und verschränkte die Arme. »Und was wird nun aus mir, Herr Kommissar?«

»Weitermachen wie bisher, heißt weitermachen wie bisher. Wir umgehen die Suspendierung umgehend und gehen. Ich schlage vor, dass wir unsere Dienststelle für die nächste Stunde in die Gaststätte *Windhorst* verlegen.«

»Gute Idee«, sagte Finke. »Ich hab ein bisschen Durst bekommen.«

»Und ich erst«, sagte Weber und griff nach Hut und Mantel.

Auf dem Weg nach Hause war Weber guter Dinge. Sein Kampfgeist war geweckt. Was nicht unbedingt an den drei Bieren lag, die er getrunken hatte, sondern eher daran, dass er erleichtert war, eine Mitstreiterin gefunden zu haben, auf die er sich verlassen konnte.

»Auf das Bollwerk der Demokratie!«, hatte Kriminalobersekretärin Finke scherzhaft gesagt, als sie anstießen.

Und Weber hatte gefragt: »Welches Bollwerk denn?«

»Na, wir beide.«

»Und wer noch?«

»Urban vielleicht. Lassally, so er wieder genesen ist. Wenn wir nach oben schauen, natürlich Schönfelder.«

»Und um uns herum?«

»Die ganze WKP ist natürlich auf der Seite der Republik. Die Frauenpolizei ist ja eine Errungenschaft der Demokratie.«

»Aber sonst? Wer ist noch loyal?«

»Das müssen Sie wissen, Kommissar Weber.«

»Die Verhältnisse in der Kripo sind unklar. In der Orpo gibt es die Tendenz nach rechts. Das kann man deutlich an den Wahlergebnissen ablesen. Sie wählen ja in den Kasernen.«

»Aber kommt es nicht auf die Chefs an? Oberst Danner ist doch ein Sozialdemokrat.«

»Oberst Danner ist ein braver Mann.«

»Und Polizeipräsident Campe ist doch ein Liberaler.«

»Ja, aber Schlanbusch nicht.«

»Mag sein, die Macht in der Polizei ist aber eindeutig zu unseren Gunsten verteilt.«

»Und warum sitzen wir dann hier und konspirieren?«

»Das ist eine gute Frage.«

»Irgendwas wackelt in der Behörde, irgendwo arbeiten Maulwürfe im Untergrund. Und sie haben schon einige Pfosten in der Behörde in den Boden gerammt.«

Finke hatte gelacht: »Das war aber ein ziemlich schiefes Bild, Herr Weber. Maulwürfe, die Pfosten in den Boden rammen!«

»Wohl wahr …«

Sie hatten angestoßen.

Wie gut, dass ich eine Verbündete habe, dachte Weber. Zwei Köpfe denken besser als nur einer. Und sie hat recht, die Macht steht auf unserer Seite. Die Polizei ist fest in der Hand der demokratischen Kräfte. Und deshalb wird die Republik nicht wanken. Weil wir sie stützen.

Doch sein Enthusiasmus bekam einen Dämpfer, als er vor seinem Haus in der schmalen Gasse hinter dem Michel ankam. Er sah schon von Weitem, dass da etwas an der Tür hing. Und als er die Treppen hinaufgestiegen war, wurde die böse Ahnung zur Gewissheit: Sie hatten diese unsägliche Ballade an seine Haustür genagelt. Diese hinterhältige Bande!

Er riss das Blatt mit der »Ballade vom Kommissar Unrat« ab und knüllte es zusammen, ohne einen Blick darauf zu werfen. Wäre ja noch schöner, wenn er das jetzt auch noch als literarisches Werk analysieren würde!

Das Papierknäuel landete im Mülleimer in der Küche. Weber holte eine Flasche Köm aus dem Schrank und schenkte sich ein Gläschen davon ein.

Dann briet er sich drei Spiegeleier und schmierte sich eine dicke Schmalzstulle.

Von nichts kommt nichts, dachte er beim Essen. Man muss kämpfen, um zu siegen. Das gilt in der Politik genauso wie in allen anderen Bereichen der Gesellschaft. Jeder an seinem Platz. Und meiner ist bei der Kripo, Abteilung Politische Polizei. Einziges Problem hierbei: Diese Dienststelle war direkt dem stellvertretenden Polizeipräsidenten unterstellt, und das war unglücklicherweise der unsichere Kantonist Dr. Schlanbusch.

Aber kämpfen wird doch erst richtig schön, wenn man einen würdigen Gegner hat, dachte Weber grimmig.

Und da klingelte es an der Tür.

Hannchen stand draußen, mit gesenktem Kopf und verheulten Augen.

»Um Himmels willen, Hannchen!«

Sie vergrub ihr Gesicht an seiner Brust und schluchzte leise.

Weber führte sie ins Wohnzimmer und setzte sie aufs Sofa.

»Was ist denn passiert?« Er reichte ihr ein Taschentuch.

Hannchen tupfte sich die Tränen von den rosigen Wangen und seufzte tief auf. »Die Welt ist voller Niedrigkeit, Alfred. Manche Menschen sind so schäbig, dass es eine Schande ist.« Sie putzte sich die Nase.

»Nun erzähl doch.«

»Warte«, sagte sie mit ernstem Gesicht und kramte in ihren Manteltaschen. Sie zog einen gefalteten Zettel hervor und reichte ihn Weber.

Sie hatte ihn sorgfältig zusammengefaltet. Weber wusste schon, um was es sich handelte, bevor er gelesen hatte, was darauf stand. Es war die unsägliche Ballade.

»Das haben sie an die Haustür und an meine Wohnungstür geheftet, Alfred, diese schäbigen, dreckigen, verlogenen, vermaledeiten, missgünstigen ... Schweinehunde.«

»Aber Hannchen.«

»Lies! Dann verstehst du mich.«

»Ich kenne das. Es ist auch schon im Stadthaus aufgetaucht.«

Sie schaute ihn erstaunt an. »In der Polizeibehörde?«

»Ja, auf den Toiletten bezeichnenderweise.«

»Diese Mistkerle!«

»Ja.«

»Aber Alfred! Wie kannst du so gelassen sein?«

Weber zuckte mit den Schultern. »Da ist eine Kampagne im Gang. Gegen mich, gegen Schönfelder. Der Anschlag auf Lassally war vielleicht auch ein Aspekt davon. Man versucht, die Polizei zu destabilisieren.«

Sie schaute ihn verständnislos an. »Da redest du dich aber heraus«, sagte sie fast tonlos und deutete auf den Zettel, den Weber noch in der Hand hielt. »Das da ist ein Anschlag auf uns, zuallererst auf uns. Man will uns entzweien, Alfred. Das ist es doch!«

»Aber nein.«

»Aber ja! Es ist schmutzig und gemein. Sie machen dich zum Gespött. Und mir nehmen sie meine Ehre!«

»Hannchen, du bist doch gar nicht gemeint. Es geht um mich. Und in Wahrheit geht es um die Polizei.«

Sie riss ihm den Zettel aus der Hand. »Es geht nicht um mich? Und was steht hier geschrieben? Da wird sogar mein Name erwähnt.«

»Ja, das tut mir sehr leid. Aber es ist eine Kampagne. Und hat nichts mit dir persönlich zu tun. Und mit mir nur, weil ich bestimmten Leuten zu nahe gekommen bin. Bestimmten Leuten, die die Polizeibehörde kippen und die Republik zerstören wollen. Jedenfalls vermute ich das.«

Sie dachte kurz nach und atmete einmal tief durch. »Es geht also um Politik?«

»Ja.«

»Nicht um dich und um mich.«

»Nicht direkt.«

Sie holte noch einmal tief Luft und nickte erleichtert: »Gut. Dann bin ich jetzt also ein Politikum, oder wie sagt man?«

»Nun …« Weber hatte schlagartig ein schlechtes Gewissen. Wie leichtsinnig er doch gewesen war, sich mit ihr einzulassen. Nicht wegen sich selbst, sondern wegen ihr. Er hätte doch ahnen müssen, dass man diese Liebschaft gegen ihn verwenden und damit sie treffen würde. Sie, die für dieses ganze interne Durcheinander in der Behörde doch gar nichts konnte.

»Es ist viel einfacher, wenn man es als politische Sache ansieht«, sagte Hannchen nachdenklich. »Dadurch wird es allgemeiner. Man ist nicht persönlich gemeint, sondern gesellschaftlich.«

»Ja, sozusagen.«

»Und damit ist es allgemein. Und allgemeine Beschimpfungen treffen nicht persönlich. Zumal diese Nazischweine die ganze Zeit alles und jeden beschimpfen.«

»Da hast du recht.«

»Weil dieser Nazi-Dreck nur eine Politik der Beschimpfung ist. Das ist ja ebenso typisch für die.«

Weber dachte kurz, dass es ja auch auf anderer Seite eine Menge unflätiger Äußerungen gegen den politischen Feind gab, aber das behielt er lieber für sich. »Genau«, sagte er.

»Aber trotzdem«, sagte sie und wurde wieder sehr ernst. »Was ist, wenn die Politik einem alles verdirbt, persönlich, meine ich. Es ist doch auch Politik, wenn ein Streik brutal niedergeschlagen wird. Es ist doch auch Politik, wenn Mieten so sehr erhöht werden, dass Arbeiter sie nicht mehr zahlen können. Es ist doch Gewalt, wenn die, die besitzen, ihre Macht nutzen, um jene zu knechten, die nichts haben. So wie das dieser Reents macht, der uns ausgesperrt hat. Und billige Wäscherinnen eingestellt hat. Das ist doch Politik, wenn einer so etwas darf. Denn die Politik kann das doch verbieten, oder?«

»Ja, das ist wohl richtig«, sagte Weber, dem nicht ganz wohl war bei diesen radikalen Gedanken.

»Eigentum ist Diebstahl, Alfred. Diebstahl an der Gesellschaft, die doch gemeinsam alles produziert.«

»Na, na ... », sagte er vorsichtig. Nach einer politischen Diskussion stand ihm nun wirklich nicht der Sinn.

»Und ich sag dir noch was, Alfred! Diebstahl ist was Kriminelles! Und dazu passt, dass dieser Reents, dieser Ausbeuter, Verbindungen hat zu allerhand Verbrechergesindel. Und das ist doch bezeichnend für die Verhältnisse in dieser Gesellschaft.«

»Nun, das mit dem Reents ist ja richtig, ich hab's selbst gesehen. Es waren SA-Leute, die euch aus der Wäscherei gedrängt haben. Aber das war ja nicht das erste Mal ...«

»Wenn's nur das wäre! Da stecken Gangster dahinter. Nicht nur politische, sondern richtige Gangster!«

Sie hielt inne, als wäre sie selbst erstaunt, wie sie zu dieser Ansicht gekommen war. Dann fügte sie hinzu: »Das soll ich dir übrigens sagen.«

»Was?«

»Dass du bei den Gangstern suchen sollst.«

»Wer sagt das?«

»Dieser Serge war heute bei uns auf der Terrasse. Der Freund von der Lore aus dem *Goldenen Anker*. Der nahm mich beiseite und sagte es. Ich soll es an dich weitergeben.«

»Gut, danke. Sonst noch was?«

»Er nannte auch den Namen. Claussen.«

»Aha.«

»Und er sagte, ich soll es dir so sagen: Claussen lässt die Züge entgleisen, das ist sein Fahrplan.«

»Bitte?«

»So hat er es mir gesagt.«

»Meine Güte.«

Hannchen verzog das Gesicht und rief unvermittelt: »Oh, Alfred, ist das nicht schrecklich?«

»Was denn?«

»Dass wir die ganze Zeit über Politik und Verbrechen reden

und darüber habe ich ganz vergessen ... Hab ich dir denn schon einen Kuss gegeben?«

»Ich glaube nicht.«

»Das ist schlimm«, sagte sie, sprang auf und umarmte ihn stürmisch.

»Alfred, die Politik darf uns nicht auseinanderbringen, das ist ganz wichtig.«

»Tut sie nicht.«

»Alfred!«

»Ja.«

Später, als sie neben ihm lag und schlief, dachte Weber über die zahlreichen Fäden nach, die einzelne Personen verbanden, die er im Visier hatte. Es war ein wirrer Knoten, den er da zu lösen hatte: Oberwachtmeister Pohl und sein Anwalt Dr. Racke, Pohl und Wäschereibesitzer Reents, Reents und Hedwig Maaß vom *Bräu Ros'l*, Maaß und ihre Verbindung zu Linda Lu, die einen Privatklub in einem Haus betrieb, das Charly Claussen gehörte, den man wohl als »erfolgreichen Verbrecher« bezeichnen konnte. Und am Rande des Geschehens hockte der Hypnotiseur del Gracio in seinem Versteck und lachte über die Polizei und ihre hilflosen Bemühungen. Aber vielleicht lachte er auch nicht, vielleicht ging dem längst schon der Arsch auf Grundeis.

Wenn nicht jetzt schon, dann bald, dafür werde ich sorgen, nahm sich Weber vor.

Dann fuhr er seinen Ford ins Wasser, setzte das Segel und schipperte über den weiten Ozean. Im Traum.

Vor dem hellblauen Haus mit dem schwarzen Schild über dem Portal, auf dem »Privat-Klub Sophia« stand, blieb Weber die Luft weg. Zuerst musste er husten, dann schnürte es ihm die Kehle zusammen, seine Brust verengte sich und er röchelte wie ein gestrandeter Seelöwe.

»Was ist mit Ihnen?«, fragte Finke.

»Nichts, ich ... entschuldigen Sie ...« Er stützte sich an einem Laternenpfahl ab.

»Ist es das Herz?«, fragte Finke alarmiert.

Weber bemühte sich vergeblich zu lächeln. »Ach was, so alt bin ich doch nicht«, würgte er hervor.

»Bleich sind Sie.« Sie streckte den Arm aus, um ihn notfalls zu stützen.

Weber schaute hoch zu dem Schild. »Ich fürchte ... in dieses Haus kriegt mich keiner mehr rein.«

»Das ist der Schock.«

»Egal, was es ist ...«

»Dann mach ich's allein«, sagte Finke entschieden.

»Niemals!«

»Wir können doch jetzt nicht aufgeben.«

Weber schnappte nach Luft und rief: »Das geht ganz und gar nicht!«

»Ach was«, Finke lächelte. »Ich bin immun gegen Hypnose. Es hat mal einer versucht ...«

»Hypnose? Ach was. Gangster!«

Finke deutete zur anderen Straßenseite. »Da ist ein Café. Warten Sie dort. Wenn ich in einer halben Stunde nicht zurück bin, schlagen Sie Alarm.«

Weber schüttelte energisch den Kopf. »Nein, Verstärkung, sofort.«

»Sie wollen doch nicht, dass die Kollegen Sie so sehen.«

Weber schaute sie misstrauisch an. Sie wirkte konzentriert und gelassen.

»Ich geh rein und stelle dieser Linda Lu ein paar Fragen, sonst nichts.«

»Hüten Sie sich vor diesem del Gracio.«

»Ja doch.«

»Ich gebe Ihnen meine Pistole.«

»Nein, das geht nicht. Ich darf keine tragen. Nur keine Sorge, ich weiß mich meiner Haut zu wehren.«

»Ich bin nicht einverstanden.«

»Ich gehe trotzdem. Warten Sie im Café.«

Weber nickte schwach. Sie stieg die Treppe hinauf und drückte auf den Klingelknopf. Die Tür ging auf, Finke trat ein, die Tür ging zu. Weber hatte nicht erkennen können, wer sie eingelassen hatte. Er drehte sich um und überquerte die Straße. Noch immer schwer atmend.

Das *Café Mignon* war sehr klein, es gab nur vier Tische und einen Tresen, der eher wie ein Empfangspult wirkte. Eine kleine rundliche Frau in schwarzem Rock mit weißer Bluse, weißer Schürze und weißer Haube begrüßte ihn. Es war niemand sonst da. In einer Vitrine standen eine Schwarzwälder Kirschtorte und ein Quarkkuchen.

»Guten Tag, Herr Kommissar Weber.« Die pausbäckige Inhaberin kannte ihn also. Er aber konnte sich nicht erinnern, jemals hier gewesen zu sein oder sie woanders getroffen zu haben.

»Was führt Sie zu uns, Herr Kommissar?«

»Kaffeedurst.«

»Wie schön. Aber Sie sehen blass aus. Vielleicht lieber einen Eiergrog?«

»Um Himmels willen.«

»Und Ihre Wangen sind ganz schön eingefallen. Das letzte Mal, als ich Sie sah, hatten Sie diesen Bart auch noch nicht.« Das alles sagte sie mit einer unterschwelligen Unfreundlichkeit, die Weber sich nicht erklären konnte.

»Bringen Sie mir einen Kaffee.«

»Sie atmen schwer«, stellte die Frau fest. »Vielleicht ein Konjäckchen?«

Weber schüttelte den Kopf. »Danke.« Er setzte sich an einen Tisch direkt am Fenster und schaute zur anderen Straßenseite. Hoffentlich geht das gut aus mit Finkes Alleingang, dachte er. Sein Blick wanderte über die ausliegende Speisekarte. Unten war der Name der Inhaberin verzeichnet: Eva Pomerenke.

Sie brachte ein Kännchen mit einer Tasse und Sahne und Zucker.

»Sie haben den Klub im Auge?« Frau Pomerenke beugte sich vor. Endlich eine Gefühlsregung. Neugier.

»Danke«, sagte Weber und griff nach dem Kännchen.

»Da gehen neuerdings sogar Frauen rein«, stellte sie fest.

»Wie bitte?«

»Na, eben gerade. Sie haben doch vorher mit der geredet. Oder ist das eine von euch?«

»Wissen Sie was, bringen Sie mir doch mal einen Cognac.«

»Aber gerne doch.« Sie ging zum Tresen.

Weber versuchte sich die Begegnung von Finke und Linda Lu auszumalen, aber ihm fiel nichts dazu ein.

Die Pomerenke stellte den Cognac vor ihn hin. »Von Ihnen hört man ja so allerlei in letzter Zeit.« Ihr leicht missgünstiger Unterton hätte Weber warnen müssen.

»So?«

»Ja.« Sie deutete auf den Nebentisch. »Da hat einer seine Zeitung vergessen. Ich hab geblättert und dachte: Sieh an, der Kommissar Weber, na, was der so treibt.«

»Bitte?«

Sie griff nach dem Blatt und warf es nachlässig auf seinen Tisch. Dann verschwand sie hinter ihrem Tresen, machte sich an der Tortenvitrine zu schaffen und schielte verstohlen zu ihm hin.

Es war das »Hamburger Tageblatt« von den Nazis. Auf Seite drei war ein Bild von ihm abgedruckt. Sehr unscharf und verwaschen, aber man konnte ihn erkennen. Sein Name stand darunter. Die »Ballade« war auch abgedruckt. Angeblich ein Scherzgedicht von Kollegen aus dem Stadthaus, das seine Erfolge bei Frauen preisen sollte. In einer anderen Spalte war ein Foto von Schönfelder zu sehen. Außerdem eins von einem Kollegen aus der WKP-Abteilung, den er nicht kannte. Das alles gehörte zu einem größeren Artikel, der die ganze Seite einnahm. Die Überschrift lautete: »TOLLDREISTE GESCHICHTEN AUS DER POLIZEIZENTRALE«.

Weber las und nach dem zweiten Abschnitt ballte er beide Fäuste im Zorn.

Nicht nur dass ihm ein liederlicher Lebenswandel »im Kreise zahlreicher gefallener Frauen auf St. Pauli« angedichtet wurde, auch die Geschichte von dem angeblichen unehelichen Kind von Senator Schönfelder wurde »als übles Gerücht« genüsslich ausgebreitet und mit Spekulationen versehen. Dem Kollegen aus der WKP wurde Homosexualität unterstellt und ein gestörtes Verhältnis zu den Mitmenschen, seit er »in einer vorwiegend von Frauen beherrschten Abteilung sich herrischen Amazonen unterordnen muss«. Den »Amazonen« wurden dann noch lesbische Liebschaften nachgesagt, der Chefin wiederum unmoralische Neigungen, die sie auf ihren Streifzügen im Rotlichtmilieu mit männlichen Zufallsbekanntschaften auslebte. Dazu kamen Andeutungen über die »viel zu liebevolle Behandlung gefallener Mädchen« in der WKP und Gerüchte über Eifersüchteleien, die jede vernünftige

Arbeit in dieser Abteilung unmöglich machten. Kurzum, es war ein Schmierenartikel sondergleichen.

Weber kippte seinen Cognac und bestellte mit zorniger Stimme einen zweiten. Frau Pomerenke brauchte erstaunlich viel Zeit, bis sie ihn endlich eingeschenkt hatte. Sie näherte sich sehr langsam seinem Tisch. Er schaute auf die Uhr: Eine halbe Stunde war vorbei. Was sollte er jetzt tun?

Da ging drüben die Tür des Privatklubs auf, und Finke trat heraus. Mit kräftigen Schritten überquerte sie die Straße und betrat das Café. Weber spürte den Reflex, die Zeitung zusammenzufalten, damit sie den Artikel nicht sah, schob ihn ihr dann aber hin. Schließlich ging es in dem Text auch um ihre Abteilung.

»Ich hatte gerade ...«, begann Finke, stutzte und zog die Zeitung zu sich, nachdem sie sich gesetzt hatte.

»Was für eine Schweinerei«, sagte sie, als sie fertig gelesen hatte.

Weber schob ihr den Cognac hin. »Ich hatte schon.«

Sie kippte ihn in einem Zug.

»Das ist eine Kampagne«, stellte sie fest.

Weber nickte düster.

»Was tun wir?«

»Keine Ahnung.«

Finke knallte das leere Glas auf den Tisch. »Am besten gar nichts!«

»Das ist doch mal eine gute Idee«, erwiderte Weber zweifelnd.

»Wir machen unsere Arbeit weiter. So lange es irgend geht. Ganz klar.«

»Ganz klar?«

»Hmhm.«

»Das soll eine Strategie sein?«

»Und ob. Zumal ich etwas in Erfahrung bringen konnte bei dieser Madame Lu. Nämlich, dass der Privatklub da drüben angeblich nur anonyme Mitglieder hat. Daher wird das Etablissement geschäftlich und juristisch von einer Anwaltskanzlei in der Innenstadt vertreten.«

»Das hat Linda Ihnen erzählt?«

»Ja, Linda hat mir das erzählt.« Finke betonte den Namen auffällig.

»Ha!« Weber schlug mit der Faust auf den Tisch. Das Geschirr schepperte. »Eins zu null für Sie.«

»Ich weiß eben mit Frauen umzugehen«, sagte Finke.

»Und bei der Kanzlei handelt es sich um das Büro Dr. Racke nahe beim Rathaus, nehme ich an.«

Finke schlug mit der flachen Hand auf den Tisch und das Kaffeeservice klirrte. »Donnerwetter! Damit steht es eins zu eins.«

Frau Pomerenke meldete sich vom Tresen her mit nörgeliger Stimme: »Wenn Sie mein Geschirr beschädigen, was übrigens exklusiv ist, dann müssen Sie es ersetzen.«

Weber und Finke standen auf.

»Der Kaffee war übrigens lau«, sagte Weber, als er zahlte, und erntete einen giftigen Blick von der Wirtin.

Finke lächelte amüsiert, als sie aus dem Aufzug in den Korridor in der Kanzlei von Dr. Racke traten.

»Halali«, sagte sie angesichts der Hirschgeweihe und Gemälde mit Jagdszenen.

Weber deutete auf die gekreuzten Dolche und Degen: »Die sind nicht zum Erlegen von Tieren gedacht.«

»Nein, zum Stullenschmieren«, sagte Finke.

Wieder hatte sie der junge Mann, der wie ein Burschenschaftler aussah, in Empfang genommen. Wieder ging es in das Besprechungszimmer mit den Fauteuils und dem Blick aufs Rathaus.

»Erstaunlich, dass sie hier keine Kanone in Stellung gebracht haben«, sage Finke, nachdem der junge Mann verschwunden war.

»Um aufs Rathaus zu schießen?«, sagte Weber. »Haben die doch gar nicht nötig. Leute wie Racke und Konsorten arbeiten wie Würmer. Sie bohren sich in den Apfel und graben sich bis ins Kerngehäuse vor. Dann sorgen sie dafür, dass die ganze Frucht verfault.«

»Und was tut der brave Obstbauer im Alten Land dagegen?«

»Er versprüht Gift und hofft dabei, dass der Apfel es überlebt.«

»Schwieriges Unterfangen.«

»Sich nicht selbst zu vergiften?«

»Zum Beispiel.«

Die Tür wurde aufgestoßen und Dr. Racke trat ein. Diesmal trug er einen hellgrauen Zweireiher mit sehr dünnen schwarzen Streifen. Seine Budapester glänzten so sehr, dass es fast blendete, seine pomadisierten Haare schimmerten rabenschwarz wie in Konkurrenz dazu.

»Guten Tag, die Herrschaften, aus welchem Grund ist es denn heute notwendig, dass ich Ihnen meine wertvolle Zeit opfere.« Ein hochnäsiges Lächeln umspielte seine schmalen Lippen.

»Wir danken Ihnen, dass Sie Zeit für uns gefunden haben«, sagte Weber.

»Nun, bitte, viel hab ich nicht. Ich bin in Eile. Was gibt es denn so Dringendes?«

»Wir hätten eine Nachricht an Ihren Mandanten, Herrn Pohl, den ehemaligen Oberwachtmeister und gesuchten Mörder«, sagte Weber.

»Und zwar?«

»Die Guillotine ist geschmiert, das Fallbeil geschärft, er wird nicht leiden«, sagte Finke gleichmütig.

Dr. Racke riss die Augen auf. »Bitte?«

»Und was den falschen Dr. Neulen alias Vittorio del Gracio betrifft, so gilt dasselbe«, sagte Weber.

»Die Guillotine ist geschmiert, das Fallbeil geschärft, er wird nicht leiden«, wiederholte Finke im selben Tonfall.

»Was soll der Unsinn?«, knurrte Racke.

»Die Damen Maaß vom *Bräu Ros'l* und Linda Lu vom *Privat-Klub Sophia* werden ebenfalls Ihre Hilfe benötigen, Herr Anwalt. Und vielleicht auch der Inhaber der Dampfwäscherei Reents, der eine Verbrecherbande engagiert hat, um einen legitimen Streik niederzuschlagen«, sagte Weber.

»Methoden wie in Chicago dürfen in unserer Gesellschaft nicht zum Ziel führen«, sagte Finke.

»Was soll dieses Geschwätz?«, blaffte Racke. »Ich verstehe kein Wort. Sie stehlen mir die Zeit.«

»Doch ob Ihre Mandanten überhaupt von Ihnen vertreten werden können, hängt natürlich davon ab, ob es Ihnen gelingt, eine Anklage gegen sich selbst abzuwenden«, fuhr Weber seelenruhig fort.

»Wie bitte?«

»Begünstigung beziehungsweise Förderung der Prostitution«, sagte Weber.

»Zuhälterei«, präzisierte Finke.

»Werden Sie nicht albern! Ich verstehe nicht, was das alles soll.«

»Eine männliche Person, welche einer Frauensperson, die gewerbsmäßige Unzucht treibt, in Bezug auf die Ausübung des unzüchtigen Gewerbes Schutz gewährt oder sonst förderlich ist, wird mit Gefängnis nicht unter einem Monat bestraft«, ergänzte Finke sachlich.

»Das ist natürlich eine Lappalie, aber ob Sie dann weiterhin Ihren Beruf so erfolgreich ausüben könnten wie bisher, wäre fraglich«, fügte Weber hinzu.

»Das ist ja alles Quatsch!«, rief Racke. »Wollen Sie mich veräppeln?«

»In einem Haus in der Sophienstraße betreibt eine gewisse Linda Lu ein Bordell für anspruchsvolle Besucher. Die Herren, die dort ein und aus gehen, sind so anspruchsvoll, dass sie einen Privatklub organisiert haben, der das Haus betreibt. Und dieser Privatklub wird von Ihrer Kanzlei verwaltet. Somit machen Sie sich der gewerbsmäßigen Zuhälterei schuldig.«

»Unsinn, wie wollen Sie das denn beweisen?«

»Mein Kollege Kommissar Weber«, sagte Finke, »kennt das Milieu auf St. Pauli sehr gut, er hat dort seit vielen Jahren zahlreiche Freunde, Bekannte und Vertraute, das wissen Sie auch, Dr. Racke – glauben Sie denn, ihm würde es schwerfallen, genügend Zeugen zu finden, die gegen Sie aussagen?«

»Die Unterwelt wartet doch nur darauf, einem solchen Lackaffen, wie Sie einer sind, eins auszuwischen.«

Racke starrte Weber verblüfft an. »Sie beleidigen mich ja!«

Weber schaute Finke an. »Habe ich ihn beleidigt?«

Finke schüttelte den Kopf. »Wir stellen nur Tatsachen fest.«

»Wir wollen die Namen der Mitglieder des Klubs«, verlangte Weber. »Jetzt sofort!«

Racke schaute ihn verschlagen an. »Sie sind doch selbst auf die schiefe Bahn geraten, Weber. Die Zeitungen schreiben es schon. Sie und Ihre kleine Hure. Bringt die Ihnen ein Zubrot nach Hause?«

Weber trat blitzschnell zwei Schritte auf Racke zu, der ängstlich zusammenzuckte, weil er einen Schlag ins Gesicht befürchtete. Aber Weber blieb dicht vor ihm stehen und sagte mit eiskalter Stimme: »Bravo, Dr. Racke, gut gebrüllt! Haben Sie diese Kampagne gegen mich organisiert? Sind Sie es, der mich in die Enge treiben will? Ja, ich traue Ihnen durchaus zu, dass Sie das Halali zu einer solchen Treibjagd blasen. Vielleicht nur als Handlanger, aber mit Begeisterung, denn Sie haben Blut geleckt. Aber bedenken Sie: Ein Tier, das in die Enge getrieben wird, ist unberechenbar und zu allem fähig!«

Weber schlug den Mantel zurück, schob das Jackett auf, und wie zufällig kam seine Dienstwaffe zum Vorschein. Ein Griff in die Tasche und schon hielt er dem Anwalt einen Notizblock unter die Nase. Finke reichte ihm einen gut gespitzten Bleistift.

»Schreiben Sie die Namen der Vereinsmitglieder auf.«

Racke, der beim Anblick der Waffe einen Riesenschreck bekommen hatte, beruhigte sich, grinste verkniffen und schüttelte den Kopf: »Ich kenne keine Namen.« Er überlegte kurz. »Gehen Sie zu Claussen, wenn Sie wahnsinnig genug sind. Und verschonen Sie mich mit weiteren Besuchen. Sie haben Hausverbot, Kommissar Weber.« Er warf Finke einen giftigen Blick zu. »Und Sie auch, Fräulein.«

Racke streckte den Arm aus und deutete zur Tür.

Sie gingen.

Im Aufzug musste Weber lachen: »Ich hätte nie gedacht, dass Schauspielen so viel Spaß machen kann.«

»Sie waren gar nicht schlecht, Herr Weber. Vielleicht möchten Sie ja unserer Amateur-Theatergruppe beitreten.«

»Na, mal sehen. Wenn mich der Teufel reitet ...« Aber er machte eine abwehrende Handbewegung.

Finkes Blick verdüsterte sich. »Im Moment reiten wir den Teufel. Und ob das gut ausgehen wird, ist sehr ungewiss.«

Weber nickte.

Die Aufzugstür faltete sich auf.

Der Portier, der aussah wie Hindenburg, bemühte sich sehr, sie so schnell wie möglich nach draußen zu schaffen.

Die Turmuhr von St. Petri schlug zwölf.

»Zeit für einen Imbiss«, sagte Weber.

Zwölftes Kapitel
Die Nacht ohne Pause

Nach dem Essen in einer Fischbraterei in der Kleinen Bäckerstraße trennten sie sich. Finke ging zurück ins Stadthaus, um nach den Akten über Carl Claussen zu suchen, Weber holte den Wagen aus der Böhmkenstraße und fuhr nach St. Pauli.

In der Wilhelminenstraße herrschte geschäftiges Treiben, auch wenn weniger Geschäfte als noch vor einem Jahr geöffnet hatten, was man an vernagelten Schaufenstern erkennen konnte. Die Wirtschaftskrise hatte auch den einen oder anderen Grünhöker oder Feinkosthändler erwischt. Aber die Kinder rannten wie eh und je kreischend über die Straße, auch wenn ihre Hosen und Röcke zerrissen waren, weil die arbeitslosen Eltern keine neuen Kleider kaufen konnten. Über fünf Millionen Arbeitslose gab es zurzeit in Deutschland, Tendenz steigend, und das Arbeitslosengeld und die Sozialhilfe waren schon wieder gekürzt worden.

Gruppen von Frauen und Männern standen hier und da herum und diskutierten über alles, angefangen bei den Fehltritten eines Nachbarn über Tipps, wo man billig Salzheringe bekommen konnte, bis hin zu politischen und wirtschaftlichen Diskussionen wie die Karstadt-Krise oder den drohenden Zusammenbruch der Dresdner Bank. Und wenn Anhänger von SPD und KPD miteinander stritten, ging es schnell um große Themen wie Notverordnungen, Generalstreik und den Bau des Panzerkreuzers A, für den die Sozialdemokraten gestimmt hatten, und der bald vom Stapel laufen sollte.

Kurzum, alles war so wie immer. Weber fand ein paar Jungs, die für ein paar Pfennige bereit waren, auf seinen Ford aufzupassen, und betrat die Lilienhof-Terrasse. Auch hier herrschte großes Palaver, eine größere Gruppe von Frauen hatte sich zusammengefunden. Zwischen ihnen entdeckte er Hannchen und ging zu ihr.

Sie begrüßte ihn mit einem flüchtigen Wangenkuss und hörte nicht auf zu diskutieren. Offenbar gab es Neuigkeiten wegen des Streiks in der Wäscherei, aber so ganz wurde Weber nicht schlau aus den widerstreitenden Worten, die hin und her gingen.

Anna, die mal wieder ihre unsägliche Federboa um den Hals geschlungen hatte, rief empört: »Das ist ein Trick, das ist ein Trick, man will uns schon wieder reinlegen.«

Und Hannchen entgegnete: »Und wenn nicht, was dann?«

Anna schüttelte den Kopf: »Du glaubst wohl noch an den Weihnachtsmann!«

»Und wenn wir die Sache zu unserem Vorteil drehen?«

»Ach, träum doch weiter!«

»Was ist denn eigentlich los?«, fragte Weber, als eine kurze Pause im Wortgefecht entstand.

»Der Reents will uns alle wieder einstellen«, sagte Hannchen.

»Ha!«, mischte Anna sich ein. »Erst lässt er uns rausprügeln, dann kommt er wieder angekrochen wie so ein Saulus-Paulus. Reuiger Sünder, dass ich nicht lache!«

»Ihr könnt wieder arbeiten? Wie das?«

»Weil die Streikbrecher dem Reents die Qualität vermiesen, deshalb!«, sagte Hannchen. »Dem gehen die guten Aufträge durch die Lappen, weil die Hotels keine Flecken auf den Servietten haben wollen. Und keine reingemangelten Falten in den Tischdecken.«

»Das hätte er mal vorher bedenken sollen«, kommentierte Anna.

»Dann seid ihr doch in einer günstigen Position«, meinte Weber.

»Ja, er will uns sogar die alten Löhne wieder zahlen«, sagte Hannchen.

»Übertölpeln will er uns!«, rief Anna.

»Na bitte, und wo ist das Problem?«, fragte Weber.

»Er kehrt den Spieß um, das ist das Problem«, sagte Hannchen. »Er will, dass wir nun unsererseits die Streikbrecher aus dem Betrieb prügeln.«

»Damit uns die SA-Schläger abmurksen, so sieht das aus!« Anna stemmt die Hände in die Hüften.

Hannchen fasste Weber am Arm und zog ihn beiseite. »Das ist eben das Eigenartige. Der Reents will, dass wir die RGO anspitzen, den Betrieb zu räumen. Ist das nicht verrückt? Wir haben Fiete und Serge schon gefragt, die sagen, auf keinen Fall machen sie so was. Und nun streiten wir, ob wir eine andere Truppe organisieren sollen.«

»Eine Prügeltruppe?«

»Ja, genau.«

»Um Himmels willen, bloß nicht! Wieso will Reents denn nicht die Polizei rufen?«

»Von den Schupos hieß es, sie hätten keine Leute und seien sowieso nicht zuständig. Und die Orpo sagte, es sei eine Privatsache und müsse privat geregelt werden. Reents meint, da würde jemand blockieren.«

»Und wendet sich an die Kommunisten?«

»Ja, der hat ganz schön Muffensausen, was? Aber die Roten sagen, sie könnten doch nicht einen Betrieb erobern und ihn anschließend an den Kapitalisten zurückgeben.«

»Da ist was dran.«

»Lustig ist, dass der Kapitalist enteignet wurde. Und was noch viel interessanter an der Sache ist, Alfred …« Hannchen zog ihn in eine Ecke und senkte die Stimme. Es kitzelte ihn im Nacken, als ihre Lippen sein Ohr berührten. »Viel interessanter ist, dass der Enteigner auch der ist, der uns hier enteignen will bei den Wohnungen. Erst hat er die Terrasse gekauft und dann erhöht er die Miete. Und will uns rausschmeißen, wenn wir nicht viel mehr zahlen!«

»Wenn einer ein Schuft ist, dann richtig«, war das Einzige, was Weber dazu einfiel.

»Genau. Und dieser Schuft ist der schuftigste von allen: Charly Claussen, falls der dir was sagt.«

Weber schaute sie überrascht an. »Und ob der mir was sagt.«

»Klar, du kennst ihn. So einen muss man kennen als Kriminaler. Sag, Alfred, kannst du uns nicht helfen?«

»Na ja … tatsächlich bin ich vom Dienst enthoben.«

»Was!«

»Ja, suspendiert und dann auch wieder nicht.«

»Versteh ich nicht.«

»Ich auch nicht. Im Stadthaus will die rechte Hand nicht wissen, was die linke tut oder so.«

»Und was machst du dann?«

»Immer weiter wie gehabt. Bis zum bitteren Ende.«

»Wenn du am Ende bei mir landest, ist es ein süßes.«

»Na fein, dann lohnt es sich ja, den Geheimagenten zu spielen.«

»Kommst du heute Abend zu mir, Agent?«

»Gern.«

»He, ihr Turteltäubchen«, rief Anna und gestikulierte. »Los kommt! Wir gehen rüber zu ›Schmidt‹, Versammlung im Saal!«

»Da muss ich hin«, sagte Hannchen.

»Macht bloß keine Dummheiten«, murmelte Weber, als sie davonstürmte.

Er selbst ging zu seinem Wagen, warf den jungen Aufpassern, die auf den Vordersitzen lümmelten und so taten, als würden sie chauffieren, ein paar Münzen zu und fuhr los.

Als er bei *Windhorst* eintrat, saß Finke schon an einem der hintersten Tische in einer Ecke und blätterte in einer Aktenmappe.

Sie hat es tatsächlich getan, dachte Weber, sie hat die Akte mitgebracht. Jetzt steht auch sie schon mit einem Bein vor dem Disziplinarausschuss, genau wie ich. Sie nickte ihm ernst zu, als er grüßte.

Weber deutete auf die Mappe, als er sich setzte. »Das letzte Mal, als ich die in der Hand hatte, war sie aber dicker.«

»Das war alles, was ich kriegen konnte. Ich habe extra genau nachgeschaut.«

»Interessant.«

»Es ist auch gar kein Foto dabei.«

»Noch interessanter.«

»War denn mal eins drin?«

»Mehrere. Sie wissen schon: von vorn, von rechts, von links. Wir hatten sogar seine Fingerabdrücke.«

»Eine anthropometrische Karte ist nicht dabei. Nur das hier.« Sie hielt eine Erkennungskarte hoch. Dann las sie vor: »Carl Fredrik Claussen, geboren am 10. September 1879 in Aarhus, Dänemark, Stand: Gastwirt, Personalakte 15642/10. Anthropometrische Registratur – Nummer ausradiert. Photographische Registratur – Nummer ausradiert. Beschreibung: Körperhöhe 1,85 Meter, Augenfarbe: Blau. Haarfarbe: Dunkelblond, dicht. Bart: Schnurrbart, blond. Besondere Merkmale: Narbe am linken Arm, zehn Zentimeter. Besondere Kennzeichen: Linke Hand – stark behaart, rechte Hand – stark behaart, Gesicht und Hals: Nasenrücken leicht eingedrückt.«

»Er hat eine Tätowierung am rechten Oberarm mit einer Krone, darunter steht ›Charly‹.«

»Ist hier nicht vermerkt.«

»Kein Foto, keine Fingerabdrücke, das nützt ihm natürlich im Falle einer Fahndung. Und schwupp ist er zurück in Dänemark.«

»Hier sind noch ein paar Zettel. Eine Liste seines Grundbesitzes, die ist sehr beeindruckend. Es stehen auch die Jahreszahlen des Erwerbs dahinter. Demnach hat Claussen seit 1915 ein Haus nach dem anderen gekauft und ein Lokal nach dem anderen übernommen, manchmal zunächst zur Pacht, dann gekauft.«

»Gewusst wie«, sagte Weber und hob den Arm, um der Wirtin zu signalisieren, dass sie etwas trinken wollten. »Er fing damit an, Lokale von Kriegswitwen zu erwerben, deren Männer oder Söhne auf dem Schlachtfeld starben. Dann kam die große Krise zum Kriegsende und er kaufte Häuser. In manchen Straßen gehören ihm drei, vier, fünf nebeneinanderliegende Grundstücke – und die Gebäude darauf. Mit Gaststätten fing's an, dann kamen Pensionen und Hotels dazu, dann brachte er Kabaretts, Tanzlokale und Nachtbars unter seine Kontrolle, machte die Inhaber von sich abhängig, indem er ihnen Geld lieh.«

»Und woher hat er das ganze Geld?«

»Tja.« Weber deutete auf die Akte. »Das stand mal da drin.

Ich hab den Bericht selbst verfasst. Wir hatten ihn wegen Kreditwucher auf dem Kieker. Als er nach St. Pauli kam, hat er sich in Hinterstuben und Kellern herumgetrieben. Illegales Spiel. Er hat erstaunlich viel gewonnen. Daraufhin bekam er Spielverbot bei den Veranstaltern. Also hat er sein eigenes Privatkasino eröffnet. In einem Hotelzimmer. Dann hat er seine erste Kneipe übernommen und im Keller zu Poker und Blackjack eingeladen. Auf St. Pauli arbeiten Bordellbesitzer und Kneipiers eifrig daran, den Seeleuten das Heuergeld aus der Tasche zu ziehen. Claussen war dabei am erfolgreichsten. Seeleute gehen nicht gern zur Polizei und treten eine langwierige Ermittlung los. Die trollen sich zurück aufs Schiff. Aber dann und wann verschlägt es mal einen naiven Bürger in so eine Spielhölle. Und wenn der dann gerupft wie eine Weihnachtsgans auf der Wache erscheint, beginnen doch ein paar Ermittlungen. Im Fall von Claussen wurden die stets wieder eingestellt, nachdem die Anzeige zurückgezogen wurde. Er hat bei den Geschädigten reumütig um Verzeihung gebeten und ihnen das Geld zurückerstattet.«

Die Wirtin stellte zwei Humpen Bier auf den Nebentisch und warf einen nervösen Blick auf die Papiere.

»Keine Angst«, sagte Weber, »wir sind nicht von der Gaststättenaufsicht.«

»Und auch nicht vom Finanzamt«, ergänzte Finke.

»Na dann ...« Die Wirtin nickte erleichtert. »... zum Wohl.«

Sie stießen an.

Weber fuhr fort: »Mit den Spielgewinnen hat Claussen eine Art Privatbank aufgebaut und Kredite an Leute vergeben, mit denen seriöse Geldinstitute nichts zu tun haben wollen. Große Summen mitunter. Zinssatz 8,33 Prozent. Pro Monat. Summiert sich im Jahr auf 100 Prozent, also Verdopplung der Summe. Und wenn die Schuldner nicht zahlen konnten, war das auch keine Sache, dann übernahm er einfach deren Lokal. Während der Inflation hat er das Ganze einfach mit Devisen erledigt und war schon wieder fein raus. Zumal danach viele Hausbesitzer verkaufen mussten, weil sie finanziell ruiniert waren. Da hat Claussen zugeschlagen.«

»Ein perfektes kriminelles System«, sagte Finke.

»Ja, aber nur die Ungeduld und Brutalität sind kriminell, ansonsten funktioniert es wie in der legalen Wirtschaft.«

»Sie haben ja Ansichten ...«

»Jetzt darf man wohl sagen, dass ihm ein Viertel der Grundstücke auf St. Pauli gehören. Und nun investiert er sogar in seriöse Unternehmen. Eine Fischräucherei hat er kürzlich übernommen und einen Fruchtgroßhandel, und nun will er eine Dampfwäscherei erwerben. Reents.«

»Ach, sieh mal an.«

»Die Fischräucherei war pleite und kaum noch zu retten. Jetzt floriert sie wieder, genau wie der Fruchtgroßhandel. Und das in diesen Krisenzeiten. Er hat übrigens einen guten Preis bezahlt. Und die Wäscherei will er so unbedingt, dass er dem vorherigen Besitzer beim Niederschlagen des Streiks geholfen hat. Hat Streikbrecher organisiert. Aber nun will der Reents doch nicht verkaufen und hat Claussens miserable Arbeiter im Betrieb sitzen, die da nicht wegwollen. Weshalb Reents in seiner Verzweiflung schon die Kommunisten um Hilfe gebeten hat.«

»Den Teufel mit Beelzebub austreiben ...«

»Ich weiß nicht, ob man meine Bekannte als Teufelin bezeichnen kann.«

»Ach, Ihre Bekannte ist bei den Kommunisten?«

»Beinahe, wenn ich da nicht aufpasse. Was mir gar nicht angenehm wäre.« Weber schüttelte verärgert den Kopf. »Aber das tut nichts zur Sache.«

Weber tippte mit dem Zeigefinger auf die Akten. »Was hier nicht vermerkt ist, ist die Tatsache, dass Claussens Streikbrecher von der SA kommen. Es war aber zumindest mal notiert – ich habe den Vermerk selbst geschrieben –, dass Claussen Kontakte zur NSDAP unterhält.«

»Ich bin alles durchgegangen, darüber steht hier nichts.«

»Das ist bezeichnend, oder? Und nun, wo wir ihm zufällig nahe gekommen sind, als wir entdeckten, dass ihm das Haus gehört, in dem dieser Privatklub betrieben wird, da kriege ich Schwierigkeiten, üble Nachrede wird gestreut, ich werde sogar suspendiert.«

»Auch bezeichnend.«

»Das will ich meinen.«

»Und unangenehm.«

»Es kann noch unangenehmer werden, wenn wir weitermachen. Ich bin fest davon überzeugt, dass der Pohl nur mithilfe von Claussen untertauchen konnte.«

»Ein Mörder.«

»Ja.«

»Dann wäre es vernünftiger, wenn wir unsere Ermittlungen an dieser Stelle abbrechen«, stellte Finke fest.

Weber nickte. »Ja, das wäre vernünftiger.«

»Wir tun es aber nicht.«

»Ich jedenfalls nicht.«

»Ich auch nicht. Und was wird unser nächster Schritt sein?«

Weber lächelte böse. »Wir fahren in die Höhle des Löwen.«

»Sie wissen, wo Claussen wohnt? Das steht nicht hier drin.«

»Aber es stand mal drin. Und ich kann mir doch Adressen

merken. Vor allem, wenn das dazugehörige Haus so schön versteckt liegt und viel zu groß ist für einen kleinen Gangster.«

»Wann geht es los?«

»Wenn wir unser Bier ausgetrunken haben.«

Es dämmerte bereits, als Weber seinen Ford abbremste und vor dem großen schmiedeeisernen Tor zum Halten brachte. Die Scheinwerfer beleuchteten das massive Gitter der Torflügel, deren Schatten lange parallele Linien auf dem Waldboden zogen. Die Linien verloren sich zwischen den hohen schlanken Baumstämmen eines Mischwaldes, dessen Laubbäume kahl waren. Das knorrige Geäst nahm die Schattenlinien auf und es sah aus, als würde über dem Grundstück ein riesiges Gefängnisgitter liegen.

Rechts und links des Tors erstreckte sich eine hohe, teilweise verputzte Backsteinmauer, die von einem dichten Gestrüpp aus Stacheldraht gekrönt wurde.

»Wo führt die hin?«, fragte Finke.

»Die Mauer? Einmal ums Grundstück herum.«

»Ist das nur ein Wald da drin?«

»Nein, bei Tag und wenn die Bäume kein Laub tragen, kann man vom Tor aus sehen, wie sich der Weg zwischen den Bäumen bis zur Villa schlängelt.«

»Ein Forsthaus?«

»Eher eine Burg.«

»Und wie kommen wir da jetzt rein?«

»Abwarten.«

»Rissen ist ein komischer Name für ein Dorf«, sagte Finke.

»Ist seit ein paar Jahren Stadtteil von Altona.«

Finke schaute sich um. »Ich sehe die Stadt vor lauter Bäumen nicht.«

»Ist ein bisschen ländlich hier, das stimmt. Das hat den Großbürgern immer schon gefallen. Hier kann man sich gut verstecken.«

Ein Ford-Lastwagen, der wie ein Militärfahrzeug aussah, aber nicht markiert war, rollte auf der anderen Seite vor das Gittertor und blieb stehen. Zwei Personen saßen darin und schauten zu ihnen herüber. Sie trugen Feldmützen wie Soldaten.

Weber löschte das Licht der Scheinwerfer. Als seine Augen sich an die Dunkelheit gewöhnt hatten, sah er, dass die beiden Männer ausgestiegen waren und sie durch das Tor hindurch anschauten.

Weber stieg aus und ging zum Tor.

»Guten Abend.«

Keine Antwort.

»Ist Charly Claussen zu Hause?«

Keine Antwort.

Weber hielt seine Polizeimarke hoch. »Sagen Sie ihm, Kommissar Weber von der Politischen Polizei Hamburg möchte ihn sprechen. Würde mich wundern, wenn er uns eine Audienz abschlägt. Falls er zögert, sagen Sie ihm, Dr. Racke hat uns seine Adresse verraten.«

Die beiden Männer gingen wortlos zu ihrem Gefährt zurück, stiegen ein und fuhren davon.

»Und das soll funktionieren?«, fragte Finke, als Weber sich wieder hinters Steuer setzte.

»Man muss die Leute nur ein bisschen neugierig machen.«

Tatsächlich kam der kleine Lastwagen bald wieder zurück, blieb diesmal aber direkt vor dem Tor stehen. Seine Scheinwerfer strahlten ihnen entgegen. Nur undeutlich konnten sie die Schatten der Männer wahrnehmen, die nun das Tor aufzogen.

Einer trat an die Fahrerseite und sagte mit schnarrender Stimme: »Aussteigen! Mitkommen!«

Neben Finke tauchte ein zweiter auf. Zwei weitere Schatten waren bei ihrem Fahrzeug zu sehen. Alle trugen Uniformen.

»Sind das die Förster?«, fragte Finke.

»Wenn, dann sind sie sicher nur für die deutsche Eiche zuständig.« Weber stieg aus. »Lassen wir uns überraschen.«

Finke warf ihm einen Seitenblick zu. Ein bisschen beunruhigt schien sie schon zu sein.

Sie wurden abgetastet. Weber hatte seine Dienstwaffe ins Handschuhfach gelegt, es gab also keine Beanstandungen. Sie mussten auf die Ladefläche steigen und sich hinhocken. Zwei Männer stiegen zu ihnen, die beiden anderen setzten sich ins Führerhaus. Dann fuhren sie über einen gewundenen Feldweg zu dem Haus, das Weber als Burg bezeichnet hatte.

Unterwegs sahen sie unter den Bäumen und im Unterholz zahlreiche Zelte und Unterstände, hier und da auch ein Fahrzeug. Irgendwo brannte ein Feuer, um das einige Männer standen. Auch die trugen Uniformen. Wahrscheinlich ebenfalls ohne Abzeichen, so wie bei den Männern, die Weber und Finke abgeholt hatten. Die braune Farbe der Hemden, Hosen und Jacken und die Feldmützen waren jedoch mehr als nur ein Wink mit dem Zaunpfahl.

Das Gebäude stand inmitten einer Lichtung auf einer Anhöhe und hätte das Schloss eines normannischen Provinzfürsten sein können. Spitze Giebel, mehrere Türmchen, viel Fachwerk, dazwischen Backstein, Fenster, die mit schweren Läden verschlossen werden konnten. Ein Eingangsportal mit je zwei Säulen rechts und links. An den Säulen waren brennende Fackeln befestigt. Eine theatralische Inszenierung. Weber war sich ziemlich sicher, dass die Fackeln eben gerade erst entzündet worden waren.

Der Wagen hielt vor dem Eingang. Die Braunhemden kommandierten: »Aussteigen!« Weber und Finke wurden in eine düstere Eingangshalle mit dunklen Balken unter der niedrigen Decke geführt.

Sie warteten unter Aufsicht, dann hieß es »Mitkommen!« und sie wurden in ein großes Zimmer geführt. In der Mitte stand ein langer Tisch mit zwei Reihen von Stühlen mit hohen Lehnen. Es gab einen großen Kamin, in dem ein Feuer prasselte, schwere Eichenschränke, einer ganz offensichtlich ein Waffenschrank. Geweihe hingen an den Wänden, hier und da der Kopf eines Hirschs oder Wildschweins. Ein ausgestopfter Fuchs auf einer Kommode. Große Gemälde mit Jagdmotiven an der Wand. Über dem Kamin das Bild eines grauen Wolfs mit leuchtenden blauen Augen, der die Zähne fletschte.

Vor dem prasselnden Kaminfeuer stand der Hausherr in Manchester-Kniebundhosen, knöchelhohen Schnürstiefeln und Norwegerpullover, die Hände in den Hosentaschen. Charly Claussen war gut eins fünfundachtzig groß und sehr massig, hatte ein breites Gesicht mit feisten Wangen und wulstigen Lippen. Ein kahler Schädel hätte gut zu ihm gepasst, aber er hatte feines lockiges Haar, das sich über kleine abstehende Ohren kräuselte.

Er erhob die Stimme und wollte sie dröhnend willkommen heißen, hatte aber nicht genug Volumen im Bassregister, sodass es eher bescheiden klang: »Ich begrüße Sie in der Villa Sigismund, Herr Kommissar. Und mit wem habe ich noch die Ehre, ist das Ihre Frau?«

Claussen versuchte, amüsiert zu klingen, aber er war kein Mann für feine Ironie.

»Meine Kollegin, Kriminalobersekretärin Finke«, sagte Weber.

»Na, wie schön, dass man jetzt auch Walküren im Herzen der Staatsmacht duldet.«

»Ich bin nur eine Beamtin der Republik«, sagte Finke.

»Das ist das Elend eurer Demokratie«, deklamierte Claussen, »diese lakaienhafte welsche Bescheidenheit.«

»Uns geht's ganz gut damit«, sagte Weber.

»Darf ich Ihnen etwas zu trinken anbieten?«

»Nein, danke.«

Claussen verzog abfällig das Gesicht. »Unbestechlich, was? Meinetwegen. Und was wollen Sie hier?«

»Pohl«, sagte Weber.

»Ha! Pohl? Was ist das? Was macht man damit?«

»Man lässt morden.«

»Meinen Sie eine Waffe?«

»Wenn Sie es so nennen wollen.«

»Ich habe ein Faible für Waffen, Herr Kommissar. Sie auch?«

»Nein, gar nicht.«

»Nicht? Waffen sind Macht!«

»Macht interessiert mich nicht.«

Claussen tat verblüfft. »Macht interessiert Sie nicht? Sie sind doch Polizist, Sie üben Macht aus.«

Weber schüttelte den Kopf. »Nein, wir sind nur ein Werkzeug der Gesellschaft.«

»Nur ein Werkzeug?« Claussen verzog das Gesicht. »Wie erbärmlich. Und Gesellschaft? Was ist das? So etwas kenne ich gar nicht. Ein loser Haufen, ein zufälliges Zusammenraufen. Gesellschaft ist was für Tiere. Der Mensch ist zu Höherem gemacht, der Mensch hat Gemeinschaft. Das ist es, was ihn veredelt. Das Aufgehen in der Gemeinschaft.«

»Sie reden wie ein Marxist«, stichelte Weber.

»Marxismus steht für das degenerierte Zusammenrotten der Meute aus niederem Grund, Habgier und Neid, weiter nichts. Gemeinschaft ist ein hohes Gut, wenn sie aus dem natürlichen Zusammenschluss edler Menschen zu höheren Zwecken geformt wird.«

»Der edle Zweck der Höheren besteht dann darin, die Niederen zu massakrieren, ich weiß schon«, sagte Weber.

»Im Gegenteil, die Niederen werden dem hohen Zweck zugeführt, als Untertanen, so war's fast immer in der Menschheitsgeschichte.«

»Lassen wir das Philosophieren, bleiben wir lieber beim Massakrieren«, schaltete Finke sich ein. »Wir suchen einen Mörder.«

»Pohl«, ergänzte Weber.

»Interessiert mich nicht«, sagte Claussen abfällig.

»Reents«, sagte Finke.

»Was?«

»Wissen Sie, ich habe mich ein wenig mit Freud und der Psychoanalyse beschäftigt«, sagte Weber freundlich lächelnd. »Und es gibt mir zu denken, dass Sie, nach allem, was Sie sich in der Vergangenheit zuschulden kommen ließen, nun unbedingt eine Wäscherei besitzen wollen. Reinwaschung der Seele mit anschließender Glättung in der Mangel mit ausreichend Stärke gebeizt und schnittigen Bügelfalten versehen.«

»Ich kaufe, was mir gefällt.«

»Soso.« Weber bemühte sich, höhnisch zu klingen.

»Was reden Sie für einen Unsinn! Wenn ich erst mal den Trichter übernommen habe, was glauben Sie, welche Mengen Weißwäsche in so einem Vergnügungsetablissement anfallen! Da braucht man eine eigene Wäscherei.«

»Braune Hemden für weiße Wäsche«, sagte Finke spöttisch.

»Sie lassen die SA für sich arbeiten, Sie lassen einen gesuchten Verbrecher wie Pohl für sich arbeiten, verstecken ihn wahrscheinlich. Sie schicken gedungene Mörder, um politische Widersacher wie Ernst Henning zu töten. In wessen Auftrag tun Sie das, Herr Claussen?«

Weber hatte sich hinreißen lassen, das wurde ihm jetzt bewusst, als er Finkes besorgten Blick bemerkte.

Claussen starrte ihn verblüfft an. Er schien sich nicht entschließen zu können, wie er auf diese Anschuldigungen reagieren sollte. Und das stachelte Weber an, noch einen draufzusetzen.

»Terror ist Ihr Geschäft, Claussen. Dafür lassen Sie sich bezahlen von der Partei, die den Terror als politische Strategie zur Zerstörung der öffentlichen Ordnung entdeckt hat. Sie helfen ihnen, Angst zu säen, damit die Menschen ihnen zulaufen und sich bereitwillig in einen Käfig sperren lassen, weil sie draußen die Raubtiere wittern. In Wahrheit aber wurde der Käfig von den Raubtieren gebaut. Was ist Ihr Gewinn, Claussen? Wollen Sie in die Politik? Sie lieben ja anscheinend die Macht. Wollen Sie sich an ihr berauschen? Aus ihr eine Orgie der Gewalt machen? Aber bedenken Sie eins: Wer die Politik in ein Bordell verwandelt, züchtet Laster und Syphilis, und daran wird dann Ihre angeblich edle Gemeinschaft elend zugrunde gehen.«

Finke sah ihn stirnrunzelnd an. Weber fühlte sich gut, warum war ihm schleierhaft. Egal, Hauptsache er fühlte sich gut.

Claussen schaute zu dem Bild über dem Kamin, als würde er bei dem zähnefletschenden Wolf Hilfe suchen. Und dann fing er an zu lachen. Hämisch, höhnisch, selbstzufrieden, fast schon kichernd. Er ging zu einem schmalen Regal, auf dem einige Bücher standen, zog eines hervor und warf es in hohem Bogen auf den Tisch.

»Sie sind ja ein richtiger Spaßvogel, Kommissar Weber. Da, lesen Sie!«

Weber schaute das Buch an. Es hatte einen knittrigen Pappeinband und war ziemlich zerlesen. Der Einband zeigte eine Hand, die ein Kartenspiel hielt, dessen Karten anstelle von Pik oder Kreuz Totenköpfe zur Markierung hatten. An einer Stelle im Buch steckte ein Lesezeichen.

Finke nahm das Buch, schlug es auf, fand eine dick unterstrichene Stelle und las vor: »Herrschaft des Verbrechens: Die Seele der Menschen muss in ihren tiefsten Tiefen verängstigt werden durch unerforschliche und scheinbar sinnlose Verbrechen, deren Zweck nicht einmal die erfassen, die sie ausüben! Verbrechen, die niemandem Nutzen bringen, die nur den einen Sinn haben, Angst und Schrecken zu verbreiten.« Sie schaute auf und warf Weber einen fragenden Blick zu.

Bevor der etwas sagen konnte, brach Claussen in schallendes Gelächter aus, schlug sich vor Begeisterung auf die Schenkel, krümmte sich und begann zu keuchen, weil er nicht aufhören konnte. Tränen kullerten ihm über das feiste Gesicht. Schließlich gelang es ihm, sich zu beruhigen, und er richtete sich auf.

»Entschuldigen Sie«, sagte er gut gelaunt. »Aber das ist wirklich köstlich. Sie sind ein Fantast, Herr Kommissar. Ach, du meine Güte!«

Nun war Weber verblüfft. Ihm fiel keine Entgegnung ein.

»Ha-ha!«, lachte Claussen triumphierend. »Fühlen Sie sich jetzt ertappt? Ach, Weber, Sie armer Wicht! Ja, ja, ich weiß doch Bescheid über Sie, natürlich, was denken Sie denn? Der Herr Kommissar treibt sich für sein Leben gern im Kintopp herum. Das ist seine Leidenschaft. Und der Rausch der Bilder hat sein Gehirn vernebelt, seine Gefühle in Wallung gebracht, ihn zum romantischen Schwärmer gemacht. Der Retter der Republik ist ein Ritter von der traurigen Gestalt. Mensch, Weber! Klar haben wir alle diese Filme gesehen. *Dr. Mabuse, der Spieler* und dann: *Das Inferno!* Großartig, wunderbar! Wir alle lieben diesen Quatsch! Wir lassen uns gern unterhalten, aber ja. Doch Sie, Herr Kommissar, sind davon anscheinend besoffen geworden – um mal Ihre Worte zu gebrauchen. Hat das was mit diesem Dr. Freud zu tun? Sie leiden unter Verfolgungswahn, verstehen Sie? ›Terror als politische Strategie‹, ›Herrschaft des Verbrechens‹ – da sehen Sie, was das Kino mit Ihrem Gehirn veranstaltet hat. Sie sind ja irre, Herr Kommissar. *Sie* gehören in eine Anstalt, Mann, anstelle von diesem Mabuse, den es gar nicht gibt!«

Weber verschränkte die Arme vor der Brust und blieb ruhig. »Gut gebrüllt, Löwe«, sagte er. »Oder sollte es besser heißen, gut geheult, Wolf? Der Spaß ist Ihnen gelungen, das gebe ich zu. Aber freuen Sie sich nicht zu früh. Ich werde Sie zur Strecke bringen. Sie, Pohl und del Gracio.«

Claussens Augen blitzten auf, aber vielleicht war es auch nur der Reflex eines sprühenden Funkens, als im Kamin ein Holzscheit in sich zusammenfiel. Er hob eine Hand und deutete mit dem Zeigefinger auf seinen Kopf und wandte sich an Finke: »Welche Schraube ist denn nun locker?«

Finke machte eine beschwichtigende Handbewegung. »Ach, lassen Sie nur, Herr Claussen. Das sind nur Fantastereien eines Irren, bleiben Sie ganz ruhig.« Sie schaute Weber auffordernd an: »Ich denke, wir sind nun fertig. Darf ich Sie dann wieder zurück in die Anstalt bringen, Herr Kommissar?«

»Sehr gern.«

Sie wandten sich der Tür zu. Claussen brüllte ein Kommando und zwei Braunhemden erschienen, um die beiden Polizisten nach draußen zu begleiten. Wieder mussten sie auf die Ladefläche des Lasters steigen. Als sie abfuhren, sahen sie kurz das Gesicht von Claussen hinter einem Fenster.

»Der ist jetzt hoffentlich einigermaßen ratlos«, sagte Weber.

»Was soll das heißen, du kannst keinen Feierabend machen?«, fragte Hannchen und biss in den Apfel, den sie sich gerade aus der Küche geholt hatte. Die perfekte Eva, fand Weber, in eben jenem Kostüm, und nun auch noch der Apfel, wie passend. Er lag als »halber Adam«, also mit dem Betttuch über der Leibesmitte, in ihrem Bett und genoss den Anblick seiner vor Gesundheit und Lebensfreude strotzenden Freundin.

»Ich bin suspendiert, wie soll ich da Feierabend machen?«

Sie kniff die Augen zusammen und verzog zornig das Gesicht, theatralisch übertrieben wie eine Stummfilm-Schauspielerin. »Willst du etwa damit sagen, dass wir hier Dienst tun?«

Weber merkte, dass er leicht auf Glatteis geraten konnte, wenn er jetzt ein falsches Wort sagte. »Im Gegenteil«, war das Einzige, was ihm einfiel.

»Im Gegenteil?« Sie biss in den Apfel und stemmte eine Hand in die wohlgerundete Hüfte. »Was soll das heißen?«

»Äh, gewissermaßen …«

»Na?«

»… habe ich geschwänzt.«

»Was?« Erst war sie verdutzt, dann grinste sie und krümmte sich, als sie in lautes Lachen ausbrach. »Geschwänzt?« Der Apfel fiel ihr aus der Hand, Weber fing ihn auf. Sie brüllte vor Lachen, wippte vor und zurück und alles Runde an ihr wippte mit.

Sie lachte, und Weber lachte ein bisschen mit. War das so witzig? Er schaute den angebissenen Apfel an.

»Geschwänzt!«, rief Hannchen, warf die Arme hoch, ließ sich aufs Bett fallen und blieb halb über ihm ausgestreckt liegen.

Weber aß den Apfel auf.

»Jetzt hab ich einen Bärenhunger«, stellte Hannchen fest.

»Oh, entschuldige.« Weber hielt schuldbewusst den Apfelgrips hoch.

»Nee, Kohldampf nach was Richtigem!«

»Um diese Zeit?«

»Was heißt um diese Zeit? Ich bin auch suspendiert! In der Wäscherei lungern immer noch diese Handlanger herum, weil die rote Gewerkschaft jetzt mit der rosa Gewerkschaft verhandelt, denn Reents hatte plötzlich Angst, die Kommunisten könnten ihm alle Bedingungen diktieren. Jetzt ist ein noch schlimmerer Kuddelmuddel entstanden.«

»Ach ... Anscheinend herrscht überall ein schauderhaftes Durcheinander. Was für eine Gesellschaft«, meinte Weber.

»Ja, eben. Am besten wäre, alle würden sich suspendieren lassen. Stell dir mal vor ... Nee, was für ein Quatsch, dann gäb's ja keine Hühnersuppe.«

»Wie bitte?«

Sie richtete sich auf. »Hühnersuppe, das ist genau das, was ich jetzt brauche! Wir gehen essen.«

»Hannchen, es ist nach Mitternacht.«

»Eben, wir müssen sofort los. Ab ein Uhr nachts wird's bei *Onkel Hugo* richtig eng.«

Hannchen sprang vom Bett und suchte ihre Klamotten zusammen.

»*Onkel Hugo*?«

»Aber ja! Hühnersuppe, etwas anderes kommt gar nicht in Frage.«

»Du willst jetzt da hingehen?« Weber fühlte sich schlagartig hundemüde.

Sie war schon dabei, sich anzuziehen. »Genau! Und wenn du nicht mitkommst, suspendiere ich dich aus meinem Bett.«

»Na, hör mal.«

»Diskutiere nicht mit einer Frau, die Kohldampf schiebt, vor allem, wenn es um Hugos Hühnersuppe geht.«

»Na schön.« Weber wälzte sich stöhnend aus dem Bett.

Als er die Hosenträger über die Schultern zog, hatte sie schon Stiefel, Mantel, Hut und Schal angezogen.

»Vergiss nicht deine Geldbörse, Alfred. Du weißt ja, ich bin im Streik.«

»Aber ja doch.«

Und schon zog sie ihn mit sich über die Lilienhof-Terrasse, durch die Einfahrt auf die Wilhelminenstraße und weiter Richtung Reeperbahn, zur Hausnummer 61, wo ein bei Nachtschwärmern legendäres Speiselokal residierte, aus dessen drei vorderen Fenstern warmes Licht auf den Gehweg fiel. Über einer niedrig hängenden, gestreiften Markise prangte in großen Leuchtbuchstaben der stolze Name »ONKEL HUGO«. In einem der Schaufenster stand eine große Speisekarte aus Pappe, auf der eine »Küche der Verwöhnten« angepriesen wurde. Darunter verstand man hier alles, was den deutschen Gaumen jubeln ließ, angefangen beim Hamburger Rundstück über Kohlrouladen mit Stampfkartoffeln und Kochklops mit Kapernsoße bis hin zu Sauerhering in Sahnestippe. Am beliebtesten aber war die Hühnersuppe.

Das Lokal war komplett holzvertäfelt, und größere Menschen mussten auf die Dachbalken achtgeben. Es gab mehrere Gasträume nach hinten hin, *Onkel Hugo* war viel größer, als man es von außen gedacht hätte. Unter den Decken hingen geschwungene

Lüster, an den Wänden schmucke Laternen, die Tische waren weiß eingedeckt und die Speisekarten wurden halb aufgeklappt hingestellt wie kleine Dächer, Topfpflanzen standen in Fensternischen, durch die man von einem in den anderen Raum blicken konnte.

Von einer Kellnerin mit üppigen Formen bekamen sie den letzten freien Zweiertisch zugewiesen.

»Ich hätte hier auch mal anfangen können«, sagte Hannchen, als sie sich setzten.

»Zweifellos.« Weber warf ihr einen bewundernden Blick zu, weil er wusste, dass sie das mochte.

Am Nebentisch hatte sich eine bieder aussehende Reisegruppe aus der Provinz niedergelassen, die offenbar nicht ganz verstanden hatte, wie es hier zuging. Als einer der Herren ein Glas Milch bestellte, beugte sich die Kellnerin weit über den Tisch, damit ihr immenser Ausschnitt gut zur Geltung kam, griff sich an die Brust und sagte: »Bedauere, Milch haben wir heute nicht.« Verschämte Blicke der Damen, verlegene Belustigung bei den Herren – und dann wurde Bier bestellt.

Die Suppenterrine, die bald vor Weber und Hannchen stand, war sehr groß und dampfte kräftig aromatisch. Sie langten zu und tranken Bier und langten zu und tranken Bier und dann noch zwei, drei Verdauungsschnäpse, »weil wir so jung nicht mehr so satt werden«, wie Hannchen es formulierte.

Irgendwann nach drei Uhr, nachdem die Reisegruppe aus der Provinz, die sich gut eingewöhnt hatte, schwankend verschwunden war, brachen sie ebenfalls auf.

Draußen wehte eine steife Brise von Süden und brachte den Geruch nach Fisch und verbrannter Kohle mit und, wie Weber glaubte, einen Hauch Frühling. Auf dem Gehweg waren noch immer zahlreiche Passanten unterwegs, auch Straßenbahnen, Nachtbusse, Automobile und Taxen bewegten sich über die Reeperbahn.

Hannchen hatte sich bei Weber eingehängt, aber tatsächlich diente sie ihm als Stütze. Er war ein bisschen taumelig und fragte sich, wieso er an manchen Tagen mehr und an anderen weniger Alkohol vertrug.

Sie bahnten sich den Weg durch die entgegenkommenden Passanten. Irgendwie gingen heute alle in die falsche Richtung.

»Jetzt noch auf einen Slowfox in den *Trichter*?«, säuselte Hannchen ihm ins Ohr.

»Der *Trichter*? Oh nein, das ist nicht möglich ...«

»Ach, Alfred.«

Ein Mann mit einem Stapel Flugblättern in der Hand kam ihnen schreiend entgegen.

»Extrablatt! Extrablatt! Kommissar Weber wegen unmoralischen Lebenswandels vom Dienst suspendiert. Die letzte Wahrheit über den Kommissar Unrat! Extrablatt!«

»Alfred!«

Sie blieben ruckartig stehen. Der Mann kam auf sie zu.

»Kreuzdonnerwetter, was soll das denn!« Kurz glaubte Weber, schon wieder einer Halluzination aufgesessen zu sein.

Aber da stand der Mann auch schon vor ihnen, breitbeinig, grinsend, provozierend. Etwas zu große Schiebermütze, Zigarette im Mundwinkel. Unter der Lederjacke trug er ein braunes Hemd. Er hatte gar kein Extrablatt in der Hand, nur die Zettel.

»Die Ballade vom Kommissar Unrat! Heute für jedermann umsonst. Bitte sehr!« Er hielt Weber den Zettel hin, der diesen Text nur allzu gut kannte. Dann tat der Mann so, als wollte er die Zettel an die Passanten verteilen.

Das war nun wirklich zu viel. Weber ließ Hannchens Arm los und trat vor den Mann. »Was erlauben Sie sich!«

Der Kerl grinste frech. Weber hob beide Hände, um ihm die Zettel zu entreißen.

Eine schwarze Limousine, ein Adler Favorit, wie Weber sich später erinnern würde, rumpelte über die Bordsteinkante.

Hannchen schrie auf und sprang zur Seite. Weber wurde gepackt und in die andere Richtung gerissen, offenbar von dem Mann mit den Flugblättern. Er holte aus, um dem Kerl einen Fausthieb ins Gesicht zu verpassen, verfehlte aber sein Ziel und traf nur dessen Schulter. Weber verlor das Gleichgewicht und stürzte zu Boden. Einige Personen in der Nähe stießen Schreie aus.

Hannchen kreischte schrill. Weber wälzte sich auf dem Pflaster und sah einen Fuß in derben Stiefeln auf dem Trittbrett der Limousine.

Die hintere Tür stand offen und zwei ausgestreckte Arme packten Hannchen, zerrten sie zum Auto, ein Arm schlang sich um ihren Hals, sie verlor den Boden unter den Füßen und wurde über das Trittbrett auf die Rückbank gezerrt. Hinter ihr flackerte im Schein einer Leuchtreklame das hämisch grinsende Gesicht von Pohl auf.

Noch bevor die Tür zuschwang, setzte der Adler sich in Bewegung, der Motor heulte, das Fahrzeug ruckte nach vorn, Passanten sprangen zur Seite, Weber wälzte sich aus dem Weg und spürte, wie der Vorderreifen ihn am Gesäß streifte. Noch einmal heulte der Motor auf, die Hintertür klappte zu und das Auto rollte über die Bordsteinkante, beschleunigte und schnitt einem entgegenkommenden Taxi den Weg ab, als es auf der Reeperbahn in einem engen Boden wendete. Eine Straßenbahn klingelte hysterisch.

Ein Mann kniete neben Weber nieder: »So ein Rüpel! Haben Sie sich verletzt?«

»Das war ...«

»Kommen Sie.« Der Mann half Weber, sich aufzurichten.

»Aber ...«

»Bleiben Sie ruhig. Ihnen ist ja noch schwindelig.«

Weber schaute hektisch um sich. Auf dem Boden lagen die Flugblätter, die der Kerl mit der Schiebermütze fallen gelassen hatte, bevor er zum Automobil gerannt und eingestiegen war. Er bückte sich und begann die Zettel aufzusammeln. Dabei strauchelte er, stürzte auf die Knie.

»Sind das Ihre Papiere?«, fragte der Mann neben ihm. »Ich helfe Ihnen.«

Weber antwortete nicht. Er sammelte alles ein. Manche Zettel waren schon mit den Fußabdrücken der Passanten gestempelt worden.

Als alles aufgesammelt war und der Helfer ihm die anderen Zettel überreicht hatte, lehnte Weber sich ans Schaufenster des Kabaretts *Alraun* und schloss kurz die Augen. Ihm schwindelte. Sein Herz krampfte sich zusammen, sein Magen drehte sich, er würgte.

»Geht es Ihnen gut?«, fragte der Mann.

»Hauen Sie ab«, stieß Weber hervor. »Aber danke.«

Der Mann ging kopfschüttelnd davon.

»Diese Schweine«, murmelte Weber und begann am ganzen Körper zu zittern.

Stolpernd und taumelnd überquerte er die Reeperbahn und bog in die Kastanienallee ein. Kurz bildete er sich ein, hinter ihm hätte jemand »Herr Kommissar!« gerufen. Aber selbst wenn es so gewesen wäre, er hatte keine Lust, sich umzudrehen. Er konnte nur nach vorn trotten, auf sein Ziel zu.

Herr Kommissar?

Götz von Berlichingen!

Im *Goldenen Anker* waren alle Lichter gelöscht, die Tür verschlossen.

Weber schlug mit den Fäusten gegen die Tür, hielt inne, horchte und schlug wieder dagegen, als sich nichts tat. Hielt inne, horchte und trommelte weiter gegen die Tür.

Als im Nebenhaus ein Fenster aufging und der Kopf einer Frau sich zeigte, die keifte: »Ruhe da draußen! Aufhören! Ich rufe die Polizei!«, ging drinnen endlich ein Licht an.

Lorenzas Stimme hinter der Tür: »Wer ist da?«

»Alfred! Lore, mach auf!«

Die Tür schwang auf, und Weber fiel beinahe hinein.

»Was ist denn mit dir los«, fragte Lorenza, als sie ihn auffing. Sie trug einen dunkel geblümten Morgenmantel, ihre Haare waren wirr, ihr von vielen Falten durchzogenes Gesicht leicht empört, aber auch sorgenvoll.

»Die Saubande hat Hannchen entführt!«

»Was?«

»Pohl! Dieser, dieser, dieser …«

»Komm erst mal rein.«

Sie setzte ihn auf einen Stuhl neben dem Kachelofen und goss ihm einen Rum ein. Der war so stark, dass Weber augenblicklich nüchtern wurde, nachdem er ihn gekippt hatte.

Sie legte eine Hand auf seinen Arm. »Und jetzt erzähl!«

Weber holte tief Luft und hustete. Die Worte blieben ihm im Hals stecken.

»Nein, warte, ich hole Serge.«

Sie eilte nach oben und kam fünf Minuten später mit ihm zurück. Serge trug eine Wolljacke überm Unterhemd, seine behaarte Brust war zu sehen, seine Muskeln zeichneten sich ab. Kurz beneidete Weber ihn um seine jugendliche Kraft.

»Jetzt sag, wann ist es passiert?«, forderte Lorenza ihn auf, nachdem sie sich zu ihm gesetzt hatten.

»Vor einer halben Stunde.«

»Und wo?«

»Direkt vor *Onkel Hugo*. Es war eine richtige Schweinerei!«, stieß Weber hervor.

»Langsam, eins nach dem anderen«, sagte Lorenza.

Weber begann zu erzählen, widerwillig, voller Zorn und Scham. Was mehr wog, die Schande, dass er Hannchen nicht hatte schützen können, oder die Wut über die höhnische Frechheit von Pohl und seinen Helfern, hätte er selbst nicht sagen können.

»Warum denn so eine Inszenierung?«, fragte Lorenza.

»Die wollen mich fertigmachen.«

»Sie zeigen ihre Macht«, stellte Serge fest. »Die fühlen sich unantastbar.«

»Aber wieso überhaupt? Was soll das bezwecken?«

»Ich bin denen auf den Schlips getreten. Genauer gesagt ihm. Claussen.«

»Charly?«, fragte Lorenza.

Weber nickte und erzählte von seinem Besuch in Claussens Haus in Rissen. »Räuberhöhle« sagte er dazu.

Serge nickte. »Wir wissen, dass er dort einen privaten Exerzierplatz für SA-Leute hat. Die biwakieren dort und behaupten, sie seien Wandervögel, wenn jemand nachfragt.«

»Wer fragte denn schon«, sagte Lorenza abfällig.

»Wir zum Beispiel«, sagte Serge und schaute Weber an. »Ihr offenbar nicht. Sonst wärst du nicht so blauäugig hingefahren.«

»Dort ist mir doch gar nichts passiert.«

»Aber danach.«

»Manchmal muss man sich schon wundern über eure naive Art, mit der braunen Bande umzuspringen«, sagte Serge. Lorenza legte beschwichtigend eine Hand auf seinen Arm.

»Ich war ja nicht offiziell da«, sagte Weber. »Ich bin außer Dienst gestellt. Und wenn ihr mich fragt, dann deswegen, weil trotz aller Bemühungen die braune Pest sich im Stadthaus immer mehr ausbreitet. Klammheimlich und wie unsichtbar, aber ich, ich spüre das. Und meine Suspendierung ist der Beweis!«

»Der Kampf um die Institutionen hat begonnen. Da müsst ihr dagegenhalten.«

»Und ihr?«

»Wir sind für die Straße zuständig. Im Staat haben wir ja nichts zu melden.«

»Wäre keine so schlechte Arbeitsteilung, wenn man sich mal zusammenraufen würde«, meinte Lorenza.

»Wir könnten jetzt anfangen«, grinste Serge. »Dies hier scheint ja ein inoffizielles Hilfegesuch zu sein.«

Lorenza stieß ihm den Ellbogen in die Seite und zischelte beschwichtigend.

Einheitsfront? Um Himmels willen, dachte Weber. Aber er fragte, fast schüchtern: »Könnt ihr mir helfen? Hannchen …«

Serge dachte nach und nickte sachte. »Du bist bei der Politischen. Wenn du uns hinterher den Rücken freihältst, lässt sich da vielleicht was machen.«

»Rücken freihalten?«

»Als wäre nichts gewesen …«

»Akten manipulieren?« Dann tue ich ja das Gleiche wie die anderen, schoss es Weber durch den Kopf.

»Falls es überhaupt welche gibt.«

Weber nickte. »Vielleicht gibt es ja gar keine.«

»Bestimmt nicht«, sagte Lorenza augenzwinkernd. »Und sehr wahrscheinlich wird auch niemand was hören oder sehen. Zumal du gar nicht im Dienst bist, und wir erst recht nicht.«

»Aber wenn es schiefgeht ...«

»Schiefgehen kann alles, sogar die Weltrevolution, wenn man nicht gut vorbereitet ist«, erklärte Serge großspurig.

Es ging noch eine Weile hin und her, und schließlich war man sich irgendwie einig. Zur Bekräftigung der Einigkeit stellte Lorenza drei Schnapsgläser mit Rum auf den Tisch und sie stießen an.

Als Weber den *Goldenen Anker* verließ, schien alles glasklar. Er hatte jetzt ein so großes Rachebedürfnis, dass er alles in Kauf genommen hätte, nur um Claussen und seine ganze Bagage auszuschalten. Hätte man ihm ein MG 08 in die Hand gedrückt, er wäre schnurstracks nach Rissen marschiert, um das SA-Lager unter Beschuss zu nehmen. Da aber niemand so unvorsichtig war, wandte er sich nach rechts und ging Richtung Millerntor, um endlich nach Hause zu kommen.

»Herr Kommissar!«

Ich höre Stimmen, dachte Weber, als er schon vor der *Volksoper* angekommen war und sein Blick zum *Trichter* wanderte, dessen charakteristischer Turm sich schwarz vor dem dunkelgrauen Himmel abzeichnete.

»Herr Kommissar, warten Sie!«

Quatsch.

Eilige Schritte hinter ihm.

»Entschuldigen Sie bitte, Herr Kommissar Weber ...«, japste die Stimme neben ihm. »So warten Sie doch, ich muss mit Ihnen reden!«

Aufdringlicher Kerl. Weber blieb stehen, schaute zur Seite. Es war Reents. Ausgerechnet der.

»Ich habe die ganze Zeit vor dem *Goldenen Anker* auf Sie gewartet«, sagte Reents vorwurfsvoll.

»Was wollen *Sie* denn?«, fragte Weber ungeduldig.

Schwarzer Filzhut, taillierter Mantel, Stresemannhosen und glänzende Stiefeletten – der Mann sah teurer aus, als er war.

»Sie müssen mir helfen«, sagte Reents und packte Weber am Arm.

»Lassen Sie mich los!«

»Auf ein Bier, Herr Kommissar.« Reents zerrte an ihm und deutete mit der linken Hand auf eine Kneipentür. *Zum Leuchtturm* stand darüber. Eine Bierkneipe so schmal wie ein Handtuch.

Nach dem hochprozentigen Rum fühlte sein Gaumen sich sehr trocken an, stellte Weber fest. Ein letztes Bier wäre vielleicht nicht die schlechteste Idee. Und wer weiß, was Reents in petto hatte.

Es war eine typische Ausrede, und Weber wusste das auch.

Im *Leuchtturm* lehnten einige Gestalten, die wie Überlebende eines Trinkgelages aussahen, am Tresen. Eine bunte Mischung verschiedener Milieus. Zu dieser Stunde machte St. Pauli keine Unterschiede mehr, und Reents in seinem feinen Zwirn fiel nicht weiter auf.

Das Bill-Bräu wurde ohne Schaum serviert, der Kerl hinter der Theke war so groß und breit und üppig tätowiert, dass niemand an Widerspruch auch nur dachte.

Reents tat gezwungen leutselig und stieß mit Weber an. Der

trank das halbe Glas in einem Zug leer, so groß war sein Durst mit einem Mal.

Der Wäscherei-Besitzer blickte Weber irgendwie scheel an und begann mit einer weitschweifigen Erklärung, die darauf hinauslief, man habe ihn reingelegt, und zwar mehrfach und von allen Seiten. Geschäftspartner hätten ihn hängen lassen, die Arbeiterinnen seien illoyal, die große Gewerkschaft ein Verein von Schlafmützen, die sich für nichts zuständig fühlten, die RGO eine Verbrecherorganisation, die »Braunen« eine Gurkentruppe und die »von einflussreicher Stelle« organisierte »Ersatz-Belegschaft« eine Katastrophe. Von der Polizei bekäme er auch keine Unterstützung, und da hätte er so eine »Theorie«, dass sein Widersacher gute Kontakte bis in höhere Kreise hätte.

Wer denn sein Widersacher sei, wollte Weber wissen, der missmutig sein schon geleertes Glas anstarrte.

Der sei ein richtiger Krimineller, ein Verbrecher und Intrigant, der nicht davor zurückschrecke, sich mit »Chicago-Methoden« durchzusetzen, aber das wisse er, Weber, ja am besten.

»Ich?« Weber signalisierte dem tätowierten Riesen, dass er noch ein Bier bräuchte.

»Ja, eben. Und so dachte ich, wir könnten zusammenkommen«, sagte Reents eifrig. »Bevor mir das Gleiche passiert wie Ihnen. Mein Mitgefühl übrigens.«

Das Bier wurde vor Weber hingeknallt, wieder ohne Schaum, aber zusammengezuckt war er wegen der letzten Bemerkung von Reents.

»Was deuten Sie denn da an?«, fragte er. Sein Herz fing an zu rasen.

»Ihre ... äh ... Lebensgefährtin ... eine gute Wäscherin übrigens ... dass sie die geholt haben ... ich hab's ja mit angesehen ...

brutal … einfach nur Gewalt, das können diese Burschen … eine Schande … und wie gesagt, keine Hilfe zu erwarten aus dem Stadthaus, fürchte ich … es sei denn, Sie persönlich werden aktiv.«

Weber kam die Galle hoch, ganz langsam.

Darüber hinaus hatte das Bier mit seiner Kohlensäure dafür gesorgt, dass der schwere Alkohol des Rums sich in seinen Adern austoben konnte. Seine Welt verengte sich auf dieses, wie ihm schien, gleichermaßen höhnische wie verlogene Gesicht von Reents, und eine abgrundtiefe Wut, die nun endlich ihr geeignetes Ziel fand.

»Sie könnten mir entgegenkommen«, sagte Reents. »Ich würde mich erkenntlich zeigen … wenn es gelänge, Claussen zu stoppen und seine Machenschaften zu ersticken … Sehen Sie, an Geld sollte es nicht scheitern. Ich könnte Informationen liefern, Aussagen von Zeugen, Geschädigten, Mitwissern … Ihre Geliebte wollen Sie doch wiederhaben, nicht wahr? Dann müssen Sie Claussen kaltstellen. Dann kriegen Sie auch den Pohl … Vielleicht genügt Ihnen das ja, als Ehrenmann, aber wenn nicht … wie gesagt, ich bin auch nur ein Mensch, ich habe für alles Verständnis und an Geld muss gar nichts scheitern.«

Weber kniff die Augen zusammen. Am liebsten hätte er diesem Kerl seine Verachtung vor die Füße gekotzt und wäre gegangen. Aber es brodelte so sehr in ihm, dass er kaum noch an sich halten konnte.

Als Reents dann noch hinzufügte: »Ich würd's Ihnen gönnen, Herr Kommissar, mal so richtig Urlaub mit so 'ner Drallen, die sich gut auskennt, weil sie Erfahrung hat. Wir Lebemänner, was? Ganz im Vertrauen, ich hab da auch ein Auge auf so eine geworfen, die Kleine mit der Federboa, mein lieber Scholli, die hat einen

Gang ... und 'ne Schnute ...« Er schnalzte mit der Zunge. »Noch ein Bierchen, Herr Kommissar? Ich zahle.«

Die letzten beiden Wort brachten das Fass zum Überlaufen. Weber drehte durch. Später würde er sich an kaum etwas erinnern. Der Filzhut flog in hohem Bogen durch die Kneipe. Eine Ohrfeige klatschte auf die rechte Wange von Reents, noch eine von links, dann ballte Weber die Fäuste und trieb den Wäschereibesitzer durchs Lokal. Bis er fiel. Da war er über ihm und schlug weiter zu. Und hörte die Schreckensschreie und Anfeuerungsrufe und Mahnungen nicht, die um ihn herum gebrüllt wurden. Brüllte stattdessen selber wüste Beschimpfungen, fand mit jedem Wort eine neue hässlichere Bezeichnung für den Mann, der unter ihm lag und verzweifelt die Arme über den Kopf legte, um sich vor dem Gewaltausbruch zu schützen.

»Aufhören, aufhören!«, schrie Reents.

Aber Weber hörte nicht auf. Es war eine ungeheure Befriedigung zu prügeln. Und ein Triumph, als endlich Blut aus der Nase des Gegners spritzte.

Bis der tätowierte Riese die Arme um ihn schlang und ihn hochhob und in eine Ecke schleuderte. Weber prallte gegen eine Reihe Barhocker und landete auf dem Boden. Da blieb er halb bewusstlos liegen und war zufrieden mit sich.

»Hilfe! Polizei!«, hatte Reents zwischendurch geschrien.

Jemand rannte zur nahe gelegenen Davidwache. Die Beamten kamen schnell. Weber wurde in Gewahrsam genommen.

Als Revierleiter Hansen erkannte, wer ihm da gebracht worden war, begleitete er ihn persönlich in die Arrestzelle im Keller. Mobiliar: eine Holzpritsche. Aber weil Weber ein Kollege war, bekam er zwei Decken, die eine diente als Kopfkissen.

Die Tür ging krachend zu, der Riegel wurde vorgeschoben.

Er legte sich hin, zog die Decke über sich und starrte die hohe, kahle Wand an. Ganz oben, in weiter Ferne, ein Luftschacht. Er schnaufte röchelnd wie ein besiegter Gladiator.

Alles war aus dem Ruder gelaufen, er selbst war havariert, und nun überkam ihn die nackte Verzweiflung. Wenn das mit Hannchen ... wenn das jetzt ... aus war ... Das würde er niemals verkraften. Niemals. Unmöglich. Hannchen!

Schluchzend schlief er ein.

Dreizehntes Kapitel
Hochverrat

Sie ließen ihn ausschlafen. Ab und zu schaute jemand nach ihm, aber er tat so, als würde er es nicht merken.

Es war schon nach Mittag, als Revierleiter Hansen in die Zelle trat. Weber setzte sich auf, sein Schädel dröhnte, aber er fühlte sich erstaunlich gut. Körperlich. Was Geist und Gefühl anging, war er wie benommen, als hätte ein Fausthieb beides betäubt. Das war besser als das heulende Elend, das irgendwo hinter dieser tauben Dumpfheit lauerte.

»Tja, was machen wir nun mit Ihnen?«, fragte Hansen.

»Rufen Sie die Polizei.«

Hansen lachte.

»Wie geht es Reents?«

»Hat's mit einigen Prellungen überstanden. Wollen Sie mir sagen, was vorgefallen ist?«

Weber schüttelte den Kopf. »Ist zu kompliziert.«

»Na schön.«

»Hat Reents Anzeige erstattet?«

»Nein. Wir könnten ... Störung der öffentlichen Ordnung, Sachbeschädigung, grober Unfug ...«

»Nur zu.«

Ich bin sowieso schon außer Dienst gestellt, jetzt noch ein

Disziplinarverfahren macht die Sache nur komplett, dachte Weber.

Hansen winkte ab. »Der Wirt vom *Leuchtturm* möchte es nicht an die große Glocke hängen.«

»Danke.«

»Das war dessen Entscheidung.«

»Hmhm.«

»Oben wartet übrigens eine Frau auf Sie.«

Weber sprang auf. »Hannchen?«

»Eine Kollegin. Finke. Von der WKP.«

»Ach …«

»Die hat Ihnen einiges zu erzählen. War heute früh schon im Einsatz. Nicht weit von hier. Razzia. Diese Frauen imponieren mir.«

»Ich weiß nicht, ob das jetzt der richtige Moment ist …«, meinte Weber.

»Sie hat mitbekommen, dass Sie hier sind, und meinte nur: Oh, das trifft sich gut.«

»Hm.«

»Sie sagte, Sie seien so was wie eine gesonderte Ermittlungsgruppe.«

»Na ja.«

»Soll sie runterkommen oder gehen Sie hoch?«

»Muss ich hier noch irgendwas erledigen?«, fragte Weber skeptisch.

»Nee.«

»Dann würde ich gern so schnell wie möglich raus.«

»Mit ihr reden oder nicht?«

Weber rieb sich das Gesicht und fuhr sich durch die Haare. »Ja, klar, sagen Sie ihr, dass ich in einer Viertelstunde drüben im

Café Minerva bin. Ich würde mich gerne vorher ein bisschen frisch machen.«

Hansen gab das so weiter und führte Weber in den zweiten Stock in den Waschraum. Dort wusch und frisierte er sich, band die Krawatte ordentlich und versuchte, die Falten aus dem Jackett zu schütteln, was natürlich nicht gelang.

Im *Minerva*, einem Kaffeehaus mit üppigen Jugendstil-Ornamenten und viel Messing, Stuck, Kristall und bunten Marmorsäulen, winkte Finke ihm aus einer Ecke zu, die glücklicherweise halb hinter einer Garderobe versteckt war. Neben ihr auf einem Stuhl stand eine große Aktentasche aus Leder, prall gefüllt.

Finke trank eine heiße Schokolade mit Sahne, Weber bestellte sich eine große Kanne Kaffee.

»Sie haben was verpasst«, sagte Finke, nachdem sie sich begrüßt hatten.

»Sie auch«, brummte Weber, den verstimmte, dass sie gar nicht fragte, was ihm zugestoßen war. Dabei war es wirklich besser so. Vor ihr jetzt die Haltung zu verlieren und in Tränen auszubrechen, weil die Angst um Hannchen seinen Brustkorb einschnürte, das wollte er nicht, so tief wollte er nicht sinken. Nur das nicht.

»Ich habe ein bisschen eigenmächtig gehandelt«, sagte Finke.

»Auch das noch.«

»Ja, und genau genommen ist die Sache gescheitert.«

»Da haben wir ja was gemeinsam.«

»Sie sind ja ganz schön muffelig. Wollen Sie denn gar nicht wissen, was geschehen ist?« Sie schien enttäuscht.

»Haben Sie jemanden verhaftet?«

»Beinahe. Meine Rechnung ist nicht ganz aufgegangen.«

»Wen?«

»Del Gracio.«

»Ach!«

»Ich habe meine Chefin zu einer Razzia überredet. Im *Privat-Klub Sophia*. Den haben die sowieso auf dem Kieker, weil oft genug blutjunge Mädchen auftauchen. Also dachten sie, das könnte allemal von Nutzen sein. Meine Chefin möchte Eigenständigkeit beweisen und Schlanbusch vorführen, dass sie eine erstklassige Polizistin ist. Da kann man sie schnell für so was einspannen.«

»Sie haben sie eingespannt? Wofür denn?«

»Ich dachte mir, dass dies der einzige Ort sein kann, wo del Gracio Unterschlupf gefunden hat. Es wird ja wohl nicht Linda Lu gewesen sein, die Sie dort hypnotisiert hat.«

»Ich bin hypnotisiert worden?«

»Sehr witzig, Herr Weber. Aber auch wenn Sie sich vielleicht gern eingebildet haben, es könnte Linda Lu gewesen sein, die Sie dort bezirzt hat, kann es doch nur der Hypnotiseur gewesen sein.«

»Wenn Sie meinen.« Weber fand, dass die Kollegin sich ein bisschen viel herausnahm.

»Und das Haus gehört Claussen«, fuhr Finke fort. »Dem Sie auf den Kopf zugesagt haben, er würde gezielt Angst und Schrecken in der Stadt verbreiten. Das hat ihm geschmeichelt, so sehr, dass er uns diesen Sensationsroman vor die Nase gehalten hat, der von der Herrschaft des Verbrechens handelt. Indem er sich über uns lustig gemacht hat, hat er zugegeben, dass das seine Strategie ist, in wessen Auftrag auch immer.«

»Da steckt die Nazi-Partei dahinter, jede Wette.«

»Die können wir nicht einfach so ausschalten, aber ich dachte mir, es könnte sich lohnen, del Gracio aufzustöbern. Das hat auch geklappt.«

»Wirklich? Wo ist er?«

»Getürmt. Ich sagte ja, es hat nicht ganz geklappt. Wir sind rein und haben Stockwerk um Stockwerk durchgekämmt. Er hatte eine Kammer oben unterm Dach. Mit einem Dachfenster. Da ist er durch. Übers Dach aufs Nebenhaus und weiter, bis er irgendwo eine Möglichkeit fand, runterzuklettern oder einzusteigen. Weg war er.«

»Gottverdammt, dann haben Sie ja doch versagt.«

»Aber er ist noch in der Stadt, Weber.«

»Jetzt bestimmt nicht mehr.«

»Doch! Davon bin ich fest überzeugt. Weil er nämlich schon längst hätte verschwinden können. Trotzdem blieb er.«

»Warum sollte er?«

»Vielleicht drängt es ihn zu einem weiteren Verbrechen. Vielleicht fehlt ihm auch bloß das Geld. Vielleicht hat ihn sein Auftraggeber noch nicht ausgezahlt.«

»Claussen?«

»Das wäre naheliegend.«

»Und Sie glauben, der besorgt ihm ein neues Geschäft?«

»Möglich.«

»Und das stufen Sie als Erfolg ein?«

Finke streckte die Hand aus und klappte die Aktentasche auf, die zwischen ihnen stand. »Das hier ist der Erfolg.«

»Was ist da drin?«

»Del Gracios Aufzeichnungen. Die konnte er nicht mehr mitnehmen. Die lagen unter seiner Matratze. Das sind die Notizen eines Wahnsinnigen.«

»Was steht drin?«

»Ich habe nur kurz reinschauen können. Die Razzia hat ja gerade erst stattgefunden. Jetzt müssen wir das alles durchlesen.«

»Mit Ihrer Chefin zusammen?«

Finke schüttelte den Kopf. »Die interessiert das nicht. Mit dem Fall del Gracio ist sie nicht befasst. Nein, wir beide.«

»Geht nicht. Ich hab keine Zeit.«

»Was?«

»Hannchen ist entführt worden.« Er räusperte sich. Spürte den Kloß im Hals, vor dem er sich fürchtete, der nach oben wollte und ihn dem heulenden Elend preisgeben.

»Sie scherzen!« Finkes Blick sagte: Für solche Witze bin ich nicht zu haben.

»Doch ...« Weber wurde es eng in der Brust. Er schluckte und schluckte nochmals. »Es ... es ist wirklich wahr. Auf offener Straße, vor meinen Augen ... von Pohl.« Er wollte weiterreden, die Sache beschreiben, aber es ging nicht, seine Stimme versagte.

Finke schlug mit der flachen Hand auf den Tisch. »So eine Schweinebande.«

»Ganz genau«, brachte Weber heraus und nickte. Holte tief Luft und ein Schluchzen brach durch. Er täuschte ein Husten vor und wiederholte: »Ganz genau. Mir ist jetzt alles egal. Ich kann mich erst wieder mit etwas anderem befassen, wenn sie wieder da ist. Ich habe schreckliche Angst um sie.«

»Machen Sie keine Dummheiten, Weber.«

»Doch ...«

Finke schüttelte entschieden den Kopf. »Das ist zu groß für einen Einzelnen. Wir wissen doch nun: Es hängt alles zusammen. Del Gracio, Claussen, Pohl. Das ist ein Spinnennetz.«

Jetzt bekam die kalte Wut in Weber die Oberhand.

»Mag ja sein!«, rief er.

»Aber ich werde mich doch nicht hinsetzen und die Aufzeichnungen von diesem Wahnsinnigen studieren, während mein Hannchen sich in den Fängen dieser Nazi-Bande befindet! Ich bin jetzt kein Polizist mehr in diesem Fall, man hat mich persönlich angegriffen.«

»Aber Herr Weber ...«

»Mein Entschluss steht fest!«

»Was wollen Sie also machen?«

»Eine schlagfertige Truppe zusammenstellen und Gewalt anwenden.« Er ballte die Fäuste.

Finke dachte nach. »Wenn Sie mich brauchen ...«

»Ich zähle nicht aufs Stadthaus, da sitzen mir zu viele Verräter.«

»Sondern?«

»Ich habe schon bestimmte Personen beauftragt.«

»Ich verstehe.«

»Besser Sie wissen nichts. Nehmen Sie sich del Gracios Notizen vor. Vielleicht finden Sie einen Weg, ihn ausfindig zu machen. Dann können Sie Ihre Scharte auswetzen.« Weber merkte, dass er ihr unrecht tat. Wenn jemand Scharten auswetzen musste, dann war das zuallererst mal er selbst. »Entschuldigen Sie«, fügte er hinzu. »Ich bin sehr aufgeregt. Legen Sie nicht alles auf die Waagschale, was ich sage. Ich weiß, Sie geben Ihr Bestes. Aber ...« Er stockte. »Aber das hier duldet keinen Aufschub.«

»Gut, dann soll es so sein«, sagte Finke. »Ich halte Sie auf dem Laufenden und Sie mich, in Ordnung?«

Weber nickte.

»Und wenn Sie mich doch brauchen ...«

»Danke.«

Sie tranken schweigend Kaffee und Kakao, und Weber überlegte, wie er möglichst schnell an möglichst viele wirksame Schusswaffen gelangen könnte.

Was für ein Gedanke, schoss es ihm dann durch den Kopf, wie

tief sind wir allesamt in dieser Gesellschaft schon gesunken! Aber was nützt mir die Moral? Kampfgeist ist gefragt. Meine Güte, es geht um Hannchen! Um alles!

Die Profis nahmen ihm Organisation und Planung ab. Sie trafen sich in Altona, im *Korkenzieher*, einem Verkehrslokal der Kommunisten. Es war Weber von seiner Arbeit bei der Politischen Polizei bekannt, auch wenn er nie dort gewesen war, da die Kollegen aus Altona zuständig waren.

Serge hatte ihn zu Hause angerufen und dorthin zitiert. Weber war nach seinem Gespräch mit Finke nach Hause gegangen und ruhelos in der Wohnung herumgetigert, mit klopfendem Herzen. Kurz schaute er in den Spiegel im Flur und sagte zu sich selbst: »Da siehst du, wie es um dich steht, was dein Hannchen dir bedeutet. Hast du etwa gedacht, es ist nur eine Liebelei? Von wegen. Diese Schweinehunde haben's dir bewiesen: Du kannst nicht ohne sie. Und jetzt? Und jetzt, Alfred? Sag doch was! Na? Was?« Er schrie sein Spiegelbild an: »Was denn? Ich tu ja was!«

Er wandte sich ab und stiefelte weiter in seinem Käfig herum. Ich werde wahnsinnig, dachte er, wahnsinnig vor Angst um sie. Aber wahnsinnig bin ich ja schon, weil ich mich in diese völlig unmögliche Situation manövriert habe! Des Dienstes enthoben und unter einer Decke mit den Kommunisten! Damit ist meine Existenz ruiniert. Aber sei's drum, lieber das, als Hannchen auch nur eine Sekunde länger als nötig in der Hand dieser Schurken zu lassen! Und sind nicht die Zustände genauso wahnsinnig? Wem kann man im Stadthaus noch trauen? Die Rechten arbeiten sich immer näher an die Zentralen der Macht heran. Und sie sind schlau. Sie nutzen die legalen wie die illegalen Wege. Ganz langsam Stück für Stück besetzen sie entscheidende Positionen im

Staat. Erst auf der unteren Ebene, dann immer weiter hinauf bis ganz nach oben. Und eines Tages ... Aber das darf nicht sein! Niemals! Das gilt es ganz entschieden zu verhindern. Und ist das nicht verrückt? Ich mache mir immer noch Gedanken um den Staat, der mich im Stich gelassen hat. Ach was, die Macht dient letztlich dem, der sie ergreift, der Staat ist nur ein Instrument, auf dem der eine diese, der andere jene Melodie spielt.

So irrten seine Gedanken hin und her, während er in seiner Wohnung auf und ab lief, haltlos, panisch und sich selbst schon fremd geworden. Und doch ganz bei sich in einer Gewissheit: Er wollte sein Liebstes zurückhaben.

Froh, dass er sein Gefängnis endlich verlassen konnte, brach er schließlich nach Altona auf. »Reiß dich zusammen!«, schrie er sein Spiegelbild im Hausflur an. Dann war er draußen.

Der *Korkenzieher* war mal ein Weinlokal gewesen, jetzt aber eine rustikale Arbeiterkneipe, in der ein ruppiger Ton vorherrschte. Es gab einen kleinen Gastraum mit rohem Mobiliar und ein Hinterzimmer, in dem, wie Weber wusste, der illegale Rote Frontkämpferbund oder die Rote Marine geheime Versammlungen abhielten.

Serge erwartete ihn und führte ihn nach hinten. Im Hinterzimmer hatten sich ungefähr zwanzig Männer versammelt, unter ihnen auch Fiete und einige andere Bewohner der Lilienhof-Terrasse.

Kurz geriet Weber in Panik bei der Vorstellung, wie er vor Gericht zu dieser Versammlung vernommen und der Staatsanwalt ihm auf den Kopf zusagen würde: »Sie haben sich mit gewaltbereiten Staatsfeinden verbündet! Sie sind untragbar geworden!«

Serge stellte Weber vor und der unterbrach ihn sofort: »Nicht *Kommissar* Weber, ich bin privat hier, es kann nicht anders sein.«

»Na schön, dann also Genosse Alfred.«

Serge nannte ihm die Namen der anderen Anwesenden, man nickte sich zu.

»Ich danke euch«, sagte Weber mit belegter Stimme, »dass ihr mir helfen wollt.«

»Es geht um eine Genossin«, meldete sich Fiete zu Wort. »Da ist doch klar, dass wir zusammenstehen.«

»Genossin?«, fragte Weber irritiert.

»Dein Hannchen hat Antrag auf Mitgliedschaft in der RGO gestellt«, erklärte Serge und schaute Weber verkniffen an.

»Ah, das wusste ich nicht.«

»Nun weißt du es.«

Weber nickte. »Es ist ganz allein ihre Entscheidung.« Aber sie hätte es mir, verdammt noch mal, mitteilen müssen, dachte er. Und da war auch schon wieder dieses schreckliche Gefühl, ihm könnte alles entgleiten. Auch sie.

»Wir sagen dir das, damit du weißt, dass du uns nicht zu Dank verpflichtet bist.«

»Gut, ich verstehe.« Muss nicht, kann aber, soll vielleicht doch, das nennt man dann Wahlfreiheit, dachte Weber.

Alle setzten sich, man ließ Bier kommen.

Sie fingen an zu beraten. Serge hatte eine detailgenaue Landkarte mitgebracht, die er ausbreitete.

»Heute Abend ist ein günstiger Zeitpunkt, die Braunhemden sind abgezogen, damit ist Claussens Bude sturmreif. Da sind dann bestenfalls ein, zwei von diesen Mistkerlen übrig und vielleicht ein paar windige Figuren aus St. Pauli.«

»Auch wenn die windig sind, sollte man sie nicht unterschätzen. Auf St. Pauli hat man schnell ein Schießeisen bei der Hand«, warf Weber ein.

»Wir unterschätzen niemanden. Deshalb hab ich ja auch diesen ganzen Trupp zusammengetrommelt. Und zu deiner Beruhigung, Genosse Alfred: Dies ist ein erprobtes, eingespieltes Kollektiv, wir können uns aufeinander verlassen.«

»Ich frage jetzt lieber nicht, wie ihr euch erprobt habt.«

Serge grinste. »Nee, besser nicht.« Er deutete auf den Plan. »Hier im Klövensteen, knapp einen Kilometer entfernt von Claussens Grundstück, ist ein See. Dort treffen wir uns Punkt zehn Uhr abends. Fiete kommt mit dem Hanomag und bringt die Ausrüstung. Wir gehen dann in gewohnter Weise vor. Der Trupp mit den Handfeuerwaffen voran, die Deckung liefert die zweite Reihe mit den Karabinern. Es soll alles so leise wie möglich vonstattengehen. Also nur schießen, wenn unbedingt nötig. Die erste Reihe lässt die Knarren und Messer sowieso im Gürtel und nimmt die Eisenrohre zur Hand. Wenn wir sie kalt erwischen, haben sie keine Chance. Apropos Bewaffnung, Genosse Alfred: Du bist ausgestattet, nehme ich an?«

»Ja, ich hab meine Dienstpistole.«

»Gut. Du rückst hinter der zweiten Reihe vor. Du hast nur eine Aufgabe: Warten, bis der Weg ins Haus frei ist, dann als Letzter rein, die Gefangene rausholen und als Erster mit ihr wieder raus.«

»Woher wissen wir denn, wo sie ist?«

»Wissen wir leider nur allzu gut«, sagte Fiete und holte einen Zettel aus der Jackentasche und faltete ihn auseinander. Darauf war der Grundriss der »Burg« von Claussen zu sehen. Er tippte auf eine Stelle: »Das Verlies ist im Keller.«

»Das Verlies?«, fragte Weber verwundert.

»So haben es die Genossen genannt, die da mal gehockt haben – diejenigen, die wieder rauskamen und heil genug waren, sich zu erinnern«, sagte Serge.

Weber wurde schlecht und er verschränkte die Arme vor dem Bauch.

Serge sah ihn besorgt an: »Wenn du nicht willst, musst du nicht.«

»Doch!«

»Gut.«

»Alfred, du wirst aber nicht zurück zum See kommen, sondern du gehst in die andere Richtung, hierhin.« Fiete fuhr mit dem Zeigefinger über die Landkarte. »Da ist die Landstraße, da ist eine Nachtbusstation. Ihr fahrt getrennt zurück.«

»Gut, in Ordnung. Und was ist mit Pohl?«

Die Männer schauten sich an. Serge zuckte mit den Schultern: »Für den Fall, dass er da ist, kümmern wir uns um ihn.«

Weber war alarmiert. »Selbstjustiz kann ich nicht zulassen!«

»Wofür hältst du uns? Manche in unseren Reihen haben da vielleicht weniger Skrupel, aber wir sind keine Mörder. Wir binden ein Schleifchen drum und schicken das Paket ins Stadthaus.«

Sie lachten.

Es wurden noch viel Details abgesprochen, von denen Weber nur wenig mitbekam und so gut wie gar nichts im Kopf behielt. Ohnehin hatte er den Eindruck, sie redeten in seiner Anwesenheit um etwas herum. Warteten, dass er endlich ging. Also verabschiedete er sich.

Leicht benommen verließ er den *Korkenzieher* und ging Richtung Nobistor, um eine Straßenbahn nach Hause zu nehmen.

Dort angekommen, klingelte das Telefon, Finke war dran. Sie fragte nach dem Stand der Dinge und Weber versuchte, irgendwie drum herumzureden.

Schließlich unterbrach sie ihn: »Ich habe Grund zur Annahme, dass del Gracio bei Claussen sein könnte. Es ist der einzige Unterschlupf, der ihm noch bleibt, wenn er nicht das Weite gesucht hat.«

»Also nur eine Vermutung«, brummte Weber.

»Del Gracio erwähnt Claussen in seinen Aufzeichnungen. Aus dem, was da steht – ziemlich krauses Zeug, das gebe ich zu –, kann man schließen, dass Claussen ihn tatsächlich in dem Sinne benutzt hat, wie Sie es dachten. Das Verbreiten des Schreckens ist Programm. Nur dass weder del Gracio noch Claussen solche Irren sind wie dieser Dr. Mabuse aus dem Kintopp. Sie lassen sich ihre Unheilstifterei von den Nazis gut bezahlen. Es ist ein Geschäft.«

»Alles schön und gut«, sagte Weber unwirsch. »Aber Sie funken mir da nicht rein.«

»Sie wollen nicht, dass ich dabei bin?«

»Nein!«

»Na dann.«

Die Verbindung wurde unterbrochen.

Das wäre ja noch schöner, dachte Weber, eine Frau nach der anderen diesen Schweinehunden zum Fraß vorwerfen. Und was bildet die sich überhaupt ein? Soll sie doch froh sein, dass sie nicht auch noch auf die schiefe Bahn gerät. Ein irrer Polizist reicht wahrhaftig aus!

Aber, so überlegte er weiter, als er in die Küche ging, um sich einen Kaffee zu kochen, sind wir nicht längst alle irregeworden? Leben wir nicht in einem riesigen, maroden Irrenhaus? Und sind nicht die schlimmsten Irren diejenigen, die glauben, sie seien die Irrenärzte und Leiter dieser Anstalt?

Als er am verabredeten Ort ankam, waren alle schon da. Regen hatte eingesetzt, fein, aber dicht, und verursachte ein leises Rauschen im Geäst der umstehenden Nadelbäume. Kein Mond am

Himmel, keine Laterne in der Nähe, nur die Lichtkegel der Taschenlampen halfen bei der Orientierung. Hinter der Gruppe lag eine schwarze Fläche, noch dunkler als der Wald, der sich um sie herum ausbreitete.

Als er von der Busstation über einen Waldweg hierhergegangen war, hatte Weber sich eingebildet, einen Fuchs zu sehen. Er war eine Weile vor ihm hergelaufen. Seelenruhig, ohne Angst. Ein Rotfuchs wahrscheinlich, witzelte Weber innerlich, wenn man bedenkt, welche Sorte Spießgesellen ich mir neuerdings ausgesucht habe.

Serge verteilte Mützen mit Sehschlitzen.

»Wir verfolgen exakt den vereinbarten Plan. Jeder folgt dem eingeschlagenen Weg, keine Abweichungen. Alfred, du tust nichts, außer mit uns reinzugehen und uns zu folgen. Du bist der Letzte, der das Haus betritt, nachdem Fiete vor dem Eingang Posten bezogen hat. Du nimmst Hanna entgegen und führst sie auf dem vereinbarten Weg nach draußen. Egal was noch passiert, das ist das Einzige, was du tun wirst, verstanden?«

Ich nehme Befehle entgegen von einem Verbrecher, wir werden ein Haus überfallen, dies ist der Beginn meiner kriminellen Karriere. Oder soll ich mir einfach einreden, es sei eine Razzia?

»Verstanden?«

»Ja.«

»Gut. Wir schalten jetzt die Lampen aus und warten einige Minuten, bis die Augen sich an die Dunkelheit gewöhnt haben. Auf Los geht's los und dann kein Wort mehr.«

Der Regen wurde stärker, das Rauschen lauter. Später würde Weber sich an dieses Rauschen zurückerinnern als etwas, das ihn wie einen Umhang einhüllte, das er als schützend empfand, etwas, das ihn beinahe unsichtbar machte. Er folgte den Männern, die als Schattenrisse zwischen den Bäumen hindurchstapften wie ein Schemen, der gar nicht wirklich da war.

Es hilft manchmal, sich eine andere Existenzform einzureden. Im Krieg war er mal ein Baumstumpf in einem zerbombten Wäldchen gewesen, ein anderes Mal ein schwerer Eisenträger, der nutzlos aus einem zerpflügten Feld emporragte, auch ein Toter, der von einer Explosion in eine kahle Eiche geschleudert worden war. Aber ob das wirklich so gewesen war, damals, würde er jetzt nicht mehr beschwören. Vielleicht hatte er das auch alles nur geträumt, Jahre später, wenn er manchmal schweißgebadet aufgewacht war.

Dieser Marsch kam ihm ähnlich unwirklich vor. Waren die hohen Bäume real, der matschige Untergrund, das stachelige Unterholz? Ja doch, da waren Äste, die den Weg blockierten, unter denen man sich hindurchducken musste, und Zweige, die sich an ihm festhakten, als wollten sie ihn zurückhalten. Wie gern hätte er jetzt die Souveränität dieses Fuchses gehabt, der mit erhobenem Kopf und gespitzten Ohren unbeschwert zu seinem kleinen Raubzug aufgebrochen war.

Durch das Rauschen, das ihre Schritte dämpfte, gelangten sie an einen hohen Maschendrahtzaun, der auf der Rückseite des Grundstücks die Mauer ersetzte.

Einer der Schattenrisse machte sich mit einer großen Zange am Draht zu schaffen, schnitt ihn mit geübter Hand durch und bog ihn nach beiden Seiten um. Nach wenigen Minuten klaffte ein mannshoher Spalt im Zaun. Sie stiegen hindurch. Weber, wie verlangt, zum Schluss.

Wieso hatte niemand etwas von den Hunden gesagt? Kaum hatten die Schatten einige Meter auf dem feindlichen Terrain zurückgelegt, fingen sie an zu bellen. Der Lautstärke und dem durchdringenden Ton nach zu urteilen, waren es sehr große Hunde. Und sie waren frei.

Das war das Erste, was schiefging.

Bellen.

Rottweiler, scharfgemacht. Geisterhafte Erscheinungen hinter dem Regenschleier. Hektisches Hasten. Kräftige Pfoten wühlten das faulige Laub des vergangenen Herbstes auf.

Hecheln, Japsen.

Sie näherten sich rasend schnell. Köpfe, Schnauzen, kalte Augen, heiße Lefzen wurden sichtbar. Weber hatte das Glück, ganz hinten zu stehen. Er sah, wie die Schatten vor ihm von ungeheuer agilen vierbeinigen Schemen angesprungen wurden.

Es war kaum Zeit, eine Waffe zu ziehen. Schon hatte sich eins dieser Viecher in einem Arm verbissen.

Knurren, Schreien.

Messer wären angebracht gewesen. Aber wer nimmt schon die Qual der Wahl auf sich, wenn er sich in Todesgefahr wähnt?

Pistolen wurden gezogen.

Bellen, Schüsse. Gellende Schreie. Lautes Schimpfen und Fluchen.

Kehlig aufheulend fiel einer der Rottweiler in den Dreck und blieb leblos liegen. Noch einer. Die anderen ließen sich nicht beirren und sprangen die Eindringlinge weiter an. Insgesamt fünf Bestien. Jetzt waren es fünf Leichen auf einem Bett aus modrigem Laub.

Die Schatten stapften weiter. Stöhnte da einer auf vor Schmerz, hielt sich den verletzten Arm?

Vor ihnen die vagen Umrisse des Hauses. Wenige erleuchtete Fenster. Eine Tür ging auf, die Umrisse eines Mannes wurden sichtbar. Die Tür wurde zugeschlagen. Die Außenbeleuchtung flammte auf. Grelles weißes Licht. Eine Flut von Helligkeit. Jetzt war überhaupt nichts mehr zu erkennen.

Wieso hatte niemand davon gesprochen, dass um das Haus herum Scheinwerfer errichtet worden waren?

Ein Schuss und die Flut von Helligkeit schwächte sich ab. Ein zweiter Schuss, und es wurde wieder dunkel.

Dann ein ohrenbetäubendes Getöse und ein Feuerwerk. Weber kannte diese Art Explosion. Jemand hatte eine Granate geworfen. Eine Staubwolke senkte sich in einem neuen Lichtschein mit unklaren Umrissen. Die Haustür war verschwunden, der ganze Rahmen zerfetzt.

Weiter ging's voran. Weber hastete hinter den anderen her, ohne zu wissen, wohin und wozu. Das Gewicht seiner Dienstwaffe – ausgerechnet die! – in der Manteltasche schlug gegen seinen Oberschenkel.

Wieder dieses ohrenbetäubende Getöse, diesmal aber dumpfer. Die Granate war im Haus explodiert.

Alle Lichter erloschen. Stille brach aus. Nur das Rauschen des Regenschleiers und ein Fiepen im Ohr waren zu hören.

Sie rannten auf die Tür zu. Sprangen ins Haus. Verteilten sich. Schüsse und erstickte Schreie waren zu hören. Der Mann, der vor Weber ins Haus gesprungen war, trat mit wenigen Fußtritten die Kellertür auf. Stieg nach unten, bedeutete Weber, ihm zu folgen.

Weber spürte eine Bewegung hinter sich und wirbelte herum. Wieso war da noch ein Schatten, er war doch der letzte Mann?

Keine Wollmütze, stattdessen ein Schal, der das Gesicht verdeckte unter dem eigenartigen, völlig unpassenden Hut. Dieser Schemen kümmerte sich nicht um sie, sondern rannte vorbei auf die Treppe zu, die ins Obergeschoss führte.

»Los doch, hier runter!«, hörte Weber.

Er folgte dem Mann in den Keller.

Aufflammendes Licht. Ein Taschenlampenkegel huschte suchend über die Holztüren der Verschläge. Rufe. Hannchens Stimme.

Weber schaltete seine Taschenlampe ein.

Der Mann vor ihm zog einen schweren Hammer aus dem Gürtel unter der Jacke.

Funken sprühten, als das Vorhängeschloss zerplatzte. Holz splitterte, als die Kellertür aufgetreten wurde.

Da war sie im Licht der Lampen. Weber ergriff ihre Hand.

»Hannchen.«

»Los, haut ab, aber schnell!«, zischte der Mann mit dem Hammer.

Weber zog sie mit sich.

Oben angekommen, hörte er, wie jemand die Treppe heruntertrampelte. Ein Schatten raste auf sie zu.

Irgendwo Schüsse, irgendwo Schreie.

Mit einem kehligen, tierischen Laut sprang der Schatten ihn an. Ein Schlag ins Gesicht und Weber ging zu Boden. Hannchen schrie.

Der Schatten sprang vorbei. Ein zweiter folgte ihm.

Weber rappelte sich auf, sah Hannchens Umrisse vor sich, hörte, wie sie wimmerte: »Nein, nein, nein, nein ... nein, nein.« Sie zitterte erbärmlich. Er versuchte, sie mit sich zu ziehen, aber sie stand da wie gelähmt.

In den zerfetzten Umrissen der ehemaligen Tür tauchte der Schatten eines riesigen Hundes auf. Ein Zerberus, der ihnen den Weg nach draußen verwehrte. Keine drei Köpfe, nur ein einziger, brutal eckiger Schädel, aber mit beängstigend spitzen Fängen im klaffenden schwarzen Maul. Das genügte, um Weber zurückweichen zu lassen. War das überhaupt ein Rottweiler oder das Ergebnis einer entarteten Züchtung?

Er riss die Pistole aus der Manteltasche und schoss. Der kantige Raubtierschädel zerfetzte und das Tier wurde zur Seite geschleudert.

»Los, komm!«

Sie konnte nicht.

Er musste sie sich über die Schulter werfen. Wie damals einen Kameraden, den es in den Beinen erwischt hatte. Mit dem entsetzlich niederdrückenden Gewicht und eigenen Beinen, die eigentlich nicht mehr wollten, schmerzenden Knien, keuchendem Atem und stechendem Schmerz in der Brust, die Hand um den Pistolengriff gekrallt ... durch den Matsch, über das nasse Laub auf den Draht zu, der das Ende des feindlichen Territoriums markierte. Stöhnend, fluchend: »Dieser gottverdammte Krieg, dieser gottverdammte Krieg ...«

Kurz vor dem Zaun brach er zusammen, blieb unter dem Gewicht seiner Last liegen, unfähig sich aufzurichten, unfähig zu irgendeiner Bewegung. Sein Kopf sank in den Matsch.

Warum sagte Hannchen denn nichts? Warum war sie so still?

Der Schatten mit dem Hut näherte sich. Wälzte das Gewicht von seinem Rücken.

»Stehen Sie auf!« Die Stimme duldete keinen Widerspruch. Was bildete die sich eigentlich ein?

»Los, schnell.«

Ich lasse mich doch nicht kommandieren! Mein Körper will nicht, Mensch! Es ist aus.

Da geht nichts mehr.

Eine donnernde Explosion dröhnte über sie hinweg. Dann noch eine Detonation. Im Haus. Weber schrak zusammen, die

Angst peitschte ihn auf, als hätte er einen elektrischen Schlag bekommen.

»Verdammt!«, sagte die Stimme. Eine Hand zerrte an seinem Arm. Er rappelte sich auf. Es gelang ihm, seine Last erneut zu schultern. Und so taumelte er hinter dem Schatten mit dem Hut her.

Ein Automobil am Wegesrand.

Finke riss die Hintertür auf. Da lag schon einer.

»Pohl!?«, rief Weber verwundert aus. Er versuchte zu lachen, aber es kam nur ein Röcheln zustande.

»Sie muss nach vorn. Einer von uns nach hinten.«

Weber lud seine Last ab. Hannchen sank bewusstlos auf das Lederpolster. Mit letzter Kraft warf er die Beifahrertür zu. Finke lehnte Hannchen so gegen die Tür, dass sie sitzen blieb. Weber stand wie angewurzelt neben dem Wagen und spürte, wie seine Knie weich wurden. Schaute auf seine zitternden Hände. Fühlte sich schwach und erschöpft wie nie. Ich bin zu alt für solche Abenteuer, dachte er.

Finke war schon hinterm Steuer. »Los! Einsteigen!«, kommandierte sie.

Weber ging um den Wagen herum zur offen stehenden Tür, schob Pohl ein Stück zur Seite und setzte sich neben ihn. Der Gefangene starrte ihn hasserfüllt an. Er hatte Prellungen im Gesicht, einen Knebel vor dem Mund und war zu einem Paket verschnürt, ganz so wie Serge es versprochen hatte. Weber schob eine Hand in die Manteltasche und umfasste den Griff seiner Pistole.

Finke gab Gas.

Die Scheinwerfer flammten auf und rissen eine helle Schneise in die Dunkelheit. Als sie auf eine asphaltierte Straße einbogen, wollte Weber ausprobieren, ob er wieder sprechen konnte, und sagte mit gepresster Stimme: »Ich dachte, Sie können nicht fahren.«

»Mir fehlt nur die Fahrerlaubnis, sonst geht es.«

»Und der Wagen?«

»Von einem Bekannten geliehen.«

»Na, Sie machen mir Spaß.«

»Das freut mich, Herr Kommissar.«

Hannchen kam zu sich und dämmerte wieder weg, ohne den Gefangenen auf dem Rücksitz zu bemerken.

Finke steuerte das Stadthaus an, wo Pohl in eine Arrestzelle gebracht wurde. Dann fuhren sie in die Wilhelminenstraße und hielten vor dem Durchgang zur Lilienhof-Terrasse.

Weber hob die noch immer benommene Hanna aus dem Wagen und stellte sie vorsichtig auf die Beine. Finke kam um den Wagen herum, um sich zu verabschieden.

»Sie sind wirklich eine bemerkenswerte Frau. Vielen Dank auch.«

»Dafür nicht.«

»Ich weiß nicht, wie ich ohne Sie da rausgekommen wäre.«

»Na ja, irgendwie wohl schon.«

»Stellt sich trotzdem die Frage ...«

»... was ich da eigentlich wollte?«

»Ja.«

»Del Gracio. Ich war mir ziemlich sicher, dass er dort sein würde.«

»War er aber nicht.«

»Nein.«

»Wir haben also noch was zu tun.«

»So ist es, Herr Weber.«

»Also morgen gegen Mittag bei mir.«

»Um eins. Ich bringe alles mit.«

Sie verabschiedeten sich.

Als sie dem Wagen nachsahen, sagte Hannchen: »Was für eine merkwürdige Frau. Dieser Hut ist wirklich sehr eigenartig.«

»Da hast du recht.«

Weber brachte sie in ihre Wohnung, legte sie ins Bett, deckte sie sorgsam zu und legte sich daneben. Schlafen konnte er nicht, er war viel zu aufgedreht. Vor allem empfand er eine irrationale Angst um sie, glaubte, jeden Moment könnte jemand die Tür eintreten und sie erneut entführen. Erst als es dämmerte, schlief er ein.

Sie wurden von Getrampel und Getrappel und lauten Rufen in der Küche geweckt. Anna platzte herein, um den Hals mal wieder die unsägliche Federboa.

»Stellt euch nur vor, was passiert ist, darauf kommt ihr nie!«, rief sie.

»Bestimmt nicht«, sagte Weber benommen.

Hannchen gähnte. »Ich hatte so einen schlimmen Albtraum …«

»Kommt in die Küche, Fiete ist auch da. Ich setz schon mal den Kessel auf. Ich hab Bohnenkaffee organisiert.«

Das Leben geht also weiter, dachte Weber.

Als sie in die Küche traten, roch es nach frisch gebrühtem Kaffee. Anna und Fiete standen nebeneinander, sie hatte eine Hand auf seine Schulter gelegt. Mit der anderen deutete sie auf die Metallkassette, die auf dem Tisch stand: »Da! Die Rote Marine hat unsere Streikkasse zurückgeholt! Ist das nicht großartig?«

»In der Tat«, sagte Weber.

»Wie habt ihr das bloß geschafft?« Anna schaute Fiete bewundernd an.

»Das darf ich dir nicht sagen.«

»Was für eine Nacht«, sagte Weber. »Wir haben endlich den Mörder Pohl verhaftet.«

»Es gibt doch noch eine Gerechtigkeit«, sagte Anna.

»Wenn man sich genügend anstrengt«, ergänzte Fiete. »Da kann man mal sehen, was eine gut organisierte antifaschistische Aktion alles bewirken kann.«

»Habt ihr etwa zusammen ...« Anna war erstaunt.

Beide wehrten heftig ab.

»Ich habe Kopfschmerzen«, sagte Hannchen. »Was ist denn bloß los mit mir?«

»Mach dir nichts draus«, sagte Weber. »Wir haben letzte Nacht alle ein bisschen über die Stränge geschlagen.«

Und er lachte vor sich hin, und merkte, wie er zu weinen begann. Sie schaute ihn mit großen Augen an, und er umarmte sie, und hielt sie so fest, wie es nur ging.

Vierzehntes Kapitel
Der Hampelmann

Aber ja! Fische können fliegen. Und Vögel können schwimmen. Aber Menschen … können sterben. Müssen sterben! Denn was ist der Mensch denn schon? Eine Hülle, eine Armseligkeit. Wer will das denn sein? Du nicht! Du bist kein Mensch! Ecce homo? Nein. Das lässt du nicht mit dir machen. Du lässt dich nicht manipulieren von Priestern oder Philosophen, lässt dir keine Götter und keine Lehren einimpfen. Denn du weißt es besser. Du bist ein Zauberer. Du hast erkannt, was den Menschen in seinem Wesen ausmacht – er ist beeinflussbar, lenkbar, und dafür dankbar. Es gibt kein Innerstes, das Innerste wird gemacht. Von Priestern oder Philosophen – oder von Zauberern. Von dir.

»Verstehen Sie jetzt, was ich meine?«, fragte Finke.

»Nein«, sagte Weber.

»Dann lesen Sie weiter.«

Sie saßen in Webers Wohnzimmer. Überall lagen handbeschriebene Seiten, Zettel, Schnipsel herum. Manche aus Heften oder Kladden herausgerissen, andere waren Schreibmaschinenseiten oder dünnes Durchschlagpapier, mitunter rosig oder gelblich. Es war ein einziges Durcheinander, aber del Gracios Aufzeichnungen waren nicht geordnet. Er hatte alles in Kisten, Kästen und Schachteln geworfen. Wahrscheinlich hatte er sein Geschriebenes, nachdem er es zu Papier gebracht hatte, nie mehr angesehen. Finke hatte versucht, eine Ordnung zu finden, aber es war ihr nicht gelungen.

Du bist ein Magier. Und das muss auch so sein. Wie sonst könntest du dich verteidigen gegen die Manipulation, gegen die Dämonen, die dich beeinflussen, beherrschen, quälen wollen. Zerstörung und Vernichtung haben keine Macht mehr über dich, denn du bist mächtiger!

Du hast gelernt, ihnen zu widerstehen. Zuerst war es eine Qual, dann eine Freude, dann ein Spaß. Vernichte die Zerstörung und du bist selbst die Zerstörung! Zerstöre die Vernichtung und du bist selbst die Vernichtung!

Zerstörung und Vernichtung lauerten dir auf. Tag für Tag, Nacht für Nacht. Was für eine Tortur, sich ihnen ausgeliefert zu wissen.

Schmerz! Angst! Folter! Qual!

Oh, diese Hexen!

Sieh nur, was sie wieder getan haben. Sie haben dich verbrannt. Wollten ausprobieren, ob der Mensch brennbar ist. Diese dummen Puten! Diese entsetzlichen Harpyien! Ha, ha, flatter, flatter. Man muss nur wissen, wie man sie einfängt. Nein, nicht mit Pfeil und Bogen, mit einem Netz, einem Netz aus Gedanken geknüpft mit der Kraft des Willens.

Aber das war erst später, so sehr viel später, nachdem du aus so vielen Wunden schon geblutet hast, Wunden, die man nicht sehen konnte. Wenn sie real waren, dann waren sie unter deiner Kleidung gut versteckt, und solche Wunden will man nicht zeigen. Und wenn sie nicht real waren, dann waren es Schmerzen wie von Nadeln, die dein Herz gespickt haben. Und tiefer, wo sie richtige Nadeln benutzten, manchmal.

»Bestimmte Motive wiederholen sich ständig«, sagte Finke, nachdem sie Weber einiges vorgelesen hatte. »Anscheinend hat er alles immer wieder neu aufgeschrieben. Von vorn begonnen.«

»Eingeständnis der Schuld, Rechtfertigung«, meinte Weber.

»Vielleicht. Aber von Reue ist nichts zu lesen.«

»Man muss nichts bereuen, um sich schuldig zu fühlen.«

Finke schaute ihn verständnislos an.

Ich war ja noch so klein. Und sie so groß. Zerstörung und Vernichtung, die beiden Schwestern.

Und der Vater? Der hat nichts gesehen und nichts gehört. Dem warst du gleichgültig und sie hat er vergöttert. Wie kann einer zwei Göttinnen neben seinem Gott haben, zumal sie in Wahrheit Teufelinnen sind? Oh, oh!

Du armes Waisenkind, was hast du doch gehofft, im Schoße einer christlichen Familie glücklich werden zu dürfen. Sie nahmen dich auf, angeblich, um dich zu retten, in Wahrheit, um dich zu vernichten. Die beiden, ja. Aber er? Wieso hat er das getan? Später hast du es erfahren – man hat ihm Geld dafür bezahlt. So einfach war das. Vielleicht hätte er ihnen davon abgeben müssen und sie wären zufrieden gewesen. Aber nein, sie strotzten vor Eifersucht und Missgunst.

Kaum einer konnte sie übrigens auseinanderhalten. Ich schon. Sie glichen einander nämlich nur wie ein Ei dem anderen, und Eier sind immer verschieden. Nur Dummköpfe erkennen die Unterschiede nicht. Hier eine Delle, dort eine Ausbuchtung. Die Rundung der Kuppe breiter, schmaler. Anna und Lisa, die behaupteten, eine Einzige zu sein: Annalisa – mit vier Beinen und vier Armen und vier Brüsten, die später dazukamen. Vier Augen, vier Ohren und zwei höhnischen Mündern, die lachten, wenn du schriest.

Immer nur im Wald. Nachdem sie dich aus der Kammer geholt hatten. Das Haus lag einsam. Der Vater war oft im Dorf, weil er den Kreis mitregierte. Ja, er war ein ehrwürdiger Mann. Man schätzte ihn. Du nicht.

Du warst ja noch nicht mal in der Schule, da fingen sie schon an. Nur ein bisschen zuerst. Kitzeln mit dem Grashalm, piksen mit dem Stöckchen, werfen mit Sand, erschrecken mit Getier, das sie dir in die Kleider steckten.

Dann mal eine Nadel. »Wir forschen«, sagten sie, »wir forschen, wann einer anfängt zu schreien.« Weil du zuerst versucht hast, den Schmerz und die Erniedrigung zu ertragen, ohne einen Laut von dir zu geben. Ein Mann schreit nicht, bloß weil dumme Mädchen dumme Dinge tun. Und manche Dinge kann man nicht erzählen.

Der nächste Schritt war Gewalt mit Worten und Gesten. Im Kreise der Familie, in der Öffentlichkeit. Höhnische Herabsetzungen, gemeine Erniedrigungen, geplante Blamagen, ausgeklügelte Finten, um dir ihre Untaten anzuhängen. Wie oft wurdest du an ihrer Stelle bestraft, weil wieder etwas gestohlen worden war.

»Ah, hier«, sagte Finke und hielt mehrere sehr dünne Seiten hoch. »Es gibt einige Blätter, auf denen so etwas wie eine Erklärung geliefert wird. Für uns meine ich. Um die Hochbahn-Morde zu verstehen.«

»Verstehen ist ja schön und gut«, meine Weber skeptisch. »Aber wir müssen ihn überführen. Und vorher erst mal zu fassen kriegen.«

»Ich hoffe, dass wir hier Hinweise finden, wie wir das schaffen können.«

»Sie sind ja optimistisch.«

»Bin ich immer«, sagte Finke.

»Stecken Sie mich mal an, diese Krankheit hätte ich gern«, brummte Weber missmutig. Aber dann lächelte er. Sie hat ja recht, überlegte er, man muss vorangehen, nicht nur körperlich, auch geistig. Dann kommt man auch irgendwohin.

Dein Fluchtort war die Bibliothek. Dort durften sie nicht hingehen, denn sie waren auserkoren zur Hausarbeit, nicht zum Studium der Religion und der Philosophie. Der Naturwissenschaften. Der Medizin. Du hättest Arzt werden können, wenn sie dich nicht krank gemacht hätten.
Die Bibliothek hat dich gerettet. Erikson hat dich errettet. Milton. Er. Der Gott der Manipulation, der Herrscher über eure Fantasie. Der geniale Hypnotiseur. Der Erretter und Befreier.
Wie lustig es war, seine Praktiken an ihnen zu erproben. Da verwandelten sich Zerstörung und Vernichtung in jammervolle Kreaturen. In kleine Kinder, die nicht mehr essen wollten. In Furien, die Teller, Tassen und Vasen zerschlugen. Sie bekamen Angst, wenn du es wolltest. Sie taten schändliche Dinge, wenn du es wolltest. Sie quälten sich selbst und gegenseitig, wenn du es wolltest.
Aber wenn sie wieder erwachten, dann wurden sie noch böser zu dir. Und sie waren stark zu zweit. Du mit deiner zarten Gesundheit, deinen dünnen Ärmchen, deinen klapprigen Beinen. Da war nichts zu machen. Bald warst du roher Gewalt ausgeliefert. Sie fesselten dich im Wald an einen Baum. Sie machten an dir herum. Piksten, stachen, schlugen. Beschmierten dich mit Dreck und Kot. Und eine Dornenkrone war es auch einmal.
Es wurde immer schwieriger, sie zu hypnotisieren.
Es musste zu einem Ende kommen.
Irgendwie, aber schnell.
Tu es nachts.

Im Dunkeln.
Reiß sie aus dem Schlaf. Dann muss es sekundenschnell gehen.
Du hast es geübt. Sogar an dir selbst.
Einzeln musst du sie dir vornehmen.
Ihnen eine Geschichte einimpfen.
Und wenn sie es dann tun, willst du dabei sein und zusehen. Und es soll schön werden.

»Er beklagt sich über die teuflischen Schwestern und ist doch selbst ein Teufel«, stellte Finke fest.

»Das ist wohl so ein Grundzug aller krankhaft veranlagten Verbrecher. Sie fühlen sich immer manipuliert, und schuldig sind natürlich die anderen, die sie dazu getrieben haben. Das Böse sind immer die anderen.«

»Sie sind ja ein Philosoph«, scherzte Finke.

»Was bleibt uns übrig? Wir Polizisten haben es tagtäglich mit menschlicher Niedertracht zu tun. Wie soll man das ertragen? Mit Psychologie? Ich habe mich eine Zeit lang mit den Erkenntnissen von Dr. Freud befasst. Es hat mich nicht gerade glücklich gemacht. Die Psychologie mag erklären, warum einer so wird wie der hier.« Weber deutete auf die herumliegenden Papiere. »Aber bringt uns die Erklärung weiter? Erkennen wir den Menschen? Oder steht er uns in Gestalt von Zerstörung und Vernichtung gegenüber, wie diesem Irren hier, der sich als Genie sieht?«

»Dabei ist er nichts weiter als ein armer Wicht.«

Sie werden von der Brücke springen. In den Fluss. In den reißenden Strom. Sie können nicht schwimmen, aber sie bilden sich ein, sie seien zwei fröhliche Delfine.
Kopfsprung, obwohl sie noch nie gesprungen sind. Sie überschlagen

sich in der Luft, klatschen aufs Wasser. Ein letzter Schrei, dann gehen sie unter.

Ein tragischer Unfall. Oh, wie traurig ist der Vater. Nun musst du all seine Liebe ertragen.

Eine Befreiung sollte es werden. Aber der Hass blieb. Und dieser Druck auf dem Kopf. Der heiße Schmerz auf der Haut. Und vor allem die Nadeln, mit denen sie dein Herz gespickt haben. Die stecken immer noch drin. Du kommst nicht ran. Rasender Schmerz, bohrende Angst. Du musst dem Feuer mit Feuer entgegentreten. Zerstörung und Vernichtung lassen sich nur bekämpfen durch Zerstörung und Vernichtung.

Ist es nicht gut so? Denn unvergleichlich ist dieses Gefühl des Glücks, wenn es dir gelungen ist, Gedanken und Gefühle eines anderen Menschen zu beherrschen. Nur dazu taugen diese Frauen, dass man sie beherrscht.

Das ist Glück. Zusehen, wie sie dir ganz zur Verfügung stehen – und springen. Kopfüber wie die Delfine.

Richtig benutzt verwandeln sich Zerstörung und Vernichtung in Schönheit und Anmut. In Glück.

Oh, ihr bösen Hexen, ihr habt mich glücklich gemacht!

Es ist ein Rausch der Seligkeit.

Leider währt er nur so kurz.

»Jetzt wissen wir, was in ihm vorgeht. Aber hilft uns das irgendwie weiter?«, fragte Weber.

»Vielleicht dies hier«, sagte Finke und hielt einen Zettel hoch, der aus einer Kladde gerissen worden war.

Sie haben eine Höhle geschaffen, extra für mich. Die Götter der Unterwelt sind keine Geisterwesen und der Styx ist kein Fluss. Nein, da sind Schlangen aus Eisen, geführt von uniformierten Fährmännern, die sich über stählerne Trassen bewegen und hinabstürzen in die Welt der ewigen Dunkelheit, von Menschen erschaffen allerdings. Das Totenreich der Stadt, in dem kein Unbefugter sich aufhalten darf, ist ein Tunnel, nur wenige Meter unter den Füßen der ahnungslosen Bürger. Entrichte deinen Obolus, Bürger, und lass dich von der Schlange durch das Reich der Toten führen. Und wisse, ich bin da! Wisse, ich habe mein Terrain erobert. Dem einsamen Aiakos gleich bin ich zum Richter der Schatten erkoren. Also hütet euch, denn meine Macht ist groß, eure Gedanken sind mein! Wehe euch! Hier unten vereint sich Hypnos mit Thanatos.

»Er ist vollkommen größenwahnsinnig«, sagte Weber.

»Das auch«, sagte Finke. »Aber vor allem ist dies ein Hinweis darauf, wo er sich aufhalten könnte, jetzt, nachdem er flüchten musste und weiß, dass er gesucht wird.«

»Wo denn?«

»Im Hades.«

»Sie wollen damit doch nicht etwa sagen, dass ich den Orpheus spielen soll?«, brummte Weber.

»Und ich die Eurydike? Nein, Herr Weber, das Bild passt nicht. Aber wir werden nicht umhinkommen, gemeinsam in die Unterwelt hinabzusteigen.«

»Wissen Sie, was mir an diesen griechischen Mythen nicht behagt?«

»Nein.«

»Die meisten gehen übel aus.«

»Fragt sich nur, für wen.«

Als sie die Stufen zum Zwischengeschoss der U-Bahn-Station am

Stephansplatz hinunterstiegen, fragte Finke beunruhigt: »Ist das wirklich Ihr Ernst?«

»Ja, natürlich, wie soll es denn sonst gehen? Man hat mich außer Dienst gestellt. Es wäre Amtsanmaßung, mindestens.«

»Aber ich komme mir vor wie ein Hauptmann von Köpenick.«

»Ach was, Ihr Vorteil ist, dass Sie wirklich im Amt sind.«

Mehrere Personen standen vor dem Fahrkartenselbstverkäufer, vor dem Schalter hatte sich eine längere Schlange gebildet. Der Stationswärter war nicht zu sehen. Auch sonst niemand in der Uniform der Hochbahn. Finke zögerte. Weber fing ihren skeptischen Blick auf und nickte ermunternd.

»Gefahr im Verzug, oder?«, murmelte er.

Finke schüttelte leicht den Kopf, zog ihre Dienstmarke aus der Tasche und schob sich an der Menschenschlange vorbei. »Entschuldigen Sie. Einen Augenblick, bitte. Kriminalpolizei!«

Der ältere Mann hinter dem Schalter blickte erstaunt auf.

»Rufen Sie bitte den Haltestellenwärter, er muss die Station sperren.«

»Wie bitte?«, fragte der Fahrkartenverkäufer misstrauisch. »Wieso, wer sind Sie denn?«

»Kriminalobersekretärin Finke. Wir führen eine Untersuchung durch. Es ist ein Verbrecher im Tunnel.«

»Was?« Der Mann riss erschrocken die Augen auf.

»Was ist denn los da vorn«, rief jemand aus der Schlange.

»Polizeieinsatz«, sagte Weber. »Die Station wird gesperrt.«

Murren und Protest.

Der Mann hinter dem Schalter griff nach einem Telefonhörer und wählte eine Nummer.

»Nehmen Sie die Tram«, sagte Weber.

»Was soll denn der Ärger?«, rief ein Mann.

»Also hören Sie, das geht aber nicht«, sagte eine Frau.

»Es fahren auch Autobusse«, schlug Weber vor.

Der Mann hinter dem Schalter sprach in kurzen knappen Sätzen in den Hörer, nickte, rief »Jawohl!« und legte den Hörer weg. Dann beugte er sich vor und schob das Fenster zu.

»He! Sie können doch nicht einfach schließen!«, protestierte einer.

»Kann er«, sagte Weber, dem die Leute auf die Nerven gingen.

Finke drehte sich um, hielt ihre Marke hoch und rief: »Polizeieinsatz, verlassen Sie bitte ruhig und geordnet die Station.«

Die Ersten drehten sich um.

Der Fahrkartenverkäufer kam aus seinem Kabuff und knöpfte sich hastig die Jacke zu: »Na, so was.«

»Gefahr im Verzug«, murmelte Weber, um den Leuten Beine zu machen.

»Der Hochbahnmörder?«, rief eine Frau. »Ist es das? Haben Sie ihn?«

»Der Hochbahnmörder!«

»Polizeieinsatz gegen den Hochbahnmörder!«

»Die Station ist gesperrt. Verlassen Sie unverzüglich die Haltestelle!«, kommandierte der Fahrkartenverkäufer mit schneidigem Ton. Er war, wie alle anderen Angestellten der Hochbahn, aus dem Militär übernommen worden.

Die Menschen drängten die Treppe hinauf.

Der Haltestellenwärter kam die Treppe hoch, erkannte Weber und lief händeringend auf ihn zu. »Was ist denn passiert, Herr Kommissar?«

Weber deutete auf Finke. »Sie ist zuständig. Ich bin nur zufällig hier.«

Der Mann schaute verwirrt zu Finke. »Sie sind ...«

»Kriminalobersekretärin Finke. Wir haben Grund zu der Annahme, dass der gesuchte Mörder sich im Tunnel zwischen dieser Station und der Baustelle am Jungfernstieg aufhält.«

»Im Tunnel?«

»Ja. Sie erinnern sich doch, dass er kürzlich dorthin geflüchtet ist.«

»Aber ich habe nichts bemerkt.«

»Davon gehe ich aus, sonst hätten Sie uns sicherlich Bescheid gegeben, nicht wahr? Jetzt aber ist Eile geboten!« Sie warf Weber einen kurzen Blick zu. Sie fühlte sich nicht wohl in ihrer Haut, das sah er. Also nickte er ihr aufmunternd zu.

»Was soll ich denn tun?«, fragte der Haltestellenwärter.

Finke zögerte.

»Sie könnten zum Beispiel die Sperren schließen und dafür sorgen, dass die Züge nicht mehr in die Station einfahren.«

»Sie sollen Hallerstraße stehen bleiben?«, fragte der Mann.

Finke nickte.

Der Stationsvorsteher schaute seinen Untergebenen, den Fahrkartenverkäufer, an und sagte: »Rufen Sie dort an! Sorgen Sie dafür!«

»Jawohl.« Der Untergebene salutierte, ging zurück in sein Kabuff und griff nach dem Telefon.

Weber und Finke stiegen die Treppe zum Bahnsteig hinunter. Hinter ihnen schloss der Aufseher das Sperrgitter.

Sie gingen zügig den Bahnsteig entlang auf die Tunnelöffnung zu.

»Wenn das hier danebengeht, sind wir geliefert«, sagte Finke.

»Ich sowieso.«

»Sie machen mir ja Mut.«

»Im Erfolgsfall werden Sie befördert.«

»Ein Träumer sind Sie, Herr Weber.«

Sie stiegen auf die Gleise und schalteten die mitgebrachten Taschenlampen ein.

Die Lichtkegel glitten über die Schwellen und Wände bis nach oben unter die Decke.

Kahler Beton. Ernüchternd. Kalt, nackt, rau und roh.

Warum sollte man den Tunnel auch mit Kacheln auskleiden, hier ging ja niemand spazieren.

»Wenn wir Licht am Ende des Tunnels sehen, kommt uns ein Zug entgegen«, sagte Weber.

»Wissen Sie, es gibt Bemerkungen, die in bestimmten Situationen fehl am Platz sind.«

»Entschuldigung.«

Was sie nicht bedacht hatten: Es gab zwei Tunnel, einen für jede Fahrtrichtung. Sie kamen an der Stelle an, wo der Weg sich teilte. Hier hörten die Gleise auf, weiter waren die Bauarbeiten noch nicht vorangeschritten.

»Und nun?«, fragte Finke.

»Sie links, ich rechts.«

»Gefällt mir nicht. Wir sollten Verstärkung holen.«

»Das haben wir doch besprochen. Es geht nicht. Nach all den Grenzen, die wir bereits überschritten haben, ist die einzige Rechtfertigung für unser Handeln der Erfolg.«

»Das heißt, wenn wir del Gracio nicht erwischen, sitzen wir in der Patsche.«

»Genau.«

»Na schön, wir sehen uns dann hoffentlich am anderen Ende wieder.«

»Wissen Sie, dass wir jetzt in der Unterwelt nach einem Wahnsinnigen fahnden, macht mir schon Angst.«

»Nur Mut«, sagte Weber, obwohl er sich auch nicht besser fühlte.

»Ach wie lang ist's, dass ich walle / Suchend durch der Erde Flur! / Titan, deine Strahlen alle / Sandt' ich nach der teuren Spur!«

»Von wem ist das denn?«

»Sie kommen schon noch drauf. Viel Glück, Herr Weber!«

»Ja.«

Sie gingen jeder für sich in die Dunkelheit hinein.

Kaum war er allein und hörte nur noch das Knirschen seiner Stiefelsohlen auf dem Schotter, hatte Weber wieder das Gefühl, in unwirkliche Gefilde eingedrungen zu sein. Unterwelt? Hades? Totenreich? Ach was, nur ein Betonschlund, nur wenige Meter unterhalb der Straße. Eine technische Meisterleistung, geschaffen von klugen Ingenieuren und geschickten Arbeitern. Ein unsichtbares Denkmal des unaufhaltsamen Fortschritts.

Es platschte. Kaltes Wasser schwappte in seine Stiefel. Eine tiefe Pfütze. Hatte er nicht gelesen, dass die Bauarbeiten in diesem Abschnitt nicht vorankamen, weil es ständig Wassereinbrüche gab? Sie waren hier in unmittelbarer Nähe zur Alster.

Wieder platschte es und spritzte gegen seine Hosenbeine. Er richtete die Taschenlampe direkt vor sich auf den Weg. Kein Schotter mehr, nur noch nackter, rauer, kalter Beton.

Nächste Station *Helheim*, witzelte Weber nur so für sich. Kurz wunderte er sich, dass del Gracio alias Rudolf Neulen sich in seinen Aufzeichnungen auf die griechische Unterwelt-Mythologie bezogen hatte und nicht auf die germanische. Wäre das nicht moderner gewesen? Jetzt wo die alten Göttergeschichten aus dem Norden wieder mehr Beachtung fanden? Seine Frau und seine Tochter fielen ihm ein, die sich offenbar in Kreisen bewegten, die diesem Kult frönten. Und er dachte an seinen Vater, der mitgeholfen hatte, diese ganz diesseitige Unterwelt zu bauen.

Der Lichtkegel der Taschenlampe glitt über die Seitenwände nach oben. Von mir aus hätten sie die ganze Bahn über Eisenbrücken führen können. Hier unten ist es nicht sehr angenehm. Was übrigens, wenn Leute hier eindringen, während Züge fahren? Hat man diesbezüglich Vorkehrungen getroffen? Er richtete den Strahl der Lampe direkt nach vorn, wo das Licht sich in der Dunkelheit verlor.

Ein Knall mit lautem Nachhall ertönte. Das typische Jaulen eines Querschlägers. Nebenan im anderen Tunnel. Ein Schuss! Weber blieb erschrocken stehen. Noch ein Schuss! Wieder das Jaulen. Eine Stimme schrie. Schritte hasteten über Beton.

Wieso konnte er die Schritte so deutlich hören, wieso war der Schuss so laut gewesen, wieso konnte er jedes Wort genau verstehen, das Finke schrie?

»Halt! Stehen bleiben! Polizei! Bleiben Sie stehen oder ich schieße!«

Er ließ den Lichtkegel über die linke Wand gleiten. Da! Eine Nische. Nein, ein Durchgang. Eine Öffnung in der Wand, durch die man von einem Tunnel in den anderen gelangen konnte. Licht schimmerte hindurch. Weber richtete seine Lampe direkt dorthin. Ein Schatten tauchte auf. Drängte durch die Öffnung. Sprang in seinen Tunnel. Blieb erstaunt stehen, als der Lichtstrahl von Webers Lampe ihn erfasste. Wurde geblendet. Hob den Arm, um die Augen abzuschirmen.

»Stehen bleiben, del Gracio!«, schrie Weber. »Sie sind umstellt!« Und dabei dachte er: In einem Tunnel, wie kann er umstellt sein? Als hätte er Zeit, sich über die Wortwahl Gedanken zu machen.

Del Gracios Augen leuchteten auf im Schein der Lampe, er drehte sich um und rannte los.

Weber nahm die Lampe in die linke Hand, schob die rechte in die Manteltasche, griff nach der Pistole.

»Stehen bleiben! Stehen bleiben, oder ich schieße! Del Gracio! Neulen! Halt!«

Er hob beide Hände, zielte mit Lampe und Waffe auf den Flüchtenden. Der Kegel zitterte über del Gracios Rücken. Jetzt lief er im Zickzack.

Wie soll man unter solchen Umständen ein Ziel anpeilen?

Will man es überhaupt?

Diese gottverdammte Pistole!

Ob man will oder nicht, man muss schießen!

Weber drückte ab. Der Knall hallte in zigfachem Echo durch die Betonröhre.

»Nein, Weber, nicht!«

Die Kugel prallte irgendwo von der Wand ab und zischte jaulend hin und her, schien sich zu vervielfältigen.

Noch ein Schuss. Noch einer. Hundertfacher Hall. Jaulen und Zischen, Beton spritzte ab.

Noch ein Schuss. Pulverdampf. Eine Kugel zischte dicht neben ihm vorbei. Mörtelstaub stieg auf.

Wer hatte auf ihn geschossen?

»Aufhören, Weber! Man kann hier nicht schießen!«

Es war seine eigene Kugel gewesen! Indem er auf den Flüchtenden schoss, hatte er auf sich selbst geschossen. Mit Querschlägern kann man sich auch sehr gut selbst erledigen.

Del Gracios Rücken verschwand aus dem Lichtkegel. Ein Schatten glitt auf Weber zu. Erschrocken wirbelte er herum. Es war Finke.

»Ich hätte mich beinahe selbst angeschossen«, sagte sie atemlos.

»Hinterher!«, rief Weber. »Die Baugrube am Jungfernstieg ist offen. Wenn er dort ... dann ist er weg.«

Sie trabten los. Vor ihnen leises Getrappel, unter, neben und über ihnen das Geräusch der knirschenden, mehrfach hallenden Schritte ihrer eigenen Füße. Schnaufen, das in Hecheln überging. Wie lang war denn dieser verteufelte dunkle Gang noch?

Es ging schräg nach unten.

Sind wir jetzt unter dem Wasser oder wo führt dieser Tunnel entlang? Unvorstellbar. Die Baustelle verläuft doch parallel zum Alsterufer längs des Straßenverlaufs. Und so tief kann man gar nicht graben, oder? Aber der Elbtunnel führt sogar unter dem Fluss hindurch!

Müßige blöde Gedanken, erzeugt von der Monotonie des Laufens. Ist das sein Lichtschein da vorn? So diffus ... Wir Idioten hätten mal bei hellem Tageslicht beginnen sollen. Nun liegt die Baustelle da vorn schon im Zwielicht des beginnenden Abends. Was für ein Vorteil für ihn!

Ein gellender Schrei. Der da vorn ist gestürzt. Sie rennen weiter.

»Er ... hatte ... sich ... einen Unterschlupf ... eingerichtet. Mauernische ... Versteck«, hechelte Finke. »Weil ... die Arbeiten gestoppt.«

Gestoppt waren sie auch am Jungfernstieg, aber nicht generell, sondern weil die Dunkelheit hereinbrach. Die Baugrube, dieser Schlund, der sich inmitten der belebten Innenstadt auftat, der Schacht des Bergwerks, aus dem nichts zutage gefördert, sondern in den etwas hineingebracht werden sollte, eine ganze U-Bahn-Strecke nämlich, lag in abgründiger Dämmerung.

Der da vorn stöhnte laut. Schleppte sich jetzt viel langsamer und hinkend voran. Die kahlen Wände lenkten das Echo seines Keuchens in ihre Richtung. Nun verschwand der graue Schatten in dem ebenso grauen Zwielicht. Der entkommt uns wieder!

»Schneller!«

Und da geschah das Wunder. Die Straßenlaternen am Jungfernstieg gingen an. Ein Hoch auf die Elektrizität! Ein Hoch auf die Stadtväter, die Fortschrittsgeist bewiesen haben und hier die Gaslaternen durch elektrische Leuchten ersetzt haben.

Da war er wieder zu sehen, wie ein flüchtiges Ungeziefer, ein flinker Käfer, so sah er jedenfalls mit seinem langen glatten Mantel aus. Kaum sah man den Kopf. Er hatte seinen Hut verloren. Der Käfer krabbelte eine Leiter hoch. Eine Leiter inmitten von Leitern und Gerüsten, von Kränen und Baggern und Fließbändern zum Abtransport von Stein und Erde. Und auf Stelzen fahrenden Loren, die das Baumaterial hin und her transportierten. Kleine Züge, die halfen, den Tunnel für die großen Züge zu bauen. Ein Gewirr aus Balken und Brettern und Stahlträgern, aus behelfsmäßig eingezogenen Decken und Schrägen, Buden und Unterständen. Gewinde und Seile und Eisentrassen. Und mittendrin der Käfer, der verzweifelt versuchte, seine Verfolger abzuschütteln, aber nun gerade abrutschte und die Leiter wieder hinabglitt. Der Fehltritt eines kleinen Tierchens inmitten eines Waldes, der vielleicht ja nur eine Wiese ist, wo die Halme so dick und hoch sind wie Baumstämme und wo so ein Insekt gar keinen Überblick haben kann über die Welt, in der es herumwuselt.

Und Weber näherte sich dem Käfer, der mit den Beinen zappelnd auf dem Rücken lag.

Aber wo war Finke jetzt? Eben lief sie doch noch neben ihm. Hatte er da eben einen erstickten Schrei gehört?

Keine Zeit, sich umzudrehen. Der Käfer dreht sich um. Mit großer Schwierigkeit gelingt es ihm, wieder auf seine vier Beine zu kommen. Er krabbelt weiter, bewegt sich voran. Schaut nach oben. Verzieht das Gesicht zu einem verzweifelten Grinsen. Weber folgt seinem Blick. Über ihnen ragt ein verschachteltes Gerüst in den frühabendlichen Himmel, beleuchtet von Laternen, die zusätzlich zu dem Gewirr aus Längs- und Querbalken und Brettern und Leitern noch ein weiteres Muster aus tiefschwarzen Schatten darüberlegen, Linien, die sich vielfältig verwinkelt übereinanderschieben, ein zweiter irrealer Gerüstturm inmitten des ersten realen. Weber wird schwindelig von diesem Anblick. Wie soll man sich in einer Welt zurechtfinden, in der Materie nicht von Schemen zu unterscheiden ist?

Jetzt ist er bei ihm. Über ihm. Kniet sich neben ihn. Zieht die Handschellen aus der Tasche. Jetzt haben wir dich, del Gracio, oder wie du auch heißen magst!

Sieh nur seine Augen, in denen die Verzweiflung lodert. Sieh nur seine Augen, in denen eine unbändige Wut lodert. Sieh nur seine Augen, in denen eine wilde Kraft sich Bahn bricht und nach draußen will. Ja, will. Ein Wille. Eine Willenskraft schießt empor aus diesen Augen. Mehr braucht dieser Mensch gar nicht, der eben noch ein Insekt gewesen ist und jetzt ein willensstarker Mann mit magischen Kräften.

Die Augen ziehen Weber in ihren Bann, er kann den Blick nicht abwenden. Sieht vor sich die Maske eines käferartigen Unwesens mit Augen, die jeweils aus Tausenden Augen bestehen, mit starrem Kiefer wie aus Horn und haarigen Fühlern und Tastern und Kneifern zum Packen der Beute.

Du hast ihn unterschätzt, Weber! So ein Käfer ist gepanzert, hat eine Rüstung, ist ein Soldat, ein Kämpfer. Und einer, der einen

Willen hat, den er anderen aufzwingen kann. Ja, und warum auch nicht, wenn der eigene Wille schwindet ... warum nicht.

»Du ... gehorchst ... mir ... du ... gehorchst ... mir ...«

Ja, das werde ich tun.

»Weber!«

Ich werde ganz einfach tun, was der Käfer sagt, denn der Käfer ist allmächtig.

Weber richtet sich auf, dreht sich um. Da kommt etwas auf ihn zu. Ein Mensch. Menschen sind sehr gefährlich. Jeder weiß das. Ein Polizist weiß das sowieso. Aber ein Polizist hat auch eine Pistole. Das ist sein Vorteil. Die Pistole gehorcht dem Polizisten.

Er hebt die Waffe an und richtet sie direkt auf Finkes Kopf. Finke ist ein Vogel. Vögel picken Käfer auf. Vögel sind auch gefährlich.

Weber zielt ganz genau in die Mitte von Finkes Stirn. Sie kommt näher. Ganz schön mutig.

»Weber! Nicht! Verdammt! Weber!«

Ein lauter Knall. Das war ein Schuss. Er wirbelt herum. Von woher kam eben ein Schuss? Was genau ist hier los?

Etwas zerrt an seiner Hand. Ein Schlag, ein Schmerz, er lässt los.

Del Gracio ist über ihm. Er hält Webers Waffe in der Hand. Richtet sie auf ihn, richtet sie auf sie. Dreht sich flink um und klettert die Leiter des Gerüsts nach oben. Ganz schnell.

Finke drückt ab. Die Kugel trifft daneben. Del Gracio klettert weiter. Jetzt ist er auf der ersten Ebene angelangt.

Finke flucht. Schießen hat sie nicht gelernt. Den Frauen in der Polizei ist das Tragen von Waffen verboten. Woher hat sie diese Pistole?

Del Gracio steht breitbeinig da oben und schreit unflätige

Beschimpfungen herunter und lacht. Der ist ja wahnsinnig! Ja, natürlich ist der wahnsinnig. Er ist gefährlich. Er hat eine Waffe.

Weber starrt auf Finkes Waffe. Die starrt ihn an. Vertraut ihm nicht mehr, das steht ihr deutlich ins Gesicht geschrieben.

Es ist eine 04. Marinepistole. 9 Millimeter. Die ist präzise. Die geht. Wenn sie keine Ladehemmung hat.

Weber deutet auf die Pistole. »Her damit!«

Sie zögert. »Weber?«

»Klettern Sie hinterher, lenken Sie ihn ab.«

»Achtung!«

Del Gracio hat seine Waffe erhoben. Ein Schuss geht ins Leere.

Finke überlässt ihm die Waffe und steigt die Leiter hinauf. Weber dreht sich um, hebt die Luger mit beiden Händen an. Sieht, wie del Gracio jetzt ihn ins Visier nimmt, ziemlich ungelenk.

Finke klettert weiter. Die hat Mut. Die Mündung von del Gracios Pistole ist jetzt direkt auf Webers Kopf gerichtet.

Meine eigene Waffe, denkt Weber. Der richtet meine eigene Waffe auf mich. Das hat schon mal einer getan, aber da hat sie noch ihm gehört, damals im Krieg auf dem Feld. Man denkt immer an den Krieg, wenn man einmal drin gewesen ist. Ein Fluch.

Kimme, Korn, Schuss.

Del Gracio schreit nicht. Vielleicht weil er keine Zeit mehr hat. Sein Kopf fliegt weg. Der Rest des Körpers sackt über dem Rand des Gerüsts zusammen wie ein schwerer Sack, plump und schlaff. Aber der Kopf ist ganz schnell weggeflogen. Die Kugel hat ihn direkt zwischen den Augen erwischt. Die sind jetzt wahrscheinlich auch irgendwo hingeflogen. Und können kein Unheil mehr anrichten.

»Er ist tot, Weber!«

Ja, ich weiß.

Weber schaute die 04 an. Die Hülse war stecken geblieben, blockierte den Verschluss. Ein zweiter Schuss wäre nicht möglich gewesen.

Scheißding.

Fünfzehntes Kapitel
Das verlorene Paradies

Späte Stunde im *Goldenen Anker*. Das Lokal hatte sich geleert. Sie saßen zu dritt am Tisch neben dem Kachelofen. Weber feierte seinen Sieg über das Böse mit Lorenza und Serge. Noch konnte er sich das erlauben, noch war er außer Dienst.

»Man hat mich zur Reparatur in die Werkstatt geschickt wie ein Automobil«, hatte er Hannchen gegenüber gescherzt. »Wenn der Motor wieder richtig tackt, darf ich weitermachen.« Und Hannchen hatte darauf geantwortet: »Irgendwas bei dir tickt oder tackt grundsätzlich nicht richtig, Alfred, und das ist gut so. Du hast so einige Macken, die ticken und tacken und zicken und zacken …«

Aber das war vor den folgenschweren Ereignissen der letzten Tage und Nächte gewesen.

Lorenza stand auf, ging in ihrem typischen wiegenden Schritt, den Weber so mochte, zur Tür und schloss sie ab. Trotz des Alters war sie noch immer eine attraktive Frau. Wie gut, dass sie Serge hat, der ihr das bestimmt auch zu verstehen gibt. Meine Güte, wie bin ich sentimental heute.

Sie kam zurück, legte ihre Meerschaumpfeife kurz beiseite, füllte drei frische Biere ab, brachte sie an den Tisch und setzte sich. Rauchte weiter, griff nach dem Schnaps, den sie im Gegensatz zu den Männern noch nicht getrunken hatte, und kippte ihn weg.

»Könnte das letzte Mal sein, dass ich hier bin«, sagte Weber. Er war eindeutig in sentimentaler Laune.

Lorenza blies den Pfeifenrauch aus und fragte: »Wieso denn das?«

»Na, die werden mich hoffentlich wieder in Dienst stellen. Und dann muss Schluss sein mit dem Klüngeln mit euch Kommunisten.«

»Du musst uns doch weiterhin überwachen«, sagte Serge grinsend.

»Die werden mich im Auge behalten, nach der Sache in Rissen.«

»Keiner hat dich dort gesehen, oder?«

»Nicht dass ich wüsste, aber die können doch eins und eins zusammenzählen. Ich bringe Pohl …«

»Was hast du ihnen erzählt, wo du ihn aufgetrieben hast?«

»Zufällig auf der Straße, wo er umhergeirrt ist. Er schweigt zu allem. Was soll er auch sagen? Claussen würde sich bedanken, wenn er ihn als Komplizen oder Auftraggeber oder einfach nur als denjenigen angeben würde, der ihm, dem gesuchten Mörder, Schutz bot. Dann würde Claussen dafür sorgen, dass der Anwalt Dr. Racke ihn fallen lässt. Und ohne gute Verteidigung landet er unter dem Fallbeil.«

»Wo er auch hingehört«, kommentierte Serge grimmig.

»Und del Gracio? Wo hätte der hingehört?«, fragte Lorenza.

»Ist doch egal.«

Weber starrte vor sich hin. Nachdenklich sagte er: »Es ist schnell vorbei mit der Gerechtigkeit, wenn einer tot ist. Man ermittelt nicht weiter. Es ist nicht mehr der Mühe wert, weil ja nicht die Aufklärung eines Verbrechens, sondern die Bestrafung das Ziel der Justiz ist. Nicht Wahrheit, nicht Gerechtigkeit. Wenn keiner mehr bestraft werden kann, gibt es auch keine richterliche Untersuchung. Und so bleiben viele Fragen offen.«

»Zum Beispiel?«

»Inwieweit del Gracio das Werkzeug von Claussen und dessen Hintermännern war.«

»Werkzeug?«

»Claussen hat sich darüber lustig gemacht, aber ich glaube schon, dass es einen Plan gibt, den Staat zu destabilisieren, mit allen politischen und verbrecherischen Mitteln.«

»Natürlich«, sagte Serge. »Ist das so neu? Das betreiben diese Reaktionäre doch seit 1918. Mit eurer Hilfe übrigens.«

»Bitte kein Parteiengezänk«, sagte Lorenza.

»Er hat ja recht«, lenkte Weber ein. »Aber es wird immer bedrohlicher.«

»Weil die Herrschenden sich mehr und mehr und immer offener auf die Seite der Rechten schlagen«, sagte Serge. »Sie tun republikanisch, aber hinter den Kulissen kungeln sie schon. Und eure Führer stellen sich blind.«

»Kein Einspruch«, sagte Weber.

»Dann bleibt dir nichts mehr übrig, als zu uns zu kommen«, stellte Lorenza fest.

Weber schüttelte den Kopf. »Ihr kungelt mir zu sehr mit Moskau.«

»Na und? Was ist schlimm daran? Russland ist das Vaterland der Werktätigen.«

»Da ist nur eine Meinung zugelassen«, sagte Weber. »Das ist mein Problem. Ich stelle nämlich immer wieder fest, dass ich schon mindestens zwei Meinungen in meinem Kopf habe.«

»Versteh ich nicht«, brummte Serge.

»Das ist wieder so ein typischer Scherz von ihm«, sagte Lorenza.

Weber griff nach seinem Bierglas. »Das war kein Scherz. Außerdem gefällt mir der Thälmann nicht, der buckelt vor Stalin und gibt das als Stärke aus, was in Wahrheit Schwäche ist.«

»Wie bitte!«, rief Serge empört. »Wie kannst du es wagen, Thälmann anzugreifen!«

Weber lachte. »Siehst du, und du bist ein kleiner Thälmann vor dem großen ...«

»Du hast ja keine Ahnung, die Partei ...«

»Oh nein, jetzt geht das los«, stöhnte Lorenza.

Es klopfte an der Tür. Laut und bestimmt.

Sie schauten sich erstaunt an. Lorenza stand auf, um zu öffnen. Als sie zurückkam, schaute sie Weber mit hochgezogener Augenbraue an, den Mund leicht amüsiert verzogen. Die Frau hinter ihr zog den breitkrempigen Hut ab und begann den Mantel aufzuknöpfen.

»Die ist ja ganz schön anhänglich«, flüsterte Lorenza Weber zu. Und laut fragte sie: »Auch ein Bier?«

»Und einen Schnaps, wenn's keine Umstände macht«, sagte Finke.

»Schnaps im Dienst?«, fragte Lorenza hämisch, »das hat Ihnen wohl Alfred beigebracht?«

»Ich habe frei«, erklärte Finke und ignorierte die Stichelei.

Mit einer schwungvollen Bewegung warf sie den Hut über einen Garderobenhaken und hängte den Mantel auf.

»Entschuldigen Sie bitte, Herr Weber«, sagte sie, nachdem sie sich neben ihn gesetzt hatte. »Ihre Lebensgefährtin hat mir verraten, wo Sie sind.«

»Ist es denn dringend?«

»Na ja ...«

»Was ist schon dringend in einer Behörde«, kommentierte Serge, hielt Finke die Hand hin und stellte sich vor.

»Ah, ich erinnere mich«, sagte sie. »Sie sind der Freund und Helfer der Polizei.«

Damit war das Eis gebrochen. Lorenza brachte Schnaps und Bier und Finke kippte den Korn in einem Zug. Dann sprach man halb konkret, halb in Andeutungen über die Sache in Rissen und den Fall del Gracio.

»Er stammte übrigens aus Dithmarschen«, sagte Finke. »Aus einem kleinen Ort namens Burg. Ein Waisenknabe, der bei seinem Onkel aufwuchs. Ein Einzelgänger, der andere mied. Nachdem seine Cousinen eines Tages gemeinsam Selbstmord begingen – da war er siebzehn –, verschwand er spurlos. Sie stürzten sich von einer Brücke in den Nord-Ostsee-Kanal. Sie konnten nicht schwimmen.«

»Und hier hast du dann für Gerechtigkeit gesorgt«, sagte Lorenza.

»Ich glaube nicht ...«, sagte Weber nachdenklich. »Es war nicht einmal meine Absicht, ihn zu bestrafen, es war Notwehr, Selbstverteidigung.«

»Das ist doch Gerechtigkeit«, meinte Serge. »Selbstverteidigung der Gesellschaft.«

»Ich frage mich, was Strafe mit Gerechtigkeit zu tun hat. Was wird hier denn ausgeglichen? Das Bild von Justitias Waage ist falsch. Der Versuch, eine Tat zu sühnen, indem man eine andere Tat begeht, sei sie auch von der Gesellschaft verlangt ...«

»Das sind Grübeleien!«, rief Lorenza. »Davon will ich nichts hören!«

»Auge um Auge, Schuss um Schuss«, sagte Serge, aber niemand hörte auf ihn.

»Mir ist auch nicht danach«, sagte Finke mit Blick auf Weber. »Verzeihen Sie bitte, Herr Weber.«

Die beiden Frauen stießen demonstrativ mit ihren Biergläsern an.

»Zumal das heute unser letzter gemeinsamer Abend ist.« Lorenza wischte sich den Schaum von den Lippen.

»Wieso?« Finke schaute die anderen fragend an.

»Der *Goldene Anker* hat einen roten Stern«, sagte Weber. »Es geziemt sich nicht für einen Beamten Seiner Majestät, der deutschen Sozialdemokratie ...«

»Er hat schon einiges intus«, sagte Lorenza entschuldigend.

»... denn die Polizei ist eine Behörde unbefleckter Erkenntnis ...«, fuhr Weber mit schwerer Zunge fort.

»Apropos Polizeibehörde«, sagte Finke. »Haben Sie schon gehört? Meine Chefin wurde zwangsbeurlaubt.«

»Na, dann kann ich mich ja mit ihr zusammentun«, brummte Weber.

»Sie sind doch wieder drin, oder?«

»Ja, ja, Schlanbusch hat mich zu sich bestellt. Natürlich muss er mich wieder einstellen ... nach unserem Erfolg.«

»Gut«, sagte Finke. »Aber dass er Frau Erkens hinausdrängen will, ist nun ein offenes Geheimnis. Man kann sich denken, was dahintersteckt. Es gibt eine regelrechte Pressekampagne gegen die weibliche Kriminalpolizei. Und der Senator hält sich bedeckt. Es ist eine Schande.«

»Ein neues Scharmützel also. Die zermürbende Schlacht um die Vorherrschaft in der Polizeibehörde geht weiter..«

»Aber was soll denn das bezwecken?«

»Es geht darum, den Staat einzunehmen, und wenn das nicht geht, ihn wenigstens zu demontieren. Die Polizei bietet sich aus zwei Gründen besonders an: Erstens ist sie neben der Armee das zweite Machtorgan des Staats. Und zweitens ist sie schon zur Hälfte mit reaktionären Kräften unterwandert.«

»Schlanbusch zum Beispiel!«, sagte Serge.

»Die halbe Orpo«, sagte Weber, »das ist viel schlimmer.«

»Und was ist mit uns?«, fragte Finke.

»Wir halten die Stellung.«

»Gut.« Finke schien erleichtert.

Serge schüttelte den Kopf: »Verlorene Liebesmüh. Wir sind die einzige Alternative!«

Lorenza legte ihm beschwichtigend eine Hand auf den Arm.

Weber griff nach seinem Bierglas und trank es leer. »Jede einzelne Amtsstube werden wir verteidigen, bis zum letzten Tintentropfen und dem allerletzten, hauchdünnen, durchlöcherten Schreibmaschinendurchschlag.« Er schnaubte verächtlich. »Ich muss nach Hause.«

Er stand schwankend auf. »Ist doch ganz einfach. Immer weitermachen, immer weitermachen ...«

Er hob die Hand, um seine Mütze von der Garderobe zu nehmen, griff daneben und stand plötzlich mit Finkes Hut auf dem Kopf da.

Zumindest das war ein Grund zum Lachen.

Weber warf Finke den Hut zu. Sie fing ihn auf. Er griff fahrig nach seiner Mütze.

»Gute Nacht!«

Ob er zum Dienst kommen durfte, sollte, musste oder nicht, war ihm nicht ganz klar. Niemand hatte ihm Anweisungen erteilt, das

Telefon blieb stumm. In einer Anwandlung von Trotz überlegte Weber, ob er nicht einfach zu Hause bleiben sollte. Die letzten Tage waren anstrengend genug gewesen. Außerdem fürchtete er, es könnten wieder Reporter kommen und ihn über die Ermittlungen gegen del Gracio ausfragen. Und dies war ein heikles Thema: Zum einen, fand er, fehlte ihm der psychologische Sachverstand, um diesen »wahnsinnigen Triebmörder« (»Mittagsblatt«), »hinterlistigen Sadisten« (»Hamburger Anzeiger«), »armen kranken Wicht« (»Hamburger Echo«) beziehungsweise »gedungenen Mörder der braunen Terrorbande« (»Hamburger Volkszeitung«) einordnen zu können. War er vielleicht nur ein Opfer unglücklicher Umstände gewesen, die ihn zum menschenverachtenden Triebtäter gemacht hatten?

Aber Weber war weit davon entfernt, del Gracio zu bemitleiden. Im Gegenteil, er war zufrieden damit, ihn zur Strecke gebracht zu haben. Das war ein neues Gefühl, denn Weber hatte als Polizist bisher immer vermieden zu töten, wenn es irgend ging. Diesmal aber war er froh darüber, und wunderte sich. Woher kam diese Zufriedenheit, einen Menschen »erlegt« zu haben? Darüber dachte er lange nach und kam schließlich zu einem Ergebnis: Del Gracio hatte ihn nicht gewaltsam angegriffen, nein, schlimmer: Er hatte ihm nicht nur seinen Willen, sondern auch die Herrschaft über seine Wahrnehmung genommen, hatte sogar in seine Empfindungen eingegriffen, hatte ihn manipuliert wie eine Marionette. Vielleicht nur kurz, aber es hatte Weber große Angst gemacht. Die Angst hatte er besiegt, indem er den Mann, der in sein Innerstes eingedrungen war, ausgemerzt hatte. Selbstverteidigung. So einfach war das, oder? Ja, entschied Weber, ich weine diesem Burschen keine Träne nach.

Als doch noch Zweifel kamen, machte er sich auf den Weg ins

Büro. Zu Fuß. Frische Luft und neue Gedanken waren dringend nötig.

Als er sein Dienstzimmer betrat, saß Kriminalanwärter Klindworth schon an seinem Pult und studierte den Dienstplan, der vor ihm lag. Als er Weber sah, sprang er auf und stand stramm.

»Herr Kommissar!«

»Na, Klindworth, das ist nun aber nicht nötig.« Weber bemerkte, dass der Kriminalanwärter sich die Locken gestutzt und einen kleinen Schnurrbart angeschafft hatte.

»Darf ich Ihnen meinen Glückwunsch aussprechen zu ihrem doppelten Fahndungserfolg!«

»Ach was, Glückwünsche sind doch nicht angebracht, ich habe nur meine Pflicht getan, weiter nichts.« An diesem Satz, das merkte Weber, war mehr als nur eine Sache falsch.

»Jawohl, Herr Kommissar!«

»Schön, dass Sie wieder gesund sind, Klindworth.«

»Ich steh voll und ganz zu Ihrer Verfügung.«

»Gut«, sagte Weber. »Dann hoffen wir auf langweilige Routine. Sie ahnen ja nicht, wie ich mich auf das Aktenstudium und das Ausfüllen von Formularen freue.«

Klindworth lachte unsicher.

Weber zog sich den Mantel aus und bemerkte einen versiegelten Briefumschlag auf seinem Schreibpult. »Was ist das?«

»Der Bote hat es dort abgelegt.«

Adressiert war der Umschlag an »Kriminalkommissar Alfred Weber, Kriminaloberinspektion Zentral-Polizeistelle«.

»Ganz schön förmlich«, brummte Weber, »aber eine Beförderung kann es ja nicht sein.«

Wieder lachte Klindworth unsicher.

Weber riss den Umschlag auf und zog eine Mitteilungskarte

mit dem Schriftzug »Dr. Schlanbusch, Regierungsdirektor« heraus. Darauf stand in schnörkeliger Schreibschrift die kurze Mitteilung: »Stellen Sie sich unverzüglich in meinem Büro vor.« Darunter die Unterschrift seines Vorgesetzten.

»Auweia«, sagte Weber.

Klindworth studierte beflissen den Dienstplan.

»Schlanbusch ruft«, sagte Weber betont beiläufig. »Ich schau mal, was er von mir will.«

Eine Etage höher, in Schlanbuschs Vorzimmer, schaute ihn die grau melierte, streng frisierte Sekretärin an, als wollte sie sagen: »Na endlich, das wurde aber auch Zeit.« Sie stand auf, klopfte an die Tür des Kripo-Leiters, steckte den Kopf hinein, sagte: »Kommissar Weber ist hier«, schloss die Tür und setzte sich wieder hinter ihre Schreibmaschine. »Einen Moment, bitte«, sagte sie, rückte ihre Nickelbrille zurecht und griff nach dem Durchschlagpapier.

Weber musste zehn Minuten warten, während sie auf ihrer Schreibmaschine herumklapperte und ihm gelegentlich einen abschätzigen Blick zuwarf. Wer weiß, was die sich schon alles aus dem Mund von Schlanbusch über mich anhören musste, dachte Weber unbehaglich.

Die Tür zum Allerheiligsten des Regierungsdirektors ging auf und er selbst erschien und winkte Weber herein. Wie immer war alles an dem hohen Beamten makellos: dunkelgrauer Zweireiher mit hellen Streifen und akkuraten Bügelfalten, hellgraue Krawatte, glänzende schwarze Schuhe, ein Zweifinger-Bärtchen, das eigentlich nur eineinhalb Finger breit war, und die runden, dunkel umrandeten Brillengläser, die allerdings auch heute wieder leicht beschlagen waren. Im Zimmer war es kalt, als hätte bis eben das Fenster offen gestanden.

Schlanbusch deutete auf den Lehnstuhl vor dem Schreibtisch: »Setzen Sie sich.«

Er selbst nahm mit ausdruckslosem Gesicht in seinem Ledersessel Platz.

Der schmeißt mich jetzt kurzerhand raus, dachte Weber. Dann kriegt er aber von mir noch was zu hören.

Schlanbusch griff in eine Ablage und zog einen sehr amtlich aussehenden Zettel mit mehreren Stempelabdrücken heraus.

Meine Entlassungsurkunde, dachte Weber und holte klammheimlich tief Luft.

»Na, Weber, trotz allem sind Sie ein guter Kriminalbeamter. Ihre Kollegen schätzen Sie.« Schlanbusch hüstelte. »Sie haben Erfolge, sogar wenn Sie außer Dienst sind. Die Sachen Pohl und del Gracio sprechen für sich. Schwierig, so etwas zu bewerten, das können Sie sich denken. Aber eine schwere Bedrohung ist der Stadt genommen, die Öffentlichkeit beruhigt. So betrachtet gute Arbeit. Aber in Sachen Disziplin und Einhaltung der Vorschriften katastrophal. Genau genommen eines leitenden Beamten unwürdig, und das muss sich dringend bessern! Bedenken Sie, dass man auch anders hätte verfahren können, bedenken Sie das und vergessen Sie es nicht.«

Schlanbusch sah auf, stechender Blick, jetzt waren die Brillengläser nicht mehr vernebelt. Er verzog den Mund ganz leicht, wodurch es wirkte, als würde er leicht schmollen.

»Nun, Sie werden schon noch zu schätzen lernen, wie gut es ist, sich der Einhaltung der Vorschriften bei den Untergebenen sicher zu sein. Es hängt alles daran, bedenken Sie das!«

»Jawohl.« Ich stehe gleich auf, wenn der mit seiner Schulmeisterei so weitermacht, dachte Weber missgelaunt.

»In Ihrem neuen Aufgabengebiet kommt dem umsichtigen

und vorschriftsmäßigen Handeln eine große Bedeutung zu. Eigentumsdelikte ...«

»Wie bitte?«

»Eigentumsdelikte sind von besonderer Sensibilität, denn auf dem Eigentum basiert das gesamte Gemeinwesen, der Wohlstand und die Gerechtigkeit.«

»Eigentumsdelikte?« Weber wäre beinahe aufgesprungen.

»Die Kriminalinspektion 2 ist eine respektable Abteilung von einiger Größe, eine Herausforderung, möchte ich hinzufügen.«

Weber hielt die Luft an. Inspektion 2? Da ging's um einfache Diebstähle und Unterschlagungen. Dahin werde ich abgeschoben? Das ist ja eine Schweinerei. Also doch Degradierung! Und schon wollte er seinem ganzen angestauten Ärger auf diesen aalglatten Karrieristen Luft machen, da hörte er durch das dumpfe Rauschen in seinen Ohren das Wort »Inspektor«.

»... darf ich Sie also zu Ihrer Beförderung in den Rang eines Kriminalinspektors und Leiters der Inspektion 2 beglückwünschen, Herr Weber!«

Wahrscheinlich bin ich immer noch hypnotisiert, dachte Weber benommen, oder ich träume eine völlig unglaubwürdige Geschichte von gleichzeitiger Beförderung und Degradierung, von Lob, das in Wahrheit Tadel ist, von einem Posten, den man mir zuschachert, weil man mich loswerden will. Keine Politische Polizei mehr, ab sofort geht's um geklaute Geldbörsen. Reg dich nicht auf, sagte Weber zu sich, du bist nichts weiter als das Treibgut interner Machtintrigen. Wer weiß, welche Diskussionen zwischen Urban, Campe und Schlanbusch sich abgespielt haben, bis sie sich einig waren, ihn auf dieses Abstellgleis zu verfrachten. Also bleib ganz ruhig.

»Vielen Dank, Herr Regierungsdirektor!«

»Sie sind ein Mann mit großer Erfahrung, Sie werden gewissenhaft arbeiten und sich bewähren.«

»Jawohl, Herr Regierungsdirektor.«

»Also dann ...« Schlanbusch stand auf und streckte die Hand aus. »Viel Glück, Inspektor Weber! Sie übernehmen Ihre Dienststelle zu Beginn des kommenden Monats!«

Weber nickte.

Der Schreck fuhr ihm erst in die Glieder, als er schon auf dem Weg nach unten war. Da fiel ihm nämlich ein, dass er von nun an nur noch Bürodienst schieben würde. Keine Streifzüge durchs Milieu, keine heimlichen Beschattungen, keine aufreibenden Fahndungen. Nur noch Papierkram!

Weber war so wütend, dass er dem verwirrten Klindworth nur knapp mitteilte, er habe Urlaub bis zum Monatsende, und dann schnurstracks das Stadthaus verließ.

Epilog
Die Frau, nach der man sich sehnt

Hannchen legte ihren Kopf auf Webers Brust und schnurrte ein bisschen.

»Wird alles wieder gut, Alfred, was meinst du?«

Er hob den Kopf und ließ ihn wieder aufs Kopfkissen zurückfallen. »Alles?«

»Ja, sieh mal. Es könnte doch viel besser sein. Und unbeschwerter. Nicht immer nur Streit und Kampf.«

»Streit und Kampf gehören wohl dazu. Und habt ihr nicht Erfolg gehabt?«

»In der Wäscherei ja. Das hat uns selbst gewundert. Dass der Reents auf einmal mit uns reden und einlenken würde. Er hat alle unsere Forderungen akzeptiert.«

»So gesehen hat der Kampf sich gelohnt.«

»Dieser ja, aber unsere Mieterstreikfront ist zusammengebrochen. Viele haben schon ihre Einlagen zurückgefordert. Die meisten beugen sich den Forderungen des Vermieters, obwohl sie wissen, dass es fast unmöglich ist, so viel pro Monat hinzulegen. Darüber hinaus wird nichts repariert. Es ist eine Schande.«

»Das stimmt.«

»Dass man mit solchen lebenswichtigen Dingen wie Wohnungen überhaupt Profit machen darf…«

»Ist das Gesetz des Kapitalismus.«

»Ein schändliches Gesetz, genau wie die Ausbeutung der Arbeiter. Deshalb überlege ich ernsthaft, ob ich nicht in die Partei eintrete, Alfred.« Sie zupfte an der Bettdecke.

»In meine?«

»Nein … die andere.«

»Das wäre ja verrückt, oder? Wir beide in verschiedenen Parteien. Und die gehen ständig aufeinander los wie Hund und Katze.«

Sie schnurrte. »Die Katze bin ich.«

Weber musste an die Rottweiler im Garten von Claussens Villa denken. »Na, schönen Dank auch.«

»Seit den Streiks mache ich mir viele Gedanken, Alfred. Darüber wer die Macht hat und wer sie haben sollte, und warum immer die sich durchsetzen, die nur an sich und nicht an das große Ganze denken.«

»Politik ist eine komplizierte Sache.«

»Aber sie steckt überall mit drin.«

»Wem sagst du das. Aber trotzdem wäre es verrückt, wenn du zu den Kommunisten gingst. Man würde sich über mich lustig machen. Jetzt wo ich die Abteilung für Eigentumsdelikte leite.«

»Hast du etwa Angst, die könnten eine neue Ballade über dich schreiben?«

»Ach was, das ist doch Schnee von gestern.«

»Na also.«

»Trotzdem …«

Sie richtete sich auf und stützte sich auf den Ellbogen. »Hast du auf einmal Angst um deine Karriere?«

»Na ja, weiter nach oben werde ich nicht mehr kommen. Aber dennoch …«

»Was dennoch?«

»Dennoch und überhaupt wäre es doch angebrachter, wir würden zusammenziehen.«

»Angebrachter?«

»Schöner, meine ich.«

»Willst du hierherziehen?«

Weber zuckte zusammen. »Nein, natürlich nicht.«

»Aha.«

»Was meinst du mit aha?«

»Das hier geht wohl nicht.«

»Nein, tatsächlich nicht, aber ich habe ja eine schöne geräumige Wohnung.«

Sie sah ihn stirnrunzelnd an. »Als Nächstes verlangst du noch von mir, dass ich meine Arbeit aufgebe.«

»Ich verlange doch nichts. Ich schlage vor.«

»Du schlägst vor, dass ich meine Arbeit aufgebe?«

»Mein Gehalt reicht voll und ganz für zwei.«

Sie ließ sich aufs Kopfkissen zurückfallen. »Ach, Alfred ...«

»Gib dir einen Ruck«, sagte er.

»Einen Ruck ... ruck, zuck ... jetzt gleich? In diesem Moment?«

»Muss nicht sein, aber bald.« Er schlang einen Arm um sie.

Sie hob warnend eine Hand hoch. »Nein, warte, es ist gut, dass du fragst. Weil ich nämlich längst darüber nachgedacht habe. Und eine Entscheidung getroffen habe, ja, schon längst.«

»Wunderbar.« Er rückte näher an sie heran.

Sie setzte sich hin und lehnte sich an das Kopfteil des Betts. »Sag das nicht, Alfred. Ich habe mich nämlich entschieden weiterzuarbeiten. In der Wäscherei. Oder auch woanders, wenn ich was Besseres finde.«

»Na schön, wenn es unbedingt ...« Weber schüttelte den Kopf.

»Und ich bleibe hier!«

»Was?« Jetzt saß auch Weber kerzengerade.

»Das hat nichts mit uns zu tun. Sondern nur mit mir. Mit meiner Freiheit. Und weil ich hierher gehöre. Und von meiner Hände Arbeit leben will.«

»Freiheit?«

»Ich habe gemerkt, was für ein gutes Gefühl es ist, auf eigenen Beinen zu stehen.«

»Du kannst doch jeden Tag arbeitslos werden.«

»Dann suche ich mir was Neues oder gehe stempeln.«

»Aber Hannchen, das ist doch völlig verrückt, wo ich doch ...«

Sie schüttelte energisch den Kopf. »Nein, verrückt ist das nicht, es ist eine Frage der Ehre!«

»Im Ernst?«

»Ja, man hat doch schließlich Ehre im Leib, auch als Frau.«

»Dann ist es also aus mit uns?«

»Du bist ja ein dummer Kerl. Warum denn? Natürlich nicht.«

»Hm.«

»Ich habe sogar schon weitergedacht.« Sie rückte näher an ihn heran. »Wie wäre es damit: Hund und Katze verbessern die Welt?«

»Ich verstehe nicht, was du meinst.«

Sie schmiegte sich an ihn. »Wir verändern sie zum Guten.«

»Wie denn?«

»Indem wir ein Kind in die Welt setzen und es zu einem guten Menschen machen. Das ist eine Verbesserung.«

Weber konnte diesen Gedankengängen nicht richtig folgen. »Aber ... ohne Familie?«

»Sind wir dann doch. Und was heißt das schon? Ich hatte auch keine.«

»Aber Hannchen, wie soll das gehen?«

»Es ist ganz einfach«, sagte sie und zog ihn an sich. »Du weißt schon.«

Weber verschlug es den Atem.

Danksagung

Der Autor bedankt sich bei Willi Bredel für einige willkommene Anregungen.